OETINGER TASCHENBUCH

Cynthia J. Omololu wurde in New Jersey geboren und ist in Kalifornien aufgewachsen, wo sie auch heute noch lebt. Sie hat schon als Kind Bücher nur so verschlungen – aber trotzdem nie daran geglaubt, dass sie selbst einmal welche schreiben würde. Nach ihrem Englischstudium an der Universität von Santa Barbara arbeitete sie in der Marketingabteilung einer Wochenzeitung in San Francisco. Und dann, kurz nach der Geburt ihrer Kinder, hat Cynthia gemerkt, dass sie eine Menge spannender Geschichten zu erzählen hat.

Cynthia J. Omololu

Für immer die Seele

Aus dem Amerikanischen von
Jutta Wurm

Oetinger Taschenbuch

MIX
Papier aus verantwortungsvollen Quellen
FSC® C014496

Das für dieses Buch verwendete FSC®-zertifizierte
Papier Danube liefert Salzer Papier, St. Pölten, Austria.
Der FSC® ist eine nicht staatliche, gemeinnützige Organisation,
die sich für eine ökologische und sozialverantwortliche
Nutzung unserer Wälder einsetzt.

1. Auflage 2015
Oetinger Taschenbuch GmbH, Hamburg
Februar 2015

Originalausgabe: Walker Publishing Company, Inc., a division of
Bloomsbury Publishing, Inc., New York 2012
Originaltitel: *Transcendence*

Aus dem Amerikanischen von Jutta Wurm
Umschlaggestaltung und Motiv:
Hauptmann & Kompanie Werbeagentur, München-Zürich
Druck: GGP Media GmbH, Pößneck
ISBN 978-3-8415-0342-8

www.oetinger-taschenbuch.de

Für Griffon
1994–2009
Eine viel zu kurze Zeit.

1

Gleich geschieht es wieder, ich kann es spüren.

Ein Kribbeln in meinem Nacken, das Gefühl, dass alles um mich herum in immer weitere Ferne rückt, kalte Schweißperlen auf meiner Stirn – ich kenne die Anzeichen und weiß, das bedeutet nichts Gutes.

Ich hefte den Blick auf meine Füße, folge Kat aus dem U-Bahnhof Tower Hill hinaus in den hellen Sonnenschein und versuche, mich ganz auf meine Schuhe zu konzentrieren, die sich Schritt für Schritt über den tadellos sauberen Bürgersteig bewegen. Aber es ist, als seien sie weit fort, kein Teil von mir, sondern einfach ein Paar blau karierter Vans Größe achtunddreißig, das zu irgendjemand anderem gehört.

Hastig nehme ich die Kopfhörer ab und die erhabene Massenet-Sinfonie verebbt zu einem leisen Rauschen in der Ferne. Mein Herz hämmert wie wild und ein kalter Schauer läuft mir über den Rücken. Ich schüttele den Kopf, will dem Unvermeidlichen entgehen, nicht hineingezogen werden in was auch immer mich dieses Mal erwartet. Krampfhaft versuche ich, die Kontrolle zu behalten, doch schon spüre ich, wie mir alles entgleitet. Ich schnappe nach Luft, als eine Welle von Bildern und Gefühlen über mir hereinbricht, mich verschlingt und alles andere auslöscht.

Die Menschen in der Menge drängen sich so dicht heran, dass ihr warmer, übel riechender Atem sich mit dem meinen vermengt – einige der Gesichter sind wutverzerrt, entstellt von der Gier nach Blut. Ich weiche zurück, will umkehren, aber man hält mich fest an den Ellbogen gepackt und zieht mich weiter, so heftig, dass meine hübschen, neuen Seidenschuhe kaum den feuchten, schlammigen Boden berühren. Obwohl ich den Hügel nicht länger sehen kann, rieche ich den Rauch der Feuer und höre, wie die Verurteilten zu Gott flehen. Der metallische Geruch von Blut erfüllt die Luft ringsumher. Mit wachsender Panik suchen meine Augen in der Menge der Gefangenen verzweifelt nach Connor, doch man zerrt mich immer weiter, hinunter zum Wasser und fort von dem Hügel, wo ich ihn zuletzt sah –

»Hey!« Meine Schwester schnippt vor meinem Gesicht mit den Fingern und holt mich in die Realität zurück. »Cole!«

Ich blinzele, starre sie an und versuche, meine Gedanken von dem, was ich gerade gesehen und gefühlt habe, loszureißen. Immer noch rieche ich beißenden Rauch und versuche angestrengt, mir klarzumachen, dass ich zurück in der Wirklichkeit bin. Ich trage kein langes Samtkleid und keine zarten, seidenen Schuhe, sondern die üblichen Jeans und meine leicht abgewetzten Sneakers. Alles ist normal. Ich bin nicht dabei, durchzudrehen.

»Was ist denn?«, frage ich und versuche, möglichst genervt zu klingen, um meinen inneren Aufruhr zu verbergen. Ich muss diese Träume oder Halluzinationen oder was auch immer es ist in den Griff bekommen. Mein Magen rebelliert, ich möchte mich übergeben, um das, was da in mir sitzt, herauszuwürgen, damit diese Visionen aufhören.

»Langsam glaube ich, dass du dich in meiner Gesellschaft ziemlich langweilst«, sagt Kat, während ihre perfekt manikürten Daumen über die Tasten ihres Handys hüpfen.

Ich nehme einen Schluck aus meiner Wasserflasche, bemüht, das Zittern meiner Hände zu verbergen. Kat hat noch nichts gemerkt, aber wenn ich in Tränen ausbreche oder mich in den nächsten Mülleimer übergebe, wird sich das garantiert schnell ändern. Ich zerbreche mir den Kopf, um für das, was mit mir geschieht, eine logische Erklärung zu finden, denn tief in mir spüre ich, dass es immer schlimmer wird. Seit wir in London angekommen sind, begegnen mir immer wieder kleinere Dinge, die mir merkwürdig vertraut erscheinen, beinahe so, als sei ich zurückgekehrt – an einen Ort, an dem ich niemals zuvor gewesen bin. Wir laufen durch die Stadt und tun, was alle Touristen so tun, kommen an einem alten Haus vorbei, einem Schaufenster oder an einer schmalen, kopfsteingepflasterten Gasse, und plötzlich überfällt mich ein so heftiges Déjà-vu, dass ich stehen bleibe und versuche, eine passende Erinnerung zu diesem unerklärlichen Gefühl zu finden. Auf der gegenüberliegenden Straßenseite erheben sich düster die dunklen Mauern des Tower of London, aber keiner der Menschen auf dem dicht bevölkerten Gehweg scheint die Verzweiflung und den Wahnsinn zu spüren, die diesen Ort umgeben. Wahrscheinlich, weil alle anderen nicht verrückt sind.

Ich trinke noch einen Schluck, aber das Wasser ist warm und schmeckt metallisch, nicht besonders erfrischend. »Sorry. War nur in Gedanken«, bringe ich raus, und endlich lässt das Gefühl von schmerzlichem Verlust mich los und alles ist wieder klar wie nach einem heftigen Regenguss. Ich schalte die Musik ab und an ihre Stelle tritt das Summen der Reifen auf der viel befahrenen Straße. Ich versuche es mit einer Erklärung, die selbst in meinen Ohren fadenscheinig klingt. »Das Konzert und das ganze Drumherum. Ist ja nicht mehr so lange hin.«

»Kannst du nicht einmal mit der Wunderkind-Nummer aufhören?«, nörgelt Kat. »Schließlich haben wir Ferien.«

»Vielleicht hast *du* Ferien«, gebe ich zurück und weiß schon, während ich spreche, dass ich mir das besser gespart hätte, aber ich bin so durcheinander, dass ich einfach automatisch wiederhole, was ich schon oft gesagt habe. »Die anderen zählen auf mich. Ich kann mir nicht aussuchen, ob ich üben will oder nicht.«

Ich bemühe mich, ruhiger zu atmen und zu signalisieren, dass alles okay ist. Dann schlage ich meinen eselsohrigen Reiseführer auf und konzentriere mich auf den beruhigenden Anblick der Karten und Fotos von Sehenswürdigkeiten, während ich versuche, die sonderbaren Gefühle endgültig abzuschütteln und wieder einen klaren Kopf zu bekommen.

Ich lasse meinen Blick über die Leute auf der Straße schweifen und versuche, zu entspannen, sage mir, dass niemand mich anstarrt, dass ich einfach eine von vielen leicht desorientierten Touristinnen mit einem Reiseführer in der Hand und einem Rucksack über der Schulter bin. Ich bin unsichtbar, nichts Besonderes. Eigentlich fühle ich mich immer unsichtbar, außer wenn ich mit einem Cello auf der Bühne stehe.

Was immer das eben war, es ist endlich vorüber. Ich schaue auf die Stelle im Reiseführer, die ich gestern Abend markiert habe. »Also, hier steht, wir folgen dieser Straße bis um die Ecke, und dann sind wir am Eingang.«

Kat stopft das Handy in ihre Tasche. »Wo ist er denn?«, fragt sie, blickt auf und nimmt zum ersten Mal wahr, wo wir überhaupt sind. »Ich sehe keinen Turm.«

»Dort drüben«, sage ich und zeige mit dem Finger auf die andere Straßenseite.

»Das ist alles?«, fragt sie und versucht nicht einmal, ihre Enttäuschung zu verbergen. »Macht auch nicht mehr her als die anderen verstaubten Schlösser in diesem komischen Land. Ich dachte, wir wollten uns die Kronjuwelen ansehen.«

Sehr schön. Ich kenne meine große Schwester. Solange der Tower von London ein paar beeindruckende Diamanten und Rubine zu bieten hat, wird sie das bisschen Geschichte drum herum geduldig ertragen. »Die Kronjuwelen werden nun mal nicht auf der vierten Etage von Harrods ausgestellt«, sage ich.

»Das weiß ich auch.« Kat zieht die Nase kraus und blickt auf den Tower. »Ich dachte nur, er wäre vielleicht etwas schicker. So wie der Turm in *Rapunzel* zum Beispiel. Könnte ja wenigstens ein bisschen Gold dran sein, dann sähe er schon viel besser aus.«

»*Tower* von London ist nur der Name«, sage ich und zeige auf den Reiseführer. Manchmal frage ich mich, wie Kat es bis in die Abschlussklasse geschafft hat, obwohl ich weiß, dass sie nicht dumm ist, sie lässt sich einfach nur leicht ablenken. »Es ist aber eigentlich kein Turm, sondern eine jahrhundertealte Festung und ein Gefängnis. So steht's hier.«

»Steht da vielleicht auch, warum wir uns all dieses alte Zeug ansehen sollen, wenn wir ebenso gut shoppen gehen könnten?«, fragt sie und starrt finster hinüber zur anderen Straßenseite.

»Weil der Tower ein berühmtes Gebäude ist, das man einfach

sehen *muss*, wenn man in London ist«, antworte ich. »Und weil Dad uns die Eintrittskarten besorgt hat, die bestimmt nicht billig waren.« Und weil sich ein Teil von mir dort hingezogen fühlt, so als müsste ich die alten Steinwände berühren und das Kopfsteinpflaster unter meinen Füßen spüren. Die Wege entlanggehen, die vor Jahrhunderten die Könige und Königinnen von England beschritten haben. Daheim in San Francisco gehört alles, was weiter zurückliegt als 1970, schon zur Geschichte. Die Vorstellung, in einem Gebäude zu stehen, das beinahe tausend Jahre alt ist, raubt mir den Atem. Doch all das kann ich ihr nicht erklären, weil ich diese seltsame Anziehung ja selbst nicht begreife. Und sie würde es so oder so blöd finden.

»Dad ist viel zu sehr mit seiner Arbeit beschäftigt, als dass es ihn kümmern würde, womit wir unsere Zeit hier verbringen«, mault Kat. »Er würde es nie erfahren.« Sie mummelt sich fester in ihre Jacke, um sich gegen den kühlen Aprilwind zu schützen. »Warum konnte er keine Geschäftsreise nach Hawaii oder Cancún machen, irgendwohin, wo man die Frühjahrsferien *gerne* verbringt?«

Dass für mich London weit anziehender ist, als in schweißtreibender Hitze an einem Strand zu brüten, wo sich perfekt gebräunte Menschen auf gestreiften Badetüchern mit so wenig Energieaufwand wie möglich von der einen auf die andere Seite und wieder zurück wälzen, brauche ich nicht zu erwähnen. Kat weiß das.

»Was gibt's denn da drüben zu sehen?«, fragt Kat. »Noch ein Ort, an dem irgendeine Berühmtheit in Stücke gehackt oder vom Bus überrollt wurde?« Etwas abseits des Gehwegs steht eine

Gruppe von Leuten und blickt interessiert auf eine kleine bronzene Tafel am Boden. Ich schaue im Reiseführer nach.

»Fast richtig geraten. Die meisten Hinrichtungen fanden tatsächlich vor dem Tower statt, gleich dort drüben.« Ich zeige auf das von kleinen Zementsteinen eingefasste Viereck neben dem Gehweg und lese vor: »Viele Unschuldige wurden an diesem Ort geköpft, unter dem Jubel Tausender Schaulustiger.« Sofort kommt mir die Szene aus meiner Vision wieder in den Sinn und ein Schauer läuft mir über den Rücken.

»Na besten Dank an deinen Reiseführer für diese echt spannende Info.« Kat blickt auf die vorbeirauschenden Autos und die auf dem Gehweg flanierenden Touristen. »Hat früher sicher ziemlich anders hier ausgesehen.«

Ich blicke über die Straße und die dahinterliegende Rasenfläche hinweg auf die imposanten Mauern und mächtigen, steinernen Gebäude, die dort seit Jahrhunderten stehen. Genau dieser Anblick muss das Letzte gewesen sein, was viele der Gefangenen sahen, während sie niederknieten und auf den Hieb warteten, der ihrem Leben ein Ende setzen würde. Für einen Moment glaube ich beinahe das Echo ihrer verzweifelten Schreie von den Mauern widerhallen zu hören. »Vielleicht gar nicht so anders«, sage ich leise, während wir die Straße überqueren.

»Also, wenn wir da wirklich unbedingt reinmüssen«, sagt Kat, nachdem wir unsere Eintrittskarten abgeholt haben, »dann lass uns gleich zu den Klunkern gehen. Ich will wenigstens ein bisschen Schmuck sehen, wenn ich schon nicht shoppen darf.« Sie schaut hinab auf die sündhaft teuren High Heels, die sie gestern erst gekauft hat. »Zu schade, dass es da drin keinen Schuhladen gibt.« Sie wirft mir einen Seitenblick zu. »Gibt es doch nicht, oder?«

»Nein«, sage ich, »ganz bestimmt nicht.«

Ich blicke hinauf zu dem eckigen Wehrturm. Man braucht nicht viel Fantasie, um sich vorzustellen, wie die Wachen dort oben in ihren gepanzerten Rüstungen auf und ab gehen und ihre Waffen auf das trübe Wasser unten richten. Ein beunruhigendes Gefühl beschleicht mich, und nervös suche ich nach den Anzeichen einer drohenden Vision, aber alles, was ich sehe, ist meine jetzt schon völlig genervte Schwester. Ich klappe den Reiseführer dort wieder auf, wo mein Finger noch zwischen den Seiten steckt. »Hier steht, man sollte erst eine Führung mitmachen und sich dann ein wenig allein umsehen. Ist im Preis inbegriffen.«

»Ach, komm schon, Cole«, mault Kat und stemmt die Hände in die Hüften. »Kannst du nicht mal das blöde Buch sein lassen und irgendwas Spontanes machen? Die ganzen Ferien geht das schon so: Hier steht dies, hier steht das. Ist das deine neue Bibel, oder was? Du bist sechzehn, nicht sechzig.«

»Als es uns geholfen hat, dein Shopping-Mekka Harrods zu finden, hast du dich nicht beschwert«, sage ich verärgert, denn es ist nicht das erste Mal, dass wir diese Diskussion führen. »Oder als ich darin dieses tolle indische Restaurant im Theaterviertel entdeckt habe.«

»Gib her«, sagt Kat, schnappt sich den Reiseführer und blättert darin herum. »Hier ist ein langer Abschnitt über Geistertouren durch London. Vielleicht haben wir ja Glück und sehen einen. Dann wäre dieser Tag wenigstens nicht völlig vergeudet.«

Ich hole mir das Buch zurück: »Es gibt keine Geister.« Ich

glaube nicht an Geister. Oder Vampire. Oder Visionen, in denen Leute auf einem rauchenden Hügel vor dem Tower von London getötet werden …

»Aha, jetzt bist du plötzlich die Expertin? Dein heiß geliebtes Buch sagt aber, dass es welche gibt. Ich finde, wir sollten diesen Tower-Quatsch vergessen und eine Geistertour machen. Das wäre bestimmt viel cooler.«

»Aber das ist doch alles bloß Schwindel.« Ich habe schon genug damit zu kämpfen, von ungebetenen Visionen heimgesucht zu werden, mich auch noch auf die Suche nach ihnen zu machen, ist bestimmt das Letzte, was ich will.

»Warum kannst du dir nicht mal für einen Moment vorstellen, dass es Dinge gibt, die dein Verstand nicht erfasst?«, fragt sie mich. »Manchmal muss man den Kopf eben ausschalten und nach dem Gefühl gehen, und mein Gefühl sagt mir, dass es hier vor Geistern nur so wimmelt. Außerdem steht es da schwarz auf weiß, also wird es ja wohl jemand nachgeprüft haben.«

Darauf habe ich beim besten Willen keine Antwort und setze mich einfach in Richtung Eingang in Bewegung. Ich weiß, dass Kat mir folgen wird. Sie hält es nicht aus, auch nur eine Minute allein zu sein.

Als wir durch den Torbogen in der Außenmauer gehen, berühre ich mit meinen Fingern den rauen Stein. Die alten Tudor-Gebäude, die Rasenflächen, die Festung – mein Blick wandert von einem zum nächsten, und mich durchfährt ein kalter Schauer, der nichts mit dem kühlen Wind zu tun hat, der uns ins Gesicht bläst.

»Gleich beginnt eine Führung«, sage ich und deute auf einen

Wächter in Uniform, der auf einem kleinen Zementpodest steht. »Komm schon. Danach sehen wir uns dann die Juwelen an.«

Mit hängenden Schultern folgt Kat mir hinüber zu der Mauer, wo sich bereits die Leute versammeln.

»Guten Morgen, Ladies and Gentlemen, und willkommen im Tower of London.« Leises Gemurmel aus der Menge, also versucht er es erneut, dieses Mal ein wenig lauter. »Guten Morgen, Ladies and Gentlemen.« Er hält die Hand hinter sein Ohr und beugt sich nach vorn, sodass wir keine andere Wahl haben und alle laut »Guten Morgen« sagen, so als wären wir wieder in der fünften Klasse. Ich seufze. Ich mag keinen Unterricht und auch keine Führungen, wo begeisterte Beteiligung erwartet wird.

Kat stößt mich leicht in die Seite. »Er ist irgendwie süß«, sagt sie und grinst.

Ich sehe ihn mir genauer an, mit seiner ziemlich großen Nase und dem seltsamen Hut. Seine Wangen sind rot vom kühlen Wind und er könnte sich mal wieder rasieren. Er muss mindestens vierzig sein, das ist alt, sogar für Kat. »Ist das dein Ernst? Ich glaube, dir gefällt bloß die Uniform. Und sein Akzent.« Seit wir in England sind, hat Kat sich nämlich mindestens zweimal pro Tag in einen britischen Akzent verknallt – auch bei den seltsamsten Typen.

»Ich freue mich, heute Ihr Guide sein zu dürfen, und hoffe, ich werde Sie gut unterhalten mit einigen der Geschichten, die sich im Laufe von neunhundert Jahren innerhalb dieser Mauern zugetragen haben.«

Ich schaue über ihn hinweg auf die hohen Gebäude aus Glas und Stahl auf der anderen Seite des Flusses. Die modernen Bauwerke ringsumher schmälern die Wirkung der alten Gemäuer, weil sie daran erinnern, dass selbst an diesem Ort von der Vergangenheit nur Steine und Holz geblieben sind, und dass die Menschen, die Teil dieser Vergangenheit waren, längst nicht mehr leben.

Nachdem der Wächter in weniger als einer Minute mehrere Jahrhunderte Geschichte abgehandelt hat, zeigt er auf den Tower Hill drüben bei der U-Bahn-Station, wo wir wenige Minuten zuvor noch gestanden haben. »Stellen Sie sich vor, wie Tausende von Menschen sich dort versammeln und jubeln, während eine arme – oft unschuldige – Seele ihre letzten Worte an die Menge richtet.« Ich stupse Kat an und zeige auf den Reiseführer. Sie wirft mir einen Seitenblick zu, tut aber so, als sei sie ganz vertieft in das, was er erzählt.

»Wenn der Gefangene zu Ende gesprochen hatte, zahlte er dem Henker eine kleine Summe, in der Hoffnung, dass dieser seine Axt möglichst rasch und schmerzlos einsetzen werde. Dadurch entstand, wie wir alle wissen, der Ausdruck« – er macht eine theatralische Pause – »Trennungsgeld.« Er wartet auf eine Reaktion, aber aus der Gruppe kommt nur hier und da ein müdes Kichern. Er grinst. »Und das war mein bester Spruch.«

Diesmal lacht Kat lauthals und erntet ein Lächeln. »Dann legte der Gefangene seinen Kopf auf den Block, die Axt fuhr auf seinen Nacken herab, Knochen knirschten, Blut spritzte und die Tat war vollbracht.« Er ahmt mit seinem Arm die Bewegung der Axt nach, die irgendeinem armen Tropf den Kopf abschlägt, und die Gruppe kichert nervös. »Der Henker nahm den abgeschlagenen Kopf und hielt ihn hoch, damit alle ihn sehen konnten, und sagte:

›Schaut her, das ist der Kopf eines Verräters.‹« Alle schaudern, und einige murmeln ein wenig empört, als er fortfährt: »Und doch hatten sich die meisten der Enthaupteten nichts weiter zuschulden kommen lassen, als das Missfallen des Königs oder der Königin zu erregen.« Er wartet einen Moment, dann fordert er uns mit einer Armbewegung zum Weitergehen auf: »Hier entlang, bitte.«

Wir folgen ihm über das Kopfsteinpflaster, das von all den Füßen, die im Laufe der letzten Jahrhunderte darübergegangen sind, ganz glatt geworden ist, bis zu ein paar Stufen, die zu einem großen Eisentor führen. »Hinter mir sehen Sie Traitors' Gate, das Verrätertor. Durch dieses Tor wurden viele unselige Männer und Frauen als Gefangene in den Tower gebracht, um ihn niemals wieder zu verlassen. Anne Boleyn und Thomas Cromwell stiegen diese Stufen hier in Erwartung ihres Todes hinauf.«

Während er spricht und auf die Stufen zeigt, überkommt mich plötzlich das Gefühl, alles aus weiter Ferne zu sehen. Immer leiser und undeutlicher werden seine Worte. Ich blinzele heftig und versuche, meine Umgebung wieder näher heranzuholen, aber ein anderes Bild wird immer stärker, und schließlich sind der Wächter und die Menschen um mich herum verschwunden.

Schreie hallen von den Steinen wider, und Wasser klatscht gegen das Holz, als das schmale Boot den Torbogen passiert. Hände werden uns entgegengestreckt, damit wir auf den feuchten Stufen nicht ausgleiten. In der Dunkelheit sind sie noch gefährlicher und nur ein paar Fackeln an den Wänden spenden ein wenig Licht. Ich spüre Angst und Panik rings um mich her, als man uns eilig die Treppen hinauf und hinein in die hohen Mauern des Towers drängt.

»Das Wasser«, kommt es mir ungewollt über die Lippen.

Kat wirft mir einen verdutzten Blick zu, und auch der Wächter sieht mich an: »Verzeihung, was sagten Sie, Miss?«

Mein Herz rast und meine Handflächen sind feucht. Ich blicke in die neugierigen Gesichter der anderen Touristen. Ich wollte das nicht laut sagen, ganz bestimmt nicht. »Öh, ich sagte nur, dass hier einmal Wasser war und die Menschen in Booten durch dieses Tor gebracht wurden.«

»Die junge Dame erhält zehn Punkte für ihre Geschichtskenntnisse!«, sagt der Wächter und zeigt auf mich. »Gerade wollte ich Ihnen nämlich verraten, dass dieses Tor früher einmal Water Gate, das Wassertor, hieß, weil den Tower damals ein Wassergraben umgab und dies die Stelle war, an der die Boote hineinfuhren. In der Tat wurden die meisten Gefangenen in Booten hierhergebracht.«

»Scheint, dein Buch ist doch zu was nütze«, flüstert Kat mir zu, während wir dem Wächter zum nächsten Gebäude folgen, »immerhin kann man damit den Guide beeindrucken.«

Ich nicke kurz und starre auf den Reiseführer. Ich habe den Abschnitt über den Tower von London oft genug gelesen, um zu wissen, dass das Wassertor darin mit keinem Wort erwähnt wird.

»Alles in Ordnung?«, fragt Kat und schaut mich forschend an. »Du siehst irgendwie blass aus.«

Ich lege die Hand auf meine Stirn und schließe kurz die Augen. »Ja, alles klar. Mir geht's gut«, beeile ich mich zu sagen. In Wahrheit bin ich ziemlich aufgewühlt und mir ist ein bisschen übel. Aber ich will nicht zurück zum Hotel. Ich muss mir selbst beweisen, dass alles normal ist. Die Tatsache, dass das, was ich in meiner Vision gesehen habe, tatsächlich stimmt, muss nicht bedeuten, dass ich Geister sehe – obwohl mir im Moment auch keine logischere Erklärung einfällt.

»Komm, die anderen sind schon weitergegangen.«

Wir stehen eine Weile vor dem White Tower herum und der Wächter erzählt von den Königinnen und Königen, die einst hier gelebt haben. Wenn man ihm zuhört, sieht man die Menschen vergangener Jahrhunderte beinahe über den Hof gehen oder aus den Fenstern schauen, aber plötzlich finde ich den Gedanken gar nicht mehr so reizvoll wie noch vor wenigen Minuten. Für den Rest der Tour will ich lieber ältere, mit schweren Kameras behangene Männer in Sandalen und schwarzen Socken sehen als Gestalten mit Samthüten und wallenden Gewändern.

Der Guide kommt jetzt richtig in Fahrt, zeigt auf die verschiedenen Gebäude und erläutert ihre Bewandtnis. Ich gebe mir Mühe, mich auf das zu konzentrieren, was er sagt. »Nachdem ich Ihnen gezeigt habe, wo einige der englischen Königinnen und Könige lebten, werde ich Sie nun dorthin führen, wo manche von ihnen starben.«

Wir folgen ihm zu einer kleinen Rasenfläche, die von einem niedrigen Eisenzaun eingefasst ist. Er stellt sich auf einen kleinen Sockel daneben und wartet, bis alle schweigen. »Richten Sie Ihre Aufmerksamkeit nun bitte auf diese Gedenkstätte«, sagt er und zeigt auf etwas Rundes, das aussieht wie ein gespiegelter Kaffeetisch mit einem gläsernen Kissen darauf. »Dieses Denkmal wurde genau an der Stelle errichtet, wo das Schafott für die Hinrichtungen der Adligen stand. Im Inneren des Towers selbst fanden nur zehn Männer und Frauen den Tod. Wer sie waren und warum sie sterben mussten, werde ich Ihnen erzählen, wenn wir in der königlichen Kapelle sind.«

Kat stößt mich an, als die anderen dem Wächter zum Eingang der kleinen Kirche folgen. »Mir ist langweilig. Hast du bald genug gesehen?«

Ich schaue hinüber auf die steinerne Kapelle und sehe einen nach dem anderen darin verschwinden. Ich schlucke ein Mal kräftig und nicke dann, denn eigentlich bin ich noch zu aufgewühlt, um mir schaurige Geschichten über die Enthauptungen anzuhören, die dort stattgefunden haben. Ich muss mich endlich in den Griff bekommen, sonst ist der Rest der Ferien ruiniert.

Wir stehlen uns fort, und Kat schaut auf den Lageplan, den wir zusammen mit den Eintrittskarten bekommen haben. »Auf zu den Juwelen«, sagt sie. Ich folge ihr, noch einmal vorbei an der gläsernen Gedenkstätte, die inmitten der alten Gebäude und grünen Rasenflächen viel zu modern und fehl am Platz wirkt. Das ist die Stelle, an der all die Menschen starben, und sollte es im Tower tatsächlich irgendwelche umherirrenden Geister geben, dann müssten sie eigentlich genau hier sein. Doch diesmal geschieht nichts. Keine Beklemmung oder Panik überkommt mich, keine lebensechten Bilder tauchen ungebeten in meinem Kopf auf. Zum Test lege ich meine Hand auf den Eisenring, der das Denkmal umgibt, schließe meine Augen und fühle … nichts. Erleichtert schlage ich sie wieder auf und schaue mich um.

»Die Schlange bei den Kronjuwelen sieht ziemlich lang aus«, sage ich und zeige auf die breite, sich nur langsam vorwärtsbewegende Reihe von Menschen, die vor dem Gebäude warten. Ich schaue auf meinem Handy nach der Uhrzeit: »Bald Mittag –

vielleicht sollten wir warten, bis die anderen mit ihren Kindern ins Café gehen.«

Kat blickt hinüber und stimmt mir widerstrebend zu. »Dann lass uns rausfinden, welches von den anderen Gebäuden am wenigsten langweilig ist.« Sie schaut auf den Lageplan und zeigt auf das große Schloss in der Mitte. »Das hier ist der White Tower. Da sind die Waffen, Rüstungen und so weiter ausgestellt.« Sie rollt die Augen, und mir ist klar, dass wir uns dort bestimmt nicht allzu lange aufhalten würden.

Ich tippe mit dem Finger auf die Karte und zeige auf die Stelle, an der wir gerade stehen. »Lass uns doch mit dem Beauchamp Tower anfangen. Der ist gleich hier und dort sollen die Gefangenen vor ihrer Hinrichtung Botschaften an den Wänden hinterlassen haben.«

Jahrhundertealte Graffiti sind schon eher nach ihrem Geschmack. Wir steigen die Treppe hinauf und befinden uns in einem großen Raum mit geschwungenen Türbögen und winzig kleinen Fensterchen in den dicken, gemauerten Wänden. Ich stelle mich an einen Fenstersims und spähe durch die schmale Öffnung hinunter auf die Wege und Grasflächen. Mein Herz beginnt zu hämmern, wie immer, wenn ich mich höher als einen Meter über festem Boden befinde. Ich trete einen Schritt zurück und stelle mir vor, hier drin gefangen zu sein, das Leben draußen vorbeiziehen zu sehen und zu wissen, dass meine eigenen Tage auf der Erde gezählt sind. Der Raum hat eine niedrige Decke und riecht nach Moder, so als hätten die alten Mauern die Verzweiflung vieler Jahrhunderte in sich aufgesogen.

Kat schaut sich die Zeichen und Bilder an, die fast überall auf den Steinen zu sehen sind. »Womit haben die das wohl eingeritzt? Denkst du, der König war so dumm, ihnen Messer zu geben und sie einfach machen zu lassen?«

»Kann ich mir nicht vorstellen. Vielleicht steht dort drüben auf dem Schild was.« Ich gehe nah an der Wand entlang und betrachte die hinter Plexiglas geschützten Botschaften, die die Todgeweihten vor so langer Zeit hinterlassen haben. Manche sind richtig kunstvoll, mit Bildern von Löwen und kleinen Gebeten. Andere bestehen nur aus Namen und Daten. Schließlich mache ich vor einem Rechteck halt, in dem mir unbekannte Worte stehen. Ich lege meine Hand auf das Plexiglas und spüre die sanfte Energie, die der dahinterliegende Stein verströmt. Ein wenig Angst und Verlassenheit liegen darin, aber am stärksten ist das Gefühl von Frieden. Es fasziniert mich, gern würde ich den Stein anfassen und die Worte berühren, die eine fremde Hand dort vor Jahrhunderten hinterlassen hat: Bis in alle Ewigkeit. 1538.

Kat schaut mir über die Schulter, und hastig ziehe ich meine Hand zurück, fühle mich aus einem unerklärlichen Grund ertappt. »Was steht da?«, fragt sie und geht ein Stückchen näher heran. »*Ad vitam aeternam?* Ist das Latein? Immerhin kann ich das Datum lesen – 1538. Aber da steht nicht mal, wer das geschrieben hat.«

»Hm, weiß auch nicht«, sage ich und meine Stimme zittert ein wenig. *Ad vitam aeternam* – bis in alle Ewigkeit. Latein ist mir bisher nur flüchtig in einigen Partituren begegnet, trotzdem weiß ich tief in meinem Herzen, was die Worte bedeuten, so sicher, als stünden sie in meiner eigenen Sprache dort. Bis in alle Ewigkeit. Ich spüre es mit jeder Faser meines Körpers.

»Wow, hier gibt's wirklich jede Menge von diesen Botschaften«, sagt Kat und schaut noch einmal in den Plan. »Hier steht, dass der Ehemann von Lady Jane Grey etwas in die Wand geritzt hat, bevor die beiden geköpft wurden. Wie romantisch! Komm, lass es uns suchen.«

Während Kat sich auf die Suche nach ihrem romantischen Graffito macht, werfe ich noch einen letzten Blick auf das kleine, in den Stein geritzte Rechteck. Es ist eines der schlichtesten Zeichen – ohne Namen, ohne Bilder, nur ein paar rätselhafte Worte und ein Datum.

Dennoch ist es für mich das bedeutsamste in diesem Raum.

2

Die Schlange vor dem Gebäude mit den Kronjuwelen ist wesentlich kürzer geworden. »Dann los«, sagt Kat. Ich blicke noch einmal zurück auf das schmale Fenster, hinter dem der niedrige, modrige Raum liegt, und habe das seltsame Gefühl, dass ich etwas Wichtiges dort zurücklasse. *Bis in alle Ewigkeit.* Obwohl es inzwischen wärmer geworden ist, kriecht eine Gänsehaut über meine Arme.

Richtig angenehm ist die Sonne, als wir zum Eingang der Kronjuwelen-Ausstellung hinübergehen, und das erste Mal an diesem Tag öffne ich den Reißverschluss meiner Jacke. Endlich zeigt sich der Frühling – kurz bevor wir wieder nach Hause fahren. Der Weg ist breiter hier und weniger Leute spazieren herum – offensichtlich war der Hunger bei den meisten doch stärker als die Anziehungskraft der königlichen Diamanten.

Ich sehe die kleine Schlange vor der Eingangstür und daneben ein schmales Holzhäuschen, vor dem ein rot berockter Leibwächter in Habachtstellung steht. Auf dem Kopf trägt er die gleiche riesige Fellmütze wie die Soldaten vor dem Buckingham Palace. Auch Kat hat ihn gesehen, und ich weiß genau, was jetzt kommt.

»Oh bitte, mach ein Foto von ihm und mir!«, zirpt sie und streift den Trageriemen der Kamera von ihrem Handgelenk. Die meisten Fotos, die darauf gespeichert sind, zeigen Kat neben einem Soldaten oder einer Wache vor einer der Sehenswürdigkeiten der Stadt.

Ich nehme die Kamera, entferne mich ein paar Meter und lasse noch ein paar Leute vorübergehen. Kat steht schon an der Absperrung vor dem Soldaten in Position. »Kriegst du von dort auch alles drauf?«, ruft sie und hält ihre Hand zum Schutz gegen die Sonne über die Augen. »Besser, du gehst noch ein Stück zurück, sonst ist nachher irgendwas abgeschnitten.«

Rückwärts bewege ich mich immer weiter auf den White Tower zu, bis ich plötzlich sehr unsanft mit jemandem zusammenstoße. Als er nach meinem Arm greift, um mich aufzufangen, wird mir mit einem Mal schwindlig, und es ist, als schössen tausend Funken durch meinen Körper. In meinen Ohren rauscht es, dann verschwindet der warme, helle Sonnenschein, und an seine Stelle tritt der kalte, graue Nebel eines Wintermorgens.

Gebannte Stille herrscht ringsumher, wie in Erwartung eines drohenden Unheils. In der einen Hand halte ich ein kleines Buch, in der anderen ein weißes Tuch mit Spitzen und das seidene Beutelchen mit ein paar Münzen darin und dem silbernen Anhänger – Connors letztes Geschenk an mich. Mein Herz hämmert so heftig, als wollte es meine Brust sprengen, und am liebsten würde ich laut schreiend davonstürmen, aber ich weiß, dass ich mich standesgemäß wie eine Lady zu benehmen habe. Das schwere, schwarze Gewand kratzt an meinem Hals, und während dort oben auf der Plattform alles vorbereitet wird, betasten meine Finger nervös das grobe Material. Obwohl nur wenige Menschen versammelt sind, höre ich überall Getuschel. Die Luft ist erfüllt von der feuchten Schwere bevorstehenden Regens und vom Geruch des Strohs, das man auf dem hölzernen Boden ausgestreut hat. Der Soldat an meiner Seite bedeutet mir mit einem kurzen Nicken, dass es so weit ist.

Ich befehle meinen Füßen, die Stufen hinaufzusteigen, eine nach der anderen, und schließlich stehe ich auf der erhabenen Plattform. Ich höre den erstickten Schrei meiner Zofe und blicke kurz zur ihr hinunter, bevor ich mich wieder dem Geschehen um mich herum zuwende. Ich kann nicht anders als glauben, dass irgendjemand diesem Wahnsinn ein Ende bereiten wird, bevor es zu spät ist. Ich habe nichts Verbotenes getan, mein einziges Vergehen ist, dass ich meinen Gatten von ganzem Herzen geliebt habe – und dafür sollen wir beide sterben? Ich spiele die mir zugedachte Rolle, denn ich weiß, der gerechte Gott wird niemals zulassen, dass sie ihr Werk vollenden.

Alle Augen sind auf mich gerichtet, als ich den kleinen Beutel öffne, erst die Münzen herausnehme und dann Connors Anhänger mit dem Rubin in der Mitte, der trotz des düsteren Morgens funkelt und strahlt. Rasch berühre ich ihn noch einmal, fahre mit dem Finger über den Bogen oberhalb des Kreuzes. Das Geld bedeutet mir nichts, aber dass ich einem Fremden den Halsschmuck geben soll, der für den Menschen steht, der mir am allerwichtigsten ist, zerreißt mir das Herz. Connor ist tot, hingerichtet auf dem Tower Hill, und dieser Anhänger ist alles, was mich noch mit ihm verbindet.

Meine Hände zittern, und einen Augenblick lang fürchte ich, Münzen und Anhänger könnten zu Boden fallen, doch schließlich senkt sich beides mit einem leisen Klimpern auf die ausgestreckte Handfläche des maskierten Henkers. Verwundert bemerke ich, dass auch seine Hand zittert, und ich blicke hinauf in die dunklen, braunen Augen, die alles sind, was ich von seinem Gesicht erkennen kann.

Er weicht meinem Blick aus, wendet sich ab und sieht hinaus auf den weiten Rasen, während seine Hand sich mit einer endgültigen Geste um seinen Lohn schließt.

Mein Tüchlein und das Gebetbuch übergebe ich meiner Zofe, die immer heftiger weint, sodass ich befürchte, sie wird bald in lautes Schluchzen ausbrechen. Ich drücke ihre schmale, blasse Hand und versuche ihr, obschon mir selbst das Herz bis zum Hals schlägt und ich kaum atmen kann, zu vermitteln, dass noch alles gut werden wird. Der Henker kniet zu meinen Füßen nieder, den Blick immer noch abgewandt, und mit einer Handbewegung erteile ich ihm, wie es üblich ist, Vergebung. Das alles erscheint mir wie ein Theaterstück, in dem jedem eine bestimmte Rolle zugedacht ist, die es gewissenhaft zu erfüllen gilt.

Nach dem Ritual der Vergebung erhebt er sich und zeigt auf den kleinen, eckigen Block am vorderen Ende der Plattform. Ich lasse meinen Blick über die Menge gleiten und frage mich, welcher der Männer, die dort in Habachtstellung stehen, es sein wird, der dem Ganzen hier ein Ende bereitet. Das Schuldgeständnis, das man von mir erwartet, verweigere ich, stattdessen trete ich aufrecht vor die Versammelten und sage: »Ich habe in meinem ganzen Leben nie auch nur einen verräterischen Gedanken gegenüber Seiner Majestät gehegt.«

Der maskierte Scharfrichter reicht mir ein weißes Tuch, mit dem ich meine Augen verbinden soll, aber ich schiebe es fort. »Ich fürchte die Axt nicht«, sage ich laut genug, dass diejenigen, die nahe am Schafott stehen, es hören können. Fest blicke ich in seine Augen und spüre sein unsicheres Zögern, als er sanft seine Hand auf meinen Ellbogen legt, mich an den Block führt und mir hilft, niederzuknien. Nur widerstrebend nimmt er sie schließlich wieder fort.

So, wie es meine Rolle will, lege ich den Kopf auf den Holzblock. Ich schiebe mein geflochtenes Haar beiseite und spüre den kalten Wind im Nacken. Mein Atem geht schnell und stoßweise, als wäre mein Brustkorb zugeschnürt, sodass nicht genügend Luft in meine Lungen gelangen kann.

Das Zeichen muss bereits gegeben worden sein, denn plötzlich höre ich aus der Menge jemanden rufen: »Was fürchtest du, Henker? Führe den Hieb, walte deines Amtes!« Ich glaube fest daran, dass man mich verschont, der Henker wird seine Axt nicht gegen einen unschuldigen Hals erheben! Ich drehe meinen Kopf ein winziges Stück zur Seite: Ich sehe seine Stiefel, die einen Schritt zurückgehen, und die gebogene Klinge der Axt, die aus dem Stroh gehoben wird. »Ich kann Euch nicht retten, Mylady«, höre ich ihn heiser flüstern. Ich schaue nach oben, sehe verschwommen eine rasche Bewegung, dann das metallische Blitzen der Klinge, die auf mich herabsaust –

»Verdammt, Cole, was ist denn los?« Kat steht über mich gebeugt, genau zwischen mir und der Sonne, die jetzt wieder hell und warm scheint. »Du wolltest doch nur ein Foto machen und plötzlich kippst du einfach um.«

Ich schüttele den Kopf, um ihn wieder klar zu bekommen, meine Brust verkrampft sich in Panik. Bisher waren meinen Visionen kurz wie ein flüchtiger Blick in eine andere Zeit, aber das hier war etwas anderes. Ich spüre immer noch genau, was in der jungen Frau auf dem Schafott vor sich ging. Ihre Gedanken. Ihren rasenden Herzschlag. Das Gefühl, betrogen worden zu sein. Es war so echt.

»Steh nicht zu schnell auf«, sagt der Typ, den ich umgerannt habe. Er will seine Hand um meine Taille legen, um mir auf die

Beine zu helfen, aber kaum hat er mich berührt, zieht er sie hastig, beinahe erschrocken zurück. »Was tust du hier?«, flüstert er erstaunt, als würde er mich kennen.

»Wovon redest du?«, frage ich. »Wir sehen uns den Tower an.« Was sollte ich wohl sonst hier machen? Ich schaue ihn mir genauer an. Seine Augen haben ein ganz außergewöhnliches, helles Braun mit einem goldenen Schimmer darin und durch seine eher dunkle Hautfarbe kommen sie besonders gut zur Geltung – ganz bestimmt würde ich mich an ihn erinnern.

Irgendetwas hat ihn ziemlich aus der Fassung gebracht. »Oh ja, natürlich. Entschuldige, ich habe dich mit jemandem verwechselt.« Er streckt mir seine Hand entgegen. »Komm, ich helfe dir.«

»Ist schon in Ordnung«, sage ich und rappele mich unbeholfen allein wieder auf. Ich schaue mich um, will sehen, ob sonst noch irgendjemand etwas mitbekommen hat, aber außer ihm und seinem Freund scheint niemand in der Nähe zu sein. Ich spüre, wie mir die Röte ins Gesicht steigt. »Danke, aber mir geht's gut.«

»Griffon laufen zwar ständig hübsche Mädchen über den Weg«, sagt der Freund mit einem schottischen Akzent, der Kats Augen leuchten lässt, »aber für gewöhnlich rennt er sie nicht gleich um.«

»Owen. Lass das«, sagt Griffon ärgerlich.

Kat wendet sich Owen zu. Griffon ist offensichtlich Amerikaner und damit für sie uninteressant, Owens Akzent dagegen ist so ausgeprägt, dass man kaum ein Wort versteht von dem, was er sagt. »War allein ihre Schuld«, meint sie, »hat mal wieder nicht aufgepasst.«

Griffon scheint verlegen. Er sagt nichts, sondern blickt zur

Seite, so als wäre ihm das Ganze unangenehm. Seine Gesten sind fahrig, er wirkt irgendwie nervös. »Ich weiß nicht«, sagt er unsicher, »vielleicht sollten wir dich doch zum Arzt bringen.«

Ich klopfe mir den Dreck von der Jeans und versuche, Ruhe in meine Gedanken zu bringen. »Nein, alles in Ordnung, wirklich. Wahrscheinlich der Jetlag. Und zu wenig getrunken. Kein Grund zur Sorge.«

»Werden Sie von diesen jungen Männern belästigt, Ladies?« Der Guide ist plötzlich hinter Kat aufgetaucht. »Ich beobachte die beiden schon den ganzen Tag und sie scheinen mir nichts Gutes im Sinn zu haben. Wenn Sie möchten, lasse ich sie des Geländes verweisen.« Dabei lächelt er, doch ich kann nicht sagen, ob er einen Scherz macht oder nicht.

»Nein, nein«, sagt Kat rasch. Sie will, dass Owen bleibt. »Meine Schwester ist ein bisschen ohnmächtig geworden und sie haben nur geholfen.«

»Oh, das tut mir leid, Miss«, sagt der Wächter und blickt besorgt drein. »Geht es Ihnen wieder besser?«

»Ja, mir geht es gut, wirklich«, sage ich, während die Bilder der Vision noch in meinem Kopf herumschwirren. Ich muss hier weg, um wieder klar denken zu können. Genug hautnahes Geschichtserleben, ich will nur noch zurück zum Hotel. »Komm Kat, lass uns gehen.«

»Wenn Sie schon keinen Arzt aufsuchen möchten, dann erlauben Sie dem jungen Mann wenigstens, Sie auf eine Tasse Tee ins Café einzuladen«, sagt der Wächter und holt ein paar Geldscheine hervor. »Das geht auf mich.«

Bestimmt ist mein Gesicht inzwischen so rot wie eine Tomate.

Das alles hier gerät immer mehr außer Kontrolle. »Das kann ich nicht annehmen«, sage ich. Ich mache ein paar wackelige Schritte auf den Rasen zu und fühle mich schon etwas besser. Dann lasse ich mich auf eine Bank fallen. »Ich muss mich nur ein bisschen ausruhen.«

»Als königlicher Torwächter des Tower of London bestehe ich darauf, dass Sie einen Tee zu sich nehmen«, sagt der Guide und reicht Griffon die Geldscheine, »und als Vater dieses jungen Mannes bestehe ich darauf, dass er Sie begleitet.« Nur aus dem Augenwinkel sehe ich, dass die beiden einen Blick wechseln. Griffon schüttelt fast unmerklich den Kopf, so als beantworte er eine unausgesprochene Frage.

»Ich übergebe Sie der Obhut dieser tüchtigen jungen Herren, und sollten Sie noch weitere Hilfe benötigen, zögern Sie nicht, darum zu bitten.« Er tippt kurz mit den Fingern an seinen Hut und entfernt sich mit großen Schritten in Richtung der wartenden Touristengruppe.

Kat blickt ihm hinterher. »Wow, ist der Typ wirklich dein Vater?«

Griffon nickt vorsichtig. »Ja, äh … Wir sehen uns wohl nicht besonders ähnlich.«

Ich betrachte sein lockiges Haar und die dunkle Haut und denke, das ist die Untertreibung des Jahrhunderts.

»Vorhin hat er erzählt, dass alle Wächter im Tower wohnen«, sagt Kat, deren Interesse jetzt doch geweckt scheint. »Wohnst du auch hier? Gleich neben den Kronjuwelen?«

»Manchmal. Während der Schulzeit bin ich bei meiner Mom in den Staaten, aber in den Ferien komme ich hierher.«

Kat lässt ihren Blick über das Gelände des Towers schweifen. »In welchem Gebäude wohnst du? Und spukt es da? Oh Mann, wie krass, ich würde ausflippen. An die Nächte darf ich gar nicht erst denken.«

Griffon lächelt kurz und tiefe Grübchen erscheinen neben seinem Mund. »Im runden Turm gleich beim Haupteingang. Dad lebt dort, und wenn ich hier bin, wohne ich bei ihm.«

»Aber ist das nicht gruselig?«, fragt Kat.

»Nichts für Leute mit schwachen Nerven«, bestätigt Owen und grinst sie an. »Die Tür zum Schlafzimmer stammt noch aus dem sechzehnten Jahrhundert. Früher wurden dahinter die Gefangenen eingesperrt und in der Nacht hört man sie immer noch verzweifelt gegen die dicken Bohlen hämmern.«

»Hör auf damit«, sagt Griffon, und dann zu Kat: »Niemand hämmert gegen die Tür und es rollen auch keine blutüberströmten Köpfe herum. Es zieht ein bisschen durch die undichten Fenster, vor allem in kalten Nächten, das ist alles. Wirklich nichts Besonderes.«

Schaudernd blickt Kat hinüber auf das Gebäude. Ganz offensichtlich gefällt ihr Owens Version besser als Griffons.

»Also, gehen wir jetzt einen Tee trinken? Sonst krieg ich noch Ärger mit Dad, weil ich mich nicht gut um euch gekümmert habe.«

»Ich glaube nicht, dass ein Tee helfen würde …«, setze ich an.

»Natürlich nicht«, sagt Griffon, »aber die Engländer glauben, dass Tee *immer* hilft, also tun wir ihm den Gefallen.«

Für mich klingt es, als wollte er nur seine Pflicht erfüllen, und das würde ich ihm lieber ersparen. Ich meine, bestimmt laufen ihm tagtäglich irgendwelche sonderbaren Touristen über den Weg, und auch wenn er sie vermutlich nicht alle gleich umrennt, hat er wahrscheinlich Besseres zu tun, als meinen Betreuer zu spielen. »Eigentlich wollte Kat die Kronjuwelen sehen«, sage ich deshalb und blicke hinüber auf das Gebäude. Noch schnell zu den königlichen Klunkern, dann kann ich zurück ins Hotel, mich im Badezimmer einschließen und endlich durchdrehen. Bis dahin muss ich mich noch irgendwie zusammenreißen. »Also bringen wir das am besten gleich hinter uns.«

»In einer drängelnden Schlange zu stehen, ist sicher das Letzte, was du jetzt gebrauchen kannst«, sagt Griffon und sieht hinüber zu der immer länger werdenden Reihe der Wartenden. »Und weniger werden es heute bestimmt nicht mehr.«

Owen sieht mich an. »Also, wenn dir nichts daran liegt …«, sagt er zu mir, »und wenn du Lust hättest …«, sagt er zu Kat, »könntest du meine berühmte Juwelen-Tour bekommen, während Griffon deine Schwester ins Café am White Tower begleitet. Und hinterher treffen wir uns dann dort.«

Kat kippelt auf ihren High Heels herum, die in dieser Umgebung völlig unpassend wirken und außerdem bestimmt schrecklich unbequem sind. »Wär das okay für dich?«, fragt sie mit einem bedeutsamen Seitenblick auf Owen.

Ich zögere. Sie würde mir niemals verzeihen, wenn ich ihr diese Gelegenheit vermassele. »Wenn's für dich okay ist …«

»Super. Dann sehen wir uns später im Café.« Und schon stakst sie mit schwingenden Hüften über das Kopfsteinpflaster davon, so dicht neben Owen, dass sie ihn fast umkickt. Er hakt sich bei ihr ein, damit sie nicht hinfällt, und die beiden gehen Arm in Arm davon. Plötzlich verstehe ich, warum Kat immer und überall diese unpraktischen Schuhe trägt.

»Geht's dir wirklich gut?«, fragt Griffon, sobald wir allein sind.

»Ja, alles in Ordnung.«

»Okay, dann höre ich jetzt auf mit der Fragerei. Das Armouries Café ist gleich dort drüben.«

Schweigend gehen wir nebeneinanderher. Ich sehe, dass ihm mehrere Wächter zugrinsen, als wir an ihnen vorbeigehen. Obwohl ich mir das Hirn zermartere, fällt mir absolut nichts ein, worüber ich mit Griffon reden könnte.

»Zwei Wahrheiten und eine Lüge«, sagt er plötzlich und sieht mich an.

»Zwei was?« Ich habe keine Ahnung, wovon er spricht.

»Wahrheiten. Und eine Lüge. Erzähl mir zwei Sachen, die wahr sind, und eine, die gelogen ist. Und ich muss erraten, was was ist.«

»So wie bei Wahrheit oder Pflicht?«

»Genau. Aber statt der Pflicht will ich eine Lüge hören. Denk dir was Gutes aus, es muss plausibel sein.«

Ich überlege angestrengt, aber mein Kopf ist wie leer gefegt. Mir fällt rein gar nichts ein, was ich über mich erzählen könnte, weder wahr noch gelogen. »Du zuerst«, sage ich deshalb, um ein bisschen Zeit zu gewinnen und mir etwas auszudenken, das interessant und vielleicht auch ein wenig geheimnisvoll klingt.

»Okay«, sagt er. »Hm, mal sehen ... Ich habe mit Oprah Winfrey zu Abend gegessen.«

Forschend blicke ich in sein Gesicht, kann aber eigenartigerweise nichts darin erkennen. Ich habe ihm natürlich verschwiegen, dass ich eigentlich immer weiß, ob jemand lügt oder nicht.

Irgendetwas im Blick oder in der Gestik verrät jeden.

»Erdnussbutter esse ich am allerliebsten«, fährt er fort, und da weiß ich Bescheid. Ein kleines Zucken um seine Mundwinkel sagt mir, dass das eine Lüge ist. »Und ich habe ein Tattoo.«

»Dann schätze ich mal, dass du kein Sandwich mit Erdnussbutter und Gelee bestellen wirst.«

Er schaut mich an und sein Mund verzieht sich zu einem breiten Grinsen. »Richtig! Ich hasse Erdnussbutter. Wie hast du das erraten?«

Ich zucke mit den Achseln. »Ach, reines Glück.«

»Wenn du meinst«, sagt er skeptisch.

»Du hast tatsächlich mit Oprah Winfrey zu Abend gegessen?«

»Ja, habe ich. Willst du mein Tattoo sehen?«

Wenn er das so freimütig anbietet, wird es sich ja wohl an einer öffentlich zugänglichen Stelle seines Körpers befinden.

»Klar.«

Griffon hält mir seine rechte Hand entgegen und zeigt auf eine Stelle zwischen Daumen und Zeigefinger. »Da ist es.«

Ich sehe gar nichts. »Wo denn?«

Er nimmt den Finger weg. »Siehst du das hier?«

Ich gehe etwas näher heran und entdecke einen kleinen schwarzen Punkt, etwas dunkler als seine Haut. »Sieht aus wie ein Leberfleck.«

»Ist aber keiner. Der Bruder eines Freundes hatte ein Set und fragte uns beide, ob wir ein Tattoo wollten. Länger als bis zu dem kleinen Punkt da habe ich aber nicht durchgehalten.« Er sieht mich an und lächelt. »Jetzt bist du dran.«

Ich erwidere sein Lächeln. Normalerweise hasse ich solche

Spiele, aber irgendwie tut es mir in diesem Moment gut. Ich durchforste meine Erinnerung nach den verrücktesten Sachen, die mir jemals passiert sind. »Okay. Ich bin der Königin begegnet. Ich wurde bei der Geburt vertauscht. Ich kann nicht Fahrrad fahren.«

Griffon legt den Kopf in den Nacken, schaut in den Himmel und scheint angestrengt zu überlegen.

»Unmöglich, dass du der Königin begegnet bist, das muss die Lüge sein.«

»Nein, das stimmt. Letztes Jahr habe ich in der Philharmonie die griechische Königin getroffen.«

»Ich dachte, du meintest *die* Königin.«

»Sie ist *die* Königin. Die Königin von Griechenland. Zwar inzwischen ohne Thron, aber immer noch eine Königin. Du darfst noch zwei Mal raten.«

»Dann muss es das mit dem Fahrrad sein – jeder kann Fahrrad fahren.«

»Klar kann ich Fahrrad fahren. Das war also die Lüge …« Ich schaue ihn an und zögere.

»Du bist nicht besonders gut darin, oder?«

Er lächelt, und ich sehe, dass er nicht sauer ist. »Du willst also sagen, dass du tatsächlich bei der Geburt vertauscht wurdest?«

»Meine Mom sagt, es war nur für eine Stunde, dann haben die im Krankenhaus es gemerkt. Aber manchmal bin ich mir da nicht so sicher, ich meine, Kat und ich … Wir sehen uns nicht besonders ähnlich.« Was völlig untertrieben ist. Kat ist der Inbegriff des hinreißenden blonden California Girls. Und ich … nicht.

Griffon nickt und zeigt seine Grübchen. »Pech für sie.«

Er schaut mir direkt ins Gesicht, und mir wird schon wieder ganz flau, aber dieses Mal fühlt es sich anders an. Ich schaue auf den Boden und kaue auf meiner Unterlippe herum, während wir weitergehen. Vielleicht steht er ja auf kleine, braunhaarige Mädchen in Jeans und abgewetzten Turnschuhen?

»Ich verneige mich vor der Siegerin«, sagt er, als er die Tür zum Café für mich aufhält. »Die Runde geht klar an dich. Ich hatte absolut keine Chance.«

»Reines Anfängerglück.«

Griffon führt mich an einen leeren Tisch am Fenster. »Ich gehe uns Tee holen. Mach's dir bequem, schau dir die Touristen an, ich bin gleich wieder da.«

Viele Familien mit Kindern sind im Café, der Krach, den sie machen, hallt von den Wänden des großen Backsteinbaus wider. Ich kann nicht anders, ich muss Griffon hinterherschauen, als er zum Tresen geht. Sein Vater sieht aus, wie man sich einen Torwächter im Tower von London vorstellt – kurzes, borstiges Haar, blasse Haut und rote Wangen. Griffon ist das genaue Gegenteil. Seine Haut ist hellbraun, er hat breite Schultern, aber schlanke Hüften, und seine dunkelblonden Locken sind durchzogen von hellen Strähnen, die von der Sonne gebleicht sind, nicht mit Chemie. Um den Hals trägt er ein breites, schwarzes Band, aber es verschwindet in seinem Hemd, darum kann ich nicht sehen, ob ein Anhänger daran ist.

Griffon sieht unverschämt gut aus, aber das ist nicht alles. Auch wenn ich mich über Liebesromane und Schnulzen immer lustig mache, verspüre ich tief in mir so eine Art Verbundenheit, und das macht mir Angst. Während er auf das Tablett wartet, lehnt er sich plötzlich seitwärts an den Tresen. Hastig senke ich den Blick, aber nicht schnell genug. Als er mit dem Tee zurückkommt, starre ich immer noch auf die hölzerne Tischplatte.

»Ich weiß nicht, wie du ihn trinkst, darum habe ich Milch, Zucker, Zitrone und Honig mitgebracht«, sagt er und stellt das Tablett auf den Tisch.

Ich schaue auf die verschiedenen Döschen und Päckchen. »Mit allem ist wahrscheinlich die falsche Antwort?«, sage ich und hoffe, dass ich nicht allzu verunsichert klinge.

Griffon grinst mich an und mein Herz rast. »Du kannst natürlich alles reintun, was du willst. Aber die meisten nehmen entweder Milch und Zucker oder Zitrone und Honig.«

»Dann Milch und Zucker, bitte.«

»Und das hier ist eine echte Spezialität, Streichrahm«, sagt er und stellt ein Glas mit einer klumpigen weißen Masse vor mich. »Sehr empfehlenswert, besonders mit Gelee auf den Scones hier. Besser als jede Schlagsahne bei uns zu Hause.«

Vorsichtig tauche ich das Messer in die klumpige Pampe. »Vielleicht lieber doch nur Gelee«, sage ich und nehme mir ein Stück von dem runden Teegebäck.

»Nichts da«, sagt er, schnappt sich meinen Scone, streicht Rahm und Gelee darauf und legt es wieder auf meinen Teller. Seine Hände sind kräftig und sanft. Ich muss sie immerzu anstarren. »Du gehörst doch nicht etwa zu denen, die nichts essen, oder?«

»Nein«, sage ich beleidigt. »Ich esse sogar ziemlich viel. Aber gewöhnlich nichts, das so komisch aussieht.« Trotzdem probiere ich, und es schmeckt cremig und lecker, wie Griffon gesagt hat, erinnert an dicke, nicht zu süße Schlagsahne. Eigentlich hatte ich gedacht, ich würde nichts runterkriegen, aber erst nachdem ich die erste Hälfte verschlungen habe, setze ich kurz ab, um nach Luft zu schnappen. Um meine Würde wiederherzustellen, nippe ich ein wenig am Tee und frage mich, ob die Leute hier in England dabei wirklich den kleinen Finger abspreizen, wie in der Fernsehshow, die meine Mom so gerne sieht. Griffon sitzt mit verschränkten Armen da und schaut mir zu, von ihm kann ich mir also nichts abgucken.

Ich nehme noch einen Schluck, stelle die Tasse zurück auf den Tisch, und plötzlich fällt mir auf, dass seit einigen Minuten keiner von uns ein Wort gesprochen hat.

»Tut mir leid wegen Kat und ihrer Fragerei«, sage ich. »Geschichte ist nicht so ihr Ding, aber für Geister hat sie echt was übrig.«

»Geht den meisten so. Die Leute fragen mich ständig solche Sachen.«

»Aber du nicht, oder? Ich meine, du glaubst doch nicht an Geister?«

»Nein. Nicht an Geister. Obwohl es Leute gibt, die behaupten, hier welche zu sehen. Vielleicht wissen die Geister, dass ich nicht an sie glaube und sparen sich den Auftritt.«

»Aber was ist mit all den Menschen, die hier im Tower gewaltsam zu Tode gekommen sind? Glaubst du nicht, dass noch etwas von ihrer Energie an diesem Ort existieren könnte, so wie Seelen, die Vergeltung suchen für das Unrecht, das ihnen angetan wurde?« Ich kann nicht glauben, dass ich das tatsächlich frage, aber irgendeine Erklärung muss es ja dafür geben, was vorhin dort draußen passiert ist. Und Geister sind noch das Rationalste, das mir im Moment einfällt.

»Nein«, sagt Griffon, sieht mich mit einem seltsamen Blick an und zögert einen Augenblick zu lange, »das glaube ich nicht.«

Ich bin ein bisschen enttäuscht über seine endgültige Antwort. Ruhelose Seelen wären eine weit angenehmere Erklärung als der Gedanke, dass ich vielleicht auf dem besten Weg bin, verrückt zu werden. Dabei *fühle* ich mich gar nicht verrückt. Abgesehen von plötzlichen Lateinkenntnissen und Visionen von Enthauptungen geht es mir eigentlich gut.

»Da fällt mir ein, dass wir uns noch gar nicht richtig vorgestellt haben«, sagt er und beugt sich vor. »Ich bin Griffon.«

»Ich weiß. Owen sagte das.«

Er sieht mich an. »Na und du?«

»Oh ja, ich! Natürlich.« Wie dumm von mir. »Cole. Eigentlich Nicole, aber so nennt mich nur meine Mom, alle anderen sagen Cole.«

»Cole, ein schöner Name«, sagt er. »Du bist nicht von hier, oder?«

»Nein. Mein Dad ist auf Geschäftsreise und hat uns mitgenommen. Wir leben in San Francisco.«

Griffon nickt. Wahrscheinlich begegnet er hier Leuten aus aller Welt.

»Warst du schon mal dort?«

»San Francisco? Ein paarmal. Wo genau wohnt ihr denn?«

»Upper Haight. Gleich am Panhandle vor dem Golden Gate Park.«

»Gibt es dort noch das Ben & Jerry's?«

»Das ist gleich bei uns um die Ecke«, antworte ich lächelnd.

Griffon sieht mir kurz in die Augen, dann lässt er den Blick über die anderen Besucher des Cafés wandern. »Gefällt's dir hier?«

Ich suche nach irgendetwas Interessantem, das ich erzählen könnte. Bald wird er denken, ich besäße das Kommunikationsvermögen einer Austauschstudentin im ersten Semester. »Wir hatten eine tolle Zeit.«

»Was habt ihr denn so gemacht?«

Schon öffne ich den Mund, um ihm von der Meisterklasse des London Symphony Orchestra zu erzählen, an der ich teilgenommen habe, davon, dass ich Anfang der Woche bei einem Konzert hinter der Bühne sein durfte, dass ich einige der Cellisten, die ich seit vielen Jahren bewundere, getroffen und sogar mit ihnen gemeinsam gespielt habe. Aber Griffon weiß nicht, dass ich ein Cello-Wunderkind bin. Er kennt mich nur als das etwas unbeholfene Mädchen, das von Geistern redet und in Fremde hineinstolpert, und plötzlich möchte ich, dass das auch so bleibt. »Ach, das Übliche«, antworte ich schließlich, »Buckingham Palace, die Tate Gallery, Museen.«

»Was ist mit dem London Eye?«, fragt er und deutet mit dem Kopf in Richtung des gewaltigen Riesenrads auf der anderen Seite des Flusses.

Nur wenn mir jemand eine Pistole in den Rücken hielte, würde ich mich in eine kleine Glaskiste in über hundert Metern Höhe stecken lassen. Vielleicht nicht einmal dann. »Nö, da sind wir noch nicht gewesen.«

»Normalerweise stehe ich nicht auf den Touristenkram, aber von dort hat man wirklich eine tolle Aussicht.«

»Vielleicht morgen«, antworte ich, aber das ist natürlich glatt gelogen. »Wir haben gar nicht genug Zeit, alles zu machen. Aber bisher war es wirklich toll. Diese Stadt hat mich schon immer fasziniert. England überhaupt.«

»Sag jetzt nicht, du bist mitten in der Nacht aufgestanden, um die Königshochzeit im Fernsehen zu gucken.«

»Nein, bin ich nicht.« Diesmal nicht gelogen – Kat hat sie aufgezeichnet. »Ich mag einfach alles, was mit Geschichte zu tun hat, und habe mich darauf gefreut, all die Dinge zu sehen, über die ich schon viel gelesen habe.« Eigentlich würde ich ihm jetzt gerne von der Vision erzählen, von der jungen Frau auf dem Schafott. Irgendetwas in der Art, wie er mich ansieht, gibt mir ein Gefühl von Sicherheit. Als könnte ich ihm alles erzählen und er würde mir glauben. »Irgendwie fühlt sich London für mich wie ein Zuhause an. Alles scheint mir so vertraut und bekannt, obwohl es das in Wirklichkeit natürlich nicht ist.«

Griffon schaut mich aufmerksam an. »Wie ein Déjà-vu?«, fragt er.

»Ja, genau. Es ist wirklich seltsam. Manchmal gehe ich an irgendeinem Haus vorbei und spüre plötzlich totales Heimweh. Oder ich weiß ganz genau, wie die nächste Straße aussehen wird, obwohl ich dort niemals zuvor war.«

Er nickt, hört mir aufmerksam zu. »Es ist seltsam, das Gefühl zu haben, schon mal an einem Ort gewesen zu sein oder etwas schon mal gesehen zu haben.« Griffon sieht nachdenklich aus. »Aber es ist irgendwie noch mehr als das.«

»Ja, du hast recht«, stimme ich ihm zu. »Es ist nicht nur, als ich hätte ich es zuvor gesehen, sondern …« Plötzlich fällt mir auf, dass ich gerade dabei bin, einem völlig Fremden mein Innerstes preiszugeben. Einem völlig Fremden, der sich dennoch vertraut anfühlt.

»... als hättest du es erlebt«, vervollständigt Griffon meinen Satz.

»Ja, genau.« Ich bin erstaunlich ruhig. »Als sähe ich Dinge, die früher passiert sind, durch die Augen der Menschen, denen sie passiert sind. Ich weiß nicht, ob es mit Geistern zu tun hat oder mit irgendeiner Form von übernatürlicher Energie ...« Ich halte inne und plötzlich scheint die Verbindung zwischen uns gekappt. »Oder ob ich vielleicht verrückt werde.«

Griffon lächelt. »Du bist nicht verrückt«, sagt er, »ganz bestimmt nicht.«

»Wenn ich nicht langsam, aber sicher dem Wahnsinn verfalle, was ist es denn dann?«

Er antwortet nicht gleich und ich sehe die Unschlüssigkeit in seinem Gesicht. »Ich denke«, sagt er schließlich, »dass die Menschen manchmal die Augen vor dem verschließen möchten, was wirklich wichtig für sie ist.«

»Und für mich sollte es aus irgendeinem Grund wichtig sein, Erlebnisse aus dem Leben anderer Menschen zu sehen? Das ergibt keinen Sinn.«

»Vielleicht wird es das eines Tages«, sagt er geheimnisvoll.

Ich blicke auf unsere Hände, die nur wenige Zentimeter voneinander entfernt auf dem Tisch liegen und plötzlich möchte ich ihn berühren. Ich will seine Haut an meiner spüren, wünsche mir eine körperliche Verbindung, wenn auch nur für einen kurzen Augenblick. Als könnte er meine Gedanken lesen, nimmt Griffon seine Hände vom Tisch und lehnt sich in seinem Stuhl zurück, und ich bin so verlegen, als hätte ich tatsächlich versucht, ihn anzufassen.

Griffon blickt hinaus in Richtung des Tower Green, wo die Touristen sich tummeln. »Was hältst du von der neuen Gedenkstätte für die Hingerichteten?«, fragt er und deutet mit dem Kopf zur Kapelle.

Ich folge seinem Blick, verwirrt durch den plötzlichen Themenwechsel. »Das gläserne Ding? Ganz interessant.«

Griffons Gesicht verdüstert sich ein wenig. Seine Gefühle scheinen ganz dicht unter der Oberfläche zu liegen und ich kann das Missfallen in seinem Ausdruck erkennen.

»Ich denke, es ist grässlich. Wie ein großer, gläserner Kaffeetisch mitten auf dem Platz.«

Ich lächele. »Ehrlich gesagt, habe ich so ziemlich das Gleiche gedacht.«

»Das Schlimmste ist, dass es sich nicht einmal an der richtigen Stelle befindet.«

»Tut es nicht? Ich dachte, dort hätten all die Hinrichtungen stattgefunden. So steht's auch im Reiseführer.«

»Stimmt aber nicht. Glaub nicht alles, was du liest. Vor vielen Jahren besuchte Königin Victoria den Tower und wollte wissen, wo die Enthauptungen stattfanden. Einer der Wächter zeigte einfach auf diese Stelle. In Wahrheit hatte er keine Ahnung. Aber seitdem sind die Torwächter dabei geblieben, aus Tradition und um die Touristen nicht zu verwirren.«

»Und wo wurden sie tatsächlich durchgeführt?«, frage ich und bin froh, dass wir uns auch über ganz normale Dinge unterhalten können. Wenn er hier wohnt, weiß er bestimmt vieles, was nicht in den Büchern steht.

»Na ja, das Schafott wurde für jede Hinrichtung auf- und hinterher wieder abgebaut, also stand es nicht immer am selben Platz, aber die meisten Enthauptungen fanden auf der Nordseite des White Tower statt.«

»Wo genau ist das?«

»Nicht weit von dem Gebäude entfernt, wo jetzt die Kronjuwelen aufbewahrt werden. Es heißt, die berühmtesten Hinrichtungen wurden in der Nähe des Tower Green vorgenommen.« Griffon beugt sich vor und blickt mir forschend ins Gesicht. »Genau da, wo du ohnmächtig geworden bist.«

3

Es fühlt sich an, als lägen die Frühjahrsferien schon eine Ewigkeit zurück. Vorne steht Ms. Lipke und schreibt mit quietschendem Marker auf das Whiteboard. Rayne schlüpft leise auf ihren Platz neben mich und schielt nach vorn, um zu sehen, ob sie einen Anranzer bekommt, weil sie schon wieder zu spät ist. »Also, wie ist er?«, flüstert sie.

»Wer?«, frage ich leise, obwohl ich genau weiß, wen sie meint. Es ist ziemlich schwer, irgendwas vor ihr geheim zu halten. In meinen Nachrichten von unterwegs habe ich bewusst nichts von Griffon erwähnt, aber natürlich hätte mir klar sein müssen, dass Kat es sofort brühwarm herumerzählen würde. Schon tausend Mal ist mir jedes einzelne Wort, das ich mit ihm gewechselt habe, durch den Kopf gegangen, und ich bin nicht in Stimmung, jetzt auch noch Rayne alles haarklein zu erzählen. Außerdem ist Griffon ein Teil unserer Reise, den ich lieber für mich behalten möchte. Zumindest vorerst.

»Kat meinte zu Sienna, dass ihr in London zwei tolle Typen getroffen habt. Ich fass es nicht. Jetzt bist du schon seit zwei Tagen wieder da und hast ihn noch mit keiner Silbe erwähnt.«

Als Griffon das von den Hinrichtungen erzählte, ist mir gleich wieder flau geworden. Ich habe mich zusammengerissen und gewartet, bis Kat wieder auftauchte, dann was von Jetlag gefaselt und bin praktisch aus dem Tower gerannt. Er hat mich nicht nach meiner Nummer gefragt und ich wollte sie ihm bestimmt nicht aufdrängen. Jetzt sind wir zurück zu Hause und gehen in die Schule, so als wäre alles wie vorher. Aber das ist es nicht.

»Komm schon«, drängelt Rayne, schaut aber nach vorne, damit man uns nicht beim Schwatzen erwischt. »Ich kann nicht glauben, dass du mir so etwas Wichtiges verschwiegen hast. Los, erzähl.«

»Da gibt es nichts zu erzählen. Ich hab einen Jungen getroffen. Er war süß. Er hat meine Nummer nicht, also werde ich ihn niemals wiedersehen. Ende der Geschichte.«

»Da hat Kat aber was ganz anderes erzählt. Sie sagte, dass du ohnmächtig geworden bist, mitten in irgendeinem Tower oder so, und dass dieser Typ dich praktisch gerettet hat.«

Wenn ich nur daran denke, krampft sich mein Magen zusammen. Manchmal, wenn ich gerade irgendetwas völlig Belangloses tue, schießt mir plötzlich ein Detail der Vision in den Kopf, und sofort sind all die damit verbundenen Gefühle wieder da. Wenigstens ist mir so was nicht mehr passiert, seit wir zurück sind. Ich hoffe, es war das Schlimmste und das Letzte, was ich in dieser Richtung erlebt habe, und dass die Visionen in England geblieben sind, wo sie hingehören. »Wir haben Tee getrunken«, sage ich, »das kann man wohl kaum *retten* nennen.« Ms. Lipke wirft uns einen strengen Blick zu, der mir für den Augenblick weitere Erklärungen erspart.

Es ist einfach lächerlich, wie oft ich an Griffon denke. Ich meine, wir haben kaum mehr als eine Stunde miteinander verbracht.

Das war an unserem vorletzten Tag in London, und ich war wirklich kurz davor, am nächsten Tag noch einmal zum Tower zurückzukehren – selbst auf die Gefahr hin, dass dort Visionen von Enthauptungen lauern – aber stattdessen fuhren wir nur noch einmal mit dem Taxi daran vorbei, und ich stellte mir vor, Griffon säße an einem Tisch im Café mit irgendeinem anderen armen Touristenmädchen, das seine Hilfe benötigt.

»Hast du nach der Schule schon was vor?«, fragt Rayne, als der Literaturunterricht endlich vorüber ist. »Ich glaube, ein paar von den anderen treffen sich im Café Roma.«

»Ich kann nicht«, antworte ich und lehne mein Cello gegen die Spinde draußen auf dem Flur. Ich krame in meinem Rucksack nach meinem Handy, auch, um sie nicht ansehen zu müssen.

»Schon wieder Cello? Wann machst du endlich mal eine Pause und fängst an zu leben?«

Ich seufze. Ich mag Rayne wirklich, aber sie versteht es einfach nicht. »Das ist Leben. *Mein* Leben. Bald ist das Konzert und wegen der Reise bin ich sowieso schon total hintendran.«

Wie oft habe ich versucht, ihr zu erklären, dass man sich nicht aussucht, Musikerin zu werden, sondern dass man einfach dazu bestimmt ist. Dieser Moment, in dem ich in einem Stück aufgehe, wenn alles zusammenpasst, dieser Glücksrausch, das Gefühl, außerhalb meiner selbst zu stehen, all das kann ich unmöglich erklären, ohne vollkommen verrückt zu klingen. Es treibt mich an, es fehlt mir, wenn ich nicht jeden Tag spiele. Ich gebe gerne meinen Eltern die Schuld, damit ich nicht wie ein totaler Musikfreak klinge, aber die Wahrheit ist, dass ich es nicht nur *mag*, sondern *brauche*. Ich glaube nicht, dass Leute, die für die Olympischen Spiele trainieren und Stunde um Stunde auf dem Eis oder in der Turnhalle verbringen, sich so oft rechtfertigen müssen wie ich.

»Komm bloß nicht und heul dich bei mir aus, wenn du mit fünfzig immer noch Single bist, Arthritis in den Fingern hast und mit einem Rudel Katzen zusammenwohnst.« Sie grinst mich an. »Hast du Probe oder gibst du Unterricht?«

»Beides«, antworte ich, erleichtert, dass das Thema vorerst beendet ist. »Ich habe die ganze Woche jeden Tag eine Nachholstunde bei Steinberg und heute um fünf gebe ich Unterricht.«

»Und wem?«

»Dem aus der fünften Klasse von der Yeshiva Day. Er hasst Cello, aber seine Eltern meinen, es sei wichtig für seine ›Vervollkommnung‹.« Wenn Schüler zum Spielen gezwungen werden, sind sie am schwersten zu unterrichten. Mit Erwachsenen, die wirklich lernen wollen, ihr Instrument zu spielen, ist es am einfachsten – sie sind vielleicht manchmal ein bisschen übertrieben enthusiastisch, aber immerhin üben sie und sind bei der Sache. Verzogene Kids von Privatschulen mit gluckenden Eltern sind die Allerschlimmsten – und sie machen den Großteil meiner Schüler aus.

»Klingt ja super«, sagt Rayne und zieht eine Grimasse.

Wir packen unsere Sachen und ich mache mich auf den Weg zur Bushaltestelle an der Ecke. »Bis dann.«

Ich sitze auf meinem Stammplatz im Bus, den Cellokoffer wie einen stummen Bewacher neben mir. Früher hat mich Mom immer gebracht und abgeholt, aber vor ein paar Jahren erlaubte sie schließlich, dass ich den Bus nehme, und ich genieße diese ruhigen Minuten zwischen meinen beiden Tageshälften. Während wir in Richtung Konservatorium fahren, lege ich meine Stirn ans Fenster und betrachte das Gewusel der Menschen auf den Gehwegen. Ich mag das, von meinem sicheren Posten aus die Menschen zu beobachten und im Vorbeirollen ein paar Sekunden ihres Lebens aufzuschnappen. Der Bus rattert weiter, und sie werden niemals wissen, dass ich sie gesehen habe. Wir fahren die belebte Geary Street entlang. In all dem hektischen Durcheinander gibt es in jedem Viertel ein paar Fixpunkte, die sich nie verändern, zum Beispiel der Typ, der in einem Klappstuhl auf dem schmalen Bürgersteig zwischen dem Chinarestaurant und dem indischen Laden sitzt, oder die Leute im Peet's Coffee, die unverwandt auf ihre Laptops starren und dabei die Kaffeebecher fest umklammert halten.

Genau in dem Augenblick, als wir an der Ampel neben dem Peet's halten, hebt eine Frau an einem der Fenstertische den Kopf und blickt hinaus auf die Straße. Erstaunt erkenne ich, dass es eine meiner Cello-Schülerinnen ist. Ich winke ihr zu, aber der Bus fährt schon weiter und Veronique hat sich wieder ihrer Arbeit zugewandt.

An meiner Haltestelle angekommen, hebe ich das Cello vom Sitz, lege mir den Tragegurt über die Schulter und steige aus. Wenn ich unterwegs bin oder auf Reisen, benutze ich das leichtere Cello aus Carbon, aber zusammen mit dem Koffer ist es trotzdem tonnenschwer, und ich bin froh, dass ich mich auf dem Weg zum Konservatorium keine Steigungen hinaufschleppen muss. Mein gutes Derazey-Cello, das meine Eltern vor ein paar Jahren gekauft haben, muss sich mit Übungsstunden daheim und gelegentlichen Besuchen beim Orchester begnügen. Sie haben dafür eine zusätzliche Hypothek auf unser Haus aufgenommen – die anmutigen Rundungen eines fast zweihundert Jahre alten Instruments sind nicht billig. Jedes Mal, wenn ich an all das Geld denke, das sie über die Jahre für Instrumente und Zubehör, für das Konservatorium und Privatstunden ausgegeben haben, liegt ein Stein auf meiner Brust, der so schwer ist, dass ich kaum atmen kann. Immer wenn die Schuldgefühle zu groß werden, schiebe ich ein paar zusätzliche Übungsstunden ein.

Als ich das Konservatorium betrete, umfängt mich das vertraute Gefühl von Geborgenheit, und in der Luft liegt der Geruch von Bogenharz, alten Instrumenten und Schweiß – eine Mischung, die es sonst nirgendwo gibt. Ich atme tief ein.

An den Wänden hängen Porträts berühmter Musiker und ich berühre kurz den Rahmen um das Bild von Guilhermina Suggia. Das tue ich immer, es soll mir Glück bringen. Sie war eine der allerersten Cellistinnen, und immer, wenn ich entmutigt bin, genügt ein Blick auf ihr Bild, damit ich mich besser fühle: das feuerrote Kleid, der stolz zur Seite gewandte Kopf, die Intensität, mit der sie das Cello attackiert.

Im hinteren Raum höre ich den vollen, weichen Klang eines Cellos von den holzgetäfelten Wänden widerhallen, und mein Herz schlägt höher, als ich Herrn Steinbergs Spiel erkenne. Leise schleiche ich den kurzen Gang entlang, weiche den quietschenden Bohlen unter den Garderobenhaken aus, und schließlich sehe ich ihn: Er sitzt über den glänzenden Korpus gebeugt, das harmonische Zusammenspiel seiner Hände entlockt dem Instrument jede erdenkliche Nuance an Gefühl, seine Augen sind geschlossen, ein Bild völliger Hingabe an die Musik. In den Jahren unserer Zusammenarbeit habe ich Stunden damit verbracht, seine Fingersätze nachzuahmen und mir das technische Können anzueignen, um auch die schwierigsten Stücke fehlerlos meistern zu können, bis ich ihm schließlich Note für Note ebenbürtig war. Mein Herz pocht, als sein Bogen über die Saiten fliegt, eine wortlose Kommunikation, die den Raum erfüllt, bis nur noch Klang und Gefühl existieren.

Vorsichtig setze ich mein Cello ab und höre Steinberg zu, wie er das Stück zum Abschluss bringt, spüre jeden einzelnen Ton, bis er verklungen ist. Das hier ist mein Zuhause, mehr noch als unser Haus in Haight, und mein Herz zieht sich zusammen, weil ich so lange fort war.

Als hätte Herr Steinberg meine Anwesenheit gespürt, dreht er sich um und begrüßt mich mit einem warmen Lächeln. Ich setze mich auf den leeren Stuhl an seiner Seite und kann es kaum erwarten, mich wieder der einzigen Sache in meinem Leben zu widmen, auf die ich mich immer verlassen kann.

* * *

An der Haustür angekommen, hänge ich mir das Cello über die andere Schulter und stecke meinen Schlüssel ins Schloss. »Mom, ich bin da!«, rufe ich, während die Tür zur Seite schwingt und meinen Schlüssel gleich mitnimmt, weil das alte, verrostete Schloss ihn sich mal wieder gekrallt hat. Ich drehe und rüttele, bis es ihn schließlich freigibt, und verfluche meine Eltern, die sich strikt weigern, auch nur ein einziges Teil der ursprünglichen Ausstattung des alten und zugigen viktorianischen Hauses gegen etwas Praktischeres einzutauschen. Schön, die welligen Glasfenster sind Originale, aber sie sind so undicht, dass es ständig zieht und wir im Winter manchmal sogar drinnen Jacken tragen.

»Ma?«, rufe ich, stelle meine Sachen im Eingang ab und gehe weiter in die leere Küche. Sie weiß doch, dass gleich ein Schüler kommt. Mom und Dad erlauben nicht, dass ich Unterricht gebe, wenn niemand zu Hause ist. Sollte sie es wieder mal vergessen haben, weiß ich nicht, wie ich das Oscars Eltern beibringen soll.

Ich überlege kurz, ob ich Dad oben anrufe, aber er kann es nicht leiden, wenn ich das tue. Also schnappe ich mir einen Apfel aus der Schale auf der Anrichte, trotte zurück zum Eingang, gehe hinaus und über den Treppenabsatz hinüber zu Dads Tür. Ich öffne sie und rufe laut: »Dad?« Nach ihrer Scheidung haben Mom und Dad das zweistöckige Haus gekauft, damit Kat und ich nicht ständig hin- und herfahren müssen. Er hat die Wohnung über uns, was bedeutet, dass gleich hinter seiner Eingangstür etwa eine Million Stufen warten. Brüllen ist leichter als Bergsteigen.

»Im Arbeitszimmer«, ruft er zurück.

»Ich wollte nur Bescheid sagen, dass ich zu Hause bin. Ich hab gleich Unterricht.«

»Komm rauf und gib deinem alten Dad eine Umarmung.« Sein Kopf taucht über dem Geländer auf. »Ich habe gerade die Fotos von unserer Tour hochgeladen. Sind ein paar wirklich gute dabei.«

»Der Unterricht fängt in ein paar Minuten an. Wie wär's nach dem Abendessen?«

Er sieht ein bisschen enttäuscht aus, lächelt aber und sagt: »Okay, ich hebe dir was vom Nachtisch auf, also vergiss es nicht.«

Ich schließe die Tür hinter mir und gehe zurück in unsere Wohnung. Vermutlich ist es gut, dass er über uns wohnt, besser, als wäre er irgendwo weit weg in einer anderen Stadt. Aber es tut weh, zu wissen, dass er dort oben ganz allein sitzt, während wir anderen hier unten sind. Weder Mom noch Dad hatten seit der Scheidung ernste Verabredungen – zumindest keine, von denen ich weiß – und manchmal denke ich, wenn Dad wieder eine Freundin hätte, würde ich mich vielleicht nicht ständig so schuldig fühlen.

Kat ist noch nicht zu Hause, aber das ist nichts Ungewöhnliches. Sie hat einen Job in einer Boutique auf der Union Street. Entweder ist sie nach der Schule dort und verkauft Klamotten oder sie geht selbst shoppen. Unser Haus in Haight kommt in ihren Augen einer Bruchbude in den Slums ziemlich nahe, darum verbringt sie so viel Zeit wie möglich in den »besseren« Vierteln. Ab September geht sie auf eine Schule für Mode-Design, was Dad fast umbringt, denn noch bevor sie sprechen konnte, träumte er schon davon, sie würde eines Tages in Stanford studieren.

Gerade habe ich den Apfelgriebs in den Biomüll geworfen, da klingelt es, und durch das Glas in der Eingangstür sehe ich verschwommen die Umrisse von Oscar und seiner Mom.

Ich öffne die Tür. »Guten Tag, Mrs. Garcia«, sage ich. »Hi, Oscar.«

Oscar brummt nur kurz und schlurft an mir vorbei, sein Cello schleift er fast über den Boden. Na prima. Das wird bestimmt eine richtig gute Stunde.

Oscars Mom schüttelt den Kopf. »Ich weiß nicht, was ich mit

dem Jungen noch machen soll«, seufzt sie, »er weiß einfach nicht zu schätzen, was wir alles für ihn tun. Wir wollen doch nur, dass er sich auf möglichst vielen Gebieten weiterentwickelt.« Sie sinkt in den Ohrensessel, den meine Mom eigens für die Eltern dort hingestellt hat. Für mich ist der Unterricht leichter, wenn der Sessel leer bleibt. Wenn ich mit den Schülern allein bin, kann ich entspannen und ihnen vielleicht auch mal ein paar Dinge zeigen, die interessanter sind als die klassischen Fingersätze und Tonleitern, die die Eltern für ihr Geld sehen wollen.

Mrs. Garcia nimmt ihre Handtasche auf den Schoß und schaut zu, wie Oscar sein Cello auspackt. Ich werfe einen kurzen Seitenblick auf die Tasche, ein Versuch, ihr per Telepathie mitzuteilen, dass heute die erste Unterrichtsstunde im Monat ist. Zahltag. Eigentlich ist Unterrichten okay, manchmal macht es sogar Spaß, aber ich hasse es, dem Geld hinterherzurennen. Natürlich sind es die reichsten Eltern, die am häufigsten vergessen, mich zu bezahlen.

»Hast du geübt, während ich weg war?«, frage ich Oscar und mache mein Cello bereit. So was muss ich fragen, wenn die Eltern in Hörweite sind. Es gefällt ihnen, ihre Sprösslinge von einem echten Wunderkind unterrichten zu lassen, aber trotzdem erwarten sie, dass ich mich genau wie eine Lehrerin verhalte.

Er zuckt nur mit den Schultern, was vermutlich bedeutet, dass er sein Cello seit der letzten Stunde nicht angefasst hat. Sein Bogen sägt mit einem quietschenden Geräusch über die Saiten, das mir durch Mark und Bein geht. Es gibt Kinder, die sich niemals mit einem Instrument anfreunden werden, ganz egal, wie sehr ihre Eltern sich das wünschen.

Ich bringe mein Cello in Position und spiele ein paar Takte aus einem Lied, das ich Oscar in den letzten drei Stunden beizubringen versucht habe, und er gibt sein Bestes, um mitzuhalten. Nach achtundzwanzig quälenden Minuten darf er den Bogen beiseitelegen und sein Instrument wieder einpacken. Während er seine Sachen einsammelt, winkt mich seine Mom zu sich heran.

»Ich finde, er spielt wirklich schon sehr viel besser«, schwärmt sie, und ich frage mich, ob sie tatsächlich im gleichen Raum gesessen hat. »Das letzte Stück klang richtig voll und schön. Du hast wirklich ein gutes Händchen, und wir sind sehr froh, dass wir Oscar bei dir unterbringen konnten.«

Ich ringe mir ein Lächeln ab und nicke zustimmend. Das erwarten sie von mir. Ich zögere einen Moment, bevor ich ansetze: »Öh, Mrs. Garcia? Heute ist … öh, die erste Unterrichtsstunde im Monat … und, öh …«

»Oh ja, natürlich!«, flötet sie und beginnt, in ihrer Handtasche zu kramen. »Uups, ich muss wohl mein Scheckbuch vergessen haben«, sagt sie und schenkt mir ein breites Lächeln. »Es macht dir doch sicher nichts aus, wenn ich dir den Scheck das nächste Mal mitbringe?«

»Nein, natürlich nicht, kein Problem«, antworte ich, lächele weiter angestrengt und streiche im Geist die beiden Bücher, die ich mir bestellen wollte, von der Wunschliste.

Beim Hinausgehen treffen sie im Eingang auf meine Mom, was beiderseits zu artigen Begrüßungsfloskeln und seitens meiner Mom zu umständlichem Hantieren mit Einkaufstüten führt.

»Wie war die Stunde?«, fragt Mom über die Schulter, als ich ihr in die Küche folge. Sie stellt die Tüten auf der Anrichte ab, und ich beginne, den Inhalt zu inspizieren.

»Ganz okay«, antworte ich. »Sind noch Sachen im Auto?«

»Nein, das ist alles.«

Ganz unten in einer der Tüten stoße ich auf meine Lieblingsproteinriegel und reiße die Verpackung auf.

»Iss nicht zu viel«, sagt Mom, »ich koche heute früher, weil ich abends noch ein Online-Meeting habe.« Sie zieht ein Post-it von der Kühlschranktür. »Hast du das schon gesehen?«

»Nein«, antworte ich und nehme den Zettel entgegen. *Veronique würde gerne heute und Donnerstag kommen, weil letzte Woche kein Unterricht war. Ich habe ihr gesagt, das geht in Ordnung. Küsschen, Mom.*

»Tut mir leid. Ich dachte, da fällt es dir am ehesten auf.«

»Seltsam«, murmele ich und schaue noch einmal auf den Zettel. »Ich hab sie vorhin noch gesehen. Im Peet's.«

»Du warst im Peet's?«

»Nein. Ich saß im Bus. Egal, ist nicht so wichtig.«

»Sie wollte gegen sechs kommen.«

Ich schaue auf die Uhr – dann müsste sie jeden Augenblick hier sein. »Besser, du hättest mich angerufen.«

»Tut mir leid. Wie du weißt, bin ich sowieso nicht glücklich darüber, dass du so viel Zeit mit Unterricht verbringst, vor allem, wenn deine Schulaufgaben und dein eigenes Üben darunter leiden.«

»Was soll ich denn machen, wenn ihr mir nicht mehr Taschengeld gebt? Immerhin besser, als bei McDonald's zu arbeiten. Oder im O'Farell-Theater.« Kat kennt tatsächlich ein Mädchen, das als Oben-ohne-Tänzerin jobbt, und sie verdient echt gutes Geld. Natürlich wissen wir beide, dass ich lieber sterben würde, als halb nackt vor Fremden herumzuzappeln, aber hier geht es ums Prinzip.

»Das ist nicht komisch, Nicole. Wir geben dir alles, was du brauchst, und ich finde es wirklich nicht zum Lachen, wenn du dein Talent damit vergeudest, unbegabten Anfängern beizubringen, wie sie ihr Cello malträtieren, anstatt zusätzliche Stunden am Konservatorium zu nehmen, so, wie wir es geplant hatten.«

»Zu wenig Taschengeld ist auch nicht lustig«, murmele ich im Weggehen, aber so leise, dass sie es nicht hört. Seit dem Augenblick, als ich im Alter von vier Jahren das erste Mal einen Bogen in der Hand hielt, ist das Cello meine erklärte Bestimmung, und meine Mom hasst alles, was dem auch nur im Geringsten in die Quere kommt. Manchmal frage ich mich, wie mein Leben wohl aussähe, wenn wir an jenem Tag nicht zu Tante Karen gefahren wären. Sie ist nicht wirklich meine Tante, sondern Moms beste Freundin aus College-Zeiten. In Karens Wohnzimmer stand ein altes Cello herum, und die Familienlegende besagt, dass ich auf einen Stuhl kletterte, den Bogen nahm und auf Anhieb blitzsaubere Töne spielte. Ich bin nicht sicher, wie viel davon wirklich wahr ist, aber es stimmt, dass mir das Spielen von Anfang an unglaublich leichtfiel. Es war wie Sprechen lernen, ich musste mich überhaupt nicht anstrengen, es passierte einfach. Es war so, als hätte ich es schon immer gekonnt. Nach nur einem Jahr hatte ich meinen ersten Lehrer überflügelt und für meine Eltern war mein kometenhafter Aufstieg zur weltbesten Cellistin beschlossene Sache.

»Was sagst du, Liebes?«, fragt Mom, ohne den Blick von ihrem Laptop zu heben.

»Ach nichts«, antworte ich und bin gerade dabei, die restlichen Lebensmittel zu verstauen, als es an der Haustür klingelt.

»Wie war's in London?«, will Veronique wissen, noch bevor sie das Haus betreten hat. »Ich hoffe, es ist okay, dass ich diese Woche zweimal komme. Ich hasse es, eine Stunde zu versäumen.« In einem Arm hält sie ihr Cello, mit dem anderen drückt sie mich kurz zur Begrüßung.

»London war toll«, antworte ich und trete ein Stück zurück, damit sie hereinkommen kann, »und das mit dem Unterricht geht völlig in Ordnung.«

Veronique ist schlank, trägt nur die trendigsten Klamotten und einen schwarzen Bob – eine Frisur, von der mein langes, gewelltes Haar nur träumen kann. Über dem rechten Auge hat sie ein Muttermal, das aussieht wie ein Komma – was gut ist, denn sonst wäre sie einfach zu perfekt und ich müsste sie hassen. Sie ist Anfang zwanzig und arbeitet als eine Art Wissenschaftlerin an der Uni. Was genau ihr Job ist, weiß ich nicht, aber auf jeden Fall bringt er genug Geld, dass sie sich das beste Instrument und die angesagteste Kleidung kaufen kann, und lässt ihr dazu noch genügend Freizeit, um an Werktagen abends Cello-Unterricht zu nehmen.

Sie gibt mir einen verschlossenen Umschlag, und ich grinse zufrieden, denn ich weiß, da ist Geld drin. Ich unterrichte Veronique erst seit etwa sechs Monaten, aber auf sie kann ich mich immer verlassen, was die Bezahlung betrifft. »Danke«, sage ich und verstaue den Umschlag in der Gesäßtasche meiner Jeans.

Es macht Spaß, Veronique zu unterrichten. Sie ist zwar nicht gerade ein Naturtalent, aber was ihr an Begabung fehlt, macht sie durch Willen und Zielstrebigkeit wett. Ihre Technik wird von Woche zu Woche besser, und ich kann immer hören, dass sie geübt hat, aber wenn ich sie dafür lobe, wird sie verlegen.

»Ich weiß jetzt endlich, wie mein Cello heißen soll«, erzählt sie, während sie das Instrument aus dem Koffer holt.

»Wie schon gesagt, man muss es nicht unbedingt taufen. Nicht jeder tut das.« Nicht jeder, das bin eigentlich nur ich, denn alle anderen, die ich im Orchester kenne, haben ihrem Instrument einen Namen gegeben – wahlweise einen niedlichen oder tiefsinnigen. Ich hab es versucht, und mein erstes Cello nach der Hauptfigur aus meinem Lieblingsbuch benannt, aber jedes Mal, wenn ich ›Harry‹ zu ihm sagte, kam ich mir wie ein Idiot vor.

»Ich weiß, aber dadurch bekommt man eine viel persönlichere Beziehung dazu. Willst du ihn wissen?« Sie macht eine kurze Spannungspause. »Bono.«

»Wie Bono von U2?« Ich lasse den Namen einen Moment lang in meinem Kopf nachklingen. Könnte funktionieren.

»Genau.« Veronique lächelt. »Wenn etwas so viele Stunden in der Woche zwischen meinen Knien klemmt, dann kann es bitte schön auch gleich der sexyeste Sänger aller Zeiten sein.«

»Veronique!«, flüstere ich und kichere. Ich schaue zur Tür hinüber, um sicherzugehen, dass Mom uns nicht hört. »Und was sagt dein Freund dazu?«

Sie zuckt die Schultern. »Giacomo findet ihn auch sexy. Vermutlich wird's ihm gefallen.«

Ich hebe abwehrend die Hand. »Stopp, mehr will ich gar nicht wissen«, sage ich und bin so verlegen, dass ich sie kaum ansehen kann.

»Also los, Bono«, sagt sie und rückt ihr Cello zurecht, »dein Auftritt.«

Wir arbeiten ein bisschen an den Bach-Variationen und dann

schlage ich ihr etwas Neues vor. »Das hier habe ich gerade bekommen und das Arrangement sieht nicht allzu schwierig aus. Es ist eines der allerersten klassischen Stücke, die ich gespielt habe«, sage ich und lege die Noten auf den Ständer. Kaum habe ich die ersten Takte von Chopins *Sonata in* G gespielt, greift Veronique plötzlich nach den Noten und reißt die Blätter herunter. Ich schaue sie verstohlen von der Seite an und sehe einen gequälten Ausdruck auf ihrem Gesicht.

»Tut mir leid«, sagt sie mit zittriger Stimme, »kein Chopin.«

Seltsam, Veronique hatte noch nie etwas gegen meine Musikauswahl einzuwenden. »Gar nichts, auch keine *Polonaise?*«

»Nein. Ich ... Ich kann Chopin nicht ausstehen.« Ihr Gesicht ist gerötet, sie sieht verstört aus. Noch nie habe ich sie anders als cool und kontrolliert erlebt. Was kann ein harmloses Musikstück an sich haben, dass sie dermaßen die Fassung verliert?

»Kein Problem«, sage ich, hebe die Notenblätter auf und schiebe sie unter meinen Stuhl. »So toll finde ich ihn eigentlich auch nicht.« Das ist eine komplette Lüge, denn Chopin hat einige meiner liebsten Stücke komponiert. Aber sie sieht schon verlegen genug aus und ich will es nicht noch schlimmer machen. Als ich mich wieder aufrichte, dreht sich alles in meinem Kopf. Ich versuche, mir einzureden, dass ich nur zu schnell wieder hochgekommen bin, aber dann kommt die Panik, und das Zimmer beginnt, sich immer weiter von mir zu entfernen. Ich sehe, dass Veroniques Lippen sich bewegen, aber ich kann nicht mehr hören, was sie sagt.

Ich stehe hinter der Bühne und betrachte Alessandra, die den Bogen herunternimmt, während die letzten Töne des Chopin-Stücks im

Konzertsaal verklingen. Donnernder Applaus hallt durch den Saal. Sie steht auf, hält mit einer Hand das Cello und streicht sich mit der anderen das lange, blonde Haar aus dem Gesicht. Seit sie so alt war wie ich jetzt, spielt sie beim Young Masters Orchestra für junge Talente und ist in den letzten vier Jahren in Begleitung ihres Vaters damit um die ganze Welt gereist. Jetzt ist sie fast neunzehn, natürlich viel besser als ich und außerdem wunderschön, darum fühle ich mich in ihrer Gegenwart immer unzulänglich.

Noch bevor er spricht, spüre ich, dass er hinter mir steht. »Bist du bereit, Clarissa?«, fragt Paolo, und sein Lächeln strahlt im gedämpften Licht hinter der Bühne. Wie immer, wenn er in meiner Nähe ist, beginnt mein Herz zu pochen. Ich schaue zu ihm auf und nicke kurz. Im Flackern des Rampenlichts sieht sein Haar beinahe schwarz aus. Paolos Hand liegt sanft auf meinem Ellbogen, als er mich auf die Bühne geleitet, wo mein Cello und ein zweiter Stuhl neben Alessandra auf mich warten. Eigentlich sollte ich aufgeregt sein, denn dies ist mein erster Auftritt und es ist ein großes Publikum, aber alles, was ich spüre, ist die Berührung seiner Hand auf meiner Haut. Paolo verneigt sich kurz und setzt sich dann an den Flügel. Ich senke den Kopf, wie die anderen Musiker auch, um mich auf den Beginn des Stückes zu konzentrieren, aber ich kann nur daran denken, dass Paolo Alessandra gehört. Sie sind so offensichtlich verliebt, und in den Blicken, die sie einander zuwerfen, liegt solch eine Leidenschaft, dass man manchmal wegschauen muss. Alle in der Truppe wissen es, und auch nur zu träumen, es könnte anders sein, bedeutet, unvorstellbaren Ärger heraufzubeschwören.

Veronique sieht mich besorgt an. »Ist alles okay? Du bist ganz blass.«

Ich blinzele und schaue mich um. Die hellen Bühnenlichter sind dem bunten Licht der Tiffany-Lampen gewichen, die meine Mom so mag. »Alles in Ordnung«, sage ich, und meine Stimme klingt fester, als ich vermutet hätte. »Mir war nur ein bisschen schwindlig. Ist bestimmt noch der Jetlag.«

Sie sieht erleichtert aus. »Ja, wahrscheinlich. Wenn ich mit Giacomo nach Italien fliege, brauche ich jedes Mal Tage, um wieder in den richtigen Rhythmus zu kommen.« Sie blickt auf ihre zierliche, goldene Armbanduhr. »Ist sowieso schon spät. Ich denke, ich mache mich auf den Weg. Es bleibt doch bei Donnerstag?«

»Ja, klar«, antworte ich und hoffe, dass sie nicht bemerkt, wie sehr meine Hand zittert, als ich den Bogen zurück in den Kasten lege.

* * *

Nach dem Abendessen helfe ich Mom, den Tisch im Esszimmer abzuräumen. Wir waren zwar heute nur zu zweit, aber egal, wie viele von uns zu Hause sind, sie besteht darauf, dass der Tisch gedeckt wird und man gemeinsam zu Abend isst. Ich frage mich, ob sie das wohl auch beibehält, wenn sie in ein paar Jahren allein wohnt. Die Vorstellung, dass sie dann einsam hier unten sitzt und Dad oben, ist ziemlich deprimierend.

»Ich gehe noch bei Dad vorbei«, rufe ich hinüber ins Waschezimmer, als alles im Geschirrspüler verstaut ist. Fast hätte ich vergessen, dass ich ihm versprochen habe, die Fotos anzuschauen.

»Okay«, ruft sie zurück. »Sind deine Hausaufgaben fertig?«

»Habe ich schon in der Schule erledigt.«

»Und was ist mit Üben? Du darfst wegen deiner Reise nicht in Rückstand geraten. Herr Steinberg erwähnte, dass die kleine Rothaarige nur darauf lauert, dir den Platz als Erstes Violoncello streitig zu machen.«

»Ich übe vorm Schlafengehen noch eine Stunde. Ich bleib nicht lange.«

Das Klassik-Radio läuft in voller Lautstärke, als ich die Treppen zu Dad hochsteige. Er sitzt am Computer, neben ihm ein Teller mit einem halb gegessenen Burrito und einer mit Schokokeksen aus meiner Lieblingsbäckerei im Mission District.

»Hallo Töchterchen«, sagt er und gibt mir einen Kuss auf die Wange. »Sind wirklich ein paar tolle Fotos dabei. Willst du sie sehen?«

»Na klar«, sage ich und stibitze mir einen Keks. Ich selbst vergesse ständig, Fotos zu machen, und auf Kats Kamera sind nur Bilder, die sie neben diversen Wachposten und Beefeaters zeigen – von mir geschossen. Dann fällt mir ein, dass sie selbst auch ein paar gemacht hat, von Owen vor dem Gebäude mit den Kronjuwelen, und ich könnte mich in den Hintern beißen, dass ich sie nicht gebeten habe, auch eins von Griffon zu machen. Obwohl sich jedes Mal mein Herz zusammenzieht, wenn ich an ihn denke, beginnt sein Gesicht bereits zu verblassen, und ich bin nicht einmal sicher, ob ich ihn überhaupt wiedererkennen würde. Ach, was soll's.

Dad dagegen fotografiert alles und jeden, so als hätte er Angst davor, demnächst sein Kurzzeitgedächtnis zu verlieren. Jeder Augenblick muss festgehalten und vor dem Vergessen bewahrt werden. »Da sind du und deine Schwester im Flugzeug, ziemlich verschlafen«, sagt er, als das erste Bild der Diashow auf dem Bildschirm erscheint.

Ich zucke zusammen, als ich mich selbst mit dem wüsten Rest einer Hochsteckfrisur und Ringen unter den Augen sehe. »Da war es ungefähr drei Uhr morgens«, führe ich zu meiner Verteidigung an. Ich muss mich unbedingt irgendwann hier reinschleichen und all die weniger schmeichelhaften Bilder löschen.

»Ach, du bist genauso hübsch wie immer. Schau, das ist das Restaurant, in dem wir am allerersten Abend gegessen haben, im Theaterviertel.«

Dad kommentiert jedes einzelne Bild. Der Portier unseres Hotels, eine Reihe roter Busse, wir vor dem Eingang zur nächstgelegenen U-Bahn-Station.

»Die hier sind von unserem Abendspaziergang zum Piccadilly Circus, erinnerst du dich? Da seid ihr beide vor der Statue.«

Ich werfe einen flüchtigen Blick auf das Foto, das mich und Kat auf der Steintreppe zeigt, doch dann erkenne ich plötzlich etwas im Hintergrund, und mir stockt der Atem. »Stopp, warte mal.« Ich sehe genauer hin und es läuft mir kalt den Rücken hinunter. »Wann hast du das aufgenommen?«

Dad hält die Diashow an. »Die sind chronologisch geordnet, also muss es am zweiten Tag gewesen sein.« Er blickt auf das Foto auf dem Bildschirm. »Ein wunderschöner Sonnenuntergang, nicht wahr? Siehst du das Rosa im Himmel hinter den Gebäuden? Beinahe die gleiche Farbe wie die Neonlichter auf der anderen Straßenseite. Wirklich sehr hübsch.«

Aber ich schaue nicht auf den Sonnenuntergang oder die Neonlichter. Ich starre auf einen Typ, der etwa zwei Meter hinter uns lässig an einer Säule lehnt und direkt in Dads Kamera blickt. Wenn das Foto am zweiten Tag aufgenommen wurde, dann war das genau vier Tage, bevor ich ihn im Tower traf. Ich dachte zwar, dass ich ihn möglicherweise nicht mal wiedererkennen würde, aber ich starre auf den Fremden mit lockigen Haaren und klaren, braunen Augen im Bildhintergrund, und mein Herz klopft bis zum Hals. Es ist Griffon.

4

»Ich weiß nicht, wo die Kamera ist«, sagt Kat. »Wahrscheinlich noch in meiner Reisetasche. Wie die meisten normalen Menschen, reiße ich nicht gleich alle Klamotten aus dem Koffer, sobald ich durch die Eingangstür komme.« Sie wirft mir einen herausfordernden Blick zu, aber ich beiße nicht an, und sie trottet in ihr Zimmer davon. Den ganzen Abend hocke ich schon hier und warte darauf, dass sie endlich nach Hause kommt, während meine Gefühle Achterbahn fahren: Erst könnte ich vor Freude hüpfen, weil ich ein Foto von Griffon besitze, dann werde ich fast verrückt, weil ich mir nicht erklären kann, was er eigentlich darauf zu suchen hat. Purer Zufall vielleicht. Ich meine, alle möglichen Leute treiben sich bei den Touristenattraktionen rum. Völlig normal. Und im Tower sind wir ihm begegnet, weil er eben dort wohnt. Logisch, oder? Ich werde mir das einfach so lange vorbeten, bis ich es glaube.

Ich schleiche zu Kats Zimmer im hinteren Teil des Hauses und frage leise, um Mom nicht zu wecken: »Kann ich sie mal haben?«

»Warum ist das so wichtig?« Sie streift ihre Schuhe ab und lässt sich aufs Bett fallen.

»Ich will … nur deine Fotos mit denen von Dad vergleichen.«

Sie mustert mich kurz. »Also gut«, sagt sie und stemmt sich

wieder vom Bett hoch. »Mal sehen, sie muss hier irgendwo sein.« Sie wühlt in ihrer Reisetasche und wirft mir schließlich die Kamera zu. »Aber wehe, du löschst irgendwas. Sind ein paar echt gute von Owen dabei, die will ich als Bildschirmschoner nehmen.«

Owen! »Hast du mit ihm gesprochen?«

»Er hat mir ein paar SMS geschickt.«

»Also weiß er, wie er dich erreichen kann?«

Sie wirft mir einen merkwürdigen Blick zu. »Klar. Wieso? Er ist schließlich ein echt attraktiver Schotte. Und man weiß ja nie, vielleicht taucht er eines Tages plötzlich hier auf.«

Natürlich haben sie Nummern getauscht. Warum bin ich nicht früher darauf gekommen? Tief in mir schimmert ein Fünkchen Hoffnung. Von Owen ist es nur ein kleiner Schritt bis zu Griffon. Ich zögere einen Moment, aber ich kann nicht anders, ich muss sie fragen: »Hat er was von Griffon erzählt?«

»Nicht viel. Die beiden sind anscheinend schon ewig befreundet. Griffon ist kurz nach uns auch zurück nach Hause geflogen, aber im Sommer sehen sie sich wieder.« Kat lächelt. »Ich wünschte, wir könnten auch im Sommer wieder hin. Vielleicht muss Dad noch mal eine Geschäftsreise nach London machen? Das wäre so cool.« Typisch. Bestimmt malt sie sich schon aus, wie sie zusammen mit Owen und zwei adrett gekleideten blonden Kinderchen mit hinreißendem britischem Akzent in einem schicken Apartment in London wohnt.

Ich fingere an der Kamera herum und frage möglichst beiläufig: »Meinst du, er spricht manchmal von mir?«

Sie legt den Arm um mich, aber es fühlt sich eher herablassend an als schwesterlich. »Du magst ihn wirklich, was? Ach, diese wundervollen Locken – da möchte man zu gerne mal mit den Fingern durchfahren …« Sie schaut über meine Schulter auf das Display. »Nein, ich glaube, er hat nicht von dir gesprochen. Zumindest hat Owen nichts erwähnt.«

Die Art, wie sie meinem Blick ausweicht, verrät mir, dass sie lügt. Möglich, dass Griffon von mir gesprochen hat, aber auf eine Weise, die ihr vielleicht nicht gefällt. Ich zucke die Schultern. »Na ja, eigentlich kenne ich ihn auch gar nicht. Wir haben uns ja nur das eine Mal gesehen.«

»Stimmt«, sagt Kat, »und da hattest du nicht gerade deinen besten Tag.«

Darauf erwidere ich nichts, sondern blättere durch die Fotos auf der Suche nach Griffon. Kat vor dem Buckingham Palace, Kat auf der London Bridge, ich bei den Symphonikern, Owen im Tower. Aber nirgendwo kann ich im Hintergrund jemanden entdecken, der Griffon auch nur ein bisschen ähneln würde. Gut. Fast gut.

»Und, gefunden, was du gesucht hast?«, fragt Kat.

»Nein«, sage ich und gebe ihr die Kamera zurück, »aber das ist auch besser so.«

* * *

»Du hast keine Ahnung, wo er wohnt?«, fragt Rayne. »Nicht mal die Stadt, nicht mal den Staat? Ich muss dir wohl noch einiges beibringen …«

Ich lächele sie an. Rayne hat es zu ihrer Mission erklärt, mich aus meinem Singledasein zu erlösen. In den letzten Jahren hatte ich viele Dates mit einem Cello, aber keine mit Jungs. Rayne arbeitet hart daran, dass sich das endlich ändert.

»Na ja, wenn er wollte, könnte er meine Nummer über Owen und Kat rauskriegen, aber anscheinend ist er nicht interessiert. Wie peinlich … Ich meine, ich bin praktisch ohnmächtig in seine Arme gesunken. Er wollte nur nett sein und hat mir eine Tasse Tee spendiert. Ende der Geschichte.«

Rayne schüttelt den Kopf und trinkt einen Schluck von ihrem extraheißen Soja-Latte. »Ich weiß nicht. Du sprichst von ihm, und das bedeutet, dass du an ihn denkst.« Sie sieht mich forschend an. »Tust du doch, oder?«

Eigentlich würde ich lieber nicht über Griffon reden. Andererseits werde ich noch verrückt, wenn ich meinen verwirrenden Gefühlen nicht wenigstens ein bisschen Luft verschaffe. Ich habe das Foto von Griffon ausgedruckt, es ist in meiner Mappe, und da soll es vorerst auch bleiben. Ich will nicht, dass jemand es sieht, selbst Rayne nicht. Lieber würde ich auch für mich behalten, dass ich so oft an Griffon denke, aber anlügen kann ich sie nicht. »Ja, glaub schon.«

Sofort ist sie Feuer und Flamme. »Dann musst du unbedingt zu deiner Schwester gehen. Sag ihr, sie soll den anderen Typ bitten, dass er Griffon deine Nummer gibt. Ich meine, vielleicht seid ihr füreinander bestimmt! Wie romantisch! Stell dir vor, du erzählst deinen Enkelkindern, wie ihr euch kennengelernt habt: Im Tower von London, wo er dich gerettet hat!«

»Bleib auf dem Teppich, Rayne«, sage ich und schaue mich nervös um, weil ich nicht will, dass irgendjemand unser Gespräch mit anhört. »Ich meine, was weiß denn ich. Womöglich wohnt er irgendwo weit weg in New Jersey und ist völlig durchgeknallt.« Raynes Mom hat ihr lauter Hippie-Zeug von Vorsehung und Aura in den Kopf gepflanzt, und sie neigt dazu, in jedem kleinen Zufall eine schicksalhafte Begebenheit zu sehen. Nichts geschieht einfach so. Alles hat eine tiefe, verborgene Bedeutung.

Rayne nimmt die Kette ab, die sie um den Hals trägt, und gibt sie mir. »Hier, die brauchst du mehr als ich.«

Ich schaue auf den hellrosa Stein, der an einem schwarzen Band hängt. »Oh, danke Rayne …, aber rosa ist eigentlich nicht so meine Farbe.« Ich trage nie Halsketten. Selbst ein kleines Gewicht an meinem Hals ist mir zu viel und gibt mir irgendwie das Gefühl, keine Luft mehr zu bekommen.

Rayne knotet das Band um meinen Hals. »Es geht nicht darum, ob er dir gefällt. Er wird dir helfen. Es ist ein Rosenquarz, das Symbol universeller Liebe. Er bündelt positive Energien und genau das brauchst du jetzt.«

Ich nehme den Stein in die Hand, schaue ihn an und lasse ihn wieder gegen mein Brustbein fallen. Er ist wirklich schön, obwohl er *rosa* ist. Außerdem will ich ihre Gefühle nicht verletzen.

»Danke schön. Dann hoffen wir mal, dass er wirkt.«

»Manche Menschen sind einfach füreinander bestimmt«, fängt sie wieder an. »Sie wandern ruhelos durch die Welt auf der Suche nach ihrer Zwillingsseele, und wenn sie sie gefunden haben, wird alles andere unwichtig. Nur, dass sie zueinanderkommen, zählt.«

Ich nicke. »Wenn du das sagst, muss es wohl stimmen.« Obwohl ich sie oft für ziemlich verrückt halte, ist sie die beste Freundin, die ich habe. Mein Handy piept, eine SMS.

»Komisch«, sage ich und lese die Nachricht ein zweites Mal, »Kat will sich nach der Arbeit mit mir treffen.« Außer in den Ferien, wenn sie keine andere Wahl hat, ist Kat nie scharf drauf, was mit mir zu unternehmen.

Rayne trinkt ihren Kaffee aus. »Ja, eigenartig. Vielleicht braucht sie Geld. Oder sie steckt in Schwierigkeiten und will nicht, dass deine Eltern etwas davon erfahren. Darum erzählt sie es dir nicht zu Hause.«

»Glaub ich nicht.« Aber eine bessere Erklärung habe ich auch nicht.

* * *

Die Glastür ist bereits verschlossen, und im Fenster hängt ein Schild, auf dem »Closed« steht, darum trommele ich so laut ich kann gegen die Tür. Kat arbeitet schon seit über einem Jahr in der Boutique, aber ich war noch nicht oft hier. Es ist einer dieser Läden mit nur wenigen erlesenen Artikeln im Schaufenster, denen man auf den ersten Blick ansieht, dass man sie sich niemals leisten kann. Wie in einer Kunstausstellung beleuchten kleine Spots die einzelnen Stücke: Schuhe, Taschen, Kleider, Schals – alle von der Besitzerin selbst entworfen. Wirklich der letzte Laden, den ich freiwillig betreten würde.

Kat erscheint und schließt die Tür von innen auf. »Sorry, komm rein. Ich räume hinten noch ein bisschen auf. Dauert nicht lange.«

Im Laden duftet es nach Blumen und im Hintergrund läuft leise Musik. Eine Frau mit langem, gewelltem, dunklem Haar beugt sich über eine Schmuckvitrine und drapiert ein paar Halsketten auf samtene Polster. Sie ist ziemlich dünn und trägt eines der weiten, fließenden Tops, die auch auf der schmalen Stange an der Wand hängen, dazu hautenge Jeans, rote High Heels und an jedem Finger einen Ring, einer größer und farbenfroher als der andere. Soweit ich sehen kann, ist sie kaum geschminkt, aber das ist auch nicht nötig, sie ist eine von denen, die auch in einer Papiertüte topmodisch aussähen. Weil Kat pausenlos über sie spricht, weiß ich, dass es Francesca ist, die Besitzerin.

»Wie alt ist sie?«, flüstere ich Kat zu, gerade laut genug, dass sie mich trotz der Musik hören kann.

»Ich weiß nicht genau. Zwanzig oder einundzwanzig. Sie war noch nicht mal mit der Mode-Design-Schule fertig, als ihr Vater ihr das Geld für die Boutique gab.« Das Leuchten in Kats Augen verrät mir, dass sie ihre Chefin anbetet. »Und sie wird es garantiert bis ganz nach oben schaffen, noch bevor sie dreißig ist.«

Francesca kommt mit einem Lächeln auf uns zu. »Katherine, ich denke, das ist alles für heute«, sagt sie mit einem leicht europäischen Akzent, den ich nicht genauer einordnen kann. Sie lächelt in meine Richtung. »Hab einen wunderschönen Abend mit deiner Freundin.«

»Das ist Cole, meine Schwester«, korrigiert Kat sie.

»Oh, wie nett, dass du mal vorbeischaust«, sagt Francesca und haucht mir ein Küsschen neben beide Wangen.

»Ist wirklich hübsch hier«, antworte ich und lasse meinen Blick zur Bestätigung noch einmal durch den Laden wandern.

Sie legt ihre Hände auf meine Schultern und mustert mich. »Sie hat eine fantastische Figur«, sagt sie zu Kat, als wäre ich gar nicht im Raum. »Die neue Tunika würde ihr ganz wunderbar stehen, dazu ein paar Leggins und diese neue Kette, die Drew gebracht hat, die mit den vielen kleinen Rädchen dran. Ooh! Und natürlich die goldenen Heels, die gerade reingekommen sind.«

Kat lacht laut los. »Das ist eigentlich nicht so Coles Stil … Außerdem hast du die Clockwork-Kette doch heute Morgen verkauft, oder nicht?«

Francesca legt nachdenklich einen Finger auf die Lippen, dann lächelt sie wieder. »Ja stimmt, hätte ich beinahe vergessen. Das war kein schlechtes Geschäft.«

Während wir noch dort stehen und sie mich begutachten, klingelt das Glöckchen über der Eingangstür und ein Typ mit einer weißen Papiertüte im Arm kommt lässig hereingeschlendert. Er stellt die Tüte auf dem Tresen ab, dann tritt er hinter Francesca und schlingt seine Arme fest um ihre Hüften. So wie er aussieht, würde er sich gut auf einem der großen Calvin-Klein-Plakate am Union Square machen.

»Na, was grinst ihr beide so zufrieden?«, fragt er und bedeckt Francescas Nacken mit Küssen. Sein weicher australischer Akzent passt perfekt zu den kurzen, blonden Haaren und strahlend weißen Zähnen.

Francesca quiekt und gibt ihm lachend einen Klaps auf den Arm. »Nichts weiter, wir haben heute nur eins deiner teuersten Stücke verkauft«, sagt sie, dreht sich zu ihm herum und küsst ihn mitten auf den Mund.

»Oh, sehr schön.« Er tritt einen Schritt zurück und schaut ihr ins Gesicht. »Wie gut, dass ich noch in der Konditorei war, nachdem ich deinen Salat besorgt hab. Du hast dir wirklich einen süßen Bonus verdient.«

»Wenn ihr zwei dann fertig wärt ...«, unterbricht Kat die beiden. Sie ist bemüht, es scherzhaft klingen zu lassen, aber ihr aufgesetztes Lächeln sagt mir, dass mehr dahintersteckt.

Francesca drückt einen innigen Kuss auf seine Lippen. »Mmmmhh ... Ja gleich, entschuldige. Drew, das hier ist Kats Schwester. Cole, richtig?«

Ich nicke. Drew schenkt uns ein Lächeln und kleine Fältchen erscheinen neben seinen strahlend blauen Augen. »Nett, dich kennenzulernen. Francesca wäre aufgeschmissen ohne deine Schwester.«

»Oh nein, ganz bestimmt nicht«, erwidert Kat und schaut mit einem verschämten Lächeln zur Seite. Die Röte, die ihr dabei den Hals heraufkriecht, spricht Bände, und plötzlich weiß ich, was los ist: Sie ist in ihn verknallt.

»Wir sollten uns auf den Weg machen«, sage ich in die etwas verlegene Stille hinein.

»Du hast recht«, sagt Kat und macht sich auf die Suche nach ihrer Handtasche. Sie sammelt ihre Sachen ein, und wir gehen zur Eingangstür, wo Kat sich noch einmal umdreht und Francesca und Drew zum Abschied bemüht fröhlich zuwinkt. Das hätte sie sich sparen können, denn die beiden haben nur Augen füreinander und wahrscheinlich längst vergessen, dass wir überhaupt da waren.

»Was sollte das mit ›Coles Stil‹?«, frage ich, sobald sich die Tür hinter uns geschlossen hat. »Ich stand direkt neben dir, verstehst du? Ich bin doch nicht völlig blöd.«

»Das weiß ich.« Sie wirft noch einmal einen musternden Blick auf meine Klamotten. »Aber ich hab doch recht, oder? Ich meine, die Sachen in der Boutique sind wirklich nicht dein Stil.«

»Das ist nicht der Punkt«, erwidere ich, wende mich ab und betrachte die Schaufenster, an denen wir vorübergehen. »Wo wollen wir überhaupt hin? Und was gibt es so Wichtiges?«

»Wir sind schon da«, sagt Kat und schiebt mich in ein schummrig beleuchtetes, altes Café. Bis vor Kurzem hätte Kat sich nie in so einem Laden blicken lassen, aber jetzt sind sie als ein »authentisches« Stück San Francisco gerade wieder angesagt. Dieses hier existiert schon seit Jahrzehnten, wie man an den verstaubten Pokalen und den Schwarz-Weiß-Fotos uralter Filmstars an den Wänden unschwer erkennen kann.

Kat bestellt Getränke und schiebt einen Teller mit Keksen in meine Richtung. »Ich dachte, du hast vielleicht Hunger«, sagt sie und kramt in ihrer Tasche herum. »Ich bezahle.«

Ich nehme mir einen Schokokeks. Erst als ich hineinbeiße, merke ich, wie hungrig ich tatsächlich bin. Eigentlich sitzen wir nie zusammen in Cafés und knabbern Kekse, und ich frage mich wirklich, warum wir hier sind. Doch entweder kann Kat sich nicht mehr so gut verstellen wie früher oder ich durchschaue sie schneller, denn plötzlich sehe ich es ihr an. Sie hat ein Geheimnis. Ein großes Geheimnis.

Ich setze mich aufrechter hin. »Hast du dir etwa ein Tattoo machen lassen? Mom und Dad würden dich umbringen.«

Kat lacht, sodass man ihre ebenmäßigen, weißen Zähne sieht. »Nein. Zumindest noch nicht.« Sie blickt hinüber zur Tür. »Es geht um etwas ganz anderes.«

Wieder schaut sie über meine Schulter hinweg, und plötzlich höre ich seine Stimme: »Hey, Cole.«

Ich drehe mich um und da steht Griffon. Er sieht genauso aus wie in meiner Erinnerung – braune Locken, breite Schultern und bernsteinfarbene Augen, deren Blick so intensiv ist, dass ich wegschauen muss. Ich wage nicht, etwas zu sagen, aus Angst, es könnte nur ein heiseres Krächzen aus meiner Kehle kommen, aber mir gelingt ein kleines Lächeln, als er sich auf den freien Stuhl an unserem Tisch setzt. Mein Herz rast wie wild, und ich fühle, dass meine Wangen glühen. Mir wird schwindlig, so als hätte ich mich zu schnell um die eigene Achse gedreht, und ich denke: Oh nein, bloß keine Vision, nicht vor den beiden.

»Stell dir vor!«, zwitschert Kat begeistert. »Griffon wohnt gleich um die Ecke in Berkeley, ist das nicht irre? Ich hab dich ganz schön an der Nase rumgeführt, als du neulich nach ihm gefragt hast …«

Ich schlucke, räuspere mich und schaue überallhin, bloß nicht auf Griffon. »Ich … öh … müsste mal kurz …«, stammele ich, schiebe meinen Stuhl zurück und bringe mich so schnell ich kann im Waschraum im hinteren Teil des Cafés in Sicherheit. Ich schließe mich ein, zwinge mich, ruhig zu atmen, und versuche, irgendwie Ordnung in das Chaos in meinem Kopf zu bekommen. Ich suche Halt am Waschbecken und starre in den Spiegel, bis die Panik langsam nachlässt. Nein, ich habe keine Vision. Ich drehe einfach nur durch.

Griffon ist hier. In San Francisco. Erst taucht er auf einem Foto auf, das Tausende Meilen von hier und mehrere Tage, bevor wir uns begegnet sind, gemacht wurde, und dann, gerade als ich dachte, ich würde ihn nie wiedersehen, steht er plötzlich vor mir. Und was tue ich? Ich renne in den Waschraum und schließe mich ein. Oh Gott. Ganz ruhig, Cole, tief ein- und ausatmen …

»Cole, was machst du denn?«, zischt Kat leise von draußen. »Da will man dir einen Gefallen tun und du rennst einfach weg. Wie stehe ich denn jetzt da?«

Ich lehne mich gegen die Tür. »Ich weiß … Entschuldige … Ich bin nur so … überrascht.«

»Und was schlägst du vor? Ich meine, ich habe mir all die Mühe gemacht, damit er herkommt. Soll ich ihm jetzt sagen, dass du eine schwache Blase hast, oder was?«

»Ich weiß nicht«, flüstere ich zurück. Ich habe keine Ahnung, wie ich das hier wieder hinbiegen soll oder was ich tun kann, um nicht wie eine völlige Idiotin dazustehen. »Sag ihm einfach, dass ich gleich wieder da bin.«

»Okay, aber beeil dich. Griffon wollte dich wirklich sehen, besser, du vermasselst es nicht.« Darauf antworte ich nicht, denn wir wissen beide, dass ich es schon vermasselt habe.

Zurück im Café, sehe ich zu meiner Erleichterung, dass er noch da ist. Dort sitzt er und unterhält sich mit Kat.

Als ich an den Tisch komme, schaut er mich an, lächelt und fragt: »Alles okay?«

Ich erwidere sein Lächeln, zumindest versuche ich es. Er muss denken, dass Durchdrehen bei mir zum Alltag gehört. »Ja, entschuldige. Es war nur …« Ich spreche den Satz nicht zu Ende, denn was könnte ich auch sagen?

Er steht auf und zieht den Stuhl zurück, damit ich mich hinsetzen kann. Das habe ich noch nie jemanden in meinem Alter tun sehen. »Ich hätte wohl besser vorher anrufen sollen. Aber Kat wollte dich überraschen.« Er setzt sich wieder. »Anscheinend ist ihr das gelungen.«

»Also«, sagt Kat und fixiert mich mit ihrem Blick, damit ich nicht wieder die Flucht ergreife, »stell dir vor, Griffons Mom unterrichtet an der Cal in Berkeley. Ist das nicht irre?« Sie zieht vielsagend die Brauen hoch.

Das erste Mal, seit er hereingekommen ist, sehe ich ihn direkt an. Wahrscheinlich hat er das bei unserem Treffen in England für sich behalten, weil er nicht vorhatte, mich jemals wiederzusehen, was die ganze Veranstaltung hier noch peinlicher macht. »Ja, wirklich irre.«

»Kat sagte, du bist auf der Pacific? Ich war vor ein paar Wochen dort. Bei einem Baseballspiel. Ich gehe nämlich auf die Marina«, lächelt er, »und wir haben euch neun zu null abserviert.« Augenscheinlich versucht Griffon, das Gespräch ein wenig aufzulockern, und dafür bin ich ihm dankbar.

»Na ja, die Pacific war noch nie berühmt für ihre sportlichen Erfolge.« Bis zu diesem Augenblick wusste ich nicht mal, dass es an unserer künstlerisch ausgerichteten Schule überhaupt ein Baseballteam gibt. Ich frage mich, ob sich unsere Wege vielleicht auf dem Campus schon mal gekreuzt haben. Ich besuche zwar keine Sportveranstaltungen, aber er hätte im Schulflur an mir vorbeilaufen können oder auf dem Gehweg, während ich auf den Bus warte. Da bin ich um die halbe Welt gereist, um jemandem zu begegnen, der praktisch nebenan wohnt. Rayne wird ausflippen.

»Cole verbringt die meiste Zeit in der Musikfakultät«, erklärt Kat, und fast könnte man meinen, dass ein bisschen Stolz in ihrer Stimme mitschwingt.

»Ah, du spielst in der Band?«, fragt Griffon. Wahrscheinlich sieht er mich vor seinem geistigen Auge gerade in einer billigen Polyesterjacke und mit Wuschelmütze auf dem Kopf.

»Nicht direkt.« Ich schaue ihn verstohlen an und frage mich, wie weit seine Geduld mit mir wohl noch reichen wird. Und warum er mir das alles nicht früher erzählt hat. Wahrscheinlich ist er nur gekommen, um Owen einen Gefallen zu tun.

»Cello«, klärt Kat ihn auf. »Cole ist eine hochbegabte Cellistin. Letztes Jahr hat sie sogar mit dem Symphonieorchester gespielt. Mit dem richtigen, nicht mit dem Jugendorchester.« Ich schaue sie verdutzt an. Wer ist das? Sie sieht zwar aus wie meine Schwester, aber das, was sie sagt, klingt ganz und gar nicht nach ihr. Kat ist immer die Erste, die sich über den »Lärm« beschwert, und noch nie hat sie auch nur ein einziges positives Wort über mein Cellospiel über die Lippen gebracht.

»Cello?« Griffon zieht die Brauen hoch, so als versuche er, das Bild in seinem Kopf zurechtzurücken.

Ich schaue verlegen zur Seite. »Ja, Cello. Was dagegen?«

»Nein, gar nicht. Cello ist völlig in Ordnung.«

In Ordnung? In Ordnung für wen?

»Du solltest ihn zum nächsten Konzert einladen«, sagt Kat zu mir und dann zu Griffon: »Sie tut nichts anderes mehr, als an ihrem Solo zu arbeiten. Ist 'ne große Sache.«

Griffon beugt sich zu mir herüber: »Darf ich kommen?«

Mein Gesicht fühlt sich an wie eine Palette verschiedener Rot-Töne. »Klar. Warum nicht. Wenn du willst. Am Wochenende. Im Northern California Conservatory. Beim Park.« Die Worte blubbern aus meinem Mund wie aus einem undichten Wasserhahn, aber ich kann nichts dagegen machen.

»Also, ich bin dann mal weg«, sagt Kat und schiebt mit lautem Quietschen ihren Stuhl zurück. Subtilität war noch nie ihre Stärke.

Griffon macht ebenfalls Anstalten aufzustehen. »Musst du auch schon gehen?«, fragt er mich, und es klingt tatsächlich, als wollte er, dass ich bleibe.

Ich schaue hinauf zur Uhr. Eigentlich müsste ich. Ich habe noch Berge von Hausaufgaben zu erledigen und natürlich sollte ich noch üben. Aber plötzlich will ich überhaupt nicht mehr weg.

Kat kommt mir zu Hilfe: »Heute ist Mittwoch – Taekwondo-Abend. Mom ist nicht zu Hause.« Sie wirft mir einen kurzen Blick zu. »Und wenn du mal ein bisschen weniger übst, wird das bestimmt niemandem auffallen.«

»Also, ich verhungere. Wie wär's, wenn wir zusammen was essen gehen?«, fragt Griffon. »Ich muss erst in ein paar Stunden zurück sein.«

Obwohl ich weiß, dass er mich nur aus Höflichkeit fragt, beginnt mein Herz, wie wild zu hämmern bei dem Gedanken, ein paar Stunden mit ihm allein zu verbringen. Es ist, als bekäme ich noch eine zweite Chance, und ich nehme mir fest vor, mich diesmal zu beherrschen und nicht lauter dummes Zeug von mir zu geben. »Das wäre schön«, sage ich und versuche, nicht allzu dankbar zu klingen.

Wir begleiten Kat noch bis zu ihrem Wagen und schlendern dann weiter die Straße entlang. Es fühlt sich gut an, neben Griffon zu gehen. Er ist zwar viel größer als ich, aber er passt sich meinem Tempo an, sodass ich nicht rennen muss, um mit ihm Schritt zu halten. Nach einer Weile rücke ich ein bisschen näher an ihn heran, natürlich nicht allzu dicht. Er scheint nichts dagegen zu haben, denn er vergrößert den Abstand nicht, sondern sieht mich nur an und grinst. Auf den Bürgersteigen geht es jetzt immer lebhafter zu, Leute mit Einkaufstüten tragen ihre Beute nach Hause und Menschen mit Aktentaschen strömen aus den Büros. Nach und nach rasseln die Rollgitter vor den Geschäften herunter.

»Kennst du ein gutes Restaurant in der Nähe?«, fragt Griffon. »Ich bin nicht so oft in der Stadt.«

»Ja klar, du kommst so gut wie nie her«, sage ich in Anspielung auf das, was er vorhin im Café erzählt hat. Ich weiß, das klingt zickig, aber ich kann nicht anders. Die widersprüchlichen Signale, die er aussendet, machen mich noch wahnsinnig.

Griffon sieht verlegen aus, was mich aus irgendeinem Grund beglückt. »Du hast recht. So selten bin ich auch wieder nicht hier. Hör mal, es tut mir leid wegen …«

Ich mache eine abwehrende Handbewegung, als wäre es nicht wichtig, aber in Wahrheit spüre ich immer deutlicher, dass es mir sehr wohl wichtig ist. Dass *er* mir wichtig ist. »Ist okay«, sage ich, »du musst mir nichts erklären.«

»Doch. Ich hätte dir sagen sollen, dass ich ganz in deiner Nähe wohne. Aber du warst so schnell wieder weg.« Griffon bleibt vor einem Blumenladen stehen. Er ist bereits geschlossen, aber in der Luft liegt noch der zarte Duft von Rosen. »Außerdem wusste ich, dass ich dich sowieso wiedersehen würde.«

Ich bin ebenfalls stehen geblieben und blicke forschend in sein Gesicht. Ich möchte ihm so gerne glauben. »Wie denn? Du kanntest ja nicht mal meinen Nachnamen.«

»Bei manchen Dingen ist man sich einfach sicher«, sagt er, als wäre es das Normalste auf der Welt. »Außerdem war mir klar, dass Owen mit deiner Schwester in Kontakt bleiben würde.«

»Und was, wenn sie ihm ihre Nummer nicht gegeben hätte?«, wende ich ein, obwohl ich genau weiß, dass das absolut unwahrscheinlich ist. Wahrscheinlich ist, dass Kat ihm vor unserer Abreise ihre Nummer mit wasserfestem Edding auf die Hand geschrieben hat. »Du kennst meine Schwester doch gar nicht.«

»Das stimmt, aber ich kenne Owen. Er hätte sie niemals einfach so wieder abreisen lassen.« Griffon lächelt kurz, dann schaut er sich um. »Also, wo wollen wir essen?«

Ich schaue auf die Straßenschilder, um mich zu orientieren. Veroniques Freund ist Italiener, und Mom hat sie mal nach einem Restaurant in der Nähe von North Beach gefragt, von dem sie gehört hatte, es sei gut und nicht zu teuer. Im Kopf überschlage ich, wie viel Geld ich dabei habe, und könnte mich ohrfeigen, dass ich Kat nicht um einen Zwanziger angehauen habe. »Magst du Italienisch?«

»Klar.«

»Ich glaube, es gibt einen netten Italiener nur ein paar Straßen weiter«, sagte ich und gehe durch das Gedränge auf dem Gehweg voran.

Ich finde das Lokal ohne Schwierigkeiten, erstaunt über mich selbst, dass ich mich sogar an den Namen erinnere. Ich kann mir jede einzelne Note einer Komposition ohne Probleme einprägen, aber bei alltäglichen Dingen wie Buchtiteln oder Restaurantnamen versage ich meist kläglich. Gerade als Griffon die Tür öffnen will, klingelt sein Handy. Er schaut kurz auf das Display und sieht mich an. »Da müsste ich eigentlich drangehen. Macht's dir was aus? Dauert nur ein paar Minuten.«

»Kein Problem. Dann geh ich schon mal rein und gucke, ob ein Tisch frei ist.«

Er lächelt mich an. »Danke. Ich bin gleich wieder da.« Griffon geht ein paar Schritte weiter bis an die nächste Ecke, und ich höre noch, wie er den Anruf annimmt, bevor ich die Tür öffne und das Restaurant betrete.

Als ich im Eingangsbereich am Tresen stehe und warte, taucht plötzlich Veronique auf, gefolgt von einem gut gekleideten Mann, auf den sie in rasantem Italienisch einredet. Zumindest glaube ich, dass es Italienisch ist. Ich selbst bin über Spanisch für Anfänger noch nicht hinausgekommen, also nicht gerade ein Genie, was Sprachen angeht.

»Cole! Was machst du denn hier?«, fragt sie überrascht auf Englisch, als sie mich entdeckt.

»Hey, Veronique. Ich hab mal gehört, wie du Mom von dem Restaurant erzählt hast. Wir waren gerade in der Nähe und dachten, wir probieren's mal aus.«

»Gute Wahl. Sie machen fantastisches Kalbsbries.« Sie beugt sich zu mir und flüstert: »Das sind eigentlich Drüsen, aber lass dich davon nicht abschrecken. Die Feinschmecker sagen, dass man daran ein wirklich gutes italienisches Restaurant erkennt.« Sie dreht sich herum zu dem Mann hinter ihr. »Das ist Giacomo, mein Freund. Ich glaube, ihr kennt euch noch nicht.«

Er lächelt und verneigt sich leicht. Ich weiß nicht, ob es daran liegt, dass er Italiener ist, aber irgendwie sieht er wesentlich älter aus als sie. »Freut mich sehr, dich zu kennen. Ich habe viel gehört von deine wunderbare Begabung. Ist nicht jeden Tag, dass man trifft eine so große Talent.«

Ich betrachte den etwas abgewetzten, burgunderroten Teppich auf dem Boden und bin froh, dass Griffon gleich kommen wird. Außer im Konservatorium ist es mir immer ziemlich peinlich, wenn mich jemand auf mein Cellospiel anspricht. »Vielen Dank. Veronique macht wirklich gute Fortschritte.«

Sie rollt mit den Augen. »Nette kleine Lüge, aber trotzdem süß von dir.« Ihr Blick gleitet durch den Eingangsbereich. »Wartest du noch auf jemanden?«

»Ich bin … mit einem Freund hier. Er ist noch draußen und telefoniert.«

Sie zieht übertrieben die Augenbrauen hoch. »Ein Freund, soso. Und warum hast du noch nie von ihm erzählt? Ich wette, da steckt mehr dahinter!«

Ich wünschte, sie hätte recht. Ich stelle mir vor, wie es wohl wäre, ihn als *meinen Freund* vorzustellen. Seine Hand zu halten, wenn wir durch die Straßen laufen. »Nein, nein, nur ein Freund«, sage ich.

»Freundschaft ist immer ein guter Anfang«, kontert sie und sieht mich vielsagend an.

Ich zucke vorsichtshalber nur mit den Schultern, sonst verplappere ich mich noch.

»*Dobbiamo affrettarci*«, wirft Giacomo ein und blickt demonstrativ auf die Uhr.

»Ja, richtig«, erwidert Veronique, »wir sind schon spät dran. Wir sehen uns morgen?«

»Klar. Übliche Zeit.«

Im Hinausgehen treffen sie auf Griffon und Giacomo hält ihm die Tür auf. Ich winke ihnen noch einmal nach und sie treten hinaus ins Dunkel der Straße.

»Wer war das?«, fragt Griffon und schaut ihnen durchs Fenster nach.

»Sie ist eine meiner Schülerinnen«, kläre ich ihn auf, ernte aber nur einen verständnislosen Blick. »Eine Cello-Schülerin. Ich gebe zu Hause Privatunterricht. Veronique kommt donnerstags um vier.«

Er lacht. »Aha, die begabte Cellistin unterrichtet also auch. Das ist nett.«

»Eigentlich brauche ich nur das Geld«, sage ich und verziehe entschuldigend das Gesicht.

»Würdest du mir auch ein paar Stunden geben?«

»Du willst Cello lernen?«, frage ich und weiß, dass ich ungewollt skeptisch klinge.

»Vielleicht habe ich ja schon immer den glühenden Wunsch danach verspürt und nur auf die richtige Lehrerin gewartet ...«

»Ich könnte mal schauen, ob ich dich noch irgendwo unterbringe«, antworte ich, und während wir an unseren Tisch geführt werden, hüpft mein Herz vor Freude bei dem Gedanken, ihn dann öfters zu sehen.

5

»Ich glaube, du bist verliehiieebt«, flötet Rayne.

»Ich bin nicht verliebt«, versuche ich abzustreiten, aber gegen das breite Grinsen in meinem Gesicht kann ich einfach nichts tun. Oder dagegen, dass ich im Unterricht sitze und den gestrigen Abend wieder und wieder in meinem Kopf abspiele. Ganz perfekt wäre ein Abschiedskuss gewesen oder wenn er meine Hand gehalten hätte, als wir an der Haltestelle auf meinen Bus gewartet haben. Na ja, dafür bleibt uns noch alle Zeit. Sage ich mir. Hoffe ich. Denn eigentlich hat er mich nicht um ein weiteres Date gebeten, sondern zum Abschied nur »dann bis bald« gesagt. Aber das ist doch fast dasselbe, oder?

»Komm schon, mir kannst du nichts vormachen.«

Ich schaue mich auf dem Schulhof um, weil ich nicht will, dass jemand mitbekommt, worüber wir sprechen. Es ist Mittagspause und wir sitzen wie gewohnt auf unserer Bank. Sie steht weit genug weg von den Tischen und wenn man nicht zu laut spricht, kann einen dort niemand hören. »Aber ich kenne ihn doch kaum«, wende ich ein, »und außerdem ist gar nichts passiert.«

»Gar nichts?«, fragt Rayne und grinst verschwörerisch. »Keine zufällige Berührung, als ihr beide gleichzeitig nach dem Salzstreuer greift? Keine sehnsuchtsvollen Blicke?«

»Du guckst zu viele Filme. Wir haben Pasta gegessen und dann hat er mich zum Bus gebracht.« Allerdings kann ich mich an den Geschmack der Pasta nicht im Geringsten erinnern, genauso gut hätte ich Pappe essen können. Mein Blick schweift über den Schulhof. »Griffon ist irgendwie anders«, sage ich. »Nicht wie die Jungs hier.«

»Hat er wenigstens nach deiner Nummer gefragt?«

»Ja«, antworte ich nur und behalte für mich, dass ich seit gestern Abend mindestens eine Million Mal mein Handy gecheckt habe.

»Dann ist ja alles gut«, sagt Rayne, stochert in ihrem Bohnensalat herum und schielt auf mein Lunchpaket. »Isst du den noch?«

Ich gebe ihr meinen Schokokeks.

»Hi Mädels.« Gabi ist herübergekommen und lässt sich neben Rayne auf die Bank fallen. Seit meiner Rückkehr habe ich sie kaum gesehen. »Na, redet ihr gerade über Jungs?«

»Über einen ganz bestimmten, und zwar einen besonders gut aussehenden«, klärt Rayne sie auf. »Cole hat ihn in den Ferien kennengelernt.«

»Uuuh ... die gut aussehenden sind natürlich die besten.«

»Könnt ihr mal damit aufhören?«, unterbreche ich die beiden. Je mehr wir darüber sprechen, desto nervöser werde ich. Ich packe mein Sandwich aus und versuche es mit einem Themenwechsel.

»Wie waren deine Ferien?«

Gabi wühlt in ihrem Rucksack nach ihrer Lunchbox. »Ach, langweilig. Meine Cousinen aus Mumbai sind zu Besuch und wir haben die Touri-Attraktionen abgeklappert: Alcatraz, Fisherman's Wharf, Union Square. Ein Foto nach dem anderen von Leuten vor Sehenswürdigkeiten, bis zum Erbrechen.«

»Immer noch besser als bei mir«, sagt Rayne. »Wir haben an der Küste gecampt, es war dreckig und kalt.« Sie schüttelt sich bei der Erinnerung daran. »Was ist auf deinem Sandwich, Cole?«, fragt sie, immer auf der Jagd nach einer Alternative zu den Weizenkeim- und Tofu-Kreationen, die ihre Mom sich ausdenkt.

»Thunfisch. Willst du eine Hälfte?«

»Hm, ich glaube nicht. Habe neulich erst gelesen, dass die Thunfischbestände völlig überfischt sind«, sagt sie enttäuscht.

Ich kaue bedächtig und bereite mich innerlich darauf vor, mich von der Hälfte meines Lieblingssandwiches zu verabschieden. Rayne gelingt es immer wieder, mir ein schlechtes Gewissen wegen meiner köstlichen Lunchpakete zu machen. »Schleppnetzfrei gefischt«, sage ich aufmunternd.

»Hilft auch nichts mehr«, antwortet sie. »Mittlerweile gibt es nur noch so wenige Thunfische, dass sie in fünf Jahren ganz verschwunden sein werden, wenn man nichts unternimmt. Für immer – so wie die Einhörner.«

Gabi und ich wechseln einen Blick. »Einhörner?«, fragt Gabi.

»Ja«, gibt Rayne zurück, »du weißt schon. Die Höhlenmenschen haben die Einhörner so lange gejagt, bis sie irgendwann ausgestorben sind.«

Ich mag Rayne sehr, doch manchmal kann sie beängstigend naiv sein. Ihre künstlerische Begabung ist wirklich beeindruckend, aber von der Realität hat sie keinen blassen Schimmer.

»Rayne«, beginne ich vorsichtig, »du weißt schon, dass es niemals Einhörner gab? Außer im Märchen natürlich.«

Rayne schaut mich verwirrt an. »Natürlich gab es Einhörner. Sie sind nur vor Tausenden von Jahren ausgestorben.«

Gabi klopft ihr auf die Schulter. »Wie gut, dass du im Grunde ein kluges Mädchen bist.«

»Wieso denn? Gram hätte mir das nicht erzählt, wenn es nicht wahr wäre«, sagt Rayne mit solcher Überzeugung, dass Gabi und ich trotz größter Bemühungen nicht länger an uns halten können und losprusten.

»Tut mir leid«, sage ich und nehme einen letzten Bissen. »Nie wieder Thunfisch, versprochen.«

Gabi öffnet den Deckel ihrer kleinen Thermobox und uns weht ein starker, würziger Duft an.

»Was ist das?«, fragt Rayne und beugt sich zu ihr herüber, um einen Blick zu erhaschen. »Riecht fantastisch.«

»Das ist Saag. Meine Cousinen kochen ununterbrochen, seit sie da sind. Möchtest du mal?«

»Oh, gerne«, schnurrt Rayne und nimmt eine Gabelvoll. »Mmmhhh, das ist köstlich.«

Auch ich will davon probieren, aber der intensive Geruch der Gewürze überwältigt mich. Ich bin wie benommen und fühle mich plötzlich seltsam losgelöst. Ich atme tief durch und sinke gegen die steinerne Lehne der Bank. Rayne, Gabi und das gesamte Schulgelände verschwinden, und an ihre Stelle tritt eine heiße, verräucherte Küche, an deren weiß getünchten Wänden Porträts von ernst dreinblickenden alten Männern hängen.

Meine Mutter beugt sich über den großen Topf auf der Feuerstelle und rührt in einem duftenden Schmorgericht. Ihr langes, schwarzes Haar ist zu einem breiten Zopf geflochten und lose mit einem Tuch bedeckt, dessen Ende sie mit einer Hand festhält, damit es nicht in die Flammen gerät.

Ich blicke nach unten und sehe meine nackten Füße mit den kurzen, braunen Zehen, die unter der weiten Baumwollhose hervorschauen. Ich sitze auf einem Stuhl, weit genug weg, damit ich nicht im Weg bin, aber nahe genug, um die Hitze des Feuers zu spüren. Mein Magen knurrt und gluckert.

Geschickt greift meine Mutter ins Feuer, wendet mehrere Stücke Fladenbrot und gibt mir eines davon. »Für dich, mein Junge«, sagt sie. Ich lächele und beuge mich über den Topf, um mein Brot in das köchelnde Gericht zu tunken. Der Duft der kräftigen Gewürze lässt mir das Wasser im Mund zusammenlaufen –

»Alles okay?«, fragt Rayne. »Du siehst aus, als wär dir ein bisschen schwummerig.«

Ich schüttele meinen Kopf, um die lebhaften Bilder zu vertreiben. Doch der köstliche Duft bleibt in meiner Nase, und mir wird klar, dass das Essen in Gabis Lunchbox dasselbe würzige Aroma verströmt.

»Seit wann sprichst du Bengali?«, fragt sie mich.

»Was meinst du?«, gebe ich zurück, immer noch bemüht, wieder in der Realität anzukommen.

Offensichtlich bin ich diesmal nicht in Ohnmacht gefallen, sonst wären sie sicher nicht so ruhig. Trotzdem haben sie bestimmt mitbekommen, dass irgendetwas Komisches mit mir los war.

»Bengali«, wiederholt sie und schaut mich von der Seite an. »Du hast da gesessen, ins Leere gestiert, und dann hast du *›ozasro dhanyabad‹* gesagt. Das ist Bengali und heißt so viel wie ›ich danke dir‹. Der Akzent klang zwar ein bisschen eigenartig, aber genau das hast du gesagt.«

Immer noch sehe ich das Bild deutlich vor mir, klar und scharf wie einen Filmausschnitt, und doch ist es mehr als das, denn ich weiß Dinge, die ein einfacher Zuschauer nicht wissen könnte. Ich habe die Szene *gefühlt*. Den Hunger, die freudige Erwartung, das Glück, zusammen mit meiner Mutter in unserem kleinen Haus zu sein. Und plötzlich verspüre ich eine schmerzende Einsamkeit, eine Sehnsucht nach dieser Frau, der Mutter eines fremden kleinen Jungen.

»Öhm ... Wahrscheinlich habe ich das in dem indischen Restaurant aufgeschnappt, wo wir manchmal hingehen«, erkläre ich möglichst beiläufig und ringe mir ein Lächeln ab. Sie sollen nicht merken, wie verwirrt ich in Wirklichkeit bin.

Das Glücksgefühl über meine Begegnung mit Griffon ist wie weggefegt, stattdessen empfinde ich kalte Furcht. Ein ungewohnter Geruch in einer vertrauten Umgebung – solch eine Kleinigkeit genügt, um mich in eine andere Zeit, ein anderes Leben zu katapultieren. Und es gibt keinen Ort, an den ich fliehen kann, denn das alles geschieht in meinem Kopf.

6

Meine Schultern entspannen sich, mein Körper wiegt sich zu den weichen, samtigen Klängen, die den Raum um mich herum erfüllen. Die Finger meiner linken Hand fliegen über die Saiten und finden die Töne wie von selbst. Ich sage meinem Verstand, er soll sie gewähren lassen. In meiner rechten Hand liegt der Bogen, schwingt vor und zurück und bringt das Cello zum Klingen. Gerade verhallt der letzte Ton im Raum, da höre ich von der Tür her Applaus und drehe mich erschrocken um.

»Das war einfach unglaublich«, sagt Veronique mit leuchtenden Augen und betritt das Zimmer. »Ich kann mir nicht vorstellen, dass ich jemals so spielen werde.«

Ich atme tief durch. Wie immer, wenn ich alles gegeben habe, fühle ich mich erschöpft. »Danke«, antworte ich verlegen. Mom muss sie hereingelassen haben. So spiele ich sonst nie, wenn ich weiß, dass jemand im Raum ist. Ein Konzert vor mehreren Hundert Menschen ist kein Problem für mich, aber wenn jemand direkt neben mir steht und ich seine Reaktion sehen kann, wenn jemand sozusagen direkt an meiner Musik teilhat, das ist überhaupt nicht mein Ding.

»Wer hat das komponiert?«, fragt Veronique. »Ich glaube nicht, dass ich das schon mal gehört habe.«

Ich lehne das Cello gegen meine Schulter und lege den Bogen zurück in den Kasten. »Bloß ein Stück, das ich vor Jahren mal gespielt habe«, erwidere ich, »hat nicht mal einen Namen.«

Veronique beginnt, ihr Cello auszupacken.

»Und, wie geht's Bono?«, frage ich.

»Versuch nicht abzulenken. Ich meine, das war wirklich fantastisch. Du solltest deine Zeit nicht mit Schülern vergeuden, sondern auf den großen Bühnen der Welt auftreten.«

»Du hast wohl mit meiner Mom gesprochen«, lache ich. »Sie behauptet, ich wurde schon als Cellistin geboren.«

Veronique sieht mich ernst an. »Mütter spüren so was oft am besten. Vielleicht weiß sie ganz genau, wovon sie spricht.« Sie wirft einen Blick in Richtung des hinteren Zimmers, in dem meine Mom sitzt und fernsieht, dann neigt sie sich zu mir herüber und sagt: »War schön, dich gestern Abend zu treffen. Hat es euch geschmeckt?«

»Öh, ja … öhm, es war echt lecker«, stottere ich. »Danke für den Tipp.«

»Freut mich.« Sie macht immer noch keine Anstalten, ihren Bogen zu nehmen. »Du bist so ein hübsches Mädchen. Und so begabt. Du hast einen netten Jungen verdient, der gut zu dir ist.«

Ich spüre, wie ich rot werde. »Öh ja, danke. Aber eigentlich sind wir nur Freunde.« Ich bete zu Gott, dass Mom nicht hört, worüber wir sprechen. Alles, was mich vom Üben abhält, ist in ihren Augen tabu – und Jungs stehen ganz oben auf der Liste.

Wir beginnen den Unterricht mit der *Aria* aus den Goldberg-Variationen. Mitten im Takt unterbricht Veronique plötzlich.

»Diese Phrase bringt mich immer raus«, sagt sie und nimmt den Bogen herunter. »Ich bekomme sie einfach nicht hin.«

Ich zeige auf das Notenblatt. »Meinst du die?«

»Nein, diese hier.« Sie tippt mit ihrem Bogen auf eine andere Stelle.

Dabei berühren sich unsere Hände, und ich bekomme einen leichten elektrischen Schlag, so, wie wenn man in Socken über den Teppich läuft.

»Autsch«, sage ich und ziehe erschrocken meine Hand zurück. Dann rieche ich plötzlich Seeluft.

Dichtes Gedränge und unglaublicher Lärm empfangen uns, als wir die Fähre verlassen und das überfüllte Dock betreten. Zahllose Kutschen, bestimmt Hunderte von Pferden, Männern und Frauen eilen auf der staubigen Promenade kreuz und quer in alle Richtungen. Mein Herz schlägt bis zum Hals und ängstlich halte ich in dem Gewühl nach einem vertrauten Gesicht Ausschau. Alle um mich herum reden durcheinander, in einer Sprache, die ich nicht verstehe. Ich fühle mich verloren in diesem fremden Land und Panik steigt in mir auf. Eigentlich habe ich immer davon geträumt, unser kleines Dorf zu verlassen und die große, weite Welt zu sehen, aber jedes Mal, wenn ich unversehens in dieses hektische Getümmel gerate, fühle ich mich davon wie erdrückt. Meine Augen können gar nicht alles aufnehmen und mein Herz noch viel weniger.

»Willkommen in San Francisco.« Alessandra tritt neben mich, lächelt mir zu und klopft den Staub von ihrem hübschen Reisekleid.

»Hier geht es ja schrecklich turbulent zu«, sage ich, während meine Augen gehetzt durch das Gedränge irren. »Bist du schon einmal hier gewesen?«

Sie schüttelt den Kopf. »Nein, aber ich war schon in Paris, London und New York, und dort ist es auch nicht ruhiger.«

»Du warst in Paris?« Etwas so Prachtvolles vermag ich mir nicht einmal vorzustellen.

Alessandra beugt sich zu mir herüber. »Letzten Frühling habe ich dort mit Suggia gespielt.«

Mir stockt der Atem. »Ist sie so gut, wie man sagt?«

»Noch besser«, erwidert Alessandra mit einem Lächeln.

Sie betrachtet die dicht bevölkerte Promenade. »Du hattest nicht viel Zeit, dich vor der Tournee auf all das einzustellen, aber du wirst dich noch daran gewöhnen. Sicherlich hat San Francisco seinen ganz eigenen herben Charme.«

»Und wie ich sehe, können zwei der charmantesten Attraktionen der Stadt ein wenig Hilfe gebrauchen.« Paolo verbeugt sich kurz, nimmt Alessandras Hand und führt sie an seine Lippen. Auch ich werde mit einem Handkuss bedacht und Paolo blickt mit einem amüsierten Funkeln in den braunen Augen kurz zu mir auf. Ein Schauer durchläuft mich, und ich hüstele, um ihn zu überspielen.

Ich fürchte, Alessandra könnte eifersüchtig werden, wenn er so galant zu mir ist, aber sie hat sich bereits abgewandt und schaut nach unseren Koffern, die sich ein Stückchen weiter hinten immer höher stapeln. Als wir zum Gepäck hinübergehen, kommt Signor Luisotti, unser Dirigent und von Natur aus ein sehr hektischer Mensch, in höchster Aufregung herbeigeeilt und kaut heftig auf der Zigarre herum, die wie üblich in seinem Mundwinkel steckt.

»Dummköpfe!«, schreit er, und seine Stimme überschlägt sich fast. »Nichts als Trottel und Dummköpfe gibt es in diesem Land!«

»Beruhige dich, Antonio«, versucht seine Gattin, ihn zu beschwich-

tigen. »Wir haben ja noch genügend Zeit.« Unter den Erwachsenen der Truppe ist Signora Luisotti diejenige, die in allen Lagen die Ruhe bewahrt.

Signor Luisotti holt demonstrativ die Uhr aus seiner Westentasche hervor. »Unsinn. Signor Sutter erwartet uns bereits in zwei Stunden und wir müssen erst noch unser Hotel aufsuchen. Bei diesem Tempo werden wir das niemals zuwege bringen. Wo bleiben denn nur die restlichen Koffer!«

Während er weiter tobt, erscheint Alessandras Vater mit einem flachen Handwagen, auf dem sich die noch fehlenden Koffer und Instrumente befinden.

»Signor Barone!«, ruft Luisotti und streckt seine Arme gen Himmel, »Sie sind unsere Rettung!«

»Leider habe ich auch eine weniger gute Nachricht.« Signor Barone setzt eine bedrückte Miene auf, sodass Mundwinkel und Schnauzbart nach unten zeigen. »Signora Catalanis Instrument wurde auf der Überfahrt unglücklicherweise beschädigt.«

Der Rest der Truppe versammelt sich um den Handwagen und sieht zu, wie er den ramponierten Cellokoffer herunternimmt und auf den Boden legt. Selbst über den Lärm der Docks hinweg sind die entsetzen Laute der anderen Musiker zu hören, als sie durch das riesige Loch im oberen Teil des Koffers den zerborstenen Hals des Cellos entdecken. Mein Cello, für das meine Eltern ihre gesamten Ersparnisse geopfert haben.

»Kann man es reparieren?«, frage ich verzweifelt und blicke in die betroffenen und mitleidigen Gesichter ringsumher.

Signora Luisotti legt ihren Arm um mich. »Selbst wenn man es reparieren könnte«, sagt sie, »es wäre niemals mehr dasselbe.«

»Ich muss ihr leider recht geben.« Signor Barone beugt sich herab, um das Instrument in Augenschein zu nehmen. »Ein Schaden von solchem Ausmaß wird den Klang auf immer beeinträchtigen.«

»Was soll ich jetzt nur tun?«, frage ich mutlos. Wenn ich kein Instrument habe, wird man mich zurück nach Hause schicken, und mein Traum, mit einem Orchester von Weltklasse zu spielen, ist zerstört. Jetzt, wo ich gerade eine Vorstellung davon bekomme, wie der Erfolg sich anfühlt, kann ich nicht in unser Dorf zurückkehren. Tränen schießen mir in die Augen.

Alessandra legt einen Arm um meine Schultern, und ich muss mich zusammennehmen, um nicht in ihr neues Reisekostüm zu schluchzen. »Schsch …«, sagt sie, und ihre Stimme hat den gleichen beruhigenden Klang wie ihr Spiel. »Heute Abend und so lange, bis wir eine Lösung gefunden haben, wirst du auf meinem Cello spielen. Wir sind nur beim Divertimento gemeinsam auf der Bühne, das wäre also das einzige Stück, das wir umstellen müssten.«

Ich blicke zu ihr auf. »Das kann ich nicht tun.« Jedes Instrument gehört zu seinem Spieler wie sein ureigener Fingerabdruck, und keinesfalls kann ich annehmen, dass sie solch ein Opfer für mich bringt.

»Unsinn«, beharrt sie, »ich will keine Widerrede hören. San Francisco ist zwar nicht Genua, doch auch hier muss es irgendwo ein Instrument geben, das für unsere Zwecke taugt, zumindest fürs Erste.«

»Aber …«, setze ich an und wünschte von Herzen, dass alles so einfach wäre, »wir … ich habe kein Geld für ein neues Cello.«

Alessandra wischt meinen Einwand mit einer Handbewegung fort. »Mein Vater wird dir gern aushelfen.« Signor Barone scheint etwas einwenden zu wollen, aber sie lässt ihn nicht zu Wort kommen, sondern fährt rasch fort: »Und während der Tournee können wir uns ausführlich Gedanken über die Rückzahlung machen. Nicht wahr Papa?«

Ein müder, resignierter Ausdruck liegt in Signor Barones Gesicht. »Natürlich, Liebes«, sagt er, beugt sich zu ihr hinüber und küsst ihre Wange, »was immer du willst.«

Sie schenkt ihm ein warmes Lächeln. »Dann ist es also abgemacht.« Sie dreht sich herum zu Paolo, der die ganze Zeit hinter uns gestanden hat und sie mit einem Ausdruck tiefster Bewunderung ansieht: »Du wolltest uns doch mit den Koffern helfen, nicht wahr?«

»Tut mir leid«, sage ich und blicke im Wohnzimmer umher.

Veronique lächelt mich an, als sei nichts geschehen. »Wahrscheinlich bloß eine statische Entladung. Irgendwie scheine ich dafür besonders anfällig zu sein. Es passiert mir ständig.« Ganz vorsichtig legt sie einen Finger auf meinen Handrücken. »Siehst du? Jetzt ist es weg.«

»Verstehe«, bringe ich heraus, »Entladung.« Ich schlucke und bemühe mich, ruhig zu atmen. Die schwarzen Noten auf dem Blatt sehen aus wie verirrte Ameisen und ich muss meine gesamte Konzentration aufbieten, damit sie wieder irgendeinen Sinn ergeben. »Öh, welche Stelle meintest du?«

Noch einmal tippt Veronique mit ihrem Bogen an die Stelle, aber diesmal passt sie auf, mich nicht zu berühren.

»Diesen Übergang zum Dis hier.«

Ich nehme all meinen Willen zusammen, um mich auf die Partitur zu konzentrieren. »Schau mal, es geht so.« Während ich ihr den Fingersatz zeige, schwirren mir Bilder von Kutschen und beschädigten Celli durch den Kopf, doch Veronique scheint nichts zu merken und endlich ist die Stunde überstanden.

Kaum habe ich die Tür hinter Veronique geschlossen, da ruft Mom aus der Küche: »Die Abfalltonnen stehen noch an der Straße. Könntest du sie holen? Ich hab es vergessen, als ich nach Hause kam.«

»Klar, kein Problem«, antworte ich.

Immer noch ein bisschen wackelig auf den Beinen gehe ich die Stufen zum Gehweg hinunter und überlege angestrengt, was ich in dem Moment gemacht habe, als die Vision kam. Es muss irgendetwas geben, das sie auslöst, aber ich komme nicht dahinter. Ich will gerade die erste Tonne den Treppenabsatz hinaufziehen, als ich plötzlich Griffon sehe, der auf dem Blumenkübel neben den Stufen sitzt.

Ich fahre zusammen und verliere beinahe das Gleichgewicht. »Wow, hast du mich erschreckt!«

»Sorry«, sagt er, steht auf und kommt mir entgegen. »Das wollte ich nicht. Baseball ist heute ausgefallen, da dachte ich, ich schau mal vorbei.«

»Schon okay«, sage ich und mache einen kleinen Schritt zurück auf den Gehweg. Ich sehe ihn an und merke, wie auf meinem Gesicht ein breites Grinsen erscheint, gegen das ich einfach nichts tun kann. »Du hättest ruhig klingeln können, anstatt hier draußen zu hocken.«

»Ich weiß, aber ich wollte dich nicht beim Unterricht stören. Du bist wirklich unglaublich gut, Kat hat nicht übertrieben.«

»Wovon redest du?«

»Von deinem Cellospiel. Ich hab dich gehört, bevor Veronique kam.« Er zeigt auf das halb geöffnete Erkerfenster des Wohnzimmers.

Ich starre irritiert dorthin und frage mich, ob ich vielleicht die gesamte Nachbarschaft beschallt habe. Ich kann nicht fassen, dass er über eine halbe Stunde dort gesessen hat. »Danke. Mir war nicht klar, dass es so laut ist.« Ich überlege kurz. »Und woher weißt du, wie sie heißt?«

»Von dir, du hast es mir im Restaurant erzählt. ›Veronique kommt donnerstags um vier‹ hast du gesagt.«

»Wirklich?«

Er zuckt die Schultern. »Ich hab ein gutes Gedächtnis. Kann ich dir helfen?« Griffon schnappt sich die beiden anderen Tonnen und folgt mir um die Hausecke, wo wir sie an der efeubedeckten Wand abstellen. Als wir uns gerade wegdrehen, beginnt eine der Tonnen, zurück in Richtung Gehweg zu rollen.

»Hey, hiergeblieben!«, ruft Griffon und greift um mich herum, um sie festzuhalten. Dabei stößt seine Schulter gegen meine und für einen Augenblick sehe ich alles verschwommen.

Das kleine Fenster in der gemauerten Wand ist nicht breiter als ein Schlitz. Ich sitze auf dem Sims, lehne meine Stirn gegen den Stein und spähe durch die schmale Öffnung hinunter in den Hof, wo Menschen kommen und gehen. Innerlich bin ich aufgewühlt, aber nach außen lasse ich mir nichts anmerken, sondern sitze ganz ruhig da, die Hände im Schoß gefaltet.

Ich blinzele und sehe, dass Griffon mich aufmerksam betrachtet. »Passiert das in letzter Zeit öfter?«, fragt er ruhig.

»Was?« Ich schüttele den Kopf, um ihn wieder klar zu bekommen, und fühle, wie kalter Schweiß meinen Rücken hinabrinnt.

»Das«, sagt er und hält mit seinem Blick meine Augen gefangen. »Für einen Moment warst du woanders, stimmt's?«

»Keine Ahnung, wovon du sprichst«, entgegne ich und fahre mir nervös mit den Fingern durch die Haare.

Griffon kommt noch ein Stück näher. »Du hast mir im Armouries Café davon erzählt. Déjà-vus. Blackouts. Eigenartige Gefühle. Dass du Dinge erlebst, die scheinbar außerhalb deiner eigenen Erfahrungen liegen.« Er ist mir jetzt so nahe, dass ich seinen warmen Atem auf meinem Hals spüren kann, und ich kriege weiche Knie. »Vor mir brauchst du es nicht zu verbergen«, sagt er sanft. »Ich habe das selbst durchgemacht, und als wir uns in London begegnet sind, wusste ich sofort, was mit dir vorgeht. Ich kann dir helfen.«

Ich sehe ihn an und Tränen treten in meine Augen. Ich habe so gehofft, es würde besser werden. Dachte, ich könnte die Visionen in London zurücklassen, aber sie haben mich bis hierher verfolgt und überfallen mich immer häufiger. Der Gedanke, Griffon könnte das alles vielleicht wirklich verstehen, ist irrwitzig und unglaublich erleichternd zugleich. Ein Teil von mir würde am liebsten ins Haus rennen und sich dort so lange verbarrikadieren, bis dieser Wahnsinn von ganz allein wieder aufhört, aber ich weiß, dass das nicht eintreten wird. Ich muss einen Weg finden, damit umzugehen. Mit dem Handrücken wische ich die Tränen weg.

»Können wir vielleicht ein bisschen spazieren gehen?«, fragt Griffon. »Wir sollten allein sein, wenn wir darüber sprechen.«

Ich schüttele den Kopf. »Eigentlich nicht … Eine Freundin wollte noch vorbeischauen.« Ich bin mit Rayne verabredet, wir wollen uns einen Film ansehen – obwohl ich mir etwas so Alltägliches im Augenblick überhaupt nicht vorstellen kann.

»Es dauert nicht lange.« Er zeigt nach oben auf unser Haus und sagt: »Ich glaube, da macht sich jemand Sorgen.«

Ich schaue hinauf und sehe, wie Dad die Gardinen in seinem Arbeitszimmer zur Seite schiebt. Ich winke, er winkt zögerlich zurück und runzelt bei Griffons Anblick die Stirn.

Griffon wendet sich wieder mir zu. »Wenn du Hilfe willst – wenn du Antworten suchst, dann komm mit. Wenn nicht, dann geh zurück ins Haus und wir sprechen nie wieder davon. Aber das, was mit dir geschieht, wird nicht einfach aufhören. Im Gegenteil, es wird noch stärker werden.«

Antworten. Welche rationale Erklärung kann es denn dafür geben? Doch ich sage mir, dass auch nur die geringste Aussicht, die Wahrheit herauszufinden, es wert ist, ihn anzuhören. Schlimmer kann es ja nicht werden. »Okay, aber ich bestimme, wo wir hingehen.«

»Einverstanden«, sagt er, und ich sehe den Anflug eines Lächelns auf seinen Lippen.

»Warte hier, ich bin gleich zurück.« Bemüht, nicht allzu eilig zu erscheinen, gehe ich die Stufen hinauf und ins Haus hinein.

Ich sammele mein Handy ein, das auf dem Tischchen im Eingang liegt, und gehe weiter in die Küche. »Mom, ich bin mal kurz weg.«

Sie blickt vom Bildschirm ihres Laptops auf. »Dad hat angerufen und gesagt, dass du mit einem fremden Jungen vor dem Haus stehst. Warum bittest du ihn nicht herein?«

Manchmal finde ich die Idee, im gleichen Haus zu wohnen, doch nicht so toll. Aus eins mach zwei und schon stehst du unter doppelter Beobachtung. Ihr Griffon vorzustellen, ist wirklich das

Letzte, was ich im Moment tun möchte. »Mom, bitte … nicht jetzt. Ich verspreche, ich werde auf mich aufpassen. Kein Grund, sich Sorgen zu machen. Kat kennt ihn auch.« Ich wedele mit meinem Telefon. »Ich habe mein Handy dabei. Wir wollen nur ein bisschen im Park spazieren gehen.« Ich gebe ihr einen Kuss auf die Wange. »Okay?«

Sie überlegt einen Augenblick, dann nickt sie. »Okay. Aber nächstes Mal will ich ihn kennenlernen. Welcher anständige Junge besucht ein Mädchen und stellt sich nicht bei den Eltern vor?«

»Er ist … nur ein Freund«, antworte ich. »Nächstes Mal lade ich ihn zu Milch und Keksen ein, versprochen.«

Im Flur komme ich an meinem Rucksack vorbei. Ich hole das Foto von ihm aus meiner Mappe und stecke es in meine Hosentasche. Wenn wir schon die Karten auf den Tisch legen, will ich auch dafür eine Erklärung bekommen.

Ich trete aus der Tür und kann immer noch nicht richtig glauben, dass er wirklich hier ist. »Wohin gehen wir?«, fragt er, als ich wieder neben ihm auf dem Gehweg stehe.

»Hier entlang«, sage ich und setze mich rasch in Richtung Park in Bewegung. Das erste Mal diesen Frühling ist es richtig warm und die Bürgersteige sind überfüllt. Ich schlängele mich eilig durch Touristen, Obdachlose und vorbei an dem Typ, der immer vor dem Burrito-Laden steht und Flyer verteilt, und merke plötzlich, dass ich Griffon schon mehrere Meter voraus bin.

Er muss sich beeilen, um wieder zu mir aufzuschließen. »Versuchst du, mich abzuhängen? Du bist echt schnell für deine Größe.«

Ich verlangsame meine Schritte, aber die Gedanken jagen

genauso rastlos durch meinen Kopf wie zuvor. »Was hast du gemeint, als du gesagt hast, du hättest das auch erlebt?«

Griffon macht einen Bogen, um einer Frau mit Zwillingsbuggy auszuweichen, der die gesamte Breite des Gehwegs einnimmt. Er wirft einen Blick auf die Leute um uns herum. »Lass uns warten, bis wir allein sind.« Schweigend gehen wir ein paar Minuten nebeneinanderher.

»Ich liebe diesen Musikladen«, sagt er, als wir an Amoeba Records vorbeikommen. »Wusstest du, dass dort früher eine Bowlingbahn war?«

»Rock 'n' Bowl«, antworte ich mit einem schiefen Grinsen. »Meine Eltern erzählen andauernd davon. Manchmal denke ich, ich werde laut losschreien, wenn ich mir noch ein einziges Mal anhören muss, wie *cool* das Mitternachts-Bowlen dort war.«

Wir überqueren die Straße und betreten den Park durch die Unterführung. Überall liegen Menschen, genießen den warmen Abend und strecken ihre Gesichter der Sonne entgegen.

»Dorthin«, sage ich und gehe Richtung Spielplatz voraus. Seit ich als Kind hierher kam, hat sich so viel verändert, dass er kaum wiederzuerkennen ist. Alles, was Spaß gemacht hat, wurde entfernt. Die wackeligen, alten Klettergerüste aus Holz hat man durch sichere, langweilige Plastikgeräte ersetzt. Ich überquere den Spielplatz, schwenke nach links und erklimme die Stufen neben der Betonmauer, die den Hügel hinaufführen. Das ist mein Lieblingsort im Park und er sieht noch genauso aus wie früher.

»Gehen wir zur Rutsche?«, fragt Griffon, als wir oben angekommen sind. Er ist kein bisschen außer Puste.

»Du kannst gerne rutschen, wenn du willst, aber ich gehe dort hinüber«, antworte ich und zeige auf einen breiten Felsen gleich hinter der Rutschbahn. Ich klettere hinauf und setze mich. Von hier oben aus überblickt man den Spielplatz und einen Teil der Rasenfläche: Außer ein paar kleinen Kindern ist niemand in der Nähe, der uns hören könnte.

»Perfekt«, sagt Griffon und setzt sich neben mich – so nah wie möglich, aber ohne dass wir uns tatsächlich berühren. Ich kann die Wärme seines Körpers spüren und rieche seinen warmen, erdigen Jungs-Geruch, der ein Kribbeln in meiner Magengegend verursacht. Ich sehe, dass er immer noch das schwarze Band um den Hals trägt. Die Umrisse eines Anhängers sind unter seinem Hemd erkennbar, und ich denke kurz darüber nach, ob er vielleicht irgendein religiöser Fanatiker mit einer Vorliebe für Kruzifixe ist. Exorzismus ist in meinem Fall ja gar nicht mal so abwegig.

Bevor ich auf noch verrücktere Ideen komme, frage ich: »Also, wovon hast du vorhin gesprochen?«

Griffon nickt und sagt: »Aha, du redest nicht lang drum herum, sondern kommst gleich zur Sache. Das finde ich sympathisch.« Er fixiert einen Punkt in der Ferne, und ich vermute, er will mich bei dem, was er zu sagen hat, lieber nicht direkt ansehen. »So fängt es bei uns allen an«, beginnt er sachlich, »ein paar seltsame Gefühle, die aus dem Nichts auftauchen und völlig zusammenhangslos erscheinen.« Griffon sieht mich an. »Wie die Déjà-vus, von denen du im Tower erzählt hast.« Er macht eine kleine Pause. »Du fühlst dich zu Hause an einem Ort, an dem du niemals zuvor gewesen bist. Dann bekommst du Visionen von Dingen, die du nie erlebt hast und die in eine Zeit gehören, von der du nicht einmal wusstest, dass es sie gab.«

Seine Worte jagen mir einen Schauer über den Rücken und ich spüre ein Kribbeln im Nacken. »Du suchst nach rationalen Erklärungen für das, was mit dir geschieht. Vielleicht denkst du, du wirst verrückt. Oder, dass du einfach zu wenig getrunken hast.« Er wirft mir einen Blick zu und ich erinnere mich an die Ausreden damals im Tower. »Oder, dass du Gespenster siehst.«

Ich zwinge mich, ruhig zu atmen, und schließe die Augen, um mich besser auf seine Worte zu konzentrieren.

»Kommt dir das irgendwie bekannt vor?«, fragt er.

Ich nicke nur und beiße mir auf die Lippen. Das alles macht mir viel zu viel Angst. Seine Worte beschreiben ganz genau, was ich in den letzten Wochen erlebt und gefühlt habe. »Wenn ich nicht verrückt bin und keine Geister sehe, was ist es dann? Es muss doch eine Erklärung geben«, bringe ich hervor.

»Gibt es auch. Es ist die Zeit deines Übergangs. Als wir uns begegnet sind, hattest du eine Vision, stimmt's?«

»Ja«, flüstere ich. »Erst wurde alles dunkel, und dann sah ich, so deutlich wie ich dich jetzt sehe, eine junge Frau, die aufs Schafott geführt wurde … Andere Leute standen herum … Aber niemand hat sie gerettet …« Ich kann nicht weitersprechen, denn bei der Erinnerung daran brechen die Gefühle wieder über mich herein.

»Und das ist genau dort passiert, wo die Hinrichtungen auch tatsächlich stattfanden«, sagt Griffon.

Ich nicke. »Ich sage mir immer wieder, dass es eine logische Erklärung gibt. Dass es vielleicht nur ein verrückter Traum ist. Verrücktwerden erscheint mir immer noch logischer als …« Ich weiß nicht weiter – als was?

»Es gab noch andere Visionen, stimmt's?«

»Ja«, antworte ich zögerlich. »Zuerst waren es nur eigenartige Gefühle, aber jetzt hab ich immer häufiger richtige Visionen. Heute in der Mittagspause ... hab ich einen Jungen gesehen, der seiner Mutter beim Kochen zuschaute. Ein indischer Junge. Eigentlich wollte ich nur etwas vom Essen einer Freundin probieren ... und plötzlich war ich an einem anderen Ort. Das ist schon öfter passiert – ein Mal befand ich mich in einem Konzertsaal und ein anderes Mal an einem Fähranleger.«

Griffon sagt nichts, aber er rückt noch ein Stück näher an mich heran. Ich würde ihn gerne berühren, doch ich tue es nicht, denn ich fühle, dass ich kurz davor bin, etwas Wichtiges zu begreifen. Etwas, vor dem ich eigentlich lieber davonlaufen würde, aber trotzdem will ich nicht, dass er aufhört zu sprechen. Jetzt will ich alles hören.

»Denk noch mal nach«, sagt er. »Erinnere dich an die Visionen. Es war nicht so, als hättest du diesen Jungen und seine Mutter nur *gesehen*, stimmt's? Oder die junge Frau, die aufs Schafott geführt wurde ... Du hast nicht bloß *zugesehen*, hab ich recht? Es war mehr, das hast du selbst gesagt ...«

Mit einem Mal ist mir klar, worauf er hinauswill, obwohl sich alles in mir gegen den Gedanken sträubt. Er hat recht. Es ist nicht wie ein Film, den ich mir anschaue. Es ist wie ein Film, in dem ich selbst mitspiele.

»Wo warst *du*, als diese Dinge geschahen?«, drängt er weiter.

Ich kneife die Augen fest zusammen. Ich weiß, dass es einen Sinn ergibt, aber ich kann es nicht zulassen, denn wenn ich es zulasse, wird alles anders sein. Dann hat nichts, was ich über das Leben zu wissen glaubte, mehr Bestand.

»Komm schon, Cole«, sagt er.

Und dann sprudelt es aus mir heraus: »*Ich bin* die junge Frau auf dem Schafott … und auch all die anderen. Die Dinge, die ich sehe, geschehen mit *mir*, nicht mit anderen.« Ich öffne die Augen. Griffon betrachtet mich mit einem traurigen Lächeln.

»Ja, das stimmt«, sagt er wie zu einem Kind, das ein neues Wort endlich richtig ausgesprochen hat. »Das alles bist *du*.« Er macht eine kleine Pause, ehe er fortfährt. »Die Dinge, die du siehst, sind dir selbst passiert. Manchmal sind es wichtige Augenblicke aus einem bestimmten Leben, manchmal ganz alltägliche Begebenheiten, die durch einen Ort oder einen Geruch ausgelöst werden.«

Ich spüre, dass die Wahrheit zum Greifen nah ist, doch ich kann sie noch nicht ganz verstehen. Alle Puzzleteile liegen vor mir und warten nur darauf, dass ich sie zusammensetze. »Aber wo kommt das alles plötzlich her? Früher war es doch auch nicht da. Warum passiert es gerade jetzt?«

Eine Haarsträhne fällt mir ins Gesicht. Griffon hat schon seine Hand ausgestreckt, um sie mir hinters Ohr zu streichen, aber im letzten Moment zieht er sie wieder zurück. Er stockt, und ich merke, dass ich in Erwartung seiner Berührung den Atem angehalten habe. »Weil«, sagt er und verschränkt die Hände um seine Knie, »du jetzt anfängst, dich zu erinnern.«

Ich sitze dort auf dem Felsen und schaue hinüber zu den Kindern, die auf der Rutsche den Hügel hinabsausen. Genauso fühlt es sich an. Alles, was ich bisher für wahr hielt, rauscht unaufhaltsam davon, und ich kann nur zusehen. Griffon beobachtet mich, während ich versuche, das alles zu verarbeiten.

»Woran erinnere ich mich?«, frage ich schließlich, immer noch unsicher, ob ich die Antwort darauf wirklich hören will.

»An andere Leben. *Deine* anderen Leben.«

Es ist, als hätte mir jemand so fest gegen den Brustkorb geschlagen, dass ich keine Luft mehr bekomme. Ich sitze da und ringe nach Atem. *Meine anderen Leben.* »Wiedergeburt?«, hauche ich. Die Worte wollen kaum über meine Lippen kommen.

»Ja, genau«, sagt Griffon. »Wiedergeburt. Frühere Leben. Dass du beginnst, dich daran zu erinnern, bedeutet, dass du dabei bist, eine von uns zu werden.«

Ich schaue in sein Gesicht, suche Hinweise dafür, dass er lügt. Ich hoffe auf ein Lidzucken oder einen verstohlenen Seitenblick, der ihn verrät und mir sagt, dass das nicht wahr ist. Dass Menschen nicht wiedergeboren werden und dass meine Visionen keine Rückblicke in irgendwelche früheren Leben sind. Aber ich entdecke keine Anzeichen. Er sagt die Wahrheit. Oder das, was er für die Wahrheit hält. »Wen meinst du mit ›uns‹?«

»Akhet«, sagt er und schaut mir direkt in die Augen. »Du bist dabei, eine Akhet zu werden.«

7

Ich überspringe immer zwei Stufen gleichzeitig und bin schon halb den Hügel hinunter, bevor mir überhaupt bewusst wird, dass ich wegrenne. Was Griffon gesagt hat, ist so schrecklich, dass ich es nicht glauben will. Nein, ich war nicht die junge Frau auf dem Schafott. Ich wurde nicht hingerichtet. Das war nicht ich, die an jenem nebligen Morgen die Stufen hinauf ihrem eigenen Tod entgegenging. Allein der Gedanke daran jagt eiskalte Furcht durch meine Adern.

Griffon holt mich ein und wir gehen schweigend nebeneinanderher. Dann verlangsamt er seine Schritte und sagt: »Hör mir zu. Ich weiß, das ist schwer zu verarbeiten, und wahrscheinlich hast du noch tausend Fragen.«

»Untertreibung des Jahrhunderts«, erwidere ich und werde noch schneller. Griffon spricht weiter, obwohl ich eindeutig signalisiere, dass ich nichts mehr hören will. »Akhet sind Menschen, die sich daran erinnern, wer sie in früheren Leben waren. Es ist ein sehr altes ägyptisches Wort, mit dem man schon seit Jahrtausenden Menschen wie uns beschreibt. Die Akhet bewahren die Erinnerung, während alle anderen mit jedem Leben ganz von vorn beginnen.«

Ich kämpfe mit der Flut an Fragen, die mein Gehirn überschwemmt. *Akhet*. Das Wort hallt in meinem Kopf wider. Ich habe es niemals zuvor gehört, aber trotzdem klingt es irgendwie vertraut. Zu schnell wirbeln die Gedanken durch meinen Kopf, es will mir nicht gelingen, auch nur einen davon festzuhalten und genauer zu betrachten. Am Rand des Spielplatzes bleibe ich stehen, drehe mich um und schaue ihm ins Gesicht. Fast bin ich wütend auf ihn, so als habe er sich einen Spaß daraus gemacht, mir diese unglaubliche Geschichte aufzutischen. »Du sagtest ›uns‹. Bedeutet das, dass du auch ein ... einer bist?« Ich bringe das Wort nicht über die Lippen, als würde ich alles, was Griffon gesagt hat, akzeptieren, wenn ich es ausspreche. Und das kann ich nicht. Es ist völlig verrückt.

»Ja, ich bin schon lange Akhet«, sagt er.

Ich schaue auf die spielenden Kinder, betrachte die Menschen auf dem Rasen, die Kiffer, die am Teich Hacky-Sack spielen: Das ist das wirkliche Leben, denke ich, und nicht diese abgefahrene Fantasy-Geschichte. Ich wünschte, Griffon würde laut loslachen und gestehen, dass er mich auf den Arm genommen hat. Ich will, dass er meine Hand nimmt, sie festhält und mir sagt, dass alles gut wird. Aber er steht einfach nur da und schweigt. Wir beide warten darauf, dass der andere den nächsten Schritt tut. »Schön«, sage ich schließlich, »die Lüge hast du erzählt. Jetzt will ich die zwei Wahrheiten hören.«

»Cole«, sagt er und sieht mir fest in die Augen, »ich mache keine Scherze. Das ist die Wahrheit. Aber ich kann dir helfen.«

Ich greife in meine Hosentasche und ziehe das Foto vom Piccadilly Circus heraus. »Hast du uns verfolgt?«, frage ich und halte es ihm unter die Nase. Meine Hand zittert, und ich sehe, dass er es bemerkt.

Griffon lächelt verlegen. »Nein, eigentlich nicht. Aber ich hab mich schon gefragt, ob du mich entdeckst. Wir waren nur zufällig dort, ehrlich. Owen und ich machen das manchmal, wir schmuggeln uns heimlich in den Hintergrund von irgendwelchen Touri-Fotos. So eine Art *Wo-ist-Walter?*-Bild mit echten Menschen. Es gibt bestimmt Hunderte von Schnappschüssen, auf denen wir irgendwo auftauchen.« Mit dem Finger berührt er mein Ebenbild auf dem Foto. »Aber du bist mir aufgefallen. Manchmal spürt man, dass ein anderer Akhet in der Nähe ist. Darum war ich nicht allzu überrascht, dich im Tower wiederzutreffen.«

»Ziemlich großer Zufall, findest du nicht?«, frage ich skeptisch.

»Zufall? Nein«, sagt er und schüttelt den Kopf. »Ich glaube nicht an Zufälle, sondern daran, dass man offenbleiben sollte für alles, was geschehen kann, damit man sich nicht mit dem Verstand alle Wege verbaut.«

Ich reibe mir die Augen, so kräftig, dass ich bunte Punkte tanzen sehe. Das ist total verrückt. Akhet? Frühere Leben? Wer glaubt denn so was? Ich schüttele meine Arme, um ein wenig von der Anspannung loszuwerden, die sich in mir aufgestaut hat. »Ich muss hier weg«, sage ich und setze mich wieder in Bewegung. Die Sonne beginnt bereits zu sinken und die meisten Eltern haben sich mit ihren Kindern auf den Heimweg gemacht.

Noch schlimmer als der Gedanke, dass er mich anlügt, ist die Tatsache, dass all das irgendwie tatsächlich einen Sinn ergibt. Wie wenn ich nach etwas gesucht habe und es dann plötzlich vor mir sehe. Aber ich kann und will ihm nicht glauben. Wahrscheinlich liegt es nur an seiner Nähe. Daran, dass die warme Abendluft seinen Geruch zu mir herüberweht und mein Gehirn vernebelt.

»Lass dir Zeit«, sagt er. »Ich habe Jahre gebraucht, um dahin zu kommen, wo du jetzt bist.«

»Und wo genau soll das sein?«

»Dort, wo man Antworten findet.«

»Antworten? Mir fallen nicht mal die richtigen Fragen ein.« Ich bin nicht besonders religiös oder sonst irgendwie gläubig, aber trotzdem. Nur mal für einen Moment angenommen, er sagt die Wahrheit, was ist dann mit Gott? Mit Engeln, dem Himmel und so? Wer bestimmt, wie und wann jemand zurückkehrt? Wieder denke ich an meine Vision im Tower und auch an die anderen Visionen, die mich verfolgen.

»Und woher wusstest du, dass ich … mich an Dinge erinnere?« Tief in mir spüre ich das raue Holz der Plattform und rieche das feuchte Stroh. Ich kann mir nicht vorstellen, eine andere gewesen zu sein, als die, die ich bin. Auch wenn ich keine bessere Erklärung habe. Es geht einfach nicht.

»Ich wusste es, als ich dich berührt habe«, sagt er. »Als ich dir aufhelfen wollte. Da habe ich es gespürt. Wenn man einen anderen Akhet berührt, entsteht eine ganz besondere Schwingung.« Er atmet tief durch. »Und ich habe auch gespürt, dass du es selbst noch nicht weißt.«

Ich gehe langsam weiter, wieder schwirren mir lauter Fragen durch den Kopf, auf die ich gern eine Antwort hätte – falls das alles wirklich wahr sein sollte. Wie geschieht es? Wo sind die anderen? Erreicht man irgendwann einen Punkt, an dem man sich an *alles* erinnert?

»Wann hast du … es herausgefunden?«, frage ich schließlich und komme mir dabei ziemlich lächerlich vor. Ich schaue mich um, um sicherzugehen, dass niemand uns hören kann. Vielleicht verstehe ich ja, was hier vor sich geht, wenn ich vorgebe, ihm zu glauben.

Griffon atmet tief aus und fährt sich mit den Fingern durch die Haare. »Mein Übergang liegt schon lange zurück. Ist eine ganze Weile her, dass ich zuletzt daran gedacht habe.« Er schweigt einen Moment und fährt dann fort: »Ich denke, es war so ähnlich wie bei dir, es geschah Stück für Stück. Ich lebte in Italien und war bereits ein älterer Mann – das heißt, ich war vierzig, aber das galt damals schon als sehr alt –, als ich endlich begriff, was da mein ganzes Leben hindurch mit mir geschehen war. Eine Frau, der ich begegnete, half mir. Sie wusste es. Sie war eine Iawi-Akhet.« Er sieht mich an. »Entschuldige, *Iawi* sind Akhet, die schon seit vielen Leben im Besitz ihrer Erinnerungen sind.«

»Wann war das?«, frage ich, denn obwohl ich daran zweifele, ist mir klar, dass es für Griffon die Wahrheit ist.

Er schaut mich an und zögert einen Moment. »Im frühen siebzehnten Jahrhundert«, sagt er dann, »schwer, es genauer zu sagen.«

»Und wie alt bist du jetzt?«

»Siebzehn.«

»Soll das heißen, dass du seit mehr als vierhundert Jahren siebzehn bist?« Er muss doch merken, wie irrwitzig das klingt.

Er lächelt ein bisschen traurig. »Nein. Ich bin kein Vampir oder unsterblich. Letzten Februar bin ich siebzehn geworden. Es ist nur, dass ich eben schon viele Male siebzehn geworden bin.« Er bleibt stehen und schaut sich um. »So, wie wir alle. Aber nur wenige nehmen die Erfahrungen früherer Leben mit in das nächste.

Wir erinnern uns an das, was die anderen vergessen. Das ist eine gute Sache – meistens.«

»Was wurde aus ihr?«, frage ich.

Er sieht mich verwirrt an. »Aus wem?«

»Aus der Frau, die dir geholfen hat.«

»Sie starb. Schon sehr bald, nachdem ich ihr begegnete.« Ein Schatten huscht über sein Gesicht und verrät mir, dass die Erinnerung ihn schmerzt. Außerdem spüre ich, dass das noch nicht die ganze Geschichte ist, darum schweige ich.

»Sie wurde getötet«, fährt er fort, »weil man sie für eine Hexe hielt. Damals konnte man über solche Dinge nicht öffentlich sprechen.« Er blickt sich um, als wir die Unterführung verlassen und wieder auf die geschäftige Straße hinaustreten. »Und wenn man nicht unfreiwillig in irgendeine Therapie gesteckt werden will, sollte man es auch heutzutage besser für sich behalten.«

An der Kreuzung wechseln wir die Straßenseite und gehen schweigend den Bürgersteig entlang, jeder in seine eigenen Gedanken versunken. Als ein Bus langsam an uns vorbeifährt, höre ich jemanden von innen gegen die Scheibe klopfen. Ich blicke auf und sehe, dass es Rayne ist. Sie gestikuliert in Richtung der Bushaltestelle an der nächsten Ecke.

Griffon hat sie auch gesehen. »Eine Freundin?«

Ich nicke. »Ja, die, mit der ich verabredet war.« Wir gehen weiter bis zur Ecke und warten, bis Rayne sich durch den überfüllten Bus gedrängt hat und von der vorletzten Stufe hinunter auf den Gehweg springt.

»Hey!«, sagt sie und umarmt mich stürmisch. »Ich hab dir schon mindestens tausend Nachrichten geschickt.«

Ich greife nach dem Handy in meiner Tasche. Ich muss nach der Stunde mit Veronique vergessen haben, es wieder einzuschalten. »Sorry, es war ausgeschaltet.«

»Macht nichts, jetzt bin ich ja da. Ich wollte dir auch nur sagen, dass es mit dem Kino klappt.« Sie blickt vielsagend zu Griffon hinüber, der ein Stück entfernt steht, die Hände in den Hosentaschen vergraben.

»Oh, also: Rayne, das ist Griffon. Griffon, das ist meine Freundin Rayne.«

»*Beste* Freundin«, berichtigt sie und winkt ihm kurz zu.

Nachdem ich sie vorgestellt habe, dreht Rayne ihm für eine Sekunde den Rücken zu und haucht ein »Wow!« in meine Richtung. Dann lächelt sie ihn an und fragt: »Was ist, kommst du mit?«

Ein bisschen verunsichert, blickt Griffon zu mir herüber. »Ich weiß nicht«, sagt er, »soll ich?«

Rayne nimmt seine rechte Hand und meine linke und zieht uns gut gelaunt über den Gehweg. »Ja, ich finde, du sollst. Hat einer von euch vielleicht Hunger? Also, ich könnte was zu essen vertragen, bevor wir den Film anschauen.« Obwohl ich immer noch ziemlich durcheinander bin und nicht weiß, was ich von Griffon und all dem halten soll, schiele ich eifersüchtig dorthin, wo ihre Hände ineinanderliegen. Den ganzen Nachmittag über hat Griffon beinahe ängstlich darauf geachtet, mich nicht zu berühren. Selbst den kleinsten Kontakt hat er vermieden, so als hätte ich eine ansteckende Krankheit.

Normalerweise liebe ich die Pizza in dem Laden gleich neben dem Kino, aber heute kriege ich kaum etwas runter, denn mir schwirrt noch durch den Kopf, was Griffon gesagt hat. Während

Rayne ihn über sein Leben ausquetscht, schaut er immer wieder mit besorgter Miene zu mir herüber. Auch im Kino ergeht es mir nicht viel besser. *Harold und Maude* wollte ich schon immer mal sehen, aber sosehr ich auch versuche, mich auf den Film zu konzentrieren, meine Gedanken wandern immer wieder zu unserer Unterhaltung im Park zurück. Das ist das eine. Das andere ist, dass Griffon stur geradeaus auf die Leinwand blickt und scheinbar nicht einmal bemerkt, wie dicht wir nebeneinandersitzen. So dicht, dass ich mir Mühe geben muss, seine Hand, die auf der Armlehne liegt, nicht unabsichtlich zu berühren. Er sieht aus wie ein ganz normaler Siebzehnjähriger – okay, ein verdammt attraktiver Siebzehnjähriger –, der sich in einem Programmkino einen alten Film anschaut. Das macht es noch schwerer, all das zu glauben, was er gesagt hat.

Als das Licht angeht, wischt Rayne sich die Tränen weg. »Oh …«, schnieft sie, »was für eine wunderbare Liebesgeschichte.«

»Es stört dich nicht, dass er in unserem Alter war und sie schon achtzig?«, frage ich, eher unangenehm berührt von den romantischen Szenen des Films.

»Nein«, sagt sie. »Die beiden verband so vieles, da war das Alter unwichtig. Sie waren dazu bestimmt, zusammen zu sein. Es war einfach wunderschön.«

Wir verlassen das Kino und tauchen ein in das abendliche Gewirr von Menschen und Lärm im Haight.

»Hat er dir gefallen?«, frage ich Griffon, der noch kein einziges Wort gesagt hat, seit der Film vorbei ist.

»Oh ja.« Er beugt sich zu mir herüber und flüstert, sodass nur ich es hören kann: »Er hat mir schon beim ersten Mal gefallen. Das war 1971, als er gerade rausgekommen war.«

Er ist so nah, dass ich seinen warmen Atem auf meiner Haut spüre. Ein wohliges Kribbeln läuft mir den Rücken hinunter, und ich muss ein bisschen auf Abstand gehen, um meine Gefühle wieder in den Griff zu bekommen.

»Wollen wir schauen, ob im Café Roma was frei ist?«, fragt Rayne. »Ich würde gern noch ein bisschen über den Film reden.«

»Ich kann nicht, ich muss zurück«, sagt Griffon.

»Och, warum denn?«, fragt Rayne. »Es ist doch erst halb neun. Was hast du denn noch so Wichtiges vor?«

Ich erstarre. Das muss es sein. Er hat eine Freundin. Das würde auch das Bloß-nicht-berühren erklären. Der Gedanke, dass auf der anderen Seite der Bucht jemand auf ihn wartet, versetzt mir einen Schlag in die Magengrube.

»Ich muss gehen«, sagt er bestimmt. »Bringst du mich noch bis zur Ecke?«

Rayne stupst mich an und schaut auf Griffon.

»Okay, bin gleich wieder da«, sage ich, und wir schlendern langsam davon.

»Alles in Ordnung?«, fragt er mich.

»Ich denke schon.« Plötzlich bin ich irgendwie deprimiert und erschöpft. Neben uns hält der Bus, und wir treten zurück, um Platz für die Aussteigenden zu machen.

»Hey, wann ist das Konzert, von dem Kat gesprochen hat? War das nicht diese Woche?«, fragt er.

»Ja, am Samstag.«

»Gilt die Einladung noch?«

»Klar, wenn du willst …«, antworte ich und versuche, möglichst gleichgültig zu klingen. Ein Teil von mir wünscht sich nichts sehnlicher, als dass er dabei ist. Aber ein anderer – wenn auch nur sehr kleiner – Teil sagt mir, dass es für uns beide besser wäre, wenn er einfach in den Bus stiege, nie mehr zurückkäme und samt seiner Geschichte über *Akhet* und Wiedergeburt einfach im Dunkel der Nacht verschwände. »Es beginnt um acht. Aber du musst dir ja nicht unbedingt alles anhören.«

»Hast du ein Solo?«

»Ein Duett mit Klavier. Zusammen mit meiner Freundin Julie. Ein Stück von Massenet.«

»Welches?«

Ich werfe ihm einen verdutzten Seitenblick zu. Außer meinen Freunden im Konservatorium ist mir noch nie jemand begegnet, der auch nur den Namen des Komponisten kennt. »*Meditation*. Aus der Oper *Thaïs*. Nichts Besonderes. Ich glaube, wir sind als Letzte dran.«

»Ich komme auf jeden Fall.«

Dann schweigen wir beide ein bisschen verlegen – unter anderen Umständen der geeignete Augenblick für einen Abschiedskuss. Der Moment im Film, wo es endlich passiert: Er beugt sich zu mir herab, streift mit seinen Lippen leicht meine Wange, ich fahre mit meinen Fingern durch seine Locken und ziehe ihn sanft an mich … Doch alles, was passiert, ist, dass er mir beim Einsteigen noch einmal kurz zuwinkt und »bis Samstag dann« ruft.

Sobald er außer Sichtweite ist, schüttele ich den Kopf und atme tief durch. Alles klar. Natürlich hat er eine Freundin. Er will nichts von mir. Warum auch? Wahrscheinlich bin ich für ihn eher so was wie ein ehrenamtliches Projekt: Betreuung von Erstklässlern.

Als ich wieder vor dem Kino ankomme, kann Rayne vor Aufregung kaum an sich halten. »Das ist ja *Wahnsinn!*«, quiekt sie und hüpft von einem Bein auf das andere. »Unglaublich! Hat er dich geküsst? Worüber habt ihr geredet? Siehst du ihn am Wochenende wieder?« Sie hakt sich bei mir ein. »Du musst mir *alles* erzählen!«

Ich wünschte nur, es gäbe etwas zu erzählen. Ich bleibe kurz stehen und sage: »Bleib auf dem Teppich. Wir gehen nicht miteinander aus, also gibt es auch nichts zu erzählen. Ist auch besser so. Griffon ... hat ein paar äußerst seltsame Ideen.«

»Ideen – was für welche?«, haucht Rayne, mit einem Mal ganz Ohr. Seltsame Ideen jeglicher Art sind genau ihr Ding. »Hat es mit Sex zu tun?«, flüstert sie noch leiser.

»Nein!«, sage ich ein wenig zu heftig. »Es ist ...«, ich spreche nicht weiter, denn ich bin unsicher, wie viel ich preisgeben soll. Auf keinen Fall kann ich ihr haarklein alles berichten, was Griffon gesagt hat. Aber immerhin ist sie meine beste Freundin, und wenn ich wenigstens ein bisschen was mit ihr teile, geht es mir hinterher vielleicht besser. »So merkwürdige Ideen über Tod, Wiedergeburt, frühere Leben und so.«

Rayne schaut mich an, als sei ich hier die Verrückte. »Das ist alles? Ich meine, das trifft auf halb Berkeley zu. Meine Mom redet die ganze Zeit davon – Indigo-Kinder, Rückführungen und so. Sie würde ausflippen, er wäre genau der Richtige für sie.«

»Aber nicht für mich«, sage ich.

»Wart's ab, das wird sich noch zeigen.«

8

Nervös gehe ich hinter der Bühne auf und ab. So aufgeregt wie heute war ich noch nie vor einem Auftritt. Warum habe ich Griffon bloß eingeladen? Die dümmste Idee seit Langem. Es lenkt mich viel zu sehr ab. Vor Hunderten von Leuten zu spielen, macht mir nichts aus. Mom und Dad kann ich verkraften. Sogar wenn Veronique kommt, ist das okay. Aber warum musste ich *ihm* verraten, dass das Konzert heute stattfindet? Ich wünschte, ich könnte die Worte zurücknehmen. Ich wage nicht, heimlich ins Publikum zu spähen, nicht nur, weil es unprofessionell ist – Herr Steinberg würde mich umbringen, wenn er wüsste, dass ich auch nur daran denke –, sondern weil alles noch viel schlimmer würde, wenn ich auch noch wüsste, wo genau er sitzt. Falls er überhaupt hier ist. Ich meine, er schuldet mir ja nichts oder so. Vielleicht hat er es vergessen und sitzt friedlich daheim auf der anderen Seite der Bucht. Ja, so wird es sein. Bei dem Gedanken geht es mir gleich etwas besser. Oder auch nicht.

Julie erscheint an meiner Seite. Sie trägt das Gleiche wie ich: eine schwarze, weit ausgestellte Hose und ein ärmelloses Top – nur dass sie darin elegant aussieht und ich wie ein Kartoffelsack. Die hohen Absätze helfen ein bisschen, machen mich allerdings auch zusätzlich nervös, denn ich habe ständig Angst, über die eigenen Füße zu stolpern. Man könnte meinen, ich wäre geübter mit hohen Absätzen, eben weil ich so klein bin, aber High Heels gehören eindeutig in Kats Welt, nicht in meine.

»Bist du bereit?«, fragt Julie, nimmt Haltung an und schüttelt noch einmal ihre Hände aus.

»So bereit, wie ich nur sein kann.« Unter begeistertem Applaus betreten wir die Bühne. Ich spreche ein stilles Stoßgebet und bedanke mich für die Beleuchtung des Konzertsaals, die das Publikum weitestgehend im Dunkeln lässt. So kann ich mich besser darauf konzentrieren, Julie – und auch alle anderen – nicht zu enttäuschen.

Julies Piano beginnt. Ich nehme meinen Bogen und atme tief durch. Es ist ein gefühlvolles Stück, das ich sehr mag, darum will ich, dass es gut wird. *Meditation* stammt aus dem Teil der Oper, in dem die Heldin vor der Frage steht, ob sie dem Mönch, der in sie verliebt ist, folgen und ihrem unsittlichen Lebenswandel entsagen soll, oder ob sie auf ihr Herz hören und sich selbst treu sein will. Tempo und Stimmung des Stücks, das Auf und Ab der Melodielinie spiegeln ihren inneren Widerstreit, alles schwingt sich immer weiter in die Höhe und fällt dann in die Tiefe hinab. So zumindest ist es gedacht.

Klar und kräftig erklingen die ersten Töne. Meine Hand ist entspannt und führt den Bogen sanft, mühelos fließen die Sequenzen ineinander über. Dann nimmt die Dynamik zu, immer schneller fliegen meine Finger über die Saiten, immer inniger wird die Stimme des Instruments, bis schließlich das Tempo wieder abebbt und die Melodie leiser und leiser wird, bis sie beinahe nur noch ein Flüstern ist. Schon nach ein paar Takten höre ich auf, darüber nachzudenken, was ich tue, und lasse einfach die Musik selbst sprechen und fließen. Dann spiele ich am besten, wenn ich alles loslasse und darauf vertraue, dass Instinkt und Können mich bis ans Ende tragen werden.

Viel zu schnell ist es vorüber und die letzten Töne verklingen unter der reich verzierten Decke des Konzertsaals. Applaus brandet auf und ich öffne die Augen. Nach einem kurzen Moment der Erleichterung über die geglückte Aufführung spüre ich plötzlich ganz deutlich Griffons Anwesenheit. Fast kommt es mir sogar vor, als könnte ich sein Händeklatschen hören. Ich drehe den Kopf ein bisschen zur Seite, damit mich das Licht nicht so blendet, und entdecke ihn auf Anhieb in einer der hinteren Reihen. Er lächelt mir zu, als unsere Augen sich treffen, und klatscht noch kräftiger. Ich merke, dass meine Wangen glühen – und diesmal liegt das nicht an der Intensität des Massenet-Stücks.

Lautes Stimmengewirr und dichtes Gedränge empfangen mich im Foyer, als ich schließlich den Saal verlasse. Mein Blick gleitet durch die Menge, aber Griffon kann ich nirgends sehen. Nicht, dass ich nach unserem Gespräch im Park so wild darauf wäre. Ich will nichts mehr hören von Akhet und Wiedergeburt. In den letzten Tagen ging es mir gut, keine Blackouts, keine eigenartigen Gefühle, und ich bin fast überzeugt, dass das alles nur eine schlimme Phase war, die jetzt vorüber ist. Ich will mich nur dafür bedanken, dass er gekommen ist, noch dazu an einem Samstagabend, wenn er bestimmt Besseres zu tun hat.

»Da ist sie!«, ruft Dad und winkt mich dorthin herüber, wo er mit Mom und Veronique steht. Er legt seinen Arm und mich und zieht mich fest an sich. »Das war wundervoll, Schatz. Am Ende hatte ich tatsächlich Tränen in den Augen. Wirklich wunderschön.«

Mom beugt sich herab und gibt mir einen Kuss auf die Wange. »Sehr schön. Obwohl ich ein leichtes Zögern beim Adagio am Ende gehört habe. Ich dachte, daran wolltest du noch arbeiten.«

»Habe ich auch«, sage ich ein wenig kurz angebunden und schaue zu Veronique, die unangenehm berührt zur Seite blickt. »Danke, Dad«, ich drücke seinen Arm.

»Das war noch tausendmal besser, als ich es mir vorgestellt hatte«, sagt Veronique ganz aus dem Häuschen. »Überragend, brillant.« Sie zuckt mit den Schultern und grinst. »Bald werden mir keine Worte mehr einfallen, um dein unglaubliches Spiel noch zu beschreiben, aber ich denke, du weißt, was ich meine.«

»Danke«, sage ich, »und danke, dass du gekommen bist.«

»Würde ich mir niemals entgehen lassen.« Sie sieht hinunter ins Erdgeschoss und sagt: »Ich gehe im Café was zu trinken holen. Möchtest du auch irgendwas?«

»Nein danke.« Ich bin noch viel zu adrenalingeladen, um ans Essen oder Trinken zu denken.

»Bin gleich wieder da«, sagt sie und verschwindet in der Menge.

Noch bevor ich mich wieder jemand anderem zuwenden kann, höre ich einen Schrei und fühle ein Paar Arme, das sich von hinten um mich schlingt. »Fantastisch, Cole!«, quietscht Rayne in mein Ohr und holt mich fast von den Beinen. »Es war toll! Tausendmal besser als das langweilige Klassik-Zeugs, das hier sonst gespielt wird.«

»Freut mich, dass du nicht eingeschlafen bist«, sage ich und drücke sie.

Sie täuscht ein Gähnen vor und sagt: »Ich musste hart dagegen ankämpfen, aber dein Auftritt war es allemal wert.« Dann zieht sie mich ein Stück von den anderen weg und flüstert: »Ist Griffon da?«

»Ich hab ihn vorhin im Saal gesehen, aber wo er jetzt ist, weiß ich nicht.« Genau in diesem Augenblick spüre ich, dass mich jemand beobachtet. Ich drehe mich um und sehe Griffon, der ein paar Schritte entfernt steht, mit einem riesigen Strauß roter Tulpen in der Hand. Ich fand ihn ja schon in Jeans und Kapuzenshirt attraktiv, aber da steht er, mit schwarzer Hose und einem indigofarbenen Hemd und sieht einfach umwerfend aus.

»Oh Mann, ist der schick«, raunt Rayne mir zu, die ihn ebenfalls entdeckt hat. »Na los«, flüstert sie und gibt mir einen kleinen Stups. »Du kannst ihn doch da nicht so stehen lassen.«

»Es war toll«, sagt Griffon, als ich zu ihm gehe. Seine Augen leuchten. »Wirklich wunderschön.« Er blickt hinunter, so als würde er jetzt erst bemerken, dass er einen Strauß Blumen in der Hand hält. »Ähm, also … Die hier sind für dich.«

»Danke schön.« Ich nehme die Blumen entgegen und versuche, Raynes entzücktes Quieken im Hintergrund zu überhören. Noch nie habe ich von einem Jungen Blumen geschenkt bekommen. Ich fahre mit dem Finger über die leicht wächserne Oberfläche der perfekten Blütenblätter und frage mich, ob rote Tulpen wohl etwas zu bedeuten haben. Rote Rosen stehen für Liebe, das weiß ich. Rote Tulpen vielleicht für Ich-bin-zwar-nicht-verliebt-aber-lass-uns-gute-Freunde-sein?

Rayne kommt herüber und legt freundschaftlich ihren Arm um Griffon. Ich wünschte, ich könnte ihm gegenüber auch so ungezwungen sein. »Leider kann ich nicht bleiben«, sagt sie, »meine Mom kommt mich gleich abholen. War schön, dich wiederzusehen.« Sie grinst erst ihn und dann mich an.

»Gleichfalls«, sagt Griffon. Rayne drückt noch einmal meinen Arm und dann ist sie verschwunden.

Wir bleiben schweigend zurück, und ich suche verzweifelt nach etwas, das ich sagen könnte. »Freut mich, dass du hier bist«, stoße ich hastig hervor. Okay, das war nicht so toll. Aber auch nicht völlig peinlich.

»Mich auch.«

Ich drehe mich um und sehe Dad, Mom und Veronique, die neugierig zu uns herüberschauen. Also gut, wenn nicht jetzt, wann dann?

»Darf ich dir meine Eltern vorstellen?«

Er folgt meinem Blick. »Sieht nicht so aus, als hätte ich eine Wahl, oder?« Dann lächelt er. »Ja, klar. Würde mich freuen.«

Wir gehen zu ihnen. »Mom, Dad, das ist Griffon.«

»Nett, Sie kennenzulernen«, sagt er, schüttelt erst Dads Hand und dann Moms. Mom schenkt ihm ein Lächeln, sieht mich dann an und zieht eine Braue hoch. Dad wirft einen misstrauischen Blick auf die Blumen in meiner Hand.

»Schön, dich endlich kennenzulernen«, sagt er zu Griffon und wirft einen bedeutsamen Blick in meine Richtung. »Kennst du Nicole aus der Schule?«

Griffon steht sehr gerade und hat die Hände auf dem Rücken verschränkt. Offensichtlich weiß er, was man tun muss, um einen guten Eindruck auf Eltern zu machen. »Nein, Sir, ich wohne drüben in Berkeley. Ich gehe auf die Marina.«

»Soso, Berkeley«, sagt Dad. »Dann kennt ihr euch vom Konservatorium?«

»Nein«, mische ich mich schnell ein, denn ich bin nicht scharf drauf, zu erzählen, wie wir uns kennengelernt haben. Zumindest nicht hier und heute. »Kat kennt einen Freund von Griffon … Wo ist sie denn eigentlich?« Ich hoffe, mein Versuch, das Thema zu wechseln, ist nicht so plump, wie er in meinen eigenen Ohren klingt.

»Sie musste gleich nach deinem Auftritt gehen«, sagt Mom, »sie hatte noch etwas für die Arbeit zu erledigen.« Dann deutet sie mit dem Kopf demonstrativ auf Veronique, die schweigend ein Stück abseits steht und an ihrem Wasser nippt.

»Oh!«, sage ich und weiß, das wird mir später eine Lektion in Sachen »gute Manieren« einbringen. »Entschuldige. Griffon, das ist Veronique.«

»Nett, dich kennenzulernen«, sagt Griffon. Als er ihr die Hand gibt, sehe ich, wie sich ein Schatten auf sein Gesicht legt. Sein unbefangenes Lächeln ist verschwunden und er sieht mit einem Mal sehr ernst aus.

»Nett, *dich* kennenzulernen«, erwidert sie mit einem solch vielsagenden Unterton, dass ich ihr einen finsteren Blick zuwerfe. Ich hoffe inständig, dass sie sich zurückhalten wird. »Cole ist wirklich außergewöhnlich begabt, findest du nicht?«

»Ja, ist sie«, sagt er, so kurz angebunden, wie ich ihn noch niemals zuvor erlebt habe. Er mustert Veronique mit einem argwöhnischen Blick, und ich sehe, wie seine Kiefermuskeln sich anspannen. Irgendetwas scheint ihn zu irritieren.

»Ich, ähm, muss meine Sachen noch aus dem Probenraum

holen«, sage ich hastig, um die Situation zu entschärfen. Ich verstehe nicht, was plötzlich mit ihm los ist. Sonst ist er immer so höflich und freundlich, aber jetzt sehe ich eine Kälte in seinen Augen, die mir Angst macht.

Immerhin scheint er bemüht, sich unter Kontrolle zu bringen, denn schließlich hellt sich seine Miene auf, und er wendet sich von Veronique ab. »Ich helfe dir«, sagt er und lächelt mich an. »Wenn Sie nichts dagegen haben, natürlich«, fügt er an Mom und Dad gewandt hinzu.

Dad schaut kurz zu Mom. »Von mir aus gerne. Dann brauche ich das Zeug nicht herunterzutragen.«

Schweigend gehen wir nebeneinander die Treppe hinauf. Griffon scheint in Gedanken versunken und starrt vor sich hin. Als wir oben angekommen sind, wirft er einen raschen Blick hinab auf die anderen, zieht mich ein Stück zur Seite und fragt mit gepresster Stimme: »Woher kennst du sie?« Sein Tonfall beunruhigt mich.

»Veronique, wieso?«, frage ich verunsichert. »Sie ist meine Schülerin. Hab ich dir doch erzählt.«

»Ich meine, wo habt ihr euch kennengelernt?«, drängt er weiter.

Ich stemme die Hände in die Hüften. Eben noch war er charmant und witzig, jetzt ist er plötzlich todernst und ruppig.

»Warum ist das so wichtig? Ich kann mich nicht mehr daran erinnern«, gebe ich patzig zurück.

»Es *ist* wichtig«, zischt Griffon leise, und ein zorniges Funkeln liegt in seinen Augen. Er unterbricht sich, weil ein anderes Pärchen am Treppenabsatz vorübergeht. Dann zieht er mich in einen leeren Raum.

»Versuch, dich zu erinnern.«

Etwas so Eindringliches liegt in seiner Stimme, dass ich aufhöre, zu protestieren, auch wenn ich immer noch keine Ahnung habe, worauf er eigentlich hinauswill.

»Ich … Ich weiß es nicht mehr.« Seine Augen bleiben auf mein Gesicht geheftet, während ich nachdenke. »Ich glaube, sie war bei einem der Konzerte im Konservatorium letztes Jahr. Hinterher kam sie zu mir, um mir die Hand zu schütteln, traf meine Eltern und so weiter. Ein paar Tage später rief sie mich an und sagte, sie hätte gehört, dass ich Unterricht gebe.«

Er macht einen Schritt auf mich zu und wirft einen kurzen Blick in Richtung Treppe. »Ich denke, es ist besser, wenn du sie nicht mehr siehst. Kannst du dir irgendeine Ausrede einfallen lassen? Sagen, dass du keinen Unterricht mehr gibst oder dass du eine Pause brauchst?«

Ich schüttele den Kopf. »Warum denn? Das ist doch verrückt. Ich kann nicht einfach eine Schülerin vor die Tür setzen.« Erst recht nicht die Einzige, die immer pünktlich bezahlt.

»Ich kann es dir im Augenblick nicht genauer erklären, aber du musst mir vertrauen. Sie ist keine gewöhnliche Schülerin, es steckt mehr dahinter. Es gibt einen Grund dafür, dass sie in dein Leben getreten ist.«

Ich denke zurück an das, was er im Park gesagt hat. »Moment mal, denkst du vielleicht, sie ist eine …?«

Auch ohne dass Griffon mich berührt, kann ich seine innere Anspannung spüren. »Ja, aber nicht so wie wir. Es gibt Akhet, die nur zurückkehren, um Rache zu nehmen für vermeintliche Ungerechtigkeiten, die ihnen in früheren Leben widerfahren sind. Und genau das habe ich bei ihr gespürt.«

Ich blicke in seine zornig funkelnden Augen und ein Schauer läuft mir über den Rücken. Was mich betrifft, so ich weiß nicht, ob *irgendwer* noch derjenige ist, für den ich ihn bisher gehalten habe – und ganz besonders gilt das für Griffon. Sein Gesicht ist dasselbe und immer noch so schön, dass es mir fast wehtut, ihn anzuschauen, aber je mehr er sagt, desto fremder und verrückter erscheint er mir. Zwar bleiben seine Worte nicht ohne Wirkung, aber es ist bestimmt nicht die Wirkung, die er beabsichtigt hat. »Du machst mir Angst«, flüstere ich.

»Gut«, erwidert er, ohne auch nur eine Sekunde den Blick von mir abzuwenden.

Die Luft im Raum ist plötzlich unerträglich stickig und beklemmend. Ich muss hier raus und stoße die Tür auf.

Als wir kurz darauf den Probenraum erreichen, kommt Veronique gerade heraus. »Hallo ihr zwei«, sagt sie gut gelaunt. »Ich suche den Waschraum.«

Ich werfe einen Seitenblick auf Griffon. Sein Gesichtsausdruck verrät nichts. »Der ist unten«, sage ich, »rechts von der Aula.«

Veronique schenkt mir ein warmes Lächeln. »Danke. Ich hätte wohl besser vorher fragen sollen. Wir sehen uns dann unten.«

Ich husche in den Probenraum, ziehe meinen Pulli an und beginne, meine Sachen einzusammeln. Mit geschäftiger, konzentrierter Miene krame ich überall herum, damit bloß keiner auf die Idee kommt, mich in irgendeinen Small Talk zu verwickeln. Griffon hat draußen auf mich gewartet und als ich zurückkomme, scheint er sich ein bisschen gefangen zu haben.

»Lass mich das tragen«, sagt er und will mir den Cellokoffer abnehmen.

»Danke, geht schon.« Mein gutes Cello trage ich lieber selbst. Sogar Dad hat es aufgegeben, mir seine Hilfe anzubieten. Nicht, weil ich keinem vertraue, sondern weil ich nicht möchte, dass irgendjemand außer mir schuld ist, falls etwas damit passiert.

Griffon scheint meine Gedanken zu lesen. »Ich bin vorsichtig«, sagt er. »Ich weiß, dass es sehr wertvoll ist.«

Ich zögere.

»Du vertraust mir nicht mal genug, um mich dein Cello tragen zu lassen?«

»Das ist es nicht.« Ich schaue in seine bernsteinfarbenen Augen. Das Seltsame ist, *dass* ich ihm vertraue, trotz allem, was er gesagt hat, und trotz meiner widersprüchlichen Gefühle. Ich gebe ihm den Cellokoffer – quasi zum Beweis. »Danke.«

Er streift den Tragegurt über die Schulter und zeigt auf die Treppe. »Nach dir.«

Ich wechsele auf die andere Seite, sodass Griffon zu meiner Rechten und die Wand zu meiner Linken ist. Ich hasse es, über das Geländer hinweg drei Stockwerke tief bis ins Café im Erdgeschoss zu gucken. Ein kleiner Blick genügt und mir wird schwindlig. Gerade haben wir uns Bewegung gesetzt, als Griffon auf der dritten Stufe irgendwie das Gleichgewicht verliert, strauchelt und nach dem Geländer greift. Ich sehe, wie der Gurt von seiner Schulter rutscht und das Cello droht, die Treppe hinunterzufallen. »Oh mein Gott!«, rufe ich und werfe mich hinüber, um es aufzufangen. Ich denke nicht daran, auf welcher Höhe wir uns befinden, ich denke an gar nichts, außer daran, mein Cello zu retten.

»Cole!«, schreit Griffon. Undeutlich nehme ich wahr, wie jemand meinen Arm packt – zu spät, ich rutsche aus, falle, und mit einem dumpfen Knall schlägt mein Kopf gegen das Geländer. Ein stechender Schmerz fährt in meine rechte Schläfe und tausend Sterne beginnen, vor meinen Augen zu tanzen. Jemand legt mich auf den Boden.

»Cole, bist du in Ordnung?« Ich öffne die Augen und sehe Griffon, der sich über mich beugt.

Ich schüttele meinen Kopf, um den Schmerz zu vertreiben, aber das macht es nur schlimmer. »Ich denke schon.« Ich versuche, aufzustehen, aber Griffon hält mich fest.

»Besser, du bleibst liegen, vielleicht hast du eine Gehirnerschütterung«, sagt er und sieht sich nach Hilfe um.

Ich taste mit der Hand nach der schmerzenden Stelle an meiner Schläfe und kann die beginnende Schwellung spüren.

Die Treppenstufen vibrieren unter herbeieilenden Schritten und eine Menge Leute drängen sich um mich herum. Es scheint, als hätten wirklich *alle* meinen Sturz gesehen. Na toll.

»Oh Gott, Schatz, geht es dir gut?«, fragt Dad und kniet sich neben mich.

Ich setze mich auf. »Ja, mir geht's gut.«

»Das glaube ich nicht«, sagt er und schaut in meine Augen. »Du bist wirklich heftig aufgeschlagen.«

»Ich besorge etwas Eis«, sagt Griffon. »Das Café ist noch geöffnet.«

Zwischen den Umstehenden hindurch sehe ich, wie Griffon, immer zwei Stufen auf einmal nehmend, die Treppe hinuntersprintet. Auf dem Treppenabsatz weicht er meinem Cellokoffer aus, der in einem eigenartigen Winkel gegen das Geländer gedrückt liegt. »Mein Cello!« Ich versuche, aufzustehen, aber mein

Kopf pocht und meine Beine zittern. »Es ist doch nicht kaputt, oder?«

Dad sieht hinunter. »Ganz bestimmt nicht«, sagt er. »Aber das Wichtigste ist, dass mit dir alles in Ordnung ist.« Es ist lieb von ihm, das zu sagen, aber natürlich gilt die größte Sorge aller meinem unglaublich teuren Cello, das gerade die Treppe hinuntergepoltert ist.

Mom öffnet den Koffer und hebt es vorsichtig heraus. »Sieht aus, als sei es nicht beschädigt«, ruft sie hinauf. »Der Koffer ist ein bisschen eingedrückt, aber sonst ist alles gut.«

Mir fällt ein Stein vom Herzen, was allerdings dazu führt, dass ich das Pochen in meinem Schädel wieder umso stärker spüre.

»Was ist passiert?«, fragt Veronique, noch ein wenig außer Atem, weil sie so schnell die Treppe hinaufgelaufen ist.

»Ich weiß nicht genau«, sage ich und schaue Dad an. »Ist es Griffon runtergefallen?« Hätte ich ihm doch bloß nichts beweisen wollen.

Dad streicht mir die Haare aus der Stirn. »Griffon hat es fallen lassen, um dich aufzufangen. Sonst wärst du über das Geländer gestürzt. Ich habe von unten alles gesehen. Das hätte schlimm ausgehen können, Cole, sehr schlimm.« Er gibt mir einen Kuss auf die Stirn.

Mom kommt mit dem Cello und stellt es vorsichtig neben mich auf die Stufe. »Sieht aus, als sei der Schultergurt abgerissen«, sagt sie und hält mir das lose Ende unter die Nase, das eigentlich am Koffer befestigt sein sollte. »Wahrscheinlich hat sich ein Stift gelöst. Der Koffer war nicht gerade billig, und ich werde gleich morgen früh im Geschäft anrufen, da kannst du sicher sein.«

Griffon kommt die Treppe wieder heraufgespurtet und drückt Dad einen Beutel mit Eis in die Hand. Als Dad ihn vorsichtig an meine Schläfe legt, zucke ich zusammen. Ich weiß ja, dass das Eis hilft, aber im ersten Augenblick verstärkt es den Schmerz nur.

Mom beugt sich zu mir herunter. »Lass mich mal deine Pupillen sehen.«

Ich reiße meine Augen übertrieben weit auf. »Komm schon, ich meine es ernst.«

»Sie ist okay, Sofia«, sagt Dad, und ausnahmsweise gibt sie nach.

Ich schaue hinunter, wo sich das Foyer langsam leert. Die Show ist vorbei und alle gehen nach Hause. Ich hoffe nur, dass dieser Teil meines Auftritts nicht auf irgendeinem Video auftaucht.

»Ich mach mich dann mal auf den Weg«, sagt Veronique und legt eine Hand auf meine Schulter. »Geht es dir wirklich gut?«

»Ja, wirklich. Danke.«

Griffon hockt ein paar Stufen weiter unten und blickt nicht einmal auf, als Veronique mit mir redet. Ich kann gar nicht begreifen, warum niemand außer mir den Hass spürt, den er ausstrahlt.

»Schön, dich kennengelernt zu haben, Griffon«, sagt Veronique, als sie an ihm vorübergeht. Er nickt nur. Auch sie scheint nichts zu bemerken, wahrscheinlich hält sie ihn einfach für einen Blödmann.

Nach einer Weile wird einstimmig beschlossen, dass ich lange genug still gesessen habe und endlich aufstehen darf. Dad trägt mein Cello und die etwas zerdrückten Blumen und Griffon meine Tasche, damit ich den Eisbeutel auf meine gigantische Beule drücken kann. Ich kann gerade noch verhindern, dass die anderen einen Krankenwagen rufen, und Mom beobachtet mich die ganze Zeit mit Adleraugen, um sicherzugehen, dass ich nicht plötzlich in wilde Zuckungen ausbreche. Als wir das Gebäude verlassen, schlägt uns kalte Nachtluft entgegen. Während des Konzerts muss es geregnet haben, die Straßen sind nass und verströmen diesen besonderen, intensiven Geruch nach Asphalt.

Dad zeigt auf eine Bank gleich neben dem Eingang und sagt: »Setz dich dorthin. Ich begleite deine Mom zu ihrem Auto, dann hole ich dich mit meinem ab. Du solltest nicht den ganzen Weg bis zum Parkhaus laufen.« Mom und Dad fahren immer mit getrennten Autos, auch wenn sie beide an den gleichen Ort wollen.

»Aber, Sam ...«, will Mom einwenden, doch Dad wirft ihr einen kurzen Blick zu, und sie spricht nicht weiter.

»Es dauert ja nicht lange«, sagt er. »Griffon macht es bestimmt nichts aus, kurz mit Cole hier zu warten.«

»Nein, überhaupt nicht«, sagt Griffon. »Und das mit dem Cello tut mir sehr leid. Wenn es irgendwie beschädigt wurde, komme ich auf jeden Fall für die Reparatur auf.«

Dad hebt abwehrend die Hand. »Mach dir keine Gedanken, dem Cello ist nichts passiert. Ich bin heilfroh, dass du das Wichtigste zuerst gerettet hast. Also bis gleich.« Dad gibt mir den Cellokoffer und ich lehne ihn gegen die Wand.

»Wie fühlst du dich?«, fragt Griffon, als meine Eltern weg sind.

»Ich werd's überleben.«

Griffon schaut mir in die Augen. »Die Pupillen sind okay.«

Ich ziehe die Brauen hoch. »Mit Medizin kennst du dich auch aus?«

Er zuckt die Schultern. »Ich war früher mal Arzt und weiß ein paar Dinge über Kopfverletzungen.«

Darauf kann ich nichts entgegnen. Keine Ahnung, was er in seiner Fantasiewelt noch alles gewesen ist. »Wäre schön, wenn du Mom und Dad davon überzeugen könntest«, sage ich schließlich, »wahrscheinlich werden sie mich heute Nacht ständig wecken, um sicherzugehen, dass ich keine Gehirnerschütterung habe.« Dann schaue ich auf meine Füße und murmele: »Danke, dass du mich aufgefangen hast. Was für ein verrückter Unfall.«

»Ich glaube, das war kein Unfall«, sagt Griffon scharf, und seine Augen blitzen. Er greift nach dem Ende des Schultergurts. »Sieht aus, als hätte jemand einen Stift gelockert.« In seinem Gesicht liegt derselbe zornige Ausdruck wie vorhin bei der Begegnung mit Veronique.

»Ach, komm schon. Der hat sich irgendwie von selbst gelöst. Warum sollte jemand so etwas absichtlich tun?«

»Jemand, der Rache will, schreckt nicht davor zurück, einen Gurt zu manipulieren, damit es wie ein Unfall aussieht«, sagt er mit finsterer Miene.

Ich starre ihn ungläubig an. »Du glaubst im Ernst, dass Veronique etwas damit zu tun hat?«

»Sie hatte die Gelegenheit. Sie war im Probenraum. Hätte der Plan funktioniert, wäre dein Cello in hohem Bogen die Treppe hinunter oder über das Geländer gefallen. Und du wärst beinahe gleich noch mit hinabgestürzt – ein unverhofftes Extra sozusagen. Wenn Veronique ihre Finger da nicht im Spiel hatte, dann war das schon ein verdammt großer Zufall.«

»Ich dachte, du glaubst nicht an Zufälle.«

Er sieht mich aus dem Augenwinkel an. »Eben.«

Wir schweigen und ich lasse das Aufeinandertreffen der beiden noch einmal Revue passieren. Alles fing damit an, dass er ihr die Hand gegeben hat. Bei mir vermeidet er jede Berührung. »Wieso bist du dir so sicher? Hat es mit dieser Schwingung zu tun, von der du neulich gesprochen hast?«

»Als Akhet kann man gewisse Dinge im Wesenskern eines anderen Menschen erkennen. Du weißt, ob er auch ein Akhet ist oder nicht, und manchmal fühlst du, ob es schon einmal eine Verbindung zwischen euch gab.«

»Wesenskern? Du meinst so was wie die Seele?«

Griffon zuckt mit den Schultern. »Ja, wenn du es so nennen willst. Es ist der Teil, den wir von Leben zu Leben mitnehmen. Wenn du jemanden berührst, kannst du es spüren, meist deutlich genug, um etwas über den anderen zu erfahren.«

»Aber ich habe nie etwas gespürt«, sage ich, doch dann fallen mir die letzte Unterrichtsstunde mit Veronique und die Vision mit dem Konzert wieder ein. »Na ja, glaube ich zumindest«, füge ich hinzu.

»Am Anfang ist es schwer, den Wesenskern wahrzunehmen. Und es wird nicht leichter dadurch, dass sich die Beziehungen zwischen uns Akhet von Leben zu Leben verändern. In dem einen Leben ist man vielleicht verschwistert und im nächsten begegnet man sich als Geschäftspartner. Jedes Leben ist anders. Manchmal wird man als Junge geboren, manchmal als Mädchen. Einmal kannst du wohlhabend sein, ein anderes Mal in Armut sterben.«

»Was ist mit Kakerlaken?«

»Kakerlaken?«

»Ja. Ich meine, ich würde äußerst ungern als Kakerlake wiederkehren, oder als Schnecke. Vogel wäre vielleicht okay.«

Griffon lacht, und es tut gut, sein Gesicht endlich wieder entspannt zu sehen. »Da brauchst du keine Angst haben. Soweit ich mich erinnere, wurde ich immer als Mensch geboren, und auch alle Akhet, denen ich begegnet bin, waren Menschen.«

Mir fällt wieder ein, wie er vor dem Kino Raynes Hand gehalten hat, und ich verspüre einen Stich brennender Eifersucht. »Gibst du deswegen jedem die Hand, dem du begegnest, weil du wissen willst, ob er ein Akhet ist oder nicht?«

»Oh, ist es so offensichtlich?«, fragt er ein bisschen verlegen. »Ist irgendwie zur Gewohnheit geworden. Die Schwingungen, die man bei einer Berührung spürt, verraten viel mehr als das, was man mit den Augen wahrnimmt.«

Ich kann ihn nicht ansehen, denn ich weiß, wenn ich ihm die nächste Frage stelle, gibt es kein Zurück mehr. »Warum berührst du mich dann nie?«

»Habe ich doch schon«, verteidigt er sich.

»Nicht so wie die anderen. Nur ganz kurz, als du mir im Tower aufgeholfen hast, und vorhin auf der Treppe, aber sonst niemals.« Ich versuche, an seinem Gesichtsdruck zu erkennen, was in ihm vorgeht, aber anscheinend kann er seine Gefühle gut verbergen.

Er sieht mich nicht an, als er antwortet, sondern hält den Kopf gesenkt und blickt unverwandt auf den Boden. »Es ist kompliziert. Und da gibt es so vieles, das du noch nicht verstehst …«

»Dann erklär es mir!«, sprudelt es aus mir heraus. »Ich kann damit leben. Wenn dir etwas daran liegt, dass ich dir glaube, dann musst du ehrlich zu mir sein. Es ist okay, wenn du mich nicht … auf diese ganz besondere Art magst.« Doch kaum habe ich die Worte ausgesprochen, wird mir schmerzlich klar, dass es ganz und gar nicht okay ist. Trotz all seines seltsamen Geredes von Akhet und Wiedergeburt. Meine Augen beginnen, zu brennen. Ich atme tief ein und gebe mir alle Mühe, das Zittern in meiner Stimme in den Griff zu bekommen. »Ich verstehe, wenn du mir einfach nur helfen willst. Als Freund oder was auch immer.«

Er hebt den Kopf und schaut mir direkt in die Augen. Als unsere Blicke sich begegnen, beginnt mein Herz, wild zu pochen, und mir wird klar, dass meine Gefühle sich von meinen tapferen Worten nicht täuschen lassen.

»Das ist es nicht, Cole«, sagt er mit belegter Stimme. »Du musst mir glauben. Ich will nur nicht, dass du dich zu sehr einlässt auf etwas, das … am Ende vielleicht zu kompliziert werden könnte.«

Einlassen? Eine Welle heißer Wut schießt mir durch die Adern. Erst erzählt er mir verrückte Geschichten über vergangene Leben, dann spielt er den tapferen Retter, der mich vorm Sturz in die Tiefe bewahrt, sieht außerdem einfach umwerfend aus und erwartet ernsthaft, dass ich cool und unbeteiligt bleibe? Ich beuge mich leicht zu ihm hinüber und sage: »Neuigkeit des Tages: Ich stecke schon bis über beide Ohren drin.«

Griffon nickt nur und schweigt dann eine ganze Weile. Schließlich fragt er: »Willst du wissen, wie es sich anfühlt?«

»Anfühlt? Was?«, frage ich verwirrt.

»Wie es sich anfühlt, einen anderen Akhet zu erkennen. Vielleicht fällt es dir dann leichter, zu glauben, was ich dir erzählt habe.«

Oje, und ich dachte, ich hätte mir nichts anmerken lassen. »Es ist nicht, als würde ich *dir* nicht glauben …«

»Schon okay«, unterbricht er mich. »Ich weiß, wie verrückt das alles klingt.« Er blickt nach rechts und nach links über den leeren Gehweg. Dann knöpft er die Ärmel seines Hemds auf und rollt sie nach oben. »Ich habe dich nicht berührt, weil es einen wirklich ziemlich umhauen kann, wenn man nicht darauf vorbereitet ist.«

Griffon legt die bloßen Arme auf seine Knie und dreht sich zu mir herum. »Mit ein wenig Erfahrung kann man es auch durch die Kleidung hindurch spüren, aber leichter ist es ohne.«

Ich versuche, die Bilder, die mir in den Sinn kommen, beiseitezuschieben, und drehe mich ebenfalls zu ihm, sodass unsere Körper nur noch wenige Zentimeter voneinander entfernt sind. Die braune Haut seiner Arme ist glatt und weich, durchzogen von starken, pulsierenden Adern. Ich schiebe meinen Ärmel hoch, sage meinen Händen, dass sie auf keinen Fall zittern und mich verraten dürfen, und strecke vorsichtig und zögernd meinen Arm aus. So oft habe ich mir vorgestellt, ihn zu berühren, mich gefragt, wie sich seine Haut wohl anfühlt. Wie es wäre, von ihm berührt zu werden.

Kaum liegt meine Hand auf seinem Arm, zuckt Griffon heftig zusammen, und ich lächele unwillkürlich, glücklich darüber, solch eine Wirkung auf ihn zu haben. »Wow, deine Hand ist eiskalt! … Der Eisbeutel.«

Okay, so viel zu meiner unwiderstehlichen Ausstrahlung. »Sorry.« Ich reibe die Hand an meiner Hose, damit sie ein bisschen wärmer wird. Dann hole ich tief Luft und lege meine Hand ganz sacht auf seinen Arm. Zuerst fühle ich nichts außer der Wärme seines Körpers und dem leisen Pochen seiner Adern. Ich höre ihn tief und regelmäßig atmen, beinahe, als meditiere er. Seine Augen sind geschlossen und ich betrachte verstohlen seine langen, dunklen Wimpern. Mein Herz hämmert so wild, dass er es bestimmt hören kann. Die heißen Wellen, die durch meinen Körper pulsieren, werden mich verraten.

Doch dann spüre ich noch etwas anderes. Zuerst ist es nur schwach, wie ein leises Summen tief in meinem Inneren. Ich konzentriere mich darauf, und es wird stärker und gleichmäßiger, so als würden unsere Moleküle in Schwingung geraten. Es ist wie das Summen eines Bienenschwarms – lebendig und voller Energie.

»Ich kann es fühlen«, flüstere ich. Doch gleichzeitig frage ich mich, ob ich mir das nach all dem, was ich über Akhet und Schwingungen gehört habe, vielleicht nur wünsche.

Griffon öffnet die Augen. »Du bist sehr stark. Besonders für eine neue Akhet.« Der Ausdruck auf seinem Gesicht ist ernst und konzentriert, als versuche er, wieder ins Gleichgewicht zu kommen. Er rutscht ein wenig auf der Bank herum und räuspert sich. »Wenn man es öfter gemacht hat, kann man auch ganz leichte Schwingungen wahrnehmen, zum Beispiel von Menschen, die noch nicht wissen, dass sie Akhet sind.« Er lächelt und sagt leise: »Jetzt nimm deine Hand ganz langsam wieder weg, und versuche, zu spüren, wann es aufhört.«

Ich hebe meine Hand ein winziges Stück und fühle, wie die Schwingung schwächer wird. Je weiter ich meinen Arm hebe, desto schwächer wird sie, bis sie schließlich ganz verschwunden ist. »Es ist vorbei.« Ich schließe ganz fest die Augen, um meine heftigen Gefühle zu verbergen, denn ich sehne mich zurück nach seiner Haut.

Mit einem Mal sind die Geräusche der Straße wie ausgeblendet. Ich spüre Griffons Hand, die mir das Haar aus dem Gesicht streicht, seinen Daumen, der leicht über meine Wange fährt. Ich öffne die Augen und sehe, dass er versunken mein Gesicht betrachtet, mit einer Mischung aus Traurigkeit und Erleichterung. Er sagt nichts, beißt sich zögernd auf die Lippe. Dann kommt sein Gesicht ganz langsam näher. Doch als ich mich ihm entgegenneige, zieht er plötzlich seine Hand zurück und wendet sich von mir ab. Hastig rutsche ich ein Stück zurück. Ich bin wie benommen, aus Freude darüber, was beinahe passiert wäre, und aus Enttäuschung, weil es nicht geschehen ist.

»Es tut mir leid, Cole«, sagt er, ohne mich anzuschauen. »Das wollte ich nicht, es ist nur … Ich …«

Ich warte darauf, dass er weiterspricht, aber der Satz bleibt unvollendet in der Luft hängen. »Ist schon okay«, sage ich schließlich und spüre, wie die alte Befangenheit uns einholt. Ich packe den Eisbeutel wieder auf meinen Kopf, der Schmerz ist wieder da.

Griffon lehnt sich zurück und schaut auf die vorbeifahrenden Autos. »Morgen habe ich Baseball-Training, ungefähr bis fünf. Hast du vielleicht Zeit und Lust, mich danach zu besuchen? Ich verspreche, dann wirst du jede Menge Antworten auf deine Fragen bekommen. Vielleicht sogar genügend, damit du mir endlich glaubst.«

Ob ich will oder nicht, mein Herz schlägt höher bei dem

Gedanken, ihn schon so bald wiederzusehen. »Oh«, sage ich, »besitzt du vielleicht ein geheimes Handbuch über *›Die ersten Schritte für Anfänger‹*?«

»Viel besser«, sagt er mit einem geheimnisvollen Lächeln, gerade als Dads Auto vor uns an den Bordstein heranfährt. »Meine Mom. Sie ist auch eine Akhet.«

9

Griffon begrüßt mich mit einem breiten Lächeln. Dort steht er, auf dem Gehweg vor dem S-Bahnhof des Bay Area Rapid Transit, in Jeans und Motorradjacke. Kaum habe ich ihn entdeckt, macht mein Herz einen Satz und mir wird schlagartig klar, wie sehr ich mich nach ihm sehne.

»Schön, dass du kommen konntest«, sagt er und legt seine Hand leicht auf meinen Rücken, um mich durch die Menschenmenge zu führen – vor gestern Abend hätte er das niemals getan, und daher fällt es mir besonders auf. Selbst durch die Schichten meiner Kleidung spüre ich das summende Vibrieren seiner Berührung und konzentriere mich auf die Umgebung, um nicht dahinzuschmelzen.

»War gar nicht so schwer«, erwidere ich. Mom wollte mich zwar erst nicht gehen lassen, aber die Beule war heute Morgen schon fast verschwunden, und als ich ihr sagte, ich würde nur bei Rayne zu Abend essen, hat sie nachgegeben. Seltsamerweise habe ich wegen meiner Lüge nicht einmal ein schlechtes Gewissen. Solange Mom sicher ist, dass ich die Musik nicht vernachlässige, kontrolliert sie mich eigentlich nie. Anscheinend zahlt es sich jetzt aus, dass ich sechzehn Jahre lang ein braves Mädchen war.

»Wie geht's deinem Kopf?«, fragt Griffon ein wenig besorgt.

»Alles in Ordnung, keine Gehirnerschütterung.«

»Freut mich. Janine war den ganzen Tag unterwegs, um fürs Abendessen einzukaufen.«

»Janine?«

»Meine Mom.«

Ich versuche, mir vorzustellen, was meine Mom täte, wenn ich sie plötzlich »Sofia« nennen würde – cool fände sie das bestimmt nicht. »Hast du sie schon immer mit Vornamen angesprochen?«

»Nein, als ich klein war natürlich nicht. Aber dann wurde mir bewusst, dass ich Akhet bin – genau wie sie –, und es erschien irgendwie passender.«

»Dann weiß man als ... Akhet ... nicht von Anfang an Bescheid?« Es ist das erste Mal, dass ich das Wort laut ausspreche, und Griffons erstauntem Gesichtsausdruck nach zu urteilen, ist es ihm auch aufgefallen. Ich denke zwar immer noch, dass das alles total verrückt klingt, aber eine logischere Erklärung habe ich – zumindest bis jetzt – auch nicht gefunden.

»Nein, nicht wirklich«, beantwortet er meine Frage. »Ein Neugeborenes, das sich an alle früheren Leben erinnert, wäre auch ziemlich unheimlich. Schlimmer als die sprechenden Babys im Fernsehen.«

Ich grinse. Ich mag Werbespots mit sprechenden Babys. »Wie funktioniert es dann? Gibt es ein bestimmtes Alter, ab dem man sozusagen eingeweiht wird?«

»Nein, es ist nicht so festgelegt. Ich erinnere mich immer sehr früh, so ungefähr mit drei oder vier. Bei anderen passiert es erst später. Auf jeden Fall ist plötzlich einfach alles da, als wäre es nie anders gewesen, ganz selbstverständlich – wie die Fähigkeit, zu sprechen oder zu laufen.«

»Dann musst du ein ziemlich merkwürdiges Kind gewesen sein.«

»Die ersten Male schon. In einem Leben habe ich plötzlich meinen Lateinlehrer korrigiert. Stell dir vor, ein sechsjähriger Knirps, der aus heiterem Himmel fließend Latein spricht. Noch dazu war ich in jenem Leben Chinese. Alle sind total ausgeflippt, und meine Eltern dachten, ich wäre besessen.«

»Und was haben sie gemacht?«, frage ich lachend.

»Einen Exorzisten gerufen.« Als Griffon meinen verdutzten Gesichtsausdruck sieht, fängt er auch an zu lachen. »Nein, im Ernst. Zumindest die taoistische Version eines Exorzisten.« Bei der Erinnerung schüttelt er ungläubig den Kopf. »Alles hat er versucht: fasten, beten, stundenlange Meditationen. Da hab ich gelernt, meinen Mund zu halten.«

»Das ist wirklich lustig«, sage ich, »aber irgendwie auch ein bisschen traurig.«

»Stimmt. Darum bin ich echt froh, dass diesmal Janine da ist. Sie ist zwar meine Mom, aber eigentlich sind wir mehr so was wie Freunde.« Er lächelt. »Meine Oma kommt damit überhaupt nicht klar.«

»Weiß sie Bescheid?«

»Nein. Janine und ich sind die einzigen Akhet in der Familie. Nana hält uns für verrückte kalifornische Hippies, die Gras rauchen und davon träumen, die Welt zu retten. Aber mein Dad weiß Bescheid.«

Die Blicke, die sich die beiden im Tower zugeworfen haben,

waren mir gleich aufgefallen. Und bestimmt hat Griffon ihm sofort von mir erzählt.

»Was du sagst, ergibt tatsächlich irgendwie Sinn«, sage ich nachdenklich. Wobei ›Sinn‹ natürlich relativ ist, denn insgesamt bleibt es eine total abgedrehte Geschichte. »Ich erinnere mich nicht an besonders viel. Es sind eher kleine Ausschnitte, wie wenn man beim Fernsehen durch die Programme zappt – eine Szene hier, eine Szene da.«

»Das ist normal. Man erinnert sich nicht an alles auf einmal. Manchmal braucht es zwei oder drei Leben, bis das Bild vollständig ist.«

»Und du? Erinnerst du dich an alles? Aus all deinen Leben?« Ich bin ein bisschen erschrocken, wie normal sich dieses Gespräch anfühlt – fast, als würde er mir bloß von den Ferien auf Hawaii erzählen.

Er nickt. »Wenn man schon eine längere Zeit Akhet ist, perfektioniert man seine Fähigkeiten. Man erinnert sich an mehr, sammelt Erfahrungen und wird in einigen Dingen besser, schneller.«

»In was für Dingen? Hast du vielleicht irgendwelche übernatürlichen Kräfte?«

Griffon lächelt. »Nein, obwohl das toll wäre. Aber wir können keine Gedanken lesen oder Gegenstände bewegen, ohne sie anzufassen. Zumindest kenne ich niemanden, der das kann. Es hat mit Gedächtnis, Sprachen, Zahlen und Daten zu tun. Man sagt, dass der Mensch nur einen kleinen Teil seiner kognitiven Anlagen nutzt. Keine Ahnung, ob das stimmt. Auf jeden Fall können Akhet wegen ihrer größeren Erfahrung diese Fähigkeiten viel intensiver nutzen.«

»Wie Autisten, denen man irgendein Datum nennen kann und sie wissen genau, was für ein Wochentag das war?«

Er zuckt die Schultern. »Ja, so ähnlich. Ich hatte schon viele Leben und erinnere mich an alles, was ich gelesen und erfahren habe. Manchmal ist das sehr praktisch.«

»Okay, du bist also ein Genie. Dann kannst du mir bestimmt sagen, an welchem Wochentag ich geboren wurde.« Ich lächele herausfordernd.

»Wann ist dein Geburtstag?«, fragt er völlig ernst.

»Ach, komm schon, war doch nur ein Scherz.«

»Du hast angefangen. Also, sag mir das Datum.«

»Siebenundzwanzigster August.«

»Und du wirst siebzehn, richtig?« Er wartet kaum ab, bis ich genickt habe. »Ein Wochenend-Baby. Es war ein Sonntag.«

Ich starre ihn verdutzt an, beeindruckt, aber auch ein bisschen irritiert. Es wäre mir lieber gewesen, er hätte ein Mal etwas nicht gekonnt. Hätte ein Mal keine Antwort gehabt. Würde mich nicht vor Stürzen bewahren, wäre zur Abwechslung mal nicht perfekt.

»Das hast du doch bloß geraten. Die Chancen standen eins zu sieben.«

»Wenn du meinst.« Er schaut mich mit breitem Grinsen an und zwei wundervolle Grübchen erscheinen auf seinen Wangen. Perfekter geht's nicht.

Wir halten neben einem schwarzen Motorrad, das an der Straße geparkt ist. Griffon greift in die Tasche, zieht einen Schlüsselbund hervor und bückt sich, um zwei schwarze, am Rahmen angekettete Helme loszumachen. Die Motorradjacke ist also nicht nur ein Mode-Gag.

»Ist das deins?«

»Japp. Ist ein ziemliches Stück bis zu unserem Haus, zu weit, um zu laufen. Ist doch okay, oder?«, fragt er und gibt mir einen Helm.

Ich beäuge das schwarze Ungetüm mit den breiten, silbernen Auspuffrohren. Mom und Dad wollen nicht, dass ich den Führerschein mache oder bei Freunden mitfahre, weil sie denken, es ist zu gefährlich. Sie würden mich umbringen, wenn sie wüssten, dass ich vor einem Motorrad stehe und ernsthaft überlege aufzusteigen. »Hm ...« Zögernd betrachte ich den Helm. Ich will ja nicht wie ein Baby aussehen, aber ich habe wirklich keine Ahnung, was ich jetzt tun soll.

»Angst, uns könnte was passieren?«, fragt Griffon und klemmt seinen Helm unter den Arm.

Ich schaue abwechselnd auf ihn und das Motorrad. »Ein bisschen schon«, gebe ich schließlich zu. »Und selbst wenn alles gut geht, werden mich hinterher meine Eltern umbringen.«

Griffon kommt einen Schritt näher. »Du brauchst dir keine Sorgen machen«, sagt er und blickt kurz nach rechts und links, »ich fahre schon ... sehr lange Motorrad.« Er schaut mir in die Augen: »Ich bin ein wirklich guter Fahrer, und außerdem würde ich niemals riskieren, dass dir irgendwas zustößt.«

Ich fühle, wie mir die Röte ins Gesicht kriecht, während ich ihn ansehe und mich frage, was genau das bedeutet. »Es ist nicht, weil ich denke, dass du nicht fahren kannst«, sage ich, schaue unentschlossen zur Seite und betrachte den vorbeirauschenden Verkehr.

Griffon nimmt seinen Helm wieder in die Hand. »Also, was ist? Es wird dir gefallen, ganz bestimmt.«

Ich blicke auf den Helm, dann wieder auf das Motorrad. Sage mir, dass ich ihm vertrauen kann. »Okay«, stimme ich schließlich zu. Ich nehme den Helm, ziehe ihn über den Kopf und zucke ein bisschen zusammen, als er die Beule an meiner Schläfe berührt.

Griffon zieht seine schwere Motorradjacke aus und gibt sie mir. »Die wirst du brauchen. Es könnte ein bisschen kalt werden.« Ich will protestieren, aber er drückt mir die Jacke in die Hand. »Nimm sie einfach. Ich komme schon klar.«

Das Innenfutter ist noch warm von seinem Körper, und als ich den Reißverschluss hochziehe, weht mich sein ganz besonderer, erdiger Geruch an. Am liebsten würde ich die Jacke für immer anbehalten.

Griffon steigt aufs Motorrad und stellt seine Füße zu beiden Seiten auf den Boden, damit es stabil steht. »Steig einfach auf und halt dich an mir fest«, sagt er über die Schulter. Durch den Helm klingt seine Stimme ein bisschen gedämpft.

Ich nicke, mein Kopf ein Kilo schwerer durch den Helm, und schwinge mein Bein über den Sitz, wieder einmal dankbar, dass ich keine Röcke trage. Ich rutsche ein bisschen näher an ihn heran, lege meine Arme um seine Hüften und merke, wie sein Körper sich bei der Berührung anspannt. Durch das Leder hindurch kann ich, wenn auch nur schwach, seine Schwingungen spüren – entweder sind sie stärker geworden, oder ich bin empfänglicher dafür.

Wir fädeln uns in den Verkehr ein, und als Griffon seine Aufmerksamkeit ganz auf die Straße richtet, entspannt sich sein Körper. Schon als wir an der ersten Ampel halten, ist meine Angst wie weggeblasen. Ich vertraue Griffon und weiß, dass er uns unversehrt ans Ziel bringen wird. Auch das Motorrad unter uns wirkt stabil und sicher, und die Power, mit der wir über den Asphalt fliegen, ist einfach berauschend. Ich wünschte, ich könnte die Zeit anhalten und wir würden immer so weiterfahren – ich an seinen Rücken geschmiegt, während er mich schneller und immer schneller mit sich davonträgt. Doch dann sind wir schon da. Griffon biegt in eine schmale Seitenstraße ein und hält vor der langen Auffahrt zu einem Bungalow mit braunen Dachschindeln.

Es gelingt mir tatsächlich, abzusteigen ohne hinzufallen. Ich warte, bis er das Bike geparkt und den Zündschlüssel abgezogen hat.

»War doch gar nicht so schlimm, oder?«, fragt er grinsend, während ich den Helm abnehme und versuche, ein wenig Ordnung in meine Haare zu bringen.

»Nein«, grinse ich zurück und gebe ihm den Helm, damit er ihn wieder anschließen kann. Ich könnte mich daran gewöhnen.

Er deutet mit dem Kopf auf den kleinen, roten Pick-up, der neben dem Haus steht. »Janine ist schon da.«

Vor lauter Begeisterung hatte ich es fast vergessen, doch mit einem Schlag ist die Nervosität wieder da – gleich lerne ich seine Mom kennen. Offensichtlich steht es mir ins Gesicht geschrieben, denn Griffon sagt: »Keine Sorge, sie ist wirklich cool. Ich habe ihr schon von dir erzählt, und sie ist sehr gespannt darauf, dich zu treffen. Sie ist … ein bisschen anders als andere Eltern.«

»Anders … Wie?«

»Wirst du schon sehen.« Ich folge ihm durch ein schmales Tor in einen Hof, der überwuchert ist von hohen Gräsern und Büschen, die in allen Farben blühen. »Janine hält viel von naturbelassenen Gärten«, klärt Griffon mich auf und geht den schmalen Pfad zur Eingangstür voran.

Ein kleiner, grauer Kater kommt aus dem Gebüsch hervor und reibt schnurrend seinen Kopf an Griffons Bein.

»Hallo Spike«, sagt Griffon, beugt sich hinunter und krault ihm den Hals.

»Ist der süß! Ist das deiner?«

»Nein, aber das denkt er. Eigentlich gehört er den Nachbarn.« Zum Abschied tätschelt er Spike noch einmal den Kopf. »Okay, Kumpel, wir müssen leider weiter.«

Unsere Schritte sind auf den Stufen der Holzveranda laut und deutlich zu hören. Griffon öffnet die Eingangstür und ruft: »Hallo, wir sind da!«

»Ich komme sofort«, antwortet eine Stimme aus dem hinteren Teil des Hauses.

Ich werfe einen Blick auf das, was ich vom Eingang aus sehen kann: Gegenüber führt eine breite Treppe zu einem kleinen Absatz und von dort in einem Bogen hinauf zum oberen Stockwerk. An einer Wand hängt ein düsteres, erstaunlich realistisches Gemälde, das eine englische Straße bei Sonnenuntergang zeigt. Bunte afrikanische Tücher und kunstvoll geschnitzte Masken bedecken den Rest der Fläche. Eine große geflochtene Truhe steht vor einem hellgelben Sofa mit Kissen in afrikanischem Muster.

»Wild, oder?« Griffon hat meine optische Tour beobachtet und grinst mich an. »Ein bisschen wie in einem Importlager für Möbel aus aller Welt.«

»Gefällt mir«, entgegne ich, bin aber trotzdem ein bisschen

nervös, wenn ich daran denke, gleich die Person kennenzulernen, die zu dieser Inneneinrichtung gehört. Ich muss nicht lange darauf warten.

Eine kleine afro-amerikanische Frau kommt aus dem Flur auf uns zu. Im Gehen wischt sie sich die Hände an einem Tuch ab, das im Bund ihrer Jeans steckt. Sie trägt eine ganz gewöhnliche Jacke aus schwarzem Fleece, aber ihr Haar ist ein wilder Wust aus winzigen Zöpfchen mit je einer Perle oder Muschel am Ende, die bei jeder Bewegung ein leises, klackerndes Geräusch machen.

»Kommt doch rein«, sagt sie. »Eure Sachen könnt ihr einfach irgendwo ablegen. Du bist also Cole – freut mich, dich kennenzulernen! Ich bin Janine.«

Sie strahlt so viel Wärme und Herzlichkeit aus, dass ich sofort ein wenig entspanne. »Danke schön.«

Sie nimmt meine rechte Hand und legt sie fest zwischen ihre beiden Hände – nicht nur zur Begrüßung, sondern auch, um meine Schwingungen zu spüren, vermute ich.

Bei ihrer Berührung fühle ich deutlich die Energie und das Selbstvertrauen, das sie ausstrahlt.

»Janine, hör auf! Sie ist doch gerade erst angekommen«, sagt Griffon ein bisschen unwillig.

Sie lässt meine Hand los und sofort verschwinden die Gefühle. »Reg dich ab, Grif. Ich wollte doch nur mal schauen.« Dann sieht sie mich ein bisschen besorgt an: »Wie geht es deinem Kopf? Griffon hat mir erzählt, was passiert ist.«

Ich werfe ihm einen Seitenblick zu und frage mich, was er wohl noch alles ausgeplaudert hat. »Schon viel besser, danke.«

»Hast du Hunger?«, fragt sie und geht voran in die Küche. »Ich brauche noch ein bisschen, bis alles fertig ist, aber ich habe schon ein paar Snacks vorbereitet. Sie stehen auf der Anrichte.«

Wir folgen ihr in die helle Küche, wo jede Menge dampfender Töpfe auf einem riesigen Edelstahlherd stehen. Laute Hip-Hop-Musik dröhnt aus einem iPod in der Ecke. »Ich habe bei Vic's ein paar Samosas besorgt«, sagt sie und zeigt auf die frittierten Teigtaschen. »Wir essen zwar heute nicht indisch, aber für Samosas ist mir jede Gelegenheit recht. Grif, warum setzt ihr euch damit nicht schon mal? Ich rufe dich, wenn es Zeit ist, den Tisch zu decken.«

Griffon führt mich in das vordere Zimmer, in dem ein riesiger, schwarzer Flügel steht. Während er den Teller auf einem kleinen Tischchen abstellt, setze ich mich an den Flügel und lasse meine Finger stumm über die Tasten gleiten. Ich verstehe nicht viel von Flügeln, aber ich kann erkennen, dass der hier richtig teuer war.

»Spielst du auch Klavier?«, fragt Griffon und setzt sich neben mich auf die Bank.

Ich schlage eine Taste an und ein einsamer Ton klingt durch den Raum. »Ich nicht, Kat hat mal 'ne Weile gespielt. Klingt vielleicht komisch, aber abgesehen davon, dass ich gut Cello spiele, bin ich gar nicht besonders musikalisch. Mom wollte früher mal, dass ich auch Klavierunterricht nehme, aber es war einfach nicht mein Ding.«

»Hm. Dann warst du vermutlich in keinem deiner früheren Leben Konzertpianistin.«

»Soll das heißen, wenn ich früher schon mal Klavier gespielt hätte, dann könnte ich es jetzt auch?«

»Klar. So ist es meistens.«

Ich starre ihn entgeistert an und frage mich, warum ich nicht schon selbst darauf gekommen bin. »Das bedeutet, dass mir das Cellospielen nur deshalb so leichtfällt, weil ich es in einem früheren Leben gelernt habe?«

Griffon steht auf und schlendert zu dem Tischchen mit den Samosas hinüber. »Wahrscheinlich. Wenn man in einem Leben etwas lernt, nimmt man es mit ins nächste, manchmal, ohne es zu wissen. Kann gut sein, dass du früher schon mal Cello gespielt und die Fähigkeit mitgebracht hast – und schwupps, fertig ist das Wunderkind.«

Eine ungute Ahnung breitet sich in meiner Magengrube aus. Das ergibt Sinn, denn ich musste niemals wirklich *lernen*, wie man Cello spielt, ich *konnte* es einfach. Alles, was ich noch tun musste, war, meinem Körper die technischen Fertigkeiten anzutrainieren. »Dann hat es nichts mit Begabung oder stundenlangem Üben zu tun? Alles ist nur Erinnerung?« Plötzlich kommt mir mein gesamtes bisheriges Leben wie eine Lüge vor. Dass ich schon von klein auf Cello spielen konnte, hatte für mich immer etwas Magisches. Wie ein Zauber, den ich nicht verstand und auch gar nicht verstehen wollte, weil ich fürchtete, dann würde er verschwinden. Jetzt fühle ich mich, als hätte jemand den Vorhang zur Seite gezogen und dahinter steht ein kleiner hässlicher Zwerg, der ein paar Schalter bedient. Keine Magie.

Anscheinend kann Griffon meine Gedanken an meinem Gesichtsausdruck ablesen. »Erinnerung ist nicht alles«, sagt er. »Man muss auch die Leidenschaft und Disziplin haben, die Erinnerung wieder aufblühen zu lassen.«

»Aber es ist nicht echt«, sage ich deprimiert, »es ist eine Täuschung, Betrug. Als hätte ich mein Leben lang alle zum Narren gehalten.«

Griffon lächelt. »Zu nutzen, was du in früheren Leben gelernt hast, ist kein Betrug. Im Gegenteil, es macht dich zu etwas Besonderem.«

Aber ich fühle mich nicht wie etwas Besonderes. Ich fühle mich wie eine Schwindlerin.

10

»Dann erzähl doch mal, was du über diese Akhet-Cellistin weißt«, sagt Janine und reicht mir eine Schüssel mit Rosmarinkartoffeln. Es ist ein bisschen komisch, wie beiläufig sie davon spricht, so als würde sie mich nach etwas ganz Alltäglichem fragen: Wie war's in der Schule? Wie lief der Englisch-Test? Kannst du dir vorstellen, dass Veronique es auf dich abgesehen hat, weil du ihr in einem früheren Leben irgendein Unrecht getan hast?

»Eigentlich nicht viel«, muss ich eingestehen. Ich löffele ein paar Kartoffeln auf meinen schon ziemlich vollen Teller und gebe die Schüssel an Griffon weiter. Noch nie hat mir vegetarisches Essen so unglaublich gut geschmeckt und ich vermisse das von zu Hause gewohnte Stück Fleisch nicht im Geringsten. Alles ist einfach köstlich – außer den Tomaten. Ich hasse Tomaten. Selbst wenn es auf der Erde nichts anderes mehr zu essen gäbe, würde ich keine runterkriegen. Verstohlen picke ich sie aus dem Salat, schiebe sie an den Tellerrand und hoffe, dass Janine es nicht bemerkt, denn ich möchte sie nicht vor den Kopf stoßen. »Sie ist einfach nur meine Cello-Schülerin.«

Janine scheint es ganz normal zu finden, dass Griffon Dinge über mein Leben weiß. Die Art, wie die beiden miteinander umgehen, erinnert eher an eine Beziehung unter Mitbewohnern als zwischen Mutter und Sohn. Sie scheinen nicht viele Geheimnisse voreinander zu haben. »Hast du in ihrer Nähe schon einmal etwas Unangenehmes gespürt, oder sogar ein Gefühl von Gefahr?«

»Ein paar Mal hatte ich Erinnerungen«, erwidere ich vage. Den Gedanken, dass Alessandra und Veronique irgendwie miteinander zu tun haben könnten, mag ich nicht aussprechen, nicht einmal zu Ende denken. Es würde Griffons Theorie bestätigen.

Griffon legt die Gabel aus der Hand. »Warum hast du mir nichts davon erzählt?«

»Weil ich bisher keine Verbindung zwischen beidem gesehen habe. In manchen Visionen bin ich Cellistin, eine italienische, glaube ich, aber ich befinde mich in San Francisco. Da ist diese junge Frau, ein bisschen älter als ich. Sie heißt Alessandra. Aber sie ist immer sehr nett zu mir. Wir sind sogar Freunde. Wenn Veronique wirklich Alessandra ist, dann kann ich mir nicht vorstellen, wo die Gefahr liegen sollte.« Vor meinem geistigen Auge erscheint ein Bild von Alessandra, die auf der Bühne sitzt und Cello spielt. »Und außerdem: Wenn Alessandra so gut Cello spielen konnte, warum kann Veronique es dann nicht? Hätte sie die Fähigkeit nicht mit in dieses Leben gebracht, so, wie du vorhin gesagt hast?«

»Vielleicht gibt sie nur vor, nicht so gut spielen zu können, damit sie einen Grund hat, in deiner Nähe zu bleiben.«

»Das würde ich merken.« Ich glaube nicht, dass sich jemand in der Musik so stark verstellen kann.

»Na ja, man nimmt nicht immer alles mit«, sagt Griffon, »vor allem, wenn man noch nicht lange Akhet ist. Es könnte also sein, dass sie gerade diese Fähigkeit nicht behalten hat. Das ist zwar nicht sehr wahrscheinlich, aber möglich.«

Janine kaut nachdenklich und sieht Griffon an. »Denkst du, sie ist eine Shewi?«

Griffon schüttelt den Kopf. »Nein. Sie fühlte sich nicht an wie eine völlig neue Akhet. Vielleicht ist sie eine Rächerin. Auf jeden Fall hat sie etwas zu verbergen und es hat mit Cole zu tun.«

»Rächerin?«, frage ich. Langsam komme ich nicht mehr mit.

»Rächer sind Akhet, die Vergeltung suchen. Sie gehören nicht zum Sekhem. So heißt das Bündnis, dem die meisten von uns älteren Iawi-Akhet angehören.«

»Eine Art Geheimbund?« Ich fühle mich immer mehr wie in einem Indiana-Jones-Film.

»Ja, so ähnlich. Wir haben uns zum Sekhem zusammengeschlossen, um unsere Aufgaben hier zu koordinieren. Um … unseren Teil dazu beizutragen, die Dinge zum Guten zu wenden.«

»Was für Dinge?«, frage ich noch verwirrter. Janine und Griffon sehen sich über den Tisch hinweg an.

»Alles«, sagt Janine schließlich. »Alles, was die Menschen über Jahrtausende hinweg verschuldet haben – Hunger, Armut, Krankheit, Umweltzerstörung. Alles, was unsere Existenz bedroht. Im Laufe der Zeit spezialisiert sich jeder Akhet. Er nutzt seine besonderen Fähigkeiten, um innerhalb jeder Lebensspanne an seiner eigenen Vervollkommnung und an einer bestimmten Aufgabe zu arbeiten. Unsere Fähigkeiten wachsen mit jedem Leben und damit wächst auch unsere Verantwortung gegenüber dem Sekhem.« Sie spießt eine Kartoffel auf ihre Gabel. »Wie auch immer, Griffon täuscht sich selten in solchen Dingen.«

Ich rutsche nervös auf meinem Stuhl hin und her. »Aber wie soll ich herausfinden, was Veronique will? Und kann ich irgendwas dagegen tun?«

»Schwer zu sagen«, antwortet Janine. »Manche Rächer versuchen nur, möglichst viel Unordnung in dein Leben zu bringen, dir Schwierigkeiten zu machen.« Sie macht eine kleine Pause. »Griffon glaubt aber, dass Veronique mehr will als das.«

»Ihr Wesenskern hat sich dunkel angefühlt«, sagt Griffon. »Ich glaube nicht, dass sie schon lange Akhet ist, vielleicht hundert Jahre. Aber manchmal sind das die gefährlichsten. Wie Baby-Klapperschlangen, die ihre Giftdrüsen noch nicht unter Kontrolle haben. Was auch immer in der Vergangenheit zwischen euch vorgefallen ist – ich denke nicht, dass sie sich mit einer Beule an deinem Kopf zufriedengeben wird.«

Janine runzelt die Stirn. »Es ist ungewöhnlich, dass ein Rächer es auf eine so junge Akhet abgesehen hat.«

»Aber es kommt vor«, beharrt Griffon. »Erinnerst du dich an das Mädchen, das entführt wurde?«

»Kein Grund, ihr gleich einen Schrecken einzujagen«, unterbricht ihn Janine schnell und lächelt mir aufmunternd zu. »Cole hat im Moment schon genug zu verdauen, da brauchst du ihr nicht auch noch Schauergeschichten aufzutischen.«

Ich schaue von einem zum anderen. »Also, was soll ich jetzt tun?«

»Besser, du wartest nicht einfach ab, sondern unternimmst selbst etwas. Versuche, etwas über sie zu erfahren. Dann kannst du besser einschätzen, wie gefährlich sie ist, und vielleicht findest du dabei auch mehr über eure Verbindung heraus.«

Die Vision mit dem Konzert kommt mir wieder in den Sinn. »Ich soll sie anfassen, um ihre Schwingungen zu spüren?«

»Es ist gar nicht so schwer«, sagt Janine. »Du kannst ihr die Hand geben oder sie während des Unterrichts hin und wieder wie zufällig berühren. Die körperliche Verbindung öffnet den Weg für die seelische. Kennst du die Redensart ›Sei deinen Freunden stets nahe, doch deinen Feinden noch näher‹? Ist viel Wahres dran.« Sie beißt in ihre Kartoffel.

»Kann sie den Zugang zu ihrer Seele nicht einfach verschließen?«, frage ich. Die ungewohnten Worte fühlen sich in meinem Mund auch wie heiße Kartoffeln an, und verdutzt schaue ich mir selbst zu, wie ich hier sitze und so tue, als sei es das Natürlichste auf der Welt, sich über Akhet und Wiedergeburt zu unterhalten.

»Solange sie denkt, dass du nicht weißt, was du bist, hat sie keinen Grund dazu«, sagt Janine, »Außerdem ist es sehr schwierig und kraftraubend, diese Pforten zu verschließen. Wenn überhaupt, gelingt das nur für kurze Zeit und man tut es nur, wenn es unbedingt erforderlich ist.« Sie neigt den Kopf zur Seite und betrachtet mich. »Deine Fähigkeiten sind sehr stark, das konnte ich spüren, auch wenn du noch in der Zeit des Übergangs bist.«

»Wirklich? Was denn für Fähigkeiten?«

»Ich kann es nicht genau sagen, aber es hat mit einer besonders sensiblen Wahrnehmung zu tun. Ich spürte, dass du eine außergewöhnliche Gabe hast, Verbindung zu anderen herzustellen. Mit der Zeit wird sie noch wachsen und sich verfeinern, bis du sie schließlich kontrollieren und bewusst einsetzen kannst.«

Griffon grinst ein bisschen spöttisch. Sogar das sieht bei ihm gut aus. »Janine arbeitet gerade an ihrer emotionalen Intelligenz.

Manche Akhet glauben, dass man Empathie trainieren kann. Dass man lernen kann, die Gefühle der anderen zu lesen und zum Beispiel zu wissen, ob sie lügen oder die Wahrheit sagen. Klingt gut, aber mir kommt es ziemlich unwahrscheinlich vor.«

»Das ist eigenartig, denn als Janine vorhin meine Hand gehalten hat, konnte ich ganz deutlich etwas spüren.«

»Akhet-Schwingungen?«, fragt Griffon.

»Nein, etwas anderes. Eine Art Energie, eine Ausstrahlung von Gefühl.«

»Tatsächlich?«, fragt Janine erfreut. »Dann habe ich wohl Fortschritte gemacht.«

»Wie dem auch sei«, unterbricht Griffon, »auf jeden Fall solltest du nicht mit Veronique allein sein.« Er schaut mir in die Augen. »Es ist nicht sicher.«

»Sie würde es bestimmt eigenartig finden, wenn du plötzlich im Unterricht dabei bist«, gebe ich zu bedenken.

»Was sie denkt, ist mir ganz egal«, sagt Griffon heftig.

»Wahrscheinlich hat Cole recht«, wirft Janine ein. »Bis jetzt hat Veronique noch nichts gemerkt und wartet vielleicht erst einmal ab. Besser, wenn sie weiterhin keinen Verdacht schöpft.«

»Dafür zu sorgen, dass Cole beinahe drei Stockwerke in die Tiefe stürzt, würde ich nicht gerade ›abwarten‹ nennen«, beharrt Griffon.

»Es ist doch gar nicht sicher, dass sie etwas damit zu tun hatte«, wende ich ein, »vielleicht bin ich einfach gestolpert.«

»Dann glaubst du nicht, dass sie ihre Finger im Spiel hatte?«, fragt Janine und sieht mich mit ihren dunklen Augen forschend an.

»Ich weiß es nicht«, antworte ich. »Die Gelegenheit hatte sie, das stimmt. Andererseits war der Gurt vielleicht auch einfach defekt und die ganze Geschichte ein Unfall, an dem niemand Schuld hatte.«

»Wie du meinst«, sagt Griffon. Er steht auf und beginnt, die Teller einzusammeln. »Ich mache den Abwasch, ihr beide könnt es euch ja im Wohnzimmer gemütlich machen.«

»Kaffee?«, fragt Janine.

Ich nicke. »Ja, gerne.«

»Dann geh doch schon mal vor, ich komme gleich mit den Tassen nach.«

»Danke schön«, sage ich und gehe hinüber ins Wohnzimmer. Eine der Wände ist bis zur Decke komplett mit Regalen bedeckt. Neben Büchern befinden sich darin jede Menge Fotos, sie stehen auf Buchstapeln oder füllen ganze Regalbretter. Ich gehe hinüber, um sie mir aus der Nähe anzusehen, und erkenne sofort eine ganze Reihe der Gesichter. Denn außer den üblichen Familienschnappschüssen – Griffon am Grand Canyon, Griffon auf dem Fußballplatz, Griffon auf einem Gruppenfoto des Baseballteams – gibt es dort Bilder von Personen, die ich aus den Nachrichten oder aus dem Internet kenne: Janine, die Nelson Mandela die Hand schüttelt, daneben ein Bild von ihr und Al Gore, und dann eins, auf dem ein süßer kleiner Griffon in Anzug und Krawatte eine Frau umarmt, die Oprah Winfrey sehr ähnlich sieht. War also wirklich nicht gelogen.

Auf einem anderen stehen hinter Griffon eine lächelnde Janine und sein Dad, den ich auch ohne seine Torwächteruniform leicht wiedererkenne. Sie geben ein merkwürdiges Paar ab. Er ganz der korrekte Engländer und sie beinahe ein Hippie, und ich frage mich, was sie wohl zusammengebracht hat. Ich nehme das Bild in die Hand, um es noch genauer anzusehen.

»Na, schaust du dir die Ahnengalerie an?« Janine kommt mit zwei dampfenden Tassen herein, die sie auf dem Couchtisch abstellt.

Ertappt. Was muss ich auch so neugierig sein. Hastig stelle ich das Foto zurück. Janine kommt herüber und wirft einen Blick auf das Foto. »Kaum zu glauben, dass wir einmal ein Paar waren, oder?«, fragt sie, und ich habe ein noch schlechteres Gewissen, weil ich kurz zuvor genau das gedacht habe.

»Ich weiß nicht«, sage ich unsicher. »Sagt man nicht, dass Gegensätze sich anziehen?«

Janine lacht lauthals. »Wahrscheinlich werden wir beide eines Tages unter dem Stichwort ›Gegensätze‹ als illustratives Beispiel bei Wikipedia auftauchen.« Sie nickt noch einmal und sagt dann etwas ernster: »Es war nicht leicht, mir einzugestehen, dass es mit uns beiden nicht klappen kann. Das hat mir mal wieder gezeigt, dass Erinnerungen aus einem früheren Leben nicht immer dabei helfen, dass etwas auch im jetzigen funktioniert.«

»Aber Griffon sagte, dass sein Dad kein Akhet ist.«

»Stimmt, aber ich wusste von unserer früheren Verbindung. Als ich Austauschstudentin in Schottland war, trafen wir uns auf einer Party, und ich erkannte ihn sofort wieder.«

»Dann sind Sie beide schon früher einmal ein Paar gewesen?« Wie romantisch! Ein Stoff für dicke Wälzer, wehmütige Lieder und die kitschigen Hallmark-Karten, die Mom so liebt, weil sie sie immer zum Weinen bringen.

Janine nickt. »Vor sehr langer Zeit waren wir einmal ein Liebespaar. Ich habe alles versucht, wieder daran anzuknüpfen, aber schließlich musste ich einsehen, dass wir in diesem Leben einfach nicht zueinanderfinden können.« Sie schweigt eine Weile. »Aber er war Griffon immer ein wundervoller Vater, und er versteht und akzeptiert die Dinge auf eine Art, wie nur wenige das können.« Sie schüttelt ihren Kopf, so als wolle sie die Erinnerungen an die Vergangenheit vertreiben.

Mein Blick fällt auf eine große Karte, die neben dem Bücherregal an der Wand hängt. Sie sieht aus wie eine Karte von New York, ist aber wie ein Kreis gezeichnet, sodass sie eher wie ein 3-D-Globus wirkt. Hunderte, vielleicht Tausende von Gebäuden, Brücken, Parks, Wasserwegen, alles ist so detailliert, dass man praktisch den Abfall auf den Straßen erkennen kann. »Die ist fantastisch!«, sage ich und gehe noch ein Stück näher heran. Von Weitem sah sie aus wie schwarz-weiß, aber jetzt erkenne ich die kleinen grünen Rechtecke der Parks und das Blau des umgebenden Flusses.

»Ja, sie ist wunderbar, nicht? Und absolut genau«, sagt Janine an meiner Seite. »Man könnte sie jedem Taxifahrer-Neuling in die Hand drücken und er würde problemlos überall hinfinden.« Sie schaut versonnen auf die Karte. »Dabei war Griffon erst zehn, als er sie gemacht hat.«

»Griffon hat das gezeichnet?« Ich bin vollkommen sprachlos. Ich meine, so etwas gehört in ein Kunstmuseum und nicht ins Wohnzimmer.

»Er hat sie aus dem Gedächtnis gezeichnet. Wir haben einen Hubschrauberflug über Manhattan gemacht und ein paar Wochen später kam er damit an.«

»Das ist beeindruckend«, sage ich. Aber das trifft es eigentlich nicht. »Beeindruckend« sagt man, wenn jemand einen Salto rückwärts kann oder die Nationalhymne singt, ohne beim höchsten Ton abzuschmieren. Aber das hier ist etwas wirklich *Außergewöhnliches*.

»Das«, sagt Janine, »gehört zum Akhet-Sein.«

Eine Weile betrachten wir schweigend die Fotos. Dann greift sie nach oben ins Regal und holt einen silbernen Rahmen herunter. »Und das hier ist einer der wertvollsten Menschen für mich.« Sie reicht mir das Bild – Janine, die ihren Arm um einen großen, hellhäutigen Mann mit Brille legt.

»Wer ist das?«

Janine wischt ein bisschen Staub vom Glas über dem Foto. »Der Mann, der uns retten wird«, erwidert sie und stellt es vorsichtig zurück ins Regal.

»Retten?«, frage ich, und für eine Sekunde befürchte ich, dass jetzt etwas in der »Gelobt-sei-Maria«- und »Preiset-den-Herrn«-Art kommt. Bei der fast andächtigen Bewunderung, mit der sie hinauf auf das Foto schaut, ist das gar nicht so abwegig.

»Ja, retten. Wenn nicht bald etwas geschieht, ist es unwichtig, wer Akhet ist und wer nicht, weil kein Planet mehr existieren wird, auf den wir zurückkehren können.«

Ich sehe mir das Gesicht auf dem Foto noch einmal genauer an und plötzlich kommt es mir irgendwie bekannt vor. »Das ist doch dieser total reiche …«

Sie nickt. »Auch jemand, der sehr reich ist, kann gute Dinge tun. Weltweite medizinische Versorgung, Bekämpfung von Armut und AIDS, Kampf gegen den Klimawandel – all das wird dank seiner Stiftungen finanziert.« Janine schaut mich ernst an.

»Die meisten von uns setzen ihr Wissen und ihre Fähigkeiten ein, um zu erforschen, was unsere Welt negativ beeinträchtigt. Andere machen Geld, um den Kampf dagegen zu finanzieren. Man kann sich nicht aussuchen, als was man geboren wird, aber man kann entscheiden, was man aus seinem Leben macht.«

Plötzlich verstehe ich. Mein Blick gleitet über die Fotogalerie. »Das alles sind Akhet?«

Sie folgt meinem Blick und lächelt. »Die meisten.« Janine reckt sich, um eines der oberen Bilder geradezurücken. Dabei fällt ihr Haar ein wenig zur Seite, und ich sehe, dass sie ein Tattoo im Nacken hat: ein Kreuz mit einem Bogen, um das sich Efeu und Blumen ranken. Sehr ungewöhnlich, und trotzdem kommt es mir irgendwie bekannt vor, doch bevor ich es genauer betrachten kann, bewegt sie den Kopf und es ist wieder bedeckt.

Noch einmal kehrt mein Blick zu den Fotos zurück. »Und du bist all diesen Menschen begegnet?«

Janine nickt. »Einige sind Kollegen, mit anderen habe ich mich über die Jahre angefreundet.«

»Ich dachte, du bist Lehrerin.« Erst als ich ihn ausgesprochen habe, merke ich, wie dumm und unpassend dieser Satz ist, aber Janine lacht nur und sagt: »Ich komme viel herum.« Dann sagt sie ernst: »Akhet zu sein, bedeutet eine große Verantwortung. Ich weiß nicht, was Griffon dir schon davon erzählt hat ...«

»Nicht sehr viel«, antworte ich. Mit Janine darüber zu sprechen, gibt dem Ganzen irgendwie eine realistischere Dimension – jedenfalls, solange ich nicht allzu sehr darüber nachgrübele. Manchmal macht rationales Denken die Dinge nur komplizierter.

Sie runzelt die Stirn. »Ich kann mich kaum daran erinnern, wie es war, ganz am Anfang zu stehen. Entschuldige, wenn ich dir zu viel auf einmal zumute.«

Wir setzen uns auf die Couch und ich nehme meinen Kaffee. Er ist mit Milch und Zucker, genau so, wie ich ihn mag. Janine lächelt mir zu, sagt aber nichts weiter, während ich nachdenklich an meinem Kaffee nippe und mich bemühe, alles, worüber wir gesprochen haben, zu verdauen. In der Küche klappert Griffon mit dem Geschirr.

Ich versuche, den Faden unseres Tischgesprächs wieder aufzunehmen. »Dann schließen sich Akhet wie Veronique nicht dem Sekhem an?«

»Normalerweise nicht. Rächer sind anders. Sie tun alles in ihrer Macht Stehende, um gute Werke zu sabotieren. Es gibt rachsüchtige Akhet, die großes Unheil anrichten, sodass viele Menschen zu Schaden kommen.«

»Zum Beispiel Serienmörder?«

Sie antwortet nicht gleich, und ich spüre, dass sie abwägt, wie viel sie mir erzählen soll. »Oder noch schlimmer. Einige richten sehr große Zerstörung an, wenn man sie nicht aufhält.« Sie nippt an ihrem Kaffee. »Pol Pot. Stalin. Bin Laden.«

»Hitler?«, frage ich ungläubig.

»Ja, Hitler ist das beste Beispiel.«

»Das waren Rächer?«, frage ich fassungslos.

»Ja, sie alle waren sehr alte, rachsüchtige Iawi-Akhet. Mit jedem Leben werden sie stärker und schlauer. Es kann zwar Jahrzehnte dauern, bis so ein Wesenskern zurückkehrt, aber früher oder später geschieht es.«

»Das bedeutet, das, was Hitler zu dem machte, was er war, könnte heute wieder unter uns sein?«

»Ganz genau. Es könnte in einem Menschen schlummern und nur darauf warten, stärker zu werden.«

Der Gedanke lässt mich schaudern. Da ist noch eine Frage, die mich schon die ganze Zeit beschäftigt, aber sie zu stellen, kommt mir vor, als würde ich alles, woran die Menschheit jemals geglaubt hat, mit Füßen treten. Ich hole tief Luft.

»Wer entscheidet?«, bringe ich schließlich hervor.

Janine legt ihren Kopf auf die Seite und sieht mich an. »Entscheidet?«, wiederholt sie. »Was?«

»Wann man zurückkehrt. Als was man zurückkehrt. Wie oft man zurückkehrt. All das.«

»Du willst wissen, ob es einen Gott gibt? Jemanden, der uns lenkt? Der beurteilt, wie gut oder schlecht wir in einem bestimmten Leben waren?«

Ich nicke und sehe sie gebannt an. Vielleicht stehe ich kurz davor, die Antwort auf jene Frage zu erhalten, die die Menschheit seit jeher umtreibt: das Geheimnis des Seins.

Janine trinkt einen Schluck. »Ich weiß es nicht.«

Ich starre sie verdutzt an. Das ist bestimmt nicht die Antwort, die ich erwartet habe. »Du weißt es nicht? Ich meine, die Akhet leben all diese Leben, werden immer wieder als jemand anderes geboren und wissen nicht, wie das alles kommt?«

»Das Schwierigste ist, zu begreifen, dass unser Wissen auf unsere Erfahrungen beschränkt ist. Wir haben keinen direkten Draht zu Gott, Allah oder Buddha oder woran auch immer man glauben mag. Was in der Zeit zwischen den Leben geschieht, wissen selbst die ältesten Iawi-Akhet nicht. Mein Wissen beruht allein auf den Erfahrungen, die ich in meinen verschiedenen Leben gesammelt habe, und es liegt an mir, diese Erfahrungen zu nutzen. Es kann ein Jahr dauern, manchmal auch hundert Jahre, aber bisher bin ich immer zurückgekehrt.«

Ein Gefühl der Hoffnungslosigkeit macht sich in mir breit. Im Grunde weiß Janine nicht mehr als ich. Trotz all ihrer Leben hat sie nicht mehr Antworten gefunden als ich in meinen sechzehn Jahren. Ich fühle mich betrogen. »Aber wohin geht der … Wesenskern … wenn er nicht gleich in einen neuen Körper gelangt? Ich dachte, bei der Wiedergeburt geht die Seele unmittelbar von einem in den nächsten Körper über, wie wenn man eine neue Kerze an einer alten entzündet.«

Janine zuckt die Schultern. »Die Hindus glauben, dass der Geist zwischen zwei Leben ausruhen muss, in einer Art Schwebezustand zwischen dem Diesseits und dem Jenseits, und die Buddhisten glauben gar nicht an Seelenwanderung.«

»Woran glaubst du?«

»Das muss ich selbst noch herausfinden«, antwortet sie nur.

Griffon kommt herein, und ich vermute, dass er unsere letzten Sätze mitangehört hat. »Na, alle Unklarheiten beseitigt? Alles Grundlegende geklärt?«

»Nicht wirklich«, erwidere ich und fühle mich plötzlich sehr erschöpft. Ich hatte auf Antworten gehofft, aber stattdessen sind nur noch mehr Fragen aufgetaucht.

Griffon lässt sich auf die Couch fallen und landet dicht neben mir. Ich kann sofort die Schwingungen zwischen unseren Körpern spüren. Er senkt verlegen den Blick und rückt von mir ab, sodass uns jetzt mindestens ein halber Meter trennt. Ich frage mich, ob das ein Indiz dafür ist, was er für mich empfindet, und plötzlich fühlt es sich an, als läge mindestens ein Kilometer zwischen uns.

»Versuche nicht, alle Antworten auf einmal zu bekommen. Bleib einfach offen für das Neue«, sagt Janine. Im Vergleich zu dem, was sie heute sonst gesagt hat, klingt das fast wie eine x-beliebige Hippie-Weisheit. »Aber sei vorsichtig.«

Sie legt ihren Arm um mich, und ich spüre ihre Schwingungen, die stärker sind als Griffons, aber irgendwie sanfter, kontrollierter. »Es wäre klug von dir, auf Griffon zu hören. Auch wenn es nicht immer so aussieht, er weiß, was er tut. Vertraue ihm.«

»Das tue ich«, antworte ich, ohne ihn anzusehen, und spüre den körperlichen Abstand zwischen uns noch schmerzlicher als zuvor.

»Gut«, sagt Janine und steht auf. »Auf meinem Laptop warten etwa hundert Folgen von *Glee*, und ich möchte mir noch ein paar anschauen, bevor ich schlafen gehe. Es war sehr nett, dich kennenzulernen, und ich hoffe, wir sehen uns bald wieder. Du bist hier immer willkommen.«

»Vielen Dank für alles«, sage ich und blicke ihr nach, als sie das Zimmer verlässt.

Griffon setzt sich in einen Sessel und nippt an seinem Kaffee. »Musst du gleich los?«, fragt er.

Ich schaue auf die alte Wanduhr über dem Kamin. »Nicht sofort, aber bald«, antworte ich, obwohl ich eigentlich viel lieber noch lange bleiben würde. Trotz des Grabens, der sich immer wieder zwischen uns auftut, habe ich noch Hoffnung, dass ich mich nicht völlig täusche. Dass der Moment von Nähe gestern Abend auch ihm etwas bedeutet hat und ich mir nicht alles bloß einbilde.

Es kann nicht mehr lange dauern, bis Mom und Dad nachfragen, wo ich bleibe. »Meine Eltern sind ziemlich streng. Ich wünschte, sie wären ein bisschen lockerer. So wie Janine.«

Griffon sieht zur Tür hinüber. »Ja, sie ist wirklich cool. Diesmal hatte ich echt Glück. Bisher hatte ich noch nie einen Akhet in der Familie, es macht alles viel leichter.«

»Sie wirkt nicht mal so viel älter als wir.«

Er nickt. »Ich bin der ältere Akhet von uns beiden, aber sie ist in diesem Leben die Ältere, so gleicht es sich ein bisschen aus.«

Er steht auf, geht zur Garderobe neben der Tür und kommt mit zwei Lederjacken über dem Arm zurück. »Wenn du noch ein bisschen Zeit hast, könnten wir doch eine kleine Runde drehen, was meinst du?«

Als Antwort erscheint ein breites Grinsen auf meinem Gesicht, und ich spüre, wie tief in mir die Hoffnung wieder ihre Fühler ausstreckt.

»Klingt gut.«

11

Die Rushhour ist vorüber und der Verkehr hat sich gelichtet. Wir kurven durch Berkeley, vorbei an der Uni und dann aufwärts durch die weniger beleuchteten Straßen, bis wir in einer Gegend sind, die ich noch niemals zuvor gesehen habe. Der Wind weht nicht sehr kräftig, aber er ist kalt, und ich schmiege mich eng an Griffons Rücken, ducke mich hinter seine breiten Schultern, die den Fahrtwind abfangen. Bald sind wir an den letzten Häusern vorbei und der Tilden Regional Park liegt vor uns. Langsam cruisen wir die schmalen, gewundenen Wege entlang, auf die die hohen Bäume ringsumher im Mondlicht lange Schatten werfen. Mir ist eigentlich gleich, wohin wir fahren, solange ich einfach hinter Griffon sitze und spüre, wie sich seine Muskeln an- und wieder entspannen, wenn er das Bike um die Kurven manövriert.

Als wir den Kamm eines Hügels erreicht haben, lässt er das Motorrad ausrollen und lenkt es in eine unasphaltierte Haltebucht, die von großen Felsbrocken umgeben ist. Mit den Beinen stützt er die Maschine ab und hält sie gerade, damit ich absteigen kann. Er schaltet den Motor aus, und plötzlich umgibt uns Stille, nur hier und da ist das Quaken von Fröschen oder der gelegentliche Ruf einer Eule zu hören.

Griffon nimmt den Helm ab. »Warst du schon mal hier?«, fragt er.

Ich schaue mich um. »Ich glaube, früher sind wir manchmal zum Dampfzugfahren hergekommen. Aber das ist lange her.«

»Der Zug ist gleich dort unten«, sagt er und zeigt hügelabwärts. »Dort gibt es auch ein Karussell und einen kleinen Bauernhof.«

»Mit Ponys«, ergänze ich, denn plötzlich erinnere ich mich, wie ich weinend von einem kleinen, weißen Pony gehoben werde – zum Glück eine Erinnerung, die nur ein paar Jahre und nicht Jahrhunderte alt ist.

Trotz der Dunkelheit sehe ich ihn lächeln. »Mich haben sie auch hierhergeschleppt. Wahrscheinlich mussten alle Kinder aus der Gegend ihren sechsten Geburtstag auf dem Bauernhof feiern. Aber die Ponys mochte ich sehr, obwohl sie immer nur im Kreis herumgetrottet sind.«

»Ist doch seltsam. Es gibt so viele Orte, an denen wir beide schon waren. Wir hätten uns so oft irgendwo über den Weg laufen können, im Park oder auf der Straße«, sage ich und folge mit den Augen ein paar Autoscheinwerfern, die in der Dunkelheit unter uns um eine Kurve gleiten. »Aber wir mussten erst nach London fliegen, um uns zu begegnen.«

Griffon tritt an den Rand der Kuppe und schaut hinunter auf die Lichter der Stadt, dann wandert sein Blick über das dunkle Wasser bis hinüber nach San Francisco. Ausnahmsweise ist die Golden Gate Bridge nicht in Nebel gehüllt und man kann weit in die Ferne sehen. »Vielleicht sind wir uns ja früher schon einmal begegnet, aber der Zeitpunkt war einfach nicht der richtige. Es kommt vor, dass sich zwei Seelen viele Male in verschiedenen Leben begegnen.«

Ich mache ein paar Schritte auf den Abhang zu und mein Herz beginnt zu rasen.

Griffon dreht sich um. »Komm her und schau dir das Lichtermeer an.«

Hinter ihm sehe ich den festen Boden im Nichts verschwinden und weiß, ich werde keinen Schritt weitergehen. »Ich kann nicht.«

»Hast du Höhenangst?«

»Schreckliche.« Ich schlucke und versuche, die aufkommende Panik zu unterdrücken.

»Du weißt, ich würde nicht zulassen, dass du hinunterfällst, oder?«, fragt er und kommt mir ein paar Schritte entgegen.

»Ja, ich weiß. Es ist eher, als könnte ich mir selbst nicht trauen. Die Angst, ich könnte die Kontrolle verlieren und einfach hinunterspringen. Das war schon immer so.« Ich stelle mich auf die Zehenspitzen, damit ich ein bisschen weiter über den Rand gucken kann. »Ich kann auch von hier prima sehen.«

Griffon lacht und kommt an meine Seite. »Du hast recht. Von hier ist es genauso gut.«

Wir stehen da und genießen die Aussicht aus sicherer Entfernung. »Also«, beginne ich, um das Gespräch noch einmal auf unser vorheriges Thema zu lenken, »denkst du, wir hatten schon einmal irgendeine Art von Beziehung?«

»Nein«, sagt er sofort. »Ich habe meine Erinnerungen durchforstet, aber ich konnte nichts finden.« Er sieht, dass ich lächele. »Was?«, fragt er.

»Ach, es ist dumm …«

»Komm, sag schon.«

»Es ist nur, ich meine … Ich glaube, ich fände es ziemlich blöd, wenn wir früher mal Mutter und Sohn gewesen wären. Oder Schlimmeres.«

»Keine Sorge. Das waren wir bestimmt nicht. Der Grund für unsere Begegnung ist wahrscheinlich, dass deine Erinnerungen zurückkehren. Wie gesagt, Akhet verspüren oft eine gegenseitige Anziehung, ohne dass sie genau sagen könnten, warum. Es herauszufinden, ist das Spannende daran.«

Ich ziehe mir den Reißverschluss bis ans Kinn und stelle meinen Rucksack auf dem Boden ab. Hier oben ist es ganz schön kalt, aber ich will auf keinen Fall schon wieder zurück. Ich weiß nicht, ob ich überhaupt jemals zurückwill.

»Hast du schon mal so viele Lichter gesehen?«, fragt Griffon und lässt seinen Blick über das Tal gleiten.

»Ich muss dabei an die Hunderttausende von Menschen dort unten denken.« Ich fröstele unwillkürlich. »Und dann fühle ich mich sehr klein. Und unwichtig.«

»Ich weiß, was du meinst«, sagt Griffon nachdenklich. »Man versucht, irgendwas Großes zu tun, irgendwie die Welt zu verändern. Aber dann steht man hier oben und begreift, dass man in Wahrheit nur ein winzig kleiner Teil von all dem ist.« Er sieht mich an. »Dir ist kalt. Wir sollten uns auf den Heimweg machen.«

»Nein, nein, noch nicht.« Ich schaue ihn an, und der kalte Wind bläst mir ins Gesicht, aber ich will nicht gehen, ich will, dass dieser Abend niemals endet. »Lass uns noch ein bisschen bleiben, es ist so wunderschön hier.«

»Dann komm her«, sagt er und stellt sich dicht hinter mich, »ich wärme dich.«

Vorsichtig lasse ich meinen Kopf zurücksinken, bis er ganz leicht auf seiner Brust liegt. Selbst durch die dicke Lederjacke hindurch nehme ich das Summen seiner Schwingungen und seinen ganz besonderen Geruch wahr. Ich atme tief ein, damit ich mich später zu Hause genau daran erinnere. Mir ist egal, welche Fähigkeiten er besitzt, ob er jeden Wochentag im Kalender erraten oder eine eigene Ausstellung in der größten Galerie der Stadt haben könnte. Ich weiß nur, dass ich bei ihm sein will, mehr als alles andere auf der Welt. Noch nie habe ich mir etwas so sehr gewünscht.

Nach einer Weile merke ich, wie Griffon sich entspannt. Ganz vorsichtig legt er einen Arm um mich und beugt seinen Kopf ein wenig zu meinem herunter, sodass ich seinen Atem in meinem Nacken spüre. Ein wohliger Schauer läuft mir über den Rücken, doch ich bewege mich nicht. Ich bin nicht sicher, ob er mich vielleicht tatsächlich nur wärmen will, und möchte die Nähe zwischen uns nicht zerstören.

Ich versuche, mich auf die winzigen Lichter der Autos auf der Brücke zu konzentrieren, doch dann spüre ich plötzlich, wie seine Fingerspitzen mir sacht die Haare aus dem Nacken streichen und sein Mund meinen Hals berührt, so zart, dass ich fast glaube, ich bilde es mir nur ein. Ich wage kaum zu atmen, schließe die Augen und spüre, wie seine Lippen meinen Hals entlangwandern und mich ganz sanft hinters Ohr küssen. Ich kann nicht länger stillhalten, drehe mich zu ihm herum, schiebe seine Jacke ein wenig zur Seite, lege meine Arme um ihn, bis ich die Wärme seines Rückens durch das Hemd spüren kann.

Griffon rückt ein bisschen von mir ab und schaut mich an.

Selbst in der Dunkelheit sehe ich die Unentschlossenheit in seinem Gesicht und wünschte, ich könnte die Zeit um ein paar Sekunden zurückdrehen.

»Ich sollte das nicht tun«, sagt er, löst sich abrupt aus meiner Umarmung und geht zum Motorrad hinüber. Ich spüre einen dicken Kloß in meinem Hals. Der Augenblick war perfekt und jetzt ist er zerstört.

»Wenn du eine Freundin hast, kannst du es mir ruhig sagen. Ich …«

»Das ist es nicht«, sagt er heftig und fährt sich mit den Händen durch die Locken. »Ich wünschte, es wäre so einfach.« Er geht hektisch auf und ab, sodass seine Stiefel kleine Staubwölkchen aufwirbeln, die über den Rand der Kuppe davonwehen. »Ich habe so sehr versucht, mich von dir fernzuhalten«, sagt er schließlich, bleibt kurz stehen und sieht mich an. Dann stapft er weiter auf und ab. »Ich darf das einfach nicht tun, ich …«

Abwehrend hebe ich die Hände, habe Angst davor, was er als Nächstes sagen könnte. »Es ist okay, ich will mich wirklich nicht zwischen dich und jemand anderen drängen …«

»Es *gibt* niemand anderen«, unterbricht er mich. »Ich habe keine Freundin. Ich war in diesem Leben überhaupt noch nicht mit irgendjemandem zusammen. Und dafür gibt es einen guten Grund.«

Ich rühre mich nicht, warte auf eine Erklärung. Es fällt mir nicht leicht, zu glauben, dass er die Wahrheit sagt, doch der Ausdruck in seinem Gesicht verrät mir, dass ihn irgendetwas quält.

Griffon atmet tief durch und kommt ein Stück auf mich zu.

»Als wir im Park waren, hast du gefragt, ob ich schon viele Hundert Jahre alt bin. Erinnerst du dich?«

Ich nicke. »Du hast geantwortet, du wärst erst siebzehn.«

»Und das stimmt. Aber ich weiß auch, wie es ist, zwanzig zu sein oder fünfunddreißig. Verdammt, Cole, ich war schon mal verheiratet. Hatte Kinder.« Seinem Gesichtsausdruck nach zu urteilen, keine sehr glücklichen Erinnerungen. »Darum warte ich, bis ich älter bin und Menschen begegne, die selbst schon mehr Lebenserfahrung haben, bevor ich mich auf irgendwas einlasse.«

»Es macht mir nichts aus«, sage ich und versuche, ihn mir nicht zusammen mit einer erwachseneren Frau vorzustellen. »Mir ist egal, wie alt du bist.«

»Aber es *ist* nicht egal«, sagt er heftig. »Ich würde mir vorkommen … wie ein lüsterner alter Kerl, der mit einem unwiderstehlichen Teenager ausgeht.«

Ich blicke auf den Boden und versuche, das Grinsen zu unterdrücken, das sich auf meinem Gesicht ausbreiten will. Dann frage ich: »Hast du denn … den anderen auch von deinem Geheimnis erzählt?« Er schüttelt den Kopf. »Na siehst du. Unfair wäre doch nur, wenn du es mir verschwiegen hättest. Aber ich bin kein armer unschuldiger Teenager, der nichts über dich weiß. Ich weiß von deiner Vergangenheit. Deinen Vergangenheiten. Außerdem, das hast du selbst gesagt, bin ich dabei, auch eine Akhet zu werden. Also gibt es schon bald keinen Unterschied mehr zwischen uns.«

Ich sehe, dass er über meine Worte nachdenkt, und genieße das Gefühl, endlich einmal etwas gesagt zu haben, das er noch nicht bedacht hatte. Doch je länger er schweigt, desto unsicherer werde ich – vielleicht war ich ja doch nicht so überzeugend. Plötzlich kommt Griffon mit festen, entschlossenen Schritten auf mich zu, und alle Worte werden überflüssig, denn er beugt sich zu mir herab und küsst mich mitten auf den Mund – ein Kuss, der sich anfühlt, als hätte ich seit Jahrhunderten darauf gewartet.

12

»Schon eine ganze Woche«, ich lasse mich auf Raynes Bett fallen, schnappe mir ein Kissen und drücke es ganz fest an mich. Ich brauche irgendetwas, um diese schreckliche Leere in mir zu stopfen. Ich hatte mir fest vorgenommen, nicht zu weinen, aber jedes Mal, wenn ich an letzten Sonntag denke, steigen mir heiße Tränen in die Augen. Alles war perfekt. Griffon war da, wirklich da, ganz nah bei mir, und jetzt ist er fort. »Eine ganze Woche schon, und er hat sich immer noch nicht gemeldet«, jammere ich.

Rayne setzt sich neben mich und streicht mir übers Haar. Bei jedem anderen würde mich das stören, weil ich mir wie ein kleines, bemitleidenswertes Kind vorkäme, aber bei Rayne ist es okay. »Das stimmt doch gar nicht«, sagt sie. »Er hat dir am Montag eine Nachricht geschickt.«

Ich drehe mich um und sehe sie an. »Dann eben fünf Tage. Auch nicht viel besser.«

»Vielleicht mussten sie plötzlich dringend verreisen«, sagt sie. »Vielleicht will die Königin seinen Vater zum Ritter schlagen, und sie mussten Hals über Kopf nach England, um dabei zu sein.«

»In England gibt es auch Telefone«, murmele ich ins Kissen. »Er will einfach nichts von mir.«

»Wie kann dich jemand hoch über der ganzen Stadt das erste Mal küssen und nichts von dir wollen?«

»Ich weiß es nicht«, sage ich und fühle den Kloß, der mir bei dem heraufbeschworenen Bild wieder in der Kehle sitzt. Ich atme tief durch und versuche, mich ein wenig zu beruhigen. Wieder und wieder habe ich alles, was an jenem Abend auf dem Hügel passiert ist, in meinem Kopf durchgespielt. Habe ich etwas Falsches gesagt? Irgendwas Dummes gemacht? Ich meine, dümmer als sonst? »Er sagt all diese Sachen, küsst mich, und dann ist er plötzlich wie vom Erdboden verschwunden.«

»Hast du ihn angerufen?«

»Ich? Nein. Sonst denkt er noch, ich käme ohne ihn nicht klar.«

Rayne schaut mich an. »Stimmt, dir geht's fantastisch ohne ihn, kann man deutlich sehen.«

Ich setze mich auf und streiche mir ein paar verirrte Strähnen aus dem Gesicht. »Ich muss eben damit fertigwerden. Griffon mag mich nicht. Ich komme genauso gut als Single zurecht, darin habe ich jede Menge Übung.«

»Ach Cole, das glaubst du doch selbst nicht. Ich hab euch beide zusammen gesehen. Es muss irgendeine ganz harmlose Erklärung geben.«

»Gehen wir jetzt shoppen, oder was?«, frage ich möglichst lässig und stemme mich vom Bett hoch. All diese Zweifel, all diese bohrenden Fragen haben mich innerlich ganz kribbelig gemacht, und ich muss unbedingt irgendwas tun. »Komm, ich bin nicht hier, um den ganzen Tag über Griffon zu reden. Mom hat mir Geld für neue Klamotten gegeben und das werde ich verprassen.« Außerdem will ich nicht nur rumsitzen, auf mein Handy starren und mich fragen, ob Griffon sich jemals wieder melden wird.

»Okay«, seufzt Rayne, »Downtown oder Mission?«

»Downtown«, sage ich spontan, denn plötzlich habe ich Lust auf große Kaufhäuser und Gedränge.

Rayne wirft sich ihre wildlederne Hobo Bag über die Schulter. »Na, dann los.«

Als wir aus dem Bus steigen, ist die Wendestation für die Cable Cars vor lauter Menschen kaum zu sehen, obwohl der Sommer erst in über einem Monat beginnt.

Rayne schaut mich an. »Bist du sicher, dass du da reinwillst?« Sie ist eher der Typ, der in den kleinen Sträßchen im Haight shoppen geht als in den riesigen Einkaufszentren am Union Square.

»Absolut«, antworte ich. Die aufgesetzt gute Laune hilft mir, das tonnenschwere Gewicht von meiner Brust zu wälzen. »Lass uns die Market Street runtergehen. Ich hab schon ewig keinen dieser köstlichen Windbeutel vom Stand im City Center gegessen, und wenn du lieb bist, spendier ich dir einen.«

Rayne mault ein bisschen, folgt mir aber schließlich durch das dichte Gedränge auf dem Gehweg, wo wir ständig angerempelt werden. Ich mochte diesen Teil der Market Street schon immer. Zwar hat sich das Innenleben der Gebäude oft geändert, aber die Fassaden sehen seit Hunderten von Jahren gleich aus.

Nach einem kurzen Abstecher in die Lebensmittelabteilung des City Centers drängen wir uns durch die Menge wieder nach draußen und lecken uns die letzten Sahnereste von den Fingern. »Wohin jetzt?«, fragt Rayne und schaut ein wenig verloren die geschäftige Straße hinauf und hinunter.

Als wir dort stehen, umgeben von all den hohen Gebäuden, verspüre ich plötzlich ein Ziehen in mir. Es ist nicht so stark wie der Sog einer Vision, eher das Gefühl, es wäre etwas Wichtiges in der Nähe und ich müsste mich auf die Suche danach machen. Solche Gefühle sind nichts Neues, aber bisher habe ich sie immer ignoriert. Vielleicht sind es Hinweise darauf, wer ich einmal war – oder einmal sein werde. »Lust, einfach ein bisschen herumzulaufen?«, frage ich mit einer Mischung aus gespannter Erwartung und Angst davor, was passieren könnte. Na ja, Rayne ist ja da und könnte mir helfen, falls ich wieder ohnmächtig werde.

»Kommt drauf an«, sagt sie und sieht mich fragend an. »Wohin willst du denn?«

»Weiß noch nicht.« Ich versuche, den Kopf auszuschalten und mich einfach von meinem Gefühl leiten zu lassen. An der nächsten Ecke mache ich kurz halt und biege dann links in die Mason Street ein. Sieht aus, als würde es mich nach Nob Hill führen.

Offenbar bin ich sehr schnell gegangen, denn Rayne kommt herangetrabt, um mich einzuholen. »Du weißt zwar nicht, wohin, aber anscheinend hast du's echt eilig, dort anzukommen, was?«

»Ich weiß, das klingt verrückt, aber ich muss etwas finden«, sage ich und bemühe mich, meine Schritte zu verlangsamen. »Ich weiß bloß nicht, was.«

»Das klingt nicht nur verrückt, sondern irgendwie unheimlich.«

»Da könntest du recht haben.« Ich sage nichts mehr, sondern versuche, mich ganz auf das innere Ziehen zu konzentrieren. Ich gehe einfach immer weiter, denn ich weiß, wenn ich anfange, nachzudenken, vertreibe ich das Gefühl. Auch Rayne schweigt, und nur unser Atem ist zu hören, als wir die steile Straße hinaufsteigen. Kaum sind wir oben angelangt, da sehe ich es, so deutlich, als wäre es mit grellen Leuchtbuchstaben beschriftet. Ich wusste zwar nicht, wonach ich suche, aber jetzt bin ich ganz sicher, dass ich es gefunden habe.

»Das Fairmont Hotel?«, fragt Rayne und schaut auf die Flaggen aus aller Welt, die über dem Eingang des imposanten alten Gebäudes im Wind flattern. »Der Freund meiner Mom hat hier mal übernachtet.«

»Nein«, antworte ich und schaue links davon auf die andere Straßenseite hinüber. »Das da.«

»Und was ist das?«, fragt Rayne. Wir mischen uns unter die Menge, die über die Straße hastet, während das kleine Leuchtmännchen an der Ampel uns vorzählt, wie viele Sekunden dafür noch bleiben.

»Keine Ahnung«, antworte ich. Ich bin aufgeregt, aber gleichzeitig ganz ruhig. Das ist der Ort, ich weiß es genau. Je länger ich auf die steinerne Treppe starre, die hinauf zu den hohen Säulen am Eingang des großen, braunen Herrenhauses führt, desto vertrauter erscheint mir das alles.

»Schick«, bemerkt Rayne neben mir. »Planst du hier eine Hochzeit, oder so?«

Ich sehe sie an. »Hör zu, falls gleich irgendetwas Seltsames mit mir geschieht, bleib einfach ganz ruhig, okay? Mir wird nichts passieren ... Ich erkläre dir alles später.«

Bevor ich Zeit habe, es mir anders zu überlegen, setze ich meinen Fuß auf die unterste Stufe und steige langsam die Treppe hinauf. Bilder von Männern mit Zylindern und Damen in rauschenden Kleidern schwirren durch meinen Kopf. Und ich höre Musik – Cellomusik. Ich erinnere mich an Kutschen, die am Fuße der Treppe vorfahren, und an elegant gekleidete Menschen, die sich dort begrüßen, bevor sie zum Herrenhaus hinaufgehen.

Ich stehe oben vor dem Eingang und schaue beunruhigt hinab auf die vornehmen Damen, die einander zur Begrüßung so innig umarmen, als hätten sie sich seit Jahren nicht gesehen. Die Männer bleiben ein Stück dahinter, nicken einander nur kurz zu und tippen sich an den Hut. Der Rauch ihrer unglaublich dicken Zigarren schwebt im Licht des Spätnachmittags in großen Kringeln über ihren Köpfen.

Fasziniert starre ich auf all die feinen Kleider und dann hinunter an meinem eigenen, geborgten Kleid. Der ungewohnte Stoff kratzt an den Beinen und schon jetzt schmerzen meine Füße in den engen Schuhen. Ich habe Signor Luisotti gesagt, dass dies nicht die geeignete Kleidung ist, um Cello zu spielen, aber er hat darauf bestanden und gesagt, die äußere Erscheinung sei ebenso wichtig, wenn es darum geht, die Reichsten der Reichen in San Francisco zu beeindrucken. Wieder und wieder hat er uns das vorgebetet.

Ich stehe ein wenig abseits und sehe, wie Signor Barone die Gäste begrüßt, als sei dies sein eigenes Haus. Die Eiswürfel in seinem Glas klingeln bei seinen überschwänglichen Gesten. Es scheint, dass er im Ensemble vom Mädchen für alles zum Geschäftspartner aufgestiegen ist. Er bestimmt, wo wir auftreten, und mischt sich unter die Reichen und Berühmten jeder Stadt, die wir besuchen. Die Gäste scheinen sich zu amüsieren, denn überall sehe ich heitere Gesichter, und wieder einmal wünsche ich mir, ich könnte ihre Sprache verstehen. Hin und wieder schenkt mir jemand ein Lächeln, doch ich lächele nur verhalten zurück. Jemand könnte mich ansprechen, und das würde mich in

Verlegenheit bringen, denn mein Englisch reicht gerade einmal dazu aus, nach dem Waschraum zu fragen oder um ein Glas Wasser zu bitten.

Ich schlendere in Richtung des großen Saals im hinteren Teil des Hauses, wo es ein wenig ruhiger ist. Zwar will Signor Luisotti, dass wir uns unter die Gäste mischen, aber ich spreche nicht gern mit Fremden, für mich ist das einzige Vergnügen an solchen Abenden mein Cellospiel. Eine der großen, schweren Holztüren steht einen Spaltbreit offen, und ich bleibe unwillkürlich stehen, denn dahinter höre ich vertraute Stimmen.

»... schon sehr bald«, sagt Signor Luisotti. »Sieh dir das Mädchen doch an, sie ist eigentlich bereits eine Frau. Erst heute fragte mich einer der Gäste, wie alt sie sei. Wie lange können wir sie noch in bauschige Petticoats stecken und ihr Schleifen ins Haar flechten, damit man uns glaubt, dass sie erst fünfzehn ist? Sie ist neunzehn, und jeder, der Augen im Kopf hat, sieht das.«

»Bei allem Respekt, Antonio«, höre ich Signora Luisottis besonnene Stimme, »was sollen wir denn deiner Meinung nach tun? Sie einfach hinauswerfen?«

»Und warum nicht? Wir können uns schließlich nicht Young Masters Orchestra nennen und einem unserer ›jungen Talente‹ vor jedem Konzert die Brüste umwickeln, damit niemand merkt, wie alt sie in Wirklichkeit ist.«

Ich spüre, dass jemand hinter mir steht. Ich drehe mich um und sehe, dass es Alessandra ist. Ihr Gesichtsausdruck verrät mir sofort, dass auch sie das Gespräch mit angehört hat. Sie wendet sich ab und geht mit raschen Schritten, gesenktem Kopf und hängenden Schultern davon. Ich laufe ihr nach.

»Das haben sie nicht ernst gemeint«, sage ich und lege eine Hand auf ihre Schulter. Sie sieht mich nicht an. »Du bist unsere beste Musikerin. Ohne dich können wir doch gar nicht auf Tournee gehen.«

Alessandra dreht sich zu mir herum und ich sehe die Tränen in ihren Augen. »Das ist sehr nett von dir, aber wir beide wissen, dass es sehr wohl ernst gemeint war.« Sie fährt mit dem Finger über die Schleife in ihrem Haar. Bisher ist sie mir nie sonderlich aufgefallen, aber jetzt kann ich sehen, dass sie an ihr tatsächlich viel zu kindlich wirkt. »Lange kann ich nicht mehr bleiben. Wir alle sind nur für eine begrenzte Zeit ›junge Talente‹ und meine Zeit hier wird bald vorüber sein.«

»Das ist doch Unsinn!«, rufe ich und will vergessen, worüber die Luisottis eben gesprochen haben. »Ohne dich würde Paolo niemals bei den Young Masters bleiben.« Ich sehe, dass ihr Gesicht sich beim Klang seines Namens aufhellt. »Und ich würde auch gehen. Die Hälfte des Ensembles würde dir folgen und dem Signore blieben nur noch ein paar Viola-Spieler und ein zweitklassiger Kontrabassist.«

»Das ist wirklich lieb von dir …«, sagt Alessandra mit einem Lächeln und tätschelt meine Wange. Dann kehrt die Traurigkeit in ihren Blick zurück. »… aber leider nicht wahr. Meine Zeit ist vorüber und ich werde bald weiterziehen. Das ist der natürliche Lauf der Dinge.«

Ich falle ihr in die Arme und drücke mich ganz fest an sie. Ich rieche den Geruch frisch gewaschener Kleider, als mein Kopf an ihrer Schulter ruht und sie ihre Arme um mich legt. Niemand hat mich mehr so gehalten, seit ich vor langer Zeit meiner Mutter auf dem Bahnsteig Lebewohl sagte, und ich fühle, wir mir Tränen in die Augen steigen.

Ich denke zurück an die vergangenen Monate, an unsere Proben und die Auswahl der Stücke, und plötzlich steigt mir Schamesröte ins Gesicht, denn ich begreife, dass Alessandra recht hat. Ich wurde nicht im Ensemble aufgenommen, um mit ihr gemeinsam zu spielen. Ich wurde ausgesucht, um sie zu ersetzen.

»Kann ich Ihnen helfen?« Ein ärgerlich dreinblickender Mann erscheint an der Eingangstür zum Herrenhaus.

»Öh … ich … Ich habe mich nur gerade gefragt, was das hier für ein Gebäude ist«, antworte ich und versuche, möglichst schnell wieder im Hier und Jetzt anzukommen, während in meiner Magengrube Gefühle von Beklommenheit und Schuld rumoren.

»Dies ist der Pacific Coast Club«, sagt er kurz angebunden und streckt gewichtig seine Brust raus: »Zutritt nur für Mitglieder.«

Pacific Coast Club. Klingt nicht vertraut. Ich weiß, dass ich den Kerl nerve, aber was habe ich schon zu verlieren? Also frage ich: »Und früher? War es vielleicht mal was anderes oder hatte einen anderen Namen?«

»Vor dem großen Beben war es eines der prächtigsten Herrenhäuser in ganz San Francisco: Die Sutter-Villa.«

Das klingt vertraut, das muss es sein. In der Episode am Hafen sprach Signor Luisotti von einem Signor Sutter. »Danke schön.«

Er tritt zurück ins Haus und die Tür fällt mit einem unmissverständlich endgültigen Ton ins Schloss. Die Kutschen und elegant gekleideten Menschen sind verschwunden, stattdessen sehe ich vorbeirasende Autos und einen Obdachlosen, der mühsam einen voll beladenen Einkaufswagen den Gehweg entlangschiebt. Langsam beginne ich, die Stufen hinabzusteigen, und lasse dabei meine Hand über das raue Steingeländer gleiten.

So hoch über der Stadt spürt man den Wind viel kräftiger. Der Himmel glüht in den leuchtenden Farben eines prächtigen Sonnenuntergangs, aber ich habe nur Augen für die kleine Gestalt, die viele Stockwerke tiefer dort unten auf dem Boden liegt. Ihre Arme und Beine sind merkwürdig verdreht, und selbst aus dieser Höhe erkenne ich die dunkle Lache, die sich unter ihrem Körper auf dem Gehweg gebildet hat.

Das Rauschen in meinen Ohren und in meinem Kopf übertönt meine eigene Stimme. Ich weiß, dass ich schreie, und doch ist es, als käme kein einziger Laut aus meiner Kehle. Ich beuge mich so weit wie möglich vor und starre hinunter, hoffe vergebens, dass sie sich bewegt oder sonst irgendein Lebenszeichen von sich gibt – dass sie aufsteht und uns zuruft, dass alles nur ein schrecklicher Irrtum ist. Der Wind erstickt meine Worte, als ich wieder und wieder ihren Namen rufe: »Alessandra!«

Rayne schüttelt meine Schultern und ich hieve mich in die Realität zurück. Ich sitze auf der Mitte der Treppe. Mein Gesicht ist nass von Tränen und meine Kehle wie zugeschnürt. Immer noch sehe ich das Bild vor mir. Alessandra starb an jenem Tag, hier vor dem Herrenhaus. Und ich frage mich, ob ich irgendetwas damit zu tun hatte.

»Cole! Was ist mit dir?« Rayne schaut mich besorgt an.

»Alles in Ordnung«, antworte ich, stehe auf und klopfe mir den nicht vorhandenen Dreck von der Jeans. Ich frage mich, wie es für Rayne wohl ausgesehen hat, und hoffe inständig, dass ich nicht tatsächlich laut geschrien habe. »Bin nur ausgerutscht«, erkläre ich und stapfe an ihr vorbei die Stufen hinunter in Richtung des relativ sicheren Gehwegs.

Schweigend gehen wir bis zur nächsten Ecke, in meinem Kopf ist nur Platz für das Bild von Alessandra, die tot auf dem Gehweg liegt. Ich spüre, dass Rayne darauf brennt, mir tausend Fragen zu stellen, und wie ich sie kenne, wird sie damit nicht mehr lange an sich halten.

»Verdammt, was hat das zu bedeuten?«, platzt es schließlich aus ihr heraus. »Und sag bloß nicht ›gar nichts‹. Ich bin schließlich nicht blöd. Mom sagt, ich hätte eine Gabe zu spüren, was in anderen Menschen vor sich geht, und was ich da gerade mitbekommen habe, war alles andere als ›gar nichts‹.«

Ich gehe ein Stückchen vor ihr, damit sie mein Gesicht nicht sehen kann. Immer noch schwirren Bilder von Alessandra durch meinen Kopf. »Versprich, dass du mit niemandem darüber reden wirst«, antworte ich, immer noch unschlüssig, ob ich ihr überhaupt etwas erzählen soll. Niemals käme ich auf die Idee, irgendjemand anderem auch nur einen Bruchteil von dem Wahnsinn anzuvertrauen, in den ich hineingeraten bin, aber Rayne ist schließlich nicht irgendjemand – sie ist das Mädchen, das an Heilsteine und Schicksal glaubt.

»Ich verspreche es«, sagt sie ernst und ein bisschen feierlich.

»Also, es ist so … Ich glaube, dass ich mich an Dinge erinnere«, beginne ich ein wenig stockend, »Dinge aus …« – es will mir einfach nicht über die Lippen kommen.

»Was für Dinge?«, hakt sie nach. »Komm schon, Cole, du kannst es mir sagen.«

»Du wirst mich bestimmt für total abgedreht halten.« Ich hole tief Luft: »Dinge aus früheren Leben.«

Rayne pfeift anerkennend durch die Zähne. »Du meinst Geister, die dich in andere Welten entführen? Hast du deshalb ausgesehen, als wärst du gerade einem Gespenst begegnet, als du vorhin mit dem Typ da oben gesprochen hast?«

»Nein, keine Geister«, sage ich. »Es sind … meine eigenen früheren Leben.« Der Satz hängt einen Moment lang in der Luft zwischen uns, während ich vorsichtig den Blick hebe und sie ansehe.

Sie schaut mich kurz an, dann schlingt sie ihre Arme um mich und drückt mich an sich. »Wuuuu! Ich kann gar nicht glauben, was ich da gerade gehört habe, und das aus deinem Mund!« Sie tritt ein Stück zurück und schaut mich an. »Es hat was mit Griffon zu tun, oder? Du hast erzählt, dass er sich mit Wiedergeburt beschäftigt, ich erinnere mich daran.« Sie knufft mich auf den Arm. »Allerdings hast du ihn praktisch für verrückt erklärt.«

»Ich weiß, was ich gesagt habe. Und es klingt ja auch wirklich abgedreht. Aber in letzter Zeit ist alles noch verrückter geworden und ich … Ich glaube, er sagt die Wahrheit. Ich habe mich an ein Fest in der Villa dort erinnert. Vor etwa hundert Jahren. Als die Leute noch in Pferdekutschen vorfuhren.«

»Wow«, sagt Rayne beeindruckt. Dann sieht sie mich ein bisschen gekränkt an. »Seit Jahren spottest du über meine dummen ›Hippie-Fantasien‹. Hast du ein Glück, dass ich nicht so drauf bin.«

Es tut gut, wenigstens ein bisschen von dem, was ich den letzten Wochen mit mir herumgeschleppt habe, mit jemandem zu teilen. Ich fühle mich nicht mehr so allein – auch wenn ich das mit den Akhet vorerst lieber für mich behalte.

»Wie spät ist es?«, fragt Rayne unvermittelt.

Ich schaue auf mein Handy. »Ungefähr Viertel vor vier, wieso?«

»Sehr gut. Dann ist sie wahrscheinlich noch da. Komm mit!« Rayne nimmt meine Hand, und wir rennen zur Haltestelle, wo der Bus gerade abfahren will.

»Wer ist wo? Wohin fahren wir?«, keuche ich.

»Das wirst du dann sehen«, sagt Rayne geheimnisvoll, als wir uns in den überfüllten Bus quetschen. »Ist 'ne Überraschung.«

»Ich mag keine Überraschungen.«

»Die wirst du mögen.«

»Glaub ich nicht.« Ich versuche, einen Blick aus dem Fenster zu erhaschen. Wir fahren die Market Street entlang und biegen nach ein paar Minuten in die Mission Street ein. Rayne drückt den Halteknopf.

»Da wären wir«, sagt sie und zwängt sich zur Tür durch.

Ich schaue mich um. Wir sind mitten im Mission District, überall leere Bars und billige Möbelläden. »Und wohin jetzt?«

»Hier entlang, es ist gleich da vorne«, sagt sie und marschiert sofort los, sodass mir nichts übrig bleibt, als ihr zu folgen. Sie bleibt vor einem Pfandhaus stehen und drückt auf die Klingel des Hauseingangs rechts daneben.

»Also, jetzt verstehe ich gar nichts mehr …«, setze ich an.

»Schhhh!«, unterbricht sie mich. Es knackt und rauscht in der Gegensprechanlage. »Hallo Whitney, hier ist Rayne!«, schreit sie in die Metallschlitze hinein.

Ich höre ein paar unverständliche Worte und dann das Geräusch des Türsummers. Rayne hält mir die Tür auf, dann geht sie voran, eine steile Treppe hinauf. Irgendwo im Gebäude ist leise Musik zu hören, es klingt nach Mantrasingen und Glöckchen – Hippie-Musik. Auf halber Treppe kommt mir der Geruch von Räucherstäbchen entgegen und ich muss niesen.

»Gesundheit.« Eine kleine Frau mit blonden Locken und schwindelerregenden, grellroten High Heels steht oben im Türrahmen eines kleinen Apartments. Neben ihr sitzt ein mittelgroßer, schwarzer Hund.

»Danke«, sage ich schniefend. Na toll, willkommen im Allergiker-Paradies.

Rayne umarmt sie kurz und stellt mich dann vor. »Whitney, das ist Cole, eine frisch bekehrte Skeptikerin, die unbedingt deine Hilfe braucht.«

»Hilfe? Welche Hilfe?«, frage ich. Mir ist völlig schleierhaft, was wir hier zu suchen haben.

Whitney nickt verständig in meine Richtung und lächelt. »Bekehrte Skeptikerin, das klingt sehr interessant. Kommt mit.« Sie und Rayne verschwinden im Nebenzimmer, der Hund folgt ihnen ungefragt. Da ich keine Lust habe, allein in einer fremden Wohnung herumzusitzen, schließe ich mich ihm an.

Der Raum ist klein und bis auf einen niedrigen Tisch und ein paar Kissen auf dem Boden nicht möbliert. Ein kleiner Zimmerspringbrunnen in der Ecke untermalt leise plätschernd die Musik, vor den Fenstern schwebt hauchdünner Stoff. Das Gedudel macht mich schläfrig, und der Springbrunnen erinnert mich daran, dass ich aufs Klo muss.

»Bitte setz dich doch«, sagt Whitney und zeigt auf ein Kissen.

Als wir uns alle auf dem Boden niedergelassen haben, schaue ich Rayne an. »Kannst du mir endlich verraten, was wir hier eigentlich machen?«

»Wir finden heraus, was mit dir geschieht.«

Whitney sieht erst mich an, dann Rayne, und streichelt geistesabwesend den Kopf des Hundes. »Cole weiß nicht, warum sie hier ist?«

Rayne zuckt mit den Schultern. »Spontane Entscheidung. Aber ich wusste sofort, dass es die richtige ist.« Sie wendet sich mir zu. »Whitney ist Hellseherin. Meine Mom kommt seit Jahren hierher. Ich dachte, sie könnte dir vielleicht auch helfen.«

Ich schüttele den Kopf. Ich hätte wissen müssen, dass Rayne mit so was ankommt. »Eine Hellseherin? Bist du übergeschnappt?«

»Du erzählst mir mitten auf dem Gehweg, dass du dich an Dinge aus früheren Leben erinnerst, und fragst mich, ob ich übergeschnappt bin?«

Da hat sie wohl nicht ganz unrecht. Was Verrücktheit angeht, habe ich ihr zurzeit einiges voraus.

Whitney zieht die tadellos gezupften Augenbrauen hoch und schenkt mir ein gewinnendes Lächeln. Anscheinend habe ich ihr Interesse geweckt. »Hmm. Frühere Leben? Faszinierend. Aber wenn ich dir helfen soll, musst du deine inneren Widerstände überwinden. Das heißt, falls du überhaupt bleiben willst.«

Ich schaue mich im Zimmer um. Eigentlich sieht es eher aus wie ein Wellness-Raum und nicht wie die Höhle einer Wahrsagerin. Vielleicht bietet sie neben Kristallkugel-Sehen auch Bikini-Waxing an. Beides klingt nach einer Tortur. »Warum gibt es hier keine dicken Samtvorhänge und gruselige Tierfratzen an den Wänden?«

»Warum trage ich keinen Turban und warum flackern keine

bunten Neonlichter im Fenster?« Sie wischt es mit einer Handbewegung weg. »Das ist nur was für Touristenfänger.«

»Sei nicht so voreingenommen«, sagt Rayne. »Was spricht dagegen, es mal zu versuchen?« Zu Whitney sagt sie: »Du kannst es mit auf Moms Rechnung setzen. Sie hat sicher nichts dagegen.«

»Und was bitte soll sie in Rechnung stellen? Aura-Lesen, Tarotkarten, Teeblätter?«

Whitneys Gesichtsausdruck bleibt gleichmütig. »Darf ich deine Hand sehen?«

»Aus der Hand lesen, na wunderbar.« Rayne stößt mich etwas ärgerlich an, während ich meine Hand ausstrecke. Die beiden sind so feierlich ernst, dass ich laut loslachen könnte.

Kaum hat Whitney ihre Hand unter meine gelegt, spüre ich, wie sie zusammenzuckt. Sie zieht scharf die Luft ein, öffnet verstört die Augen und lässt meine Hand los. »Rayne«, sagt sie, »würde es dir etwas ausmachen, uns allein zu lassen?«

Rayne schaut uns beide an und zuckt mit den Schultern. »Nö, kein Problem.«

»Vielleicht könntest du eine Kanne Tee aufsetzen.«

»Alles klar. Ich die Arbeit, ihr das Vergnügen«, sagt sie, aber sie lächelt, als sie hinausgeht und die Tür hinter sich schließt.

Whitney sieht mich aus ihren blauen Augen durchdringend an. »Wie lange weißt du es schon?«

Ich beschließe, dass sie die Karten zuerst auf den Tisch legen soll. »Wovon sprechen Sie?«

Sie legt die gefalteten Hände in den Schoß. »Wenn du nur Spielchen spielen willst, gehst du besser. Ich spüre, dass du weißt, was du bist, obwohl du anscheinend noch ziemlich am Anfang stehst. Du bist jemand, der sich Jahrhunderte zurück an frühere Leben erinnern kann. Jemand, der die Fähigkeit besitzt, über die Grenzen gewöhnlicher Menschen hinauszugehen. Du bist zwar noch sehr jung, aber ohne Zweifel bist du eine Akhet.«

Ich zucke ein wenig zusammen, als sie das Wort ausspricht. Beinahe wie eine Anschuldigung hängt es zwischen uns in der Luft.

»Wie haben Sie mich genannt?«

»Akhet«, wiederholt sie und blickt mich unverwandt an.

Plötzlich habe ich das Gefühl, keine Luft mehr zu bekommen. »Dann ist es wirklich wahr, was Griffon gesagt hat?«

»Wer?«

»Ich hab da jemanden getroffen ... Er war da, hat mir geholfen.« *Und wo ist er jetzt?* »Aber ich habe ihm nicht so richtig geglaubt. Ich meine, das klingt alles so verrückt – frühere Leben, Wiedergeburt, Geheimbünde ...«

Whitney schaut mich forschend an. »Dieser Junge gehört zum Sekhem?« Das scheint sie ein wenig zu beruhigen, dennoch bleibt ihr Gesichtsausdruck besorgt.

Ich nicke. »Sind Sie ... auch eine Akhet?« Ich habe bei unserer Berührung zwar keine Schwingungen gespürt, aber vielleicht kann sie die einfach gut verbergen.

»Nein«, antwortet sie, »aber ich habe in meinem Leben schon viele Akhet getroffen und bin mit einigen befreundet. Es ist eine ganz besondere Berufung und eine große Verantwortung.«

Verantwortung. Schon wieder dieses Wort. Allein, wenn ich es höre, spüre ich, wie sich eine große Last auf meine Schultern legt. »Aber ich bin mir nicht mal sicher, ob ich das überhaupt will. Ganz bestimmt habe ich nicht darum gebeten.«

»Tja, es wäre leicht, wenn du es einfach mit einem ›Nein danke‹ zurückgeben könntest, aber so funktioniert das nicht. Du bist auserwählt. Das musst du akzeptieren und dein Schicksal erfüllen, so gut du vermagst.«

Schicksal. Verantwortung. Erst war ich dazu bestimmt, Cellistin zu werden, jetzt bin ich dazu bestimmt, eine Akhet zu sein? »Aber was muss ich tun? Und woher soll ich überhaupt wissen, was genau mein Schicksal ist?«

Sie lächelt. »Du bist noch jung. Du hast alle Zeit, deinen Platz in der Welt zu finden.« Sie schweigt kurz und nimmt dann noch einmal meine Hand. Sie sagt nichts, aber ihr Körper spricht umso stärker. Obwohl sie ganz still sitzt, spüre ich deutlich, dass eine starke Energie sie durchströmt. »Wenn ich dich berühre, teilt sich mir mit, was in dir vorgeht«, sagt sie. »Ich fühle ein verworrenes Geflecht vieler Leben.«

»Können Sie mir etwas über diese Leben sagen? Wer ich damals war, was ich gemacht habe?« Die Erinnerung an den Pacific Coast Club ist immer noch sehr lebendig, und ich frage mich, wie das alles mit Veronique zusammenhängt. Falls es überhaupt etwas mit ihr zu tun hat.

»Nein, nichts Konkretes. Das wirst du mit der Zeit selbst herausfinden müssen.« Sie schüttelt den Kopf, als wollte sie die Eindrücke vertreiben. »Und ich fühle, dass in dir außergewöhnliche Fähigkeiten heranwachsen. Ich kann zwar nichts Genaues sagen, aber ich spüre eine große Empathie.«

Wir schweigen eine Weile. Woran Whitney denkt, kann ich nicht erraten – vielleicht überlegt sie, was sie heute zu Abend essen soll –, aber ich weiß, dass in meinem Kopf tausend Gedanken herumrasen. Die Bilder aus dem Pacific Coast Club tauchen immer wieder auf und auch Erinnerungen an mein Gespräch mit Griffon im Park. Wäre alles anders gekommen, wenn ich ihm früher geglaubt hätte? Wäre er dann vielleicht nicht einfach verschwunden?

»Gibt es irgendetwas Spezielles, das du über die Akhet herausfinden willst?«, fragt Whitney sanft.

Es ist sonderbar, das Wort aus dem Mund von jemandem zu hören, der nichts mit Griffon oder Janine zu tun hat und nicht weiß, dass er ihre Geschichte bestätigt – sie nicht nur wahrscheinlicher, sondern sogar wahr erscheinen lässt.

Ich schaue ihr in die Augen. »Ich denke, ich weiß jetzt, was ich wissen wollte.«

13

Es ist laut im Stadion. Und kalt. Fest eingemummelt in meine Jacke sitze ich etwas abseits der lärmenden Menge auf einem nicht überdachten Tribünenplatz. Das Baseballstadion liegt direkt an der Bucht, und der Wind bläst so kalt vom Wasser heran, dass man meinen könnte, es sei Winter. Griffon ist als Schlagmann an der Reihe, und obwohl ich immer noch schmolle, weil er sich so lange nicht gemeldet hat, bin ich ganz aufgeregt, als er in den Schlagkreis tritt und ein paar Probeschläge macht. Ich habe mit Sport zwar nicht viel am Hut, aber für die engen grauen Hosen, die die Jungs tragen, kann ich mich durchaus begeistern. Wie eine zweite Haut schmiegt sich das Trikot an Griffons Körper und der Schläger liegt locker und selbstverständlich in seiner Hand. Bei der Leichtigkeit, mit der er agiert, könnte man glatt denken, dass er in einem früheren Leben schon mal Baseball gespielt hat.

Trotz der kalten Böen ist der Himmel klar, die Sonne scheint, und ich bin froh, dass ich hier bin. Als er sich gestern Abend endlich gemeldet und gefragt hat, ob ich zu seinem Spiel komme, wollte ich Nein sagen. Ich habe es wirklich versucht. Er kann mich nicht küssen, dann eine Woche lang nichts von sich hören lassen und erwarten, dass alles easy ist. Ich will stark sein und nicht so eine, die jedes Mal dahinschmilzt, wenn sie *seine* Stimme hört, keine von denen, die angehechelt kommen, sobald *er* nur mit den Fingern schnippt. Das zumindest sind meine Ideale, aber in der Wirklichkeit bin ich das Mädchen, das den langen Weg auf sich genommen hat, um auf der zugigen Tribüne eines eisig kalten Stadions zu sitzen – ein kurzer Anruf hat genügt.

»Los, Hall! Hau ihn weg!« Alle um mich herum rufen seinen Namen, und ob ich will oder nicht, macht es mich ein bisschen stolz. Natürlich sind auch andere Mädchen auf den Rängen, und ich frage mich, ob Griffon sie wohl kennt oder sogar schon mal gefragt hat, ob sie zu seinem Spiel kommen.

Griffon geht in Position, legt den Schläger über die Schulter und fixiert den Werfer. Der erste Ball fliegt an ihm vorbei. Er zuckt nicht mal, sondern winkt nur kurz mit dem Schläger, um zu signalisieren, dass er bereit ist für den nächsten. Kaum ist der Ball in der Luft, höre ich schon den Aufprall des Schlägers und die anfeuernden Rufe der Menge. Hoch und weit fliegt der Ball, während Griffon die Baseline entlangspurtet. Ein gegnerischer Spieler erwischt den Ball mit seinem Handschuh, kurz bevor er den Homerun-Bereich erreicht.

»Er hat ihn fallen lassen!« Der Kerl hinter mir brüllt so laut, dass ich mir lebhaft vorstellen kann, wie die Adern in seinem Hals hervortreten. Die Augen immer auf den Coach geheftet, sprintet Griffon unbeirrt weiter, bis er schließlich, genau in dem Augenblick, als der Baseman sich reckt und den Ball fängt, mit einer riesigen Staubwolke auf die dritte Base rutscht. Breit grinsend klopft er sich die Asche von der Hose, während der Schiedsrichter die Arme zur Seite streckt und anzeigt, dass er sicher ist.

Griffon muss zwei weitere Schlagmänner abwarten, ehe der Ball wieder fliegt. Ohne Probleme legt er das letzte Stück zurück, erreicht die Homeplate mit einem eleganten Satz und holt die entscheidende Führung für sein Team. Zappelig wie kleine Jungs stellen sie sich nach Spielende brav zum Händeschütteln mit der gegnerischen Mannschaft auf und brechen, sobald es vorüber ist, in lautes Gejohle und High fives aus. Griffon steht im Mittelpunkt, die anderen haben sich um ihn geschart. Anscheinend ist er nicht nur für mich die Hauptattraktion.

Kaum haben die Spieler das Feld verlassen, löst er sich von der Gruppe und kommt in meine Richtung. Unter dem Basecap springen seine Locken wild in alle Richtungen, und ich sehe, dass sein Hals schweißnass ist. Ich frage mich, ob er mich vor all den Leuten hier küssen würde – falls Küssen überhaupt noch auf dem Plan steht.

Auf die Antwort muss ich nicht lange warten. Als er bei mir angekommen ist, lässt er seine Tasche auf den Boden fallen und drückt mir einen innigen Kuss auf die Lippen. Er glüht von der Hitze des Spiels und seine Lippen schmecken salzig. Mein Herz rast wie wild. Er streicht mir kurz über die Hand und richtet sich dann wieder auf.

»Ich bin so froh, dass du gekommen bist«, grinst er mich an.

Da steht er in seiner eng anliegenden, grauen Hose und dem dunkelblauen Shirt, und es fällt mir wirklich schwer, noch sauer auf ihn zu sein. »Wäre ich beinahe aber nicht.«

»Wirklich? Warum?«, fragt er erschrocken.

»Zum Beispiel weil du mich geküsst und so nette Sachen zu mir gesagt hast und dann die ganze Woche einfach abgetaucht bist.«

»Tut mir leid«, sagt er und sieht mir direkt in die Augen. »Ich konnte nichts dafür. Es gab einen Notfall, um den ich mich kümmern musste.«

Ich blicke forschend in sein Gesicht, wünsche mir, dass er die Wahrheit sagt und es tatsächlich einen Notfall gab. Natürlich nichts wirklich Schlimmes –, aber das ist besser als der Gedanke, dass ihm nicht genug an mir liegt, um anzurufen. »Was ist denn passiert?«

Griffon senkt den Blick. »Ich kann nicht darüber reden. Ich habe da mit einer Sache zu tun ... Niemand durfte wissen, wo ich bin oder wie man mich finden kann.«

»Was für eine Sache? Du bist immerhin erst in der Highschool.«

»Stimmt. Trotzdem gibt es noch andere Dinge, um die ich mich kümmern muss.« Er blickt auf die sich leerenden Ränge. »Ich erklär's dir später genauer.« Er beugt sich zu mir herunter, nimmt mein Gesicht in seine Hände und küsst mich, diesmal ganz sanft. »Verzeihst du mir?«

Ich schaue ihm in die Augen und weiß, dass ich gar nicht anders kann. »Nur noch dieses eine Mal.«

Unsere Gesichter sind sich noch eine Weile ganz nah, dann richtet Griffon sich auf und nimmt meine Hand. »Hast du Hunger?«

»Und wie.« Den ganzen Tag war ich zu aufgeregt zum Essen.

»Dann weiß ich genau das Richtige.« Er führt mich von der Tribüne herunter und zu dem roten Pick-up, den ich in Berkeley schon gesehen habe.

»Kein Motorrad heute?«

»Janine hat mir den Pick-up geliehen. Ist praktischer, wenn ich die ganzen Sportsachen mitschleppen muss«, sagt er und wirft seine Tasche auf den Rücksitz.

Er startet den Motor und plötzlich nehme ich ganz deutlich den Duft von gebratenem Reis wahr. Mein Herz beginnt, wild zu pochen – bitte keine Vision, nicht jetzt.

Griffon sieht mich von der Seite an. »Alles okay?«

Ich schlucke. »Ich weiß nicht, da war plötzlich dieser Geruch«, sage ich und kann die Panik in meiner Stimme nicht verbergen.

»Nach chinesischem Essen?«

»Ja. Gebratener Reis.«

Griffon lacht. »Das ist der Pick-up. Biodiesel. Janine hat ihn vor ein paar Jahren umrüsten lassen, er fährt mit altem Speiseöl. Sie bekommt es umsonst von einem chinesischen Restaurant auf der Shattuck Street. Darum riecht es hier drin immer nach chinesischem Essen. Sorry, ich hätte dich vorwarnen sollen.«

Erleichtert lache ich los. Ich will nicht noch einmal vor seinen Augen irgendeine verrückte Vision haben und ihm ohnmächtig in die Arme sinken. Zumindest vorerst nicht. »Wenn das mein Auto wär, würde ich ganz schnell zehn Kilo zunehmen.« Mein Magen knurrt so laut, dass Griffon es bestimmt hören kann.

Obwohl der Nachmittag bereits fortgeschritten ist, sind noch überall Schüler unterwegs, gehen shoppen oder hängen einfach rum. An jeder Ecke gibt es Verkaufsstände mit Ketten oder Batik-Shirts und auf wellige alte Pappe gemalten Preislisten. Aus den verschiedenen Hippie- und Klamottenläden dröhnt laute Musik, sodass es sich im Vorbeigehen anhört, als würde man im Radio den richtigen Sender suchen.

Nach ein paar Blocks bleibt Griffon vor einem Restaurant stehen. Es hat eine breite Glasfront, sodass man beim Essen das Straßenleben sozusagen gleich dazuserviert bekommt.

»Hier ist es«, sagt er und hält mir die Tür auf.

Drinnen ist es noch lauter als auf dem Gehweg. Ich studiere die handgeschriebene Speisekarte auf der Tafel hinter dem Tresen und frage mich, was wohl die richtige Wahl für unser erstes halb offizielles Date ist.

»Du zuerst«, sagt Griffon. »Sie machen Pizza im Holzofen, die ist wirklich lecker.«

»Klingt gut«, sage ich und bestelle bei dem Mädchen hinter dem Tresen eine Pizza Prosciutto.

Griffon bestellt Pizza mit Pilzen und Artischockenherzen. »Zusammen bitte«, sagt er und greift in seine Tasche.

»Kommt überhaupt nicht infrage.« Er soll bloß nicht denken, ich könnte nicht für mich selbst zahlen. »Wir machen halbehalbe.«

»Aber es war meine Idee«, sagt er lächelnd und legt einen Zwanziger auf den Tresen, bevor ich noch irgendwas sagen kann. »Du kannst mich beim nächsten Mal einladen.«

Beim nächsten Mal? Sofort beginnt mein Herz, vor Freude zu tanzen, aber äußerlich versuche ich, cool zu bleiben. Wir müssen uns zwischen den voll besetzen Tischen hindurch zu einem freien Platz am Fenster schlängeln.

An einem kleinen Holztisch sitzen zwei alte Männer und spielen Schach. Gerade bin ich an ihnen vorüber, als ich hinter mir einen dumpfen Stoß höre und dann das Scheppern der Plastikfiguren auf dem Boden.

»Verdammt!«, flucht Griffon, und die Röte steigt ihm in die Wangen. »Das tut mir wirklich leid.« Er bleibt einige Sekunden reglos stehen und starrt auf die verstreuten Figuren.

»Na prima. Die Partie wäre dann wohl beendet«, sagt der Alte mit der karierten Kappe und will aufstehen.

Griffon hebt die Hand. »Nein, warten Sie. Ich denke, das kriege ich wieder hin.« Er legt das Spielbrett zurück auf den Tisch, genau zwischen die beiden, sammelt die Figuren vom Boden auf und verteilt sie darauf – zuerst etwas zögerlich, aber dann immer sicherer –, bis nur noch einige weiße und vier schwarze übrig bleiben, die er jeweils an den Enden des Bretts auf den Tisch stellt.

»So müsste es wieder stimmen«, sagt er erleichtert und mustert noch einmal die Aufstellung. »Nein, halt«, sagt er dann, während die Alten ihn immer noch verdutzt anstarren, und vertauscht rasch einen Bauern und einen Turm. Er lächelt die beiden zufrieden an. »Jetzt ist es richtig. Entschuldigen Sie bitte nochmals.« Er nimmt meine Hand und führt mich an unseren Tisch.

Die Alten werfen verstohlene Blicke in unsere Richtung und tuscheln miteinander. Ich beuge mich zu ihm hinüber. »Du hast wirklich jede einzelne Figur zurück an ihren Platz gestellt?«

Griffon zuckt mit den Schultern und legt sich die Serviette auf den Schoß. »Klar, ich hab sie ja auch umgeworfen.«

»Du weißt schon, dass die Leute das seltsam finden?«

Er grinst mich an. Natürlich weiß er das. »Ich hatte zufällig kurz vorher auf das Brett geschaut, daher wusste ich, wo die Figuren standen. Es ist gar nicht so schwer, wenn man einmal verstanden hat, wie es funktioniert. Kann jeder lernen.«

»Jeder kann lernen, wie man sich in einer einzigen Sekunde die Positionen aller Figuren auf einem Schachbrett einprägt?«

Wieder zuckt Griffon mit den Schultern. »Letztendlich schon.«

»Wenn du das sagst.«

Die Alten haben ihr Spiel inzwischen fortgesetzt, aber immer wieder verlassen ihre Augen das Brett und wandern in seine Richtung.

»War Veronique am Donnerstag beim Unterricht?«

»Ja. Alles ganz normal. Keine außergewöhnlichen Vorkommnisse.«

»Keine Erinnerungen?«

Ich zögere kurz. Ihm zu erzählen, dass Alessandra vom Herrenhaus in den Tod gestürzt ist, würde weder ihm noch mir weiterhelfen. In Bezug auf Veronique ändert es nichts. Ich würde nur erreichen, dass er sich noch mehr Sorgen macht. »Nein, keine.«

»Gut.« Griffon lächelt und greift über den schmalen Tisch hinweg nach meiner Hand. Er streicht mir sanft über die Finger und ein elektrisierendes Kribbeln fließt durch meinen Körper. »Du hast wunderschöne Hände«, sagt er versonnen. »Ich bin wirklich dankbar, dass ich letzte Woche zu deinem Konzert kommen durfte.«

Ich erwidere sein Lächeln. »Na ja, es war ja keine geschlossene Gesellschaft oder so. Jeder durfte kommen.«

»Du hast einfach wundervoll gespielt.«

»Julie hat wundervoll gespielt. Sie arbeitet so hart.« Die Proben der vergangenen Woche waren schwierig für mich. Bei jedem Stück habe ich mich gefragt, ob ich es vielleicht aus einem früheren Leben kenne. Es macht mir einfach nicht mehr die gleiche Freude wie vorher. »Ich komme mir vor wie eine Betrügerin.«

»Es ist kein Betrug, das kannst du mir glauben. Woher willst du wissen, dass nicht einige der Musiker am Konservatorium ihre Erinnerungen nutzen, um berühmt zu werden? Viele musikalische Genies sind Akhet, denen ihre Fähigkeiten noch nicht bewusst sind. Der Unterschied ist doch nur, dass du jetzt weißt, woher deine Begabung kommt. Das ist kein Schwindel. Sonst wäre jeder talentierte Mensch, der einfach nur tut, wozu er geboren wurde, ein Betrüger.«

»Betrug ist, wenn man etwas weiß und es trotzdem tut.«

»Hm, ich glaube nicht, dass das die offizielle Definition ist.«

»Wie setzt du eigentlich deine Fähigkeiten ein? Ich meine, abgesehen davon, dass du fantastisch zeichnest und dir die Positionen aller Figuren auf einem Schachbrett in nur einer Sekunde einprägen kannst.«

»Ich muss meiner Verantwortung gerecht werden«, sagt er und zeichnet mit dem Finger unsichtbare Linien auf die Tischplatte. »Dinge von früher, an denen ich arbeiten muss.«

Er hält inne und lehnt sich zurück. Die Kellnerin kommt, stellt zwei dampfende Pizzas vor uns auf den Tisch und schenkt Griffon im Weggehen noch ein extra-warmes Lächeln. Er scheint es nicht zu bemerken, sondern setzt einfach unser Gespräch fort.

»Jedenfalls solltest du kein schlechtes Gewissen haben, weil du ein besonderes Talent besitzt. Genieß es und lass die Welt daran teilhaben. Fähigkeiten aus früheren Leben einzusetzen, macht uns wertvoll und wichtig. Die Menschheit braucht Tausende von Jahren, um sich weiterzuentwickeln, aber wir können Tausende von Jahren an Wissen und Erfahrung in jedes einzelne Leben einbringen.«

»Vielleicht hast du recht«, murmele ich und will mir ein Stück Pizza nehmen. Leider ist es mit langen Käseleinen an der restlichen Pizza verankert.

Griffon lacht. »Brauchst du Hilfe?«

Ich werde rot, weil ich mich so ungeschickt anstelle. »Nein danke, geht schon.« Nach einem kleinen Kampf gelingt es mir, das Pizzastück zu befreien, und mich weht ein so intensiver Knoblauchduft an, dass mein Magen knurrt. Ich bin heilfroh, dass auf Griffons Pizza genauso viel davon ist, denn sollten wir uns später noch küssen – was ich sehr hoffe –, möchte ich nicht die Einzige sein, die eine Knobifahne hat.

Griffon schneidet ein Stück von seiner Pizza ab und reicht es mir. »Möchtest du probieren?« Dann schaut er auf unsere Teller. »Moment mal, du magst doch gar keine Tomaten, oder?«

Mir fällt das Abendessen bei ihm zu Hause wieder ein. Anscheinend war ich doch nicht so dezent, wie ich dachte. »Du hast es gemerkt?« Und schon wieder werde ich verlegen.

»Ist ja nicht schlimm. So offensichtlich war es auch wieder nicht und Janine hat es bestimmt nichts ausgemacht.«

»Ich esse nur keine rohen Tomaten, als Soße sind sie okay.«

Griffon runzelt die Stirn. »Vielleicht hast du mal schlechte Erfahrungen mit Tomaten gemacht, hast dich an einer verschluckt oder so, und darum kannst du sie nicht leiden.«

Mir gefällt der Gedanke, dass es für alles einen Grund und eine Erklärung gibt. Alles, was in diesem Leben geschieht, lässt sich auf die Erfahrungen eines früheren Lebens zurückführen. »Meinst du?«

Griffon lacht. »Nein, war ein Witz. Nicht alles hat eine tiefere

Bedeutung. Dass du in diesem Leben keine Tomaten magst, bedeutet vermutlich einfach nur: Du magst keine Tomaten.«

»Sehr lustig«, sage ich, ziehe eine Grimasse in seine Richtung und nehme das Pizzastück von seiner Gabel. »Wie Freud sagte: Manchmal ist eine Zigarre einfach eine Zigarre«, bemerke ich kauend.

»Genau. Manchmal ist eine Tomate einfach eine Tomate. Und, wie schmeckt's?«

»Lecker. Willst du meine auch mal probieren?«

Doch dann fällt mir ein, dass es bei ihm zu Hause vegetarisches Essen gab.

»Entschuldige, ich bin echt blöd. Du bist Vegetarier, oder?«

»Du bist nicht blöd. Und außerdem bin ich kein Hundertprozentiger«, sagt er und lacht.

Nett, dass er mir aus der Verlegenheit helfen will. »Kein Hundertprozentiger?«

»Nein«, sagt er und schüttelt den Kopf. »Ich meine, was Janine sagt, kann ich nur unterschreiben: Fleisch essen ist nicht gut für die Tiere, es schadet der Umwelt, es passt nicht zu unseren Bemühungen, die Welt in einen besseren Ort zu verwandeln. Trotzdem kann ich manchmal nicht widerstehen. Dann schleiche ich mich heimlich zum Imbiss und bestelle mir einen XL-Bacon-Burger mit Salat und Tomate.«

»Ein Vegetarier mit einer Schwäche für Speck?«

Griffon zuckt die Schultern. »Ich gebe mein Bestes.«

Wir essen zu Ende und mischen uns dann wieder unter die Menschen draußen auf dem Gehweg. Wir laufen ein bisschen herum und gehen in verschiedene Geschäfte, aber mit Griffon an meiner Seite kann mich kein noch so tolles Angebot verlocken. Ab und zu berühren sich unsere Körper in dem Gedränge, aber er macht keine Anstalten, meine Hand zu nehmen, also versuche ich, mich auf andere Dinge zu konzentrieren.

»Können wir hier kurz reingehen?«, frage ich, als wir an einem großen Schallplattenladen vorbeikommen. »Mein Dad hat in ein paar Wochen Geburtstag und er sammelt alte Platten. Wäre schön, ihn zur Abwechslung mal mit einem Geschenk zu überraschen, das ihm gefällt.«

Der Laden ist so vollgestopft mit Schallplatten, dass ich einen Moment brauche, um mich wenigstens grob zu orientieren.

»Welche Art von Musik mag dein Dad denn?«, fragt Griffon, während sein Blick durch die endlosen Reihen alter Aufnahmen wandert.

»Meistens hört er Rock.« Ich wünschte, ich hätte mir seine Sammlung mal ein bisschen genauer angeschaut. »Pink Floyd, Led Zeppelin, den ganzen Kram aus den Siebzigern.«

»Dann hab ich eine Idee«, sagt Griffon, geht zu einem Regal und beginnt, die Alben durchzublättern. »Die hier ist gut. Und die«, sagt er und gibt mir zwei LPs. »Gott, das ist eine Ewigkeit her.«

Ich schaue mir die beiden Cover an. »MC5? The Stooges? Nie gehört.«

»Sie sind fantastisch. Vertrau mir. Denkst du, er hat sie vielleicht schon?«

»Glaube ich nicht. Welche ist denn besser?«

»Hm, wenn er Led Zeppelin mag, würde ich MC5 nehmen. Geht so in Richtung Protopunk, ziemlich intensiv, aber trotzdem cool.« Er beugt sich zu mir herüber und flüstert: »Ich hatte die

Platte damals auch.« Er lacht leise. »Wäre doch witzig, wenn das hier tatsächlich *meine* wäre, oder? Vielleicht ist sie auf irgendeinem Weg in diesen Laden gelangt und jetzt stehe ich hier und halte sie wieder in den Händen. Wäre doch möglich.«

Ich betrachte seinen Rücken, als er weiter den Gang entlanggeht, und überlege, wie ich mich wohl fühlen würde, wenn mir ständig Dinge aus meiner Vergangenheit begegneten. Dann schaue ich wieder auf das Plattencover und frage mich, ob ich vielleicht auch in den Siebzigern schon gelebt habe. Und wenn ja, ob ich mich wohl jemals daran erinnern werde.

»Janine hat gesagt, dass es manchmal viele Jahre dauert, bis man zurückkehrt«, sage ich leise, als ich wieder neben ihm stehe. »Aber du klingst, als hättest du die Siebziger miterlebt.«

»Hab ich auch. Mein letztes Leben war 1986 vorbei. Herzinfarkt mit 42.« Er sieht mich an. »Wann oder wo wir zurückkehren, das sind Dinge, die wir nicht wissen. Manchmal dauert es nur ein paar Jahre, manchmal Jahrzehnte. Scheint ziemlich wahllos zu sein.«

Ich frage mich, ob ich mich mit der immer länger werdenden Liste an Fragen, auf die es keine Antworten gibt, jemals anfreunden werde.

Griffon ist vor einem Ständer mit Singles stehen geblieben und schaut ganz versunken auf die erste davon.

Ich lese das Label. »Strange Fruit?«

»Billie Holiday«, antwortet er ein bisschen traurig. Er rührt sich nicht, nimmt sie nicht in die Hand, sondern starrt die kleine, schwarze Schallplatte nur an.

»Möchtest du sie kaufen?«, frage ich leise.

Er schüttelt den Kopf. »Zu viele Erinnerungen.« So, wie er das sagt, klingt es nicht, als wären es allzu glückliche. Er schaut sich um, als hätte er ganz vergessen, wo wir eigentlich sind. »Orte wie dieser gehen einem manchmal ganz schön nah.« Er atmet tief durch und lächelt mich dann an.

»Also, nimmst du die MC5?«

»Ja, ich denke, sie wird ihm gefallen. Hab nämlich einen heißen Tipp bekommen, dass sie sehr gut sein soll«, versuche ich, ihn ein wenig aufzumuntern.

An der Kasse steht ein älterer Kerl mit langen, weißen Haaren hinter uns. Er lächelt und zeigt auf die Schallplatte in meiner Hand. »MC5«, sagt er und zieht die Augenbrauen hoch. »Ich dachte, ihr Kids mögt nur dieses ätzende Hip-Hop-Zeug, das einem überall aus den Autos entgegendröhnt.«

»1968 haben die Leute wahrscheinlich das Gleiche über MC5 gesagt«, kontert Griffon.

Der Kerl lacht. Ein Lachen, das irgendwo tief aus seinem ziemlich dicken Bauch kommt. Dann nickt er. »Da hast du vermutlich recht.« Wenn er lächelt, sind die Fältchen um seine Augen herum noch deutlicher zu erkennen. »Aber sie waren wirklich gut. Und das da ist ihr bestes Live-Album, Detroit 1968.«

»1969 gab es ein fantastisches Konzert im Fillmore East«, sagt Griffon und lächelt mir verstohlen zu.

»Im Fillmore? Ich kann mich nicht an Live-Aufnahmen aus New York erinnern«, sagt der Typ und runzelt die Stirn.

»Es wurde auch nicht aufgenommen«, klärt Griffon ihn auf. Er stößt mich mit dem Ellbogen an und zeigt auf die Kasse. »Wir sind dran.«

Wir treten an den Tresen, um zu bezahlen, und lassen den Alten mit einem verwirrten Gesichtsausdruck zurück. Es ist lustig, aber auch ein seltsames Gefühl, in Griffons Scherz eingeweiht zu sein. »Das war nicht gerade nett«, flüstere ich. »Warst du wirklich bei dem Konzert?«

»Klar«, flüstert er zurück. »Und ich habe nicht gelogen. Es *war* fantastisch.«

Ich gebe der Kassiererin die Platte und sie tippt die Nummer ein. Auf dem Tresen steht ein kleiner Ständer mit Silberanhängern an schwarzen Bändern. Ich nehme einen davon in die Hand und schaue ihn mir an: Es ist ein Kreuz mit einem Bogen, das mir irgendwie bekannt vorkommt.

»Bitte schön«, sagt die Kassiererin, gibt mir die Tüte mit der Schallplatte und mein Wechselgeld. Sie sieht den Anhänger in meiner Hand. »Kommt der noch dazu?«

Ich kann es mir nicht erklären, aber ihn in der Hand zu halten, macht mich unglaublich traurig, als hätte ich etwas verloren, das mir sehr wichtig war. »Nein danke«, sage ich und lege ihn zurück. Ich trage sowieso keine Halsketten, doch das ist es nicht. Dieser Anhänger löst etwas in mir aus, ein unerklärliches Gefühl. Aber da ist keine Erinnerung oder Vision, die mir sagen würde, wo es herkommt. »Ich hab nur mal geschaut.«

»Das ist ein Ankh«, sagt sie. »Das ägyptische Symbol für ewiges Leben. Sehr mystisch.«

Ewiges Leben. Noch vor wenigen Wochen hätten diese Worte keine besondere Bedeutung für mich gehabt, aber jetzt ist alles so anders. »Vielleicht beim nächsten Mal«, sage ich und merke, dass Griffon mich die ganze Zeit aufmerksam beobachtet hat.

Wir treten hinaus in den strahlenden Sonnenschein und überlegen, wohin wir als Nächstes gehen sollen. Die Gehwege sind jetzt noch voller und lauter. Griffon blinzelt, schaut sich um und fragt: »Weißt du, worauf ich am allermeisten Lust hätte?«

»Worauf denn?«, frage ich zurück.

Er sieht mich mit seinen hellen, bernsteinfarbenen Augen an. »Ich würde gern mit dir allein sein.«

Ich lächele und merke, wie das ständige Fragezeichen in meinem Hinterkopf sich in Wohlgefallen auflöst.

»Das klingt nach einer sehr guten Idee.«

14

Obwohl es bereits dunkel wird, als wir vor Griffons Haus ankommen, brennt nirgends Licht. »Ist Janine nicht da?« Wie sie wohl reagieren wird, wenn sie heimkommt und feststellt, dass Griffon und ich ganz allein im Haus sind? Die meisten Mütter fänden das bestimmt nicht toll. Aber Janine ist nicht wie die meisten Mütter – und Griffon nicht wie die meisten Söhne.

»Sie ist ständig unterwegs. Sicher kommt sie später irgendwann.« Das klingt nicht, als würde er sich deswegen irgendwelche Gedanken machen. Er geht voraus und schließt die schwere Eingangstür auf.

Wir hängen unsere Jacken an den Haken hinter der Tür und ich folge ihm den Flur entlang. Es ist sehr still im Haus, wir sind wirklich ganz allein, nur er und ich. Griffon sagt nichts, aber ich weiß, dass wir nach oben in sein Zimmer gehen werden. Am Fuß der Treppe angekommen, zögere ich ein wenig. Er bemerkt es und fragt: »Alles okay?«

»Klar.« Natürlich möchte ich mit ihm nach oben gehen. Seit dem Tag im Café habe ich mir nichts sehnlicher gewünscht. Aber etwas in mir hat Angst vor dem, was dann passiert. Ich betrachte seine breiten Schultern, sein kräftiges Kinn. Er hat etwas, das ihn älter wirken lässt, als er rein äußerlich ist. Erfahrener. Ich frage mich, wie oft er diese Situation schon erlebt hat, wie viele erste Male er wohl hatte. Es stimmt, in dieser Beziehung hat er mir einiges voraus, aber wenn ich in seiner Nähe bin, fühle ich mich so zu ihm hingezogen, dass mir die Einwände in meinem Kopf ganz egal sind. Wenn ich jetzt mit ihm hinaufgehe, kann hinterher alles anders sein.

Griffon kommt die Stufen wieder herunter. Er stellt sich vor mich, streicht mir mit der Hand über die Wange und fährt mit den Fingern durch mein Haar. Dann beugt er sich zu mir herunter, küsst mich sanft auf den Mund und lässt seine Lippen über mein Gesicht bis hinauf zu meinen geschlossenen Augenlidern wandern. Ich spüre, wie seine Hand zittert, als er sie in meinen Nacken legt, um mich noch näher an sich heranzuziehen, und mir stockt fast der Atem.

Griffon rückt ein bisschen von mir ab, nimmt mein Kinn in seine Hand und fährt mit dem Daumen über meine Lippen. »Tue nie etwas, das du nicht willst, hörst du?«

Ich nicke. »Ich will es«, sage ich leise. »Seit ich dich das erste Mal gesehen habe, wollte ich mit dir allein sein.«

Ein Lächeln huscht über sein Gesicht, ein warmes und zugleich unergründliches Lächeln. »Aber ich habe dich zuerst gesehen, vergiss das nicht«, sagt er und streckt mir die Hand entgegen. Ich lege meine Hand in seine, lasse mich von ihm die leise knarrende Treppe hinauf und in sein Zimmer führen.

Ich weiß nicht, was ich erwartet hatte, das Zimmer sieht jedenfalls genau aus wie das eines siebzehnjährigen Jungen: Klamotten quellen aus dem vollgestopften Kleiderschrank, Schreibtisch und Laptop sind unter einem Wust von Papieren begraben, über das Doppelbett an der Wand ist hastig eine dunkle Decke geworfen. »Nett, dass du extra für mich aufgeräumt hast«, sage ich und schiebe mit dem Fuß ein auf dem Boden vergessenes rotes T-Shirt beiseite.

»Schön, dass es dir aufgefallen ist.« Griffon bückt sich, hebt das Shirt auf und wirft es, ohne hinzusehen, in Richtung Kleiderschrank. »Ich hatte gehofft, dass heute noch jemand hier heraufkommt, damit die harte Arbeit nicht ganz umsonst war.«

Ich spüre ein Flattern in der Magengrube, denn mir wird klar, dass es jetzt wirklich kein Zurück mehr gibt. »Einfach irgendjemand?« Ich versuche, es leichthin zu sagen, damit er nicht merkt, wie sehr ich mir wünsche, dass etwas zwischen uns passiert, und wie panisch ich gleichzeitig bei dem Gedanken bin.

Griffon schaut mich ernst an. »Nein«, sagt er, »nicht einfach irgendjemand.«

Ich versuche, ein geheimnisvolles Lächeln aufzusetzen, und schlendere zu seinem Schreibtisch, um mir seine Sachen anzusehen, die mir vielleicht mehr über ihn verraten. Auf einem Spiralblock entdecke ich ein paar Bleistiftzeichnungen, die alle dasselbe Mädchen zeigen. Sie hat langes, glattes Haar, das, zu einem Zopf geflochten, seitlich über ihrer Schulter liegt, und trägt ein Kleid, das aussieht wie auf einem Gemälde aus der Renaissance-Zeit. Aber noch faszinierender als ihr Kleid ist, dass sie so unglaublich echt aussieht: Ihr Gesicht, ihre Augen, die unmittelbar auf den Betrachter gerichtet sind, all das wirkt gar nicht wie gezeichnet, sondern eher wie auf einem Foto.

Griffon kommt herüber und nimmt mir die Zeichnungen aus der Hand. »Ach Mist, die hätte ich wegräumen sollen. Habe ich vor'ner Weile mal dran gearbeitet. Nichts Besonderes.« Er klappt den Block zu und legt ihn in eine der Schubladen.

»Die sind fantastisch«, sage ich und kämpfe gegen meine Eifersucht auf dieses Mädchen an. Schließlich ist sie nicht echt. Es sind nur ein paar Bleistiftstriche auf Papier. Allerdings hat Janine erzählt, dass Griffon Dinge aus dem Gedächtnis zeichnet ... Gebäude, Straßen, Parks – und wunderschöne andere Mädchen.

»Hat nichts zu bedeuten«, murmelt er. Offensichtlich ist es ihm unangenehm.

Auf dem Regal über seinem Schreibtisch steht ein Foto von einem Mädchen. Ich sehe genau hin, aber es ist nicht dasselbe Mädchen wie auf den Zeichnungen. Sie sieht ein bisschen älter aus als ich, hat blondes Haar, grüne Augen und besitzt diese natürliche Schönheit, die am besten unter freiem Himmel zur Geltung kommt. Sie sitzt in einem Segelboot, ihr Arm liegt lässig auf der Ruderpinne. Wieder verspüre ich einen Stich von Eifersucht und frage mich, ob Griffon die Bilder aus purer Grausamkeit hier drapiert hat. Oder um mir zu sagen, wie die Dinge zwischen uns stehen. Eigentlich dürfte mich das nicht überraschen. Es gibt keinen Grund, warum ich die Einzige in seinem Leben sein sollte.

Ich drehe mich um und sehe, dass er mich beobachtet. Er kommt herüber und nimmt das Foto in die Hand. »Ist sie nicht hübsch?«

Ich zucke mit den Schultern. Was in aller Welt soll ich darauf antworten?

»Es wurde vor ein paar Jahren aufgenommen. Schon damals war sie eine richtig gute Seglerin. Hatte ihr eigenes Boot und so.«

Er stellt das Foto zurück ins Regal. »Entspann dich«, sagt er und grinst mich an. »Sie ist meine Enkelin.«

»Deine was?« Ich muss mich wohl verhört haben.

»Meine Enkelin. Sie lebt in Rhode Island. Aber ich habe sie nie kennengelernt. Das Foto stammt aus einem Artikel über ihre Erfolge als Seglerin. Dank Internet bekomme ich mit, was sie so treibt.« Er nickt. »Manche Dinge sind heutzutage wirklich leichter.«

Mir fällt ein Stein vom Herzen. Solange die hübschen Mädchen auf den Bildern irgendwelche Verwandte aus einem seiner früheren Leben sind, kann sich Griffon meinetwegen die Wand damit tapezieren. »Man kann Leute finden, mit denen man in früheren Leben verwandt war?« Ein echt seltsamer Gedanke.

Griffon nickt. »Meine Tochter wurde 1964 geboren, meine Enkelin 1991. Es war nicht besonders schwer, sie ausfindig zu machen. Natürlich treffe ich sie nicht persönlich. Ich meine, was sollte ich ihnen sagen?« Er seufzt. »Aber es ist schön, ein bisschen davon mitzubekommen, was sie so tun und wie es ihnen geht. Früher hatte ich diese Möglichkeit nicht.«

»Ist das nicht schwierig für dich?«, frage ich. »Ich meine, ihr Leben geht ohne dich weiter und du kannst nur aus der Ferne zusehen.«

Er schüttelt den Kopf. »Eigentlich nicht. Das ist eben der Lauf der Dinge.« Er schweigt kurz und fragt dann: »Und du? Ist dir das vielleicht langsam doch ein bisschen zu abgedreht?«

»Seltsam ist es schon«, gebe ich zu. »Noch etwas, woran ich mich irgendwie gewöhnen muss.« Wenn er eine Tochter und eine Enkelin hat, dann muss es auch irgendwo eine Ehefrau geben. Ich frage mich, ob er sie noch liebt. Ob er nachts an sie denkt. Das

Einzige, was den Gedanken ein bisschen erträglicher macht, ist die Tatsache, dass sie schon ziemlich alt sein muss, falls sie überhaupt noch lebt.

An der Wand neben der Tür hängt ein riesiges Whiteboard, das mit komplizierten Formeln vollgekritzelt ist. »Mathe?«, frage ich. Griffon blickt kurz auf die Zahlen und wendet den Blick dann rasch wieder ab. »Physik.«

»Bist du im Leistungskurs?«

»Äh, nein. Das … hat nichts mit der Schule zu tun.«

»Hm, eigentlich bist du viel zu nett für einen verkappten Hobby-Physiker.«

Er lacht. »Danke für das Kompliment. Es ist für den Sekhem.«

»Oh, du arbeitest für … diese Regierung?«

»Das ist keine Regierung«, sagt er und runzelt ein wenig die Stirn. »Länder und Regierungen kommen und gehen. Nationalität und Hautfarbe sind nur äußere Hüllen, darum denkt man im Sekhem nicht in solchen Kategorien. Wir arbeiten für die Welt als Ganzes.« Seine Augen leuchten, als er davon spricht. Er glaubt an das, was er tut. »Allerdings gibt es Regierungen, die wollen, dass der Sekhem ausschließlich für sie arbeitet, statt für das Wohl aller Menschen. Und denen sind alle Mittel und Wege recht, das glaubst du gar nicht.«

»Redest du von Spionen? Wie James Bond oder Jason Bourne?«

»Vielleicht nicht unbedingt solche, die an Seilen über Lasernetze hangeln, aber ja, wir müssen vorsichtig sein. Auf jeden Fall sollte man nicht jedem auf die Nase binden, dass man Akhet ist.«

»Und was genau machst du?« Noch einmal zeige ich zum Zahlengewirr auf dem Whiteboard. »Was bedeutet das hier?«

Griffon zögert einen kurzen Augenblick. »Es geht um Klimawandel. Alternative Energien.« Er zuckt mit den Schultern. »Das klingt nicht so aufregend wie Bomben entschärfen oder ein Heilmittel gegen AIDS finden, aber im Grunde ist es das Allerwichtigste.« Er gestikuliert und geht vor dem Whiteboard auf und ab. »Denn wenn wir die Emissionen und den Klimawandel nicht in den Griff bekommen, ist unser Planet nicht mehr bewohnbar, und wir brauchen uns um Hunger, Krankheiten und Armut keine Gedanken mehr zu machen.« Er schweigt einen Moment. »Im frühen neunzehnten Jahrhundert habe ich an der Entwicklung eines Verbrennungsmotors gearbeitet, gewissermaßen bin ich also mit schuld an unseren heutigen Problemen. Darum helfe ich jetzt, sie wieder aus der Welt zu schaffen.«

»Und du arbeitest so richtig für diesen Sekhem?«

Wieder zögert er. »Eigentlich übernimmt man erst ab achtzehn wirkliche Aufgaben, aber ich habe ein bisschen früher angefangen. Deswegen war ich neulich auch ein paar Tage weg.« Er betrachtet die Gleichungen auf dem Whiteboard. »Ich arbeite mit an der Entwicklung von speziellen Biobrennstoffzellen. Es gab einen Einbruch im Labor. Ich war dort, um zu sehen, was gestohlen wurde, und um abzuschätzen, wie weit uns das zurückwirft.«

Ich blicke zwischen Griffon und den Formeln hin und her und versuche, die Verbindung zwischen beidem herzustellen. Ich wusste zwar schon vorher, dass er nicht bloß ein gewöhnlicher Junge ist, der die Junior High besucht, aber so unmittelbar damit konfrontiert zu werden, ist noch etwas ganz anderes. Realer. Beängstigender. »Jemand hat euer Forschungsmaterial gestohlen? Dann muss es wirklich wichtig sein.«

Griffon nickt. »Es wird die Welt verändern. Für Leute, die ihr Geld mit Öl machen, ist das keine so gute Neuigkeit.« Er zögert. »Es war auch nicht der erste Einbruch.«

Was er sagt, beunruhigt mich. Die Welt verändern. Offensichtlich gibt es in Griffons Leben Dinge, die absolut nichts mit dem zu tun haben, was mir vertraut ist, er trägt eine Verantwortung, die außerhalb meiner Vorstellungskraft liegt. Kein Wunder, dass er sich eine ganze Woche nicht gemeldet hat. Der Gedanke, dass er jederzeit abrufbereit sein muss für Aufgaben, bei denen es um das Wohl von Millionen von Menschen geht, gibt unserer Beziehung einen völlig anderen Stellenwert. Nicht unbedingt ein verlockender Gedanke. »Dann musst du öfters mal weg?«

»Hin und wieder. Das meiste kann ich von hier erledigen, vor allem zurzeit. Der Sekhem ist überall, in Universitäten, Privatunternehmen, Stiftungen.«

»Arbeitet Janine auch für den Sekhem?« Der Gedanke, sie würde vielleicht ein bisschen auf ihn aufpassen, ist irgendwie beruhigend.

»Ja, tut sie. Manchmal muss sie rumreisen, aber die meiste Zeit ist sie hier. Für den Sekhem zu arbeiten, bedeutet nicht unbedingt, dass man an einen besonderen Ort gehen muss. Vieles, mit dem ich zu tun habe, findet hier in Kalifornien statt oder in Washington. Manches aber auch in Europa.« Er nimmt meine Hand. »Paris fände ich cool – wenn du mitkommen könntest.«

Es gefällt mir, dass er an die Zukunft denkt – eine Zukunft, in der auch ich vorkomme.

»Make love, not war«, sage ich. »Ich finde, die Welt zu retten, ist echt sexy.« Ich verschränke meine Finger mit seinen und blicke mich noch einmal im Zimmer um. Plötzlich fühle ich mich klein und verletzlich. Es gibt so vieles in seinem Leben, von dem ich nichts verstehe. Was könnte ich ihm schon geben, das er nicht bereits tausend Mal erlebt hat? Ich bin nur ein Mädchen von durchschnittlichem Aussehen, das auf die Junior High geht und ein bisschen Cello spielen kann. Aber sonst? Weder spreche ich ein Dutzend Fremdsprachen, noch kann ich eine ganze Stadt aus dem Gedächtnis zeichnen. Nicht mal Schach spiele ich besonders gut – ganz zu schweigen davon, mir auf einen Blick die Position aller Figuren merken zu können. Ich bin einfach nur ich, und zum ersten Mal, seit wir uns begegnet sind, frage ich mich, ob das genügt.

»Und ich hatte schon Angst, du hältst mich jetzt auch noch für einen Physik-Nerd«, sagt Griffon.

»Vielleicht habe ich nur auf den richtigen Physik-Nerd gewartet.« Ich schaue ihn an und wieder trifft mich der Blick seiner klaren Augen bis ins Herz. »Was ist? Du hast mich hier raufgelockt und willst mich nicht mal küssen?« Ich versuche, es ganz locker zu sagen, damit er nicht merkt, wie sehr ich es mir in Wirklichkeit wünsche.

Die knisternde Spannung zwischen uns ist so intensiv, dass man sie beinahe greifen kann. Griffon kommt ganz nah und küsst mich – nicht vorsichtig und sanft wie zuvor, sondern intensiv und leidenschaftlich – und presst seinen Körper gegen meinen. Mein Herz hämmert wie verrückt, und plötzlich weiß ich, was Begehren ist. Was es bedeutet, ganz und gar mit jemandem verschmelzen zu wollen, bis beide Körper untrennbar eins sind. Ich vergrabe mein Gesicht an seinem Hals und wünschte, dieser

Augenblick würde nie vergehen. Ich möchte ihn festhalten – jetzt, in diesem Leben, ewig. Meine Hände gleiten unter sein Hemd, ich will mehr von ihm spüren.

Griffon rückt ein kleines Stück von mir ab. »Lass mich kurz duschen gehen, ich bin noch ganz verschwitzt vom Spiel.«

»Nein. Ich mag das.«

Er sieht mich ein bisschen erstaunt an, rührt sich aber nicht. Dann nimmt er meine Hand, führt mich durchs Zimmer und zieht mich sanft aufs Bett hinunter. Seine Lippen berühren meinen Hals und wandern bis zu meiner Schulter, dann streicht er mir die Haare aus dem Gesicht und sieht mich an. »Oh Gott, weißt du eigentlich, wie wunderschön du bist?« Seine Stimme zittert.

Er legt sich neben mich, stützt seinen Kopf in die linke Hand und zeichnet mit den Fingern der rechten die Konturen meines Gesichts nach. Seine perfekt geschwungenen Lippen sind so nah, so verlockend, dass ich sie einfach berühren muss. Sanft fahre ich mit dem Finger darüber. Jetzt kann ich endlich tun, wovon ich die letzten Wochen geträumt habe. Obwohl von draußen nur wenig Licht durch die Vorhänge hereinfällt, sehe ich unter dem dünnen Stoff des Shirts seine Muskeln spielen. Mit den Augen wandere ich seinen Hals hinab, verfolge die kräftigen Adern, die unter dem Kragen verschwinden. Ich will mehr sehen.

Ich drücke ihn sanft ins Kissen, ziehe sein Trikot hoch und betrachte seine weiche, honigfarbene Haut. Er schaut mich fragend an, wehrt sich aber nicht, als ich das Shirt über seinen Kopf ziehe und beiseitewerfe. Mein Atem geht schneller beim Anblick seiner Muskeln, die sich von seinem Oberkörper bis hinunter zum Bund seiner Baseballhose ziehen. Ich lasse meine Hände über seinen Körper wandern, spüre die Wärme seiner sHaut.

Griffon nimmt meine Hand, bedeckt die Innenfläche mit Küssen und schmiegt sich so dicht an mich, dass nichts mehr zwischen uns ist und wir eng umschlungen daliegen, so nah, wie wir uns in diesem Augenblick kommen können. Um den Hals trägt er ein schwarzes Band mit einem mattgoldenen Anhänger daran. Vorsichtig berühre ich ihn mit den Fingern, sehe die Gänsehaut auf Griffons Oberkörper und höre ihn scharf einatmen. Es ist ein Ankh. Wie im Plattenladen. Wie das Tattoo in Janines Nacken.

Und plötzlich sehe ich den Anhänger vor mir, den ich an jenem kalten, nebligen Morgen auf dem Schafott in die Hand meines Henkers gelegt habe. Anders als der von Griffon war er aus glänzendem Silber und hatte einen dunkelroten Stein in der Mitte, aber das Symbol ist das gleiche. Dann erinnere ich mich, was die Frau im Laden über seine Bedeutung gesagt hat, und ein Schauer läuft mir über den Rücken. *Ewiges Leben.* Ankh.

Vor Hunderten von Jahren hatte ich auch eins.

15

Mir bleibt fast die Luft weg, als ich um die Ecke biege. Wir haben uns zwar jeden Tag Nachrichten geschickt, aber Griffon hat nicht erwähnt, dass er vorhat vorbeizukommen, und ich wollte ihn nicht drängen. Heute ist Donnerstag, und da sitzt er, auf der Treppe vor unserem Haus. Ein breites Grinsen erscheint auf meinem Gesicht.

»Komm doch rein.« Ich trete so nah an ihn heran, dass ich ihn spüren kann, ohne ihn tatsächlich zu berühren.

»Ich bleibe lieber draußen. Ich will deinen Unterricht nicht stören.«

»Hallo Cole«, sagt unser Nachbar, der gerade aus seinem Haus kommt. Er ist unitarischer Priester und eigentlich ganz cool, trotzdem rücke ich ein Stück von Griffon ab. Sein Hund Koda schnüffelt an der Mauer zwischen den Grundstücken, hebt dann wie üblich sein Bein und pinkelt an die Ecke.

»Hi Mr. Proctor.«

»Und wer bist du?«, fragt er und streckt Griffon seine Hand entgegen.

»Griffon.« Mit einem Lächeln nimmt er die Hand und schüttelt sie. »Nett, Sie kennenzulernen, Sir.«

Mr. Proctor zwinkert ihm zu und deutet mit dem Kopf in

meine Richtung. »Sei gut zu unserem kleinen Mädchen«, sagt er, und ich würde am liebsten auf der Stelle im Erdboden versinken. »Sie ist nämlich etwas Besonderes. Ein richtiges Wunderkind.«

Griffon lächelt mir zu. »Ja, das habe ich schon gehört.«

Sobald Mr. Proctor außer Sichtweite ist, küsst Griffon mich schnell. Ich verschränke meine Finger mit seinen und er drückt meine Hand. Dann verdüstert sich sein Blick. »Ich komme nicht mit rein, aber Veronique soll sehen, dass ich hier bin.«

»Wird schon alles gut gehen«, versuche ich, ihn und auch mich selbst zu überzeugen. »Ist ja nur eine Cellostunde. Außerdem ist Mom da.«

»Das will ich hoffen.« Er versucht, es locker zu sagen, aber er lächelt nicht. »Ich möchte nämlich, dass du nachher noch mit mir kommst. Nur für eine Stunde oder so.«

»Woher weißt du, dass ich nicht schon was anderes vorhabe?« Natürlich habe ich nichts vor – habe extra nichts geplant, weil ich jeden Tag hoffte, wir würden uns sehen. Aber er soll nicht denken, dass ich nur rumsitze und auf ihn warte, auch wenn es genau das ist, was ich tue.

»Hast du denn? Ich meine, etwas vor?«

Ich grinse ihn an. »Jetzt schon.«

»Gut. Dann hole ich dich an der Tür ab, sobald Veronique gegangen ist.«

Ich schiele zum Haus hinauf und frage mich, wie ich es wohl anstellen soll, noch mal wegzudürfen, wo doch morgen Schule ist.

»Ich gehe besser rein und bereite schon mal alles vor. Veronique müsste jeden Moment hier sein. Sicher, dass du draußen warten willst?«

»Ja. Ich behalte die Dinge lieber von hier unten im Auge.«

Diesmal mache ich den Anfang, beuge mich zu ihm und küsse ihn mitten auf den Mund, egal, ob uns jemand sieht oder nicht. Es fällt mir wirklich schwer, seine Hand loszulassen und die Treppe hinaufzusteigen. Ich hoffe, der Unterricht geht schnell vorbei.

Ausnahmsweise ist Veronique ziemlich spät dran, darum fangen wir gleich an, als sie kommt, und keine von uns erwähnt, dass Griffon draußen sitzt. Ich gebe mir Mühe, mich auf die Noten zu konzentrieren, aber immer wieder wandert mein Blick verstohlen zu ihr, weil ich hoffe, irgendwas in ihr wiederzuerkennen.

Wir spielen eine Weile zusammen, ich übernehme den schwierigen Melodieteil und Veronique die Grundharmonien, und schließlich entspanne ich mich ein bisschen.

Beim letzten Takt greifen wir beide gleichzeitig zum Notenständer, um umzublättern. Als unsere Hände sich dabei berühren, zucke ich heftig zurück, denn für einen kurzen Augenblick spüre ich ganz deutlich Zorn und Unheil.

»Alles okay?«, fragt Veronique und sieht mich besorgt an. »Du sieht aus, als hättest du einen Geist gesehen.«

Ich blinzele und schüttele meinen Kopf. Die Panik ist vorüber, aber das Gefühl ist noch da. Es ist, als wäre eine Woge über mich geschwappt, hätte alles um mich herum getränkt und wäre dann weitergerauscht. Alles, was Griffon über sie gesagt hat, schießt mir durch den Kopf, und ich weiche zurück, denn plötzlich begreife ich, dass die Visionen kein Zufall waren. Beide Male wurden sie dadurch ausgelöst, dass ich Veronique berührt habe. Alessandra und sie müssen etwas miteinander zu tun haben. »Alles okay. Mir ist nur ein bisschen schwindlig geworden.«

»Hast du noch Kopfweh … von deinem Unfall letzte Woche?«, fragt sie mitfühlend.

Ich will nicht, dass sie weiß, was in mir vorgeht. Janine hatte recht: Solange sie denkt, ich wüsste von nichts, bin ich wahrscheinlich sicherer. »Ab und zu. Die Beule ist gerade erst abgeschwollen.« Dass Griffon draußen wartet, beruhigt mich ein bisschen. Aber es wäre mir lieber, er könnte noch näher sein, natürlich ohne dass sie etwas merkt. »Ziemlich stickig hier, findest du nicht? Ich mache mal ein bisschen das Fenster auf.« Behutsam setze ich das Cello ab, gehe zum Erkerfenster und schiebe den Riegel zurück. Ich spähe durch das Glas, doch Griffon kann ich aus diesem Winkel nicht sehen. Ich versuche, das Schiebefenster zu öffnen, aber es lässt sich nur etwa einen Zentimeter bewegen, bevor es sich verkantet und festklemmt. *Mom und ihre blöden Altbauten*. Es wäre wirklich schön, in einem Haus zu wohnen, wo das Fensteröffnen nicht jedes Mal zum Kraftakt wird. Ich klopfe ein paarmal fest gegen den Rahmen und rüttele am Fenster, damit es sich wieder löst.

»Warte, ich helfe dir«, sagt Veronique und kommt herüber. Noch einmal spähe ich kurz hinunter, aber Griffon ist nirgends zu sehen und ich spüre, wie die Panik wieder in mir hochsteigt. Ich kann Veronique nicht ins Gesicht schauen, habe Angst, sie könnte merken, dass ich es weiß. Dass ich dabei bin, das Puzzle zusammenzusetzen, und bald herausfinden werde, welche Rolle sie darin spielt.

»Du nimmst den rechten Griff und ich den linken«, sage ich und packe zu. »Auf drei. Eins, zwei, *drei*.«

Wenn in Fernsehshows irgendwas Schlimmes passiert, dann

zeigen sie das immer in Zeitlupe, damit man auch wirklich jedes schreckliche Detail ganz genau sehen kann. Wenn bei CSI jemand von Glas aufgeschlitzt wird, sieht man haarklein, wie sich die scharfen Spitzen durch Haut, Muskeln und Knochen bohren und die Blutspritzer sich wie ein Tintenklecksbild auf der Kleidung des Opfers verteilen. Die Realität ist ganz anders. Alles passiert so schnell, dass ich gar nicht mitbekomme, was eigentlich vor sich geht. Ich spüre die kurze Panik, als meine linke Hand durch die Scheibe schießt und höre das kreischende Splittern des Glases. Ohne nachzudenken, ziehe ich meinen Arm hastig zurück, sehe den breiten, langen Splitter nicht, der noch im unteren Rahmen steckt.

»Oh mein Gott!« Veronique packt meinen Arm kurz über dem Handgelenk und hält ihn fest umklammert. »Wir brauchen Hilfe!«, schreit sie, ohne sich von der Stelle zu rühren. Wie zu einem Standbild erstarrt, stehen wir beide da.

»Ist schon okay«, sage ich dann und versuche, meinen Arm wegzuziehen.

»Wir müssen es abdrücken«, sagt sie ganz ruhig. Sie hat erstaunliche Kraft in ihrer Hand.

»Nicole?« Meine Mutter erscheint im Türrahmen und kommt zum Fenster herübergelaufen. »Oh mein Gott! Was ist denn passiert?«

»Die Scheibe ist kaputtgegangen«, antworte ich. Alles ist irgendwie verschwommen, und es fällt mir schwer, klar zu denken. Ich schaue auf meinen Arm und sehe das Blut, das unter Veroniques Händen hervorquillt und auf den Boden tropft. Oje, erst geht die Scheibe zu Bruch, und jetzt wird auch noch der Teppich dreckig. »Es tut mir leid, Mom.« Meine Zunge fühlt sich seltsam dick und schwer an.

»Wir brauchen Handtücher«, sagt Veronique. Ich höre ihre Stimme wie aus weiter Ferne, als stünde sie am anderen Ende eines langen Tunnels.

»Zeig mal her«, sagt Mom und versucht, Veroniques Hand wegzuziehen.

»Das lassen Sie lieber bleiben«, sagt Veronique laut und in so scharfem Tonfall, als würde ich gar nichts mitbekommen. »Ich denke, die Arterie ist verletzt. Sie müssen den Notarzt rufen. Sofort!«

Mom läuft aus dem Zimmer und ich bin mit Veronique allein. Es ist seltsam still. Meine Haut fühlt sich warm und klebrig an, aber wenn ich auf die blutüberströmte Hand hinuntersehe, ist es, als würde sie zu jemand anderem gehören. Meine Lider sind schwer und es rauscht in meinen Ohren. Ich weiß, dass ich mich nicht mehr so lange auf den Beinen halten kann, bis Mom wieder da ist.

»Ich muss mich hinsetzen«, murmele ich, taumele gegen die Wand und sinke langsam zu Boden. Nur undeutlich sehe ich die rote Lache, die sich unter mir bildet. Der Geruch von Moms Parfüm steigt mir in die Nase, er ist tröstlich, so als würde er mir sagen, dass alles gut werden wird.

Wie aus weiter Ferne höre ich jemanden gegen die Haustür hämmern und dann Griffons Stimme. Die Tür ist verschlossen – wie immer –, und ich habe nicht mal die Kraft, den Kopf zu heben, und so flüstere ich nur leise seinen Namen. Ich höre Sirenen und möchte ihm sagen, dass der Notarzt unterwegs ist, dass meine Mom da ist, aber ich kann die Augen nicht öffnen und meine Lippen sind zu schwach, um die Worte zu formen.

* * *

Salzige Luft weht vom Meer heran. Wir sitzen auf den Steinstufen vor dem Cottage, und wenn ich nach oben schaue, kann ich durch das lange, dunkle Gras auf dem Dach Fetzen des blauen Nordhimmels erkennen. Mein Arm ist in eine dicke Mullbinde gewickelt und mit einer Schlinge an meinem Körper festgebunden.

»Mein armes Kind«, sagt Mama. »Wir werden nur rasch den Verband wechseln, du sollst sehen, es geht ganz schnell.« Sie lächelt mich an. Das Blau ihrer Augen hat die gleiche Farbe wie das wilde Meer, das tief unter uns gegen die Klippen rauscht, und ihr feuerrotes, geflochtenes Haar strahlt vor den weiß getünchten Wänden wie ein Sonnenuntergang.

»Es tut so weh«, jammere ich, und Tränen treten mir in die Augen, als sie geschickt den Verband entfernt. Gerötete Haut und gelbliche Pusteln bedecken fast meinen ganzen Arm. Der Anblick ist beinahe noch schlimmer als der Schmerz.

»Arme kleine Allison. Nicht weinen. Ein bisschen Salbe und ein sauberer Verband und schon bald ist alles wieder gut.« Ich spüre die wohltuende Kühle auf meinem Arm und lächele ihr zu, denn ich weiß, dass sie recht hat.

Das unaufhörliche Piepsen bohrt sich in mein Gehirn und macht mich wahnsinnig. Ich fuchtele mit der Hand in der Luft herum, suche nach einem Schalter, um es abzustellen.

»Cole?«, höre ich Dads sorgenvolle Stimme. »Bist du wach?«

»… hm …« Ich suche nach Worten. Mit der Zunge befeuchte ich meine Lippen und versuche es noch einmal. »… ja.« Meine Kehle ist so trocken wie noch nie. »… Wasser …«, krächze ich leise.

»Die Krankenschwester kommt gleich«, sagt Dad und tätschelt meine rechte Hand.

Krankenschwester? Wo bin ich? Ich versuche, die Augen zu öffnen, aber das Neonlicht ist viel zu grell. »… zu hell …«

Ich höre ein Klicken irgendwo über meinem Kopf und dann wieder Dads Stimme: »Versuch's jetzt noch mal.«

Ich öffne die Augen einen kleinen Spalt und sehe den oberen Teil eines Vorhangs, der an einer Metallschiene von der Decke hängt. Mein Schädel hämmert, darum bewege ich ihn lieber nicht, aber aus dem Augenwinkel erkenne ich zu meiner Rechten eine Reihe von Apparaten. Einer von ihnen produziert das nervige Piepsen. »… tut weh.«

»Der Arzt sagte, der Arm würde ein bisschen wehtun, wenn die Wirkung des Schmerzmittels nachlässt«, sagt Dad. Ich drehe meinen Kopf ganz leicht zur Seite, damit ich ihn sehen kann. Sein Gesicht ist faltiger, als ich es in Erinnerung habe.

»… nicht Arm …«, bringe ich mühsam hervor. »… Kopf … weh.«

»Ich werde es der Schwester sagen, sobald sie kommt«, erwidert Dad.

Ich sehe mich weiter um, erinnere mich an das Hämmern gegen die Eingangstür und das verzweifelte Gefühl der Ohnmacht. Ich konnte ihn nicht hereinlassen. »Griffon …«, flüstere ich, »… wo …«

»Er kommt wieder«, sagt Dad. »Jetzt mach die Augen zu und ruh dich ein bisschen aus.«

Das Sprechen hat mich angestrengt. Dankbar schließe ich die Augen und sinke zurück in die dunklen Arme der Bewusstlosigkeit.

16

Griffons Locken sind das Erste, was ich sehe, als ich die Augen öffne. Er sitzt neben dem Bett, seine Arme sind vor der Brust verschränkt, und sein Kopf liegt auf dem hochgeklappten Seitengitter. Sein ruhiger, regelmäßiger Atem verrät mir, dass er schläft. Ich betrachte ihn eine Weile. Wahrscheinlich träumt er gerade, denn seine Finger zucken leicht. Er sieht jünger aus im Schlaf, so als würde die Anstrengung, eine Schutzschranke zur Außenwelt aufrechtzuerhalten, in unbewachten Augenblicken von ihm abfallen. Ich stelle mir vor, wie es wäre, eines Morgens neben ihm aufzuwachen, sein Lockenkopf auf dem Kissen neben meinem, unsere Hände ineinander verschränkt.

Ich strecke meine freie Hand aus und streiche ganz vorsichtig über sein Haar. Er rührt sich nicht, und ich werde mutiger, drehe mir eine Locke um den Finger und spüre das weiche, seidige Gefühl auf meiner Haut. Plötzlich schreckt er hoch und blickt sich verwirrt um.

»Hey«, begrüße ich ihn. Meine Lippen fühlen sich rau und trocken an, und bestimmt sehe ich furchtbar aus, trotzdem bin ich froh, dass er da ist.

Als er realisiert, dass ich es bin, die gesprochen hat, schaut er mich an, und ein sanfter Ausdruck tritt in seine Augen. Die tiefe

Rille auf seiner Wange lässt mich vermuten, dass er schon eine ganze Weile so dort gesessen hat. »Hey, Cole«, sagt er. Seine Augen sind gerötet, als hätte er geweint. »Geht's dir gut?«

Ich nicke und schaue mich ein wenig um. Mein Arm liegt in einer Hängeschiene und ist von den Fingerspitzen bis zum Ellbogen mit weißen Mullbinden umwickelt. An einem Ständer neben dem Bett hängen verschiedene Beutel mit Flüssigkeiten, die durch Schläuche in meinen Arm fließen. Irgendwo verschwommen im Hintergrund lauern der Schmerz und bruchstückhafte Erinnerungen an den Unfall.

Ich befeuchte meine Lippen mit der Zunge. Mein Mund fühlt sich so trocken an, dass ich nicht weiß, ob ich überhaupt sprechen kann.

Griffon gießt ein bisschen Wasser aus einer rosa Plastikkaraffe in eine dazu passende Tasse. »Hier«, sagt er und reicht sie mir. »Kannst du sie halten oder soll ich dir helfen?«

Mit meiner rechten Hand greife ich nach der Tasse. Ich zittere zwar ein bisschen, aber es gelingt mir, sie zum Mund zu führen, ohne allzu viel zu verschütten. Das Wasser flößt mir neues Leben ein, ich kann spüren, wie mein Kreislauf wieder in Gang kommt. »Danke«, sage ich und gebe ihm die Tasse zurück.

Griffon setzt sich wieder auf den Besucherstuhl und nimmt meine Hand. »Ich hatte solche Angst«, flüstert er. »Ich dachte, ich komme zu spät. Ich hab *sie* dort sitzen sehen, in deinem Blut, und du warst so schrecklich blass ...« Er fährt sich mit der freien Hand durch die Haare und zwirbelt hektisch an seinen Locken. Ich spüre, wie schwer es ihm fällt, seine Wut im Zaum zu halten.

»Aber mir ist doch nichts passiert«, sage ich und fühle mich tatsächlich schon ein bisschen kräftiger. Ich rutsche im Bett ein bisschen höher und merke, wie steif meine Muskeln sind. »Es war ein Unfall.«

»Zwei Unfälle in zwei Wochen, Cole«, wispert er aufgebracht und drückt krampfhaft meine Hand. Seine wunderschönen Augen sehen wild und verzweifelt aus. »Wann begreifst du endlich, dass sie es auf dich abgesehen hat? Wenn ich nur daran denke, was hätte passieren können – was geschehen ist, als ich nur wenige Schritte von dir entfernt war …« Er führt meine rechte Hand an die Lippen und küsst jeden einzelnen Finger.

Mein Herz schlägt schneller. Heimlich schiele ich auf den Monitor und hoffe, dass er mich nicht verrät. Ich erinnere mich an das Gefühl von Gefahr, als ich Veroniques Hand berührte, aber nicht an die Einzelheiten des Unfalls. Ich bin dankbar, dass sie versucht hat, mir zu helfen, trotzdem frage ich mich, ob es wirklich Zufall war, dass es passierte, als sie da war. »Aber warum rettet sie mir dann das Leben?«

Griffon kaut auf seiner Unterlippe und schweigt. »Ich weiß es nicht«, platzt er schließlich heraus. »Darüber zermartere ich mir schon die ganze Zeit den Kopf, aber mir fällt nichts ein, was irgendeinen Sinn ergäbe. Das Ganze sollte ja aussehen wie ein Unfall, und als sie dachte, du könntest wirklich sterben, hat sie dir vielleicht geholfen, damit niemand Verdacht schöpft.«

Seine Stimme bebt und ich schaue ihn mit großen Augen an. Noch nie hat sich meinetwegen jemand so große Sorgen gemacht.

»Ich wollte diesmal da sein, um dich zu beschützen«, sagt er leise. »Aber ich habe total versagt.«

Zuerst bin ich glücklich über seine Worte. Er will mich beschützen. Doch dann werde ich skeptisch. »Diesmal? Wie meinst du das?«

Er schaut mich verwirrt an, so als wüsste er nicht, wovon ich eigentlich spreche. »Na, jetzt. In diesem Leben. Ich muss dich vor Veronique beschützen.«

Trotz all der Dinge, die er zu mir gesagt hat, frage ich mich wieder, ob das alles ist, was ich für ihn bedeute. Seine Mission ist es, die Welt zu retten, und mich rettet er quasi im Vorbeigehen gleich mit? »Ich brauche keinen Beschützer. Ich kann auf mich selbst aufpassen.«

Griffon schaut auf die Reihe der Apparate und Monitore, dann auf den Infusionsständer neben meinem Bett. »Ja, das sehe ich.«

Die Tür geht auf, und Dad erscheint hinter dem Vorhang, mit zwei Bechern Kaffee in der Hand. Er sieht müde aus. Als er mitkriegt, dass ich wach bin, lässt er beinahe die Becher fallen. Griffon kann sie ihm gerade noch aus den Händen nehmen.

»Cole!«, sagt er mit zittriger Stimme. Dann räuspert er sich. »Wurde auch Zeit. War nicht gerade aufregend, dir beim Schlafen zuzusehen.«

Ich schenke ihm ein kleines Lächeln. Dads Versuche, schwierige Situationen mit dummen Witzen aufzulockern, sind berüchtigt, aber diesmal bin ich ihm dankbar für die Ablenkung.

»Tut mir leid, dass die Show so langweilig war, Dad.«

»Ich gehe dann wohl besser«, sagt Griffon und nimmt seine Jacke von der Stuhllehne. »Vielen Dank für den Kaffee.«

»Du kannst ruhig bleiben«, sage ich. Dass ich nicht bereit bin, in seinem Heldenepos die Rolle des armen hilflosen Mädchens zu spielen, heißt noch lange nicht, dass er gehen soll.

»Jetzt ist ja dein Dad da. Ich wollte auch nur kurz schauen, wie es dir geht. Ich rufe dich später an.« Beinahe hastig rennt er aus dem Zimmer und mit einem dumpfen Geräusch fällt die Tür hinter ihm zu. Ich weiß genau, was ich in den nächsten Stunden tun werde: daliegen und mir immer wieder seinen letzten Satz vorsagen. *Ich rufe dich später an.*

Dad beugt sich über mich, gibt mir einen Kuss auf die Wange und streicht mir die Haare aus der Stirn, genau so, wie er es immer getan hat, als ich noch klein war und er mich ins Bett brachte. Schmerzlich wird mir klar, wie sehr ich seine Gutenachtgeschichten von damals vermisse. Immer wieder musste er mir dieselben Bücher vorlesen, Abend für Abend, wochenlang. Es macht mich traurig, zu denken, dass er im nächsten Leben nicht mehr mein Dad sein wird. Eines Tages bin ich wieder ein kleines Kind, aber dann bringt jemand anders mich ins Bett und liest mir vor. Ich werde mich an dieses Leben und meinen Dad erinnern, aber er nicht. Ich frage mich, wie Griffon das schafft: In jedem Leben mit neuen Menschen aufwachsen, so als würde man bekannte Rollen mit immer neuen Gesichtern besetzen. Es muss sehr einsam sein.

»Du hast uns einen ganz schönen Schrecken eingejagt«, sagt Dad. Er deutet mit dem Kopf in Richtung Tür. »Griffon ist nicht von deiner Seite gewichen.«

Der Gedanke, dass er die ganze Zeit an meinem Bett gesessen hat, macht mich so unglaublich glücklich, dass ich mir schon albern vorkomme. Ich merke, dass ich ein bisschen rot werde. »Na ja, darüber können wir ja später noch sprechen«, sagt Dad mit einem Lächeln.

Ein kleiner, stechender Schmerz durchzuckt meinen Arm, wie wenn man sich am Musikantenknochen stößt. Ich schaue hinüber auf die Schiene und versuche, meine Finger zu bewegen. Es tut nicht besonders weh, sondern fühlt sich eher an, als sei mein ganzer Arm eingeschlafen. Ich sehe, dass Dad mich beobachtet.

»Soll ich fragen, ob du noch was gegen die Schmerzen bekommst?«

»Nicht nötig im Moment.« Ich zögere, denn ich weiß, dass ich die nächste Frage stellen muss, aber ich bin mir nicht sicher, ob ich die Antwort auch wirklich hören will. »Wie schlimm ist es?«

»Die Wahrheit?«

»Nein, Dad. Erzähl mir eine nette kleine Lüge … Natürlich die Wahrheit.«

Ein Anflug von Schmerz huscht über sein Gesicht. »Es sieht nicht gut aus. Die Scherbe ist ziemlich tief eingedrungen, bis auf den Knochen, und hat alles durchtrennt. Sie haben dich operiert und versucht, es so gut wie möglich wieder zu flicken.«

Ich denke an die komplizierten Fingersätze von *Meditation*. Von eigentlich jedem guten Stück. An die Kraft, die man für das *Fortissimo* braucht, und das feine Gefühl, ohne das keine *Pianissimo*-Stelle gelingt. »Kann ich …«, setze ich an, aber dann sitzt plötzlich ein dicker Kloß in meinem Hals und ich muss erst mal tief durchatmen. Ich versuche es noch einmal: »Werde ich bald wieder spielen können?«

»Ich bin sicher, dass alles wieder in Ordnung kommt.« Das sind seine Worte, aber die Tatsache, dass er mich dabei nicht ansieht, erzählt eine andere Geschichte. Er nimmt meine rechte

Hand und schaut mir in die Augen. »Das Wichtigste ist doch, dass du wieder gesund wirst.«

Fast scheint er selbst zu glauben, was er da sagt, und das ist irgendwie süß von ihm. Aber ich weiß es besser.

Er steht auf und holt sein Handy aus der Tasche. »Und jetzt muss ich deine Mutter anrufen. Ich hab sie irgendwann nach Hause geschickt, damit sie sich ein bisschen ausruht, aber ich musste ihr versprechen, mich zu melden, sobald du aufwachst.«

Ich schaue aus dem Fenster und sehe, dass es draußen schon dunkel ist. Der Unterricht mit Veronique war um vier, das heißt, ich bin seit mindestens fünf Stunden hier. Das Letzte, an das ich mich erinnere, ist das Hämmern an der Eingangstür und die fernen Sirenen des Krankenwagens. Ich versuche, mich ein bisschen aufzusetzen, aber sofort dreht sich alles in meinem Kopf. »Wie spät ist es?«, frage ich.

Dad nimmt das Handy herunter und schaut auf die Uhr. »Kurz vor Mitternacht.«

Ich lasse meinen Kopf zurück auf das Kissen fallen. Schon eine einfache Unterhaltung strengt mich total an. Ich gähne. »Ich bin so müde. Wie lange habe ich denn geschlafen?«

Er nimmt das Handy ans Ohr, und ich höre, dass der Ruf durchgeht. Dad legt eine Hand auf meinen gesunden Arm und drückt ihn.

»Liebes, es ist kurz vor Mitternacht am *Samstag*«, sagt er leise, während er darauf wartet, dass Mom rangeht. »Du hast mehr als zwei Tage geschlafen.«

* * *

»Also, wenn du nichts mehr brauchst, dann gehe ich jetzt zur Arbeit«, sagt Kat, klappt die Zeitschrift zu und streckt sich. Mom kommt herein. Seit ich hier bin, haben sich alle ständig abgewechselt, und langsam macht mich das ein bisschen kribbelig. Das und die Tatsache, dass Griffon sich nicht mehr gemeldet hat, seit er vor zwei Tagen praktisch aus dem Zimmer gerannt ist.

»Gib Bescheid, falls du heute rauskommst«, sagt Kat und nimmt ihre Tasche. »Ansonsten sehen wir uns heute Abend.« Sie beugt sich herunter und küsst mich auf die Wange.

Seit dem Unfall hat sie plötzlich die Große-Schwester-Rolle für sich entdeckt, und ich muss zugeben, dass mir das irgendwie gefällt. »Danke.«

Mom setzt sich auf den noch warmen Besucherstuhl. »Kann ich noch was zu trinken haben?«, frage ich, während ich auf der Suche nach etwas Sehenswertem durch die Fernsehprogramme zappe. Mein linker Arm hängt immer noch in der Schiene. Es sieht aus, als würde ich huldvoll einer unsichtbaren Menge zuwinken. Mein Bewegungsspielraum ist ziemlich eingeschränkt, und wenn ich mal aufs Klo will, muss ich mich erst aus dem Gewirr von Schnüren befreien, wie eine Marionette.

»Natürlich, Kleines«, sagt Mom und reicht mir das Glas mit Milch, das neben dem unberührten Essenstablett auf dem Nachttisch steht.

»Danke.« Ich nippe daran und wünsche mir sehnlichst, es wäre Pepsi. Der Ausblick hier ist gar nicht schlecht – ich kann sogar die Spitze der Golden Gate Bridge sehen –, aber das Essen ist einfach ungenießbar. Ich hab's versucht und zwei Tage lang tapfer dem undefinierbaren Inhalt verschiedener Schüsselchen und Teller eine Chance gegeben, aber dann musste ich kapitulieren.

Mom hat das volle Tablett auch bemerkt. »Willst du nicht doch etwas essen?«

»Nein danke. Sie haben ja gesagt, dass ich heute vielleicht schon nach Hause darf. Aber falls nicht …« – ich schenke ihr mein gewinnendstes Lächeln – »wärst du dann so lieb, mir noch mal Calamari mit Kochbananen aus dem Cha Cha Cha zu besorgen?« Das leckere Essen aus meinem kubanischen Lieblingsrestaurant hat mir bisher in allen Lebenslagen geholfen.

»Das wäre nett von mir, nicht wahr?«, sagt sie und tritt hinter mich, um das Kissen aufzuschütteln. »Mal sehen.« Sieht so aus, als hätte ich jetzt, wo ich doch nicht sterben muss, nicht mehr alle Wünsche frei.

Hinter dem Vorhang höre ich die Tür zum Flur aufgehen und dann das Quietschen von Dr. Shapiros Schuhen auf dem Linoleumboden. Er klopft leicht von innen an die Tür, bevor er den Vorhang beiseitezieht.

»Hallo Miss Ryan, wie geht's heute?«, fragt er und wirft einen Blick auf den Monitor neben meinem Bett.

»Schon viel besser«, kommt Mom mir zuvor. »Das Gefühl in den Fingerspitzen scheint langsam zurückzukehren. Auch die Farbe hat sich verändert. Wir haben das in den letzten vierundzwanzig Stunden gut im Auge behalten.«

»Danke«, sagt Dr. Shapiro kurz angebunden, dreht ihr demonstrativ den Rücken zu und tritt an mein Bett. »Darf ich mal schauen?«

Ich nicke und atme tief durch. Solange der Arm in dicke Binden gehüllt ist, denke ich nicht allzu sehr darüber nach, wie es darunter aussieht, aber wenn er sie abnimmt, kann ich die Realität nicht länger ausblenden. Er gibt sich Mühe, vorsichtig zu sein, doch bei der kleinsten Berührung schießt ein stechender Schmerz bis hinauf in meine Schulter.

»Wollen mal sehen«, sagt er, hebt meinen Arm behutsam aus der Schlinge und beginnt, den Verband abzuwickeln. Mein Arm sieht dünn aus und ist knallgelb vom Antiseptikum, das sie bei der OP benutzt haben. Auf der Innenseite zieht sich ein breiter, wulstig-roter, mit schwarzen Stichen genähter Streifen vom Handgelenk bis fast hinauf zum Ellbogen. Ich kann hören, wie Mom scharf die Luft einzieht, als sie es sieht.

Dr. Shapiro sagt nichts, sondern begutachtet die Narbe intensiv von allen Seiten. Dann kneift er mich leicht in die Fingerkuppen. »Spürst du das?«, fragt er.

»Ein bisschen«, sage ich.

»Immer noch taub?«

»Ja, schon. Vor allem vom Mittelfinger bis zum kleinen.«

»Hm-hm. Versuch mal, sie zu bewegen.«

Ganz vorsichtig beuge ich meine Finger, so weit es geht, und stelle fest, dass die Angst schlimmer war als der tatsächliche Schmerz.

»Gut«, sagt er und öffnet ein Päckchen mit Wundgaze. »Die Verletzung verheilt gut. Keine Infektion. Sehr schön.«

»Was ist mit den Nerven?«, fragt Mom. »Wird sie die Finger wieder genauso bewegen können wie vorher? Wie Sie wissen, ist Nicole eine außergewöhnlich begabte Cellistin. Nicht auszudenken, was aus ihrer Karriere würde, wenn …«

»Das lässt sich jetzt noch nicht sagen, Mrs. Ryan«, unterbricht er sie ungehalten. »Wir können nur abwarten.« Es ist so peinlich, dass Mom überhaupt nicht merkt, wie sehr sie ihn nervt. »Sie hat überlebt, das ist das Wichtigste. Und jetzt steht im Vordergrund, dass die Wunde sich nicht entzündet. Um die Feinmotorik kümmern wir uns später. Der Ellennerv war komplett durchtrennt und das umgebende Gewebe zerstört. Nicole hatte Glück, dass wir die Hand nicht abnehmen mussten.« Er sieht mich an und lächelt entschuldigend. »Es sollte keine allzu schlimme Narbe zurückbleiben. Ich will mich ja nicht selbst loben, aber mit der Nadel bin ich ziemlich geschickt.«

Ich betrachte meinen jetzt wieder dick eingewickelten Arm, während Dr. Shapiro ihn zurück in die Schlinge hängt. Äußerlich kommt er vielleicht wieder in Ordnung, trotzdem weiß ich, dass es nie mehr sein wird wie früher. Bei dem Gedanken, nicht mehr Cello spielen zu können, spüre ich eine große Leere in mir, als wären mehr als nur Nerven und Bänder durchtrennt worden. Seit ich die Wahrheit über meine »Begabung« kenne, war ich ziemlich hin- und hergerissen, was meine Karriere als Cellistin betrifft. Vielleicht habe ich jetzt gar keine Wahl mehr.

»Ich denke, wir können dich heute schon entlassen, wenn du versprichst, den Arm immer schön hochzulagern«, sagt Dr. Shapiro. Dann wendet er sich an Mom: »Ich gebe Ihnen Informationsmaterial über Physiotherapie und Reha-Einrichtungen mit.«

»Ich will, dass sie die allerbesten Therapeuten bekommt«, tönt Mom, und wieder winde ich mich innerlich. »Nicole hat eine vielversprechende Karriere vor sich. Ein kleiner Unfall darf uns jetzt nicht alles zunichtemachen. Das wäre … eine Katastrophe.«

Dr. Shapiro lächelt gezwungen. »Ich habe alles in meiner Macht Stehende getan. Jetzt müssen wir abwarten und sehen, wie gut sich die Nerven erholen.« Er tätschelt kurz meinen Fuß. »Ich schau noch einmal vorbei, ehe du nach Hause gehst.«

Ich warte, bis er aus dem Zimmer ist, bevor ich loslege. »Kriegst du eigentlich mit, was du da redest?«

»Was meinst du? Ich habe doch recht. Als Musikerin von Weltklasse brauchst du gute Reflexe und kräftige Finger, und wenn die Gefahr besteht, dass du ein taubes Gefühl zurückbehältst …« Sie vergräbt das Gesicht in den Händen. »Dann weiß ich einfach nicht, was wir tun sollen.«

»Wen meinst du mit *wir*? Hast du nicht gehört, was er gesagt hat? Ich hätte verbluten können, aber alles, woran du denkst, ist, ob ich wieder Cello spielen kann! Manchmal glaube ich, dass du dich überhaupt nicht dafür interessierst, wer ich bin. Für dich zählt nur, was ich kann.«

Mom steht auf und tritt näher an mein Bett heran. »Wie kannst du so etwas sagen? Nach allem, was wir für dich getan haben … Du weißt doch, dass wir dich lieb haben.«

»Ich weiß, dass du verliebt bist in die Tatsache, dass ich Cello spielen kann. Und in die Vorstellung, die Mutter eines Wunderkinds zu sein«, sprudeln meine Wut und mein ganzer Frust aus mir heraus. »Wunder*kind*, Mom. Aber ich bin kein Kind mehr. Bald werde ich einfach irgendeine Erwachsene sein, die gut Cello spielt.« Mühsam bewege ich die Finger meiner linken Hand. »Zumindest war das bisher der Plan. Finde dich damit ab: Im Moment bin ich überhaupt nichts Besonderes mehr.«

Mom kommt näher und will ihre Hand auf meine Schulter

legen, aber ich drehe mich weg. Sie richtet sich wieder auf, bemüht, ihre Fassung zu wahren, und sagt: »Ich weiß, dass du das nicht so meinst. All das hier muss schrecklich für dich sein. Aber mach dir keine Sorgen, wir werden den besten Physiotherapeuten der Stadt finden und gleich mit der Arbeit beginnen. Wenn du eine Weltklasse-Musikerin werden willst, kannst du dir keine allzu lange Ausfallzeit leisten, sonst ...«

»Mom! Du hörst nicht zu!«, brülle ich verzweifelt. »Vielleicht wird es kein *sonst* geben. Vielleicht werde ich nie wieder spielen können.« Ich muss schlucken und versuche, den Gedanken, nie wieder einen Bogen in die Hand zu nehmen, vorerst zu verdrängen.

»Jetzt hör mir mal gut zu«, sagt sie. »Du *bist* etwas Besonderes. Das warst du von Anfang an. Von klein auf warst du dazu bestimmt, Cellistin zu werden. Und wir haben alles getan, damit du deine Bestimmung verwirklichen kannst.«

»Sieht so aus, als müsste ich mir jetzt eine neue suchen.«

Mom hat schon Luft geholt und will zu einer ihrer Tiraden über vergeudetes Talent ansetzen, als es an der Tür klopft.

»Kann ich reinkommen?«, ruft Rayne vom Türrahmen her. Ich kann nicht sagen, ob sie unseren Streit mitangehört hat.

»Klar, komm rein«, rufe ich zurück. Mom sinkt auf den Stuhl am Fenster und gibt sich vorerst geschlagen.

»Wie geht's denn so?«, fragt Rayne. Ihr Blick streift kurz meinen verbundenen Arm, dann schaut sie mir ins Gesicht.

»Ganz okay. Ich darf heute nach Hause.«

Sie beugt sich herunter und umarmt mich ein wenig umständlich, weil die Schiene im Weg ist. »Cool. Wann denn?«

Ich schaue zu Mom hinüber. »Hat er gesagt, um wie viel Uhr?«

»Nein. Wahrscheinlich vor dem Essen.« Sie steht auf. »Ich werde zusehen, dass die Krankenschwestern schon mal die Entlassungspapiere vorbereiten, sonst sitzen wir hier noch den ganzen Tag.«

Ich atme erleichtert auf, als sich endlich die Tür hinter ihr schließt. »Mom will, dass ich noch die ganze Woche zu Hause bleibe, aber ich habe genug vom Rumhängen. Morgen kann ich wohl noch nicht in die Schule, aber hoffentlich am Mittwoch dann.«

»Bestens«, sagt Rayne und schaut noch einmal auf meinen Arm. »Wird er wieder?«

»Klar. Wird nur eine Weile dauern, bis ich wieder richtiges Gefühl in den Fingern habe«, sage ich tapfer, obwohl ich mich plötzlich gar nicht mehr so tapfer fühle.

»Und kannst du dann … wieder spielen?«

»Weiß noch nicht«, versuche ich, möglichst unbeteiligt zu sagen. »Und wenn nicht, was soll's? Du sagst doch selbst immer, dass es noch andere Sachen gibt im Leben. Vielleicht probiere ich die einfach mal aus.«

»Ja, schon … Aber *nie mehr* spielen? Was wird dann aus deiner Begabung?«

»Du klingst schon wie meine Mom. Bist du jetzt plötzlich auf ihrer Seite?«

»Nein, ganz bestimmt nicht. Ich bin auf deiner Seite, das weißt du doch«, sagt Rayne und grinst mich an. »Na ja … Ich habe leider kein besonderes Talent für irgendwas, aber wenn ich eins hätte, dann würde ich es bestimmt auskosten wollen. Ich meine, es muss doch einen Grund dafür geben, dass du so gut bist.«

Wenn sie nur wüsste, wie wahr ihre Worte sind. Ja, es gibt einen Grund dafür, dass ich so gut spielen kann. *Konnte*. Besser, ich gewöhne mich gleich an die Vergangenheitsform. Ich war mal sehr begabt, es gab einmal etwas, das mir im Leben mehr als alles andere bedeutete … Und das erste Mal, seit ich in diesem Krankenhausbett aufgewacht bin und Griffon an meiner Seite sitzen sah, kommen mir, bevor ich irgendwas dagegen tun kann, die Tränen.

»Oh, verfluchter Mist«, sagt Rayne und fischt ein paar Tücher aus der Kleenex-Box auf dem Nachttisch. »Das wollte ich nicht, bestimmt nicht.«

»Ist nicht deine Schuld«, bringe ich schluchzend hervor. »Ich muss eben damit klarkommen.«

»Vielleicht wird ja alles gut«, sagt sie hastig. »Ich meine, die können heutzutage alles Mögliche wieder hinbiegen. Vielleicht musst du nur ein paar Wochen oder Monate Geduld haben und dann ist alles wieder wie früher.«

»Netter Versuch, Mary Poppins.« Ich reiße mich zusammen und dränge die noch ungeweinten Tränen wieder zurück in meinen Brustkorb, wo sie wie ein Stein liegen bleiben. »Aber du weißt so gut wie ich, dass das nur ein schöner Traum ist.«

»Das ist noch gar nicht raus. Ich glaube jedenfalls daran, und das solltest du auch tun.« Sie steht auf und schaut sich die Blumensträuße und Karten an, die überall im Zimmer verteilt stehen. »Nicht übel«, sagt sie. »Ganz so unbeliebt bist du anscheinend doch nicht.«

Ich muss lachen, denn natürlich kommt der größte und verrückteste Strauß von Rayne und ihrer Mom. Wilde Feldblumen.

»Ja, ich scheine plötzlich eine Menge Fans zu haben. Fast zu verbluten, hat offensichtlich auch seine guten Seiten.«

»Muss ganz schön schlimm ausgesehen haben«, sagt Rayne und verzieht das Gesicht. Bisher habe ich versucht, möglichst nicht daran zu denken. Seit ich im Krankenhaus bin, habe ich nur das Nachthemd und meinen Morgenmantel getragen, meine anderen Sachen habe ich gar nicht mehr zu Gesicht bekommen. Jetzt wird mir klar, dass Mom sie vermutlich weggeworfen hat, weil sie voller Blut waren.

»Wer hat denn den Bambus geschickt?«, fragt Rayne und beugt sich neugierig über einen kleinen, roten Topf.

»Weiß nicht. Den hab ich noch gar nicht gesehen. Ist keine Karte dabei?«

Rayne schaut genauer nach. »Nö. Hm ... drei Triebe. Die Chinesen sagen, das steht für langes Leben.«

»Woher weißt du eigentlich solche Sachen?«

Rayne zuckt mit den Schultern. »Du kannst Cello spielen, ich kenne mich mit Steinen und Pflanzen aus.« Mit dem Finger streicht sie über eins der kleinen grünen Blättchen. »Seltsam. Was meinst du, wer ihn geschickt hat?«

Langes Leben. Und er hat gesagt, dass er in einem seiner früheren Leben Chinese war. Ein breites Lächeln erscheint auf meinem Gesicht, denn ich weiß genau, von wem der Bambus kommt.

17

Gabi knallt unsanft die Tür ihres Spinds zu und ich zucke zusammen. »Schreckhaft heute?«, fragt sie lachend.

»War nur in Gedanken woanders«, sage ich. Seit letzter Woche genügt das kleinste Geräusch oder irgendeine hastige Bewegung in meiner Nähe und ich bekomme Herzrasen. Ständig bilde ich mir ein, irgendwo Veronique zu sehen.

»Ich glaube, ich weiß, wo du mit deinen Gedanken warst«, kichert Rayne. »Oder besser gesagt, *bei wem*.«

»Falsch«, sage ich und taste dabei ganz automatisch nach dem Handy in meiner Tasche.

»Seht ihr euch heute?«

»Nein, wahrscheinlich erst morgen. Ich hab ihn überhaupt noch nicht gesehen, seit ich aus dem Krankenhaus raus bin.«

»Pech, dass du dir nicht die rechte Hand verletzt hast«, sagt Gabi und schaut auf meinen geschienten linken Arm. »Das hätte dir den Aufsatz bei Ms. Lipke heute Nachmittag erspart.«

»Langsam geht mir diese Frau wirklich auf die Nerven«, sagt Rayne. »Habt ihr heute Morgen etwa einen geschrieben?«

»Eine geschlagene Stunde mussten wir uns über eins der Bücher auslassen, die wir durchgenommen haben – *Und ihre Augen schauten Gott*. Das kommt bei euch also schon mal nicht dran.«

»Ich hab echt keinen Bock drauf. Lieber würde ich mir die Pulsadern aufschlitzen, als diesen blöden Aufsatz zu schreiben.« Rayne sieht mich erschrocken an. »Oh Mist, sorry, das war nicht so gemeint.«

»Schon okay.«

»Bis später dann«, ruft Gabi und trabt in entgegengesetzter Richtung davon.

Gerade als es klingelt, schlüpfe ich in den kleinen Orchestersaal. Ich fühle mich hier im Moment ziemlich überflüssig, weil ich nur zugucken kann und nicht mitspielen. Ganz automatisch will ich erst zu meinem Stuhl bei den anderen Celli gehen, aber dann zögere ich. Ich habe kein Cello dabei, und auch wenn ich eins hätte, ich könnte nicht spielen. Ich mache kehrt und suche mir einen freien Platz hinten bei den Pauken.

»Nicole?« Herr Steinberg wandert durch die Reihen, während die anderen ihre Instrumente auspacken und stimmen. Er gibt mir nicht nur Privatunterricht, sondern ist auch der Dirigent des Schulorchesters. Ich vermisse die Einzelstunden am Nachmittag, aber solange ich nicht spielen kann, hat es natürlich keinen Sinn, hinzugehen. »Setz dich ruhig auf deinen Platz. Haben die Ärzte gesagt, wann du wieder spielen kannst?«

Ich schüttele den Kopf. »Dauert wahrscheinlich noch eine ganze Weile.« Obwohl die anderen weiter mit Stimmen beschäftigt sind, merke ich genau, dass alle gebannt unser Gespräch verfolgen. Claire White beugt sich tief über ihr Instrument und inspiziert aufmerksam den Bogen, aber ich weiß, dass sie das Gleiche denkt wie ich. »Claire sollte meinen Platz einnehmen«, sage ich. In den letzten drei Jahren hat sie immer neben mir gesessen und auf ihre Chance gewartet. Steinberg runzelt die Stirn und sieht mich an. »Vielleicht solltest du erst noch einmal darüber nachdenken, ehe wir das entscheiden …«

»Das habe ich schon. Ich nutze im Moment niemandem, und Claire hat es verdient, sie wird ihre Sache gut machen.«

»Gut, dann machen wir es so. Aber nur vorläufig.«

»Okay, vorläufig. Und wenn ich so weit bin, versuche ich, ihn mir zurückzuerobern. Irgendwann.«

»Sicher schon bald«, sagt Herr Steinberg und zwinkert mir fast unmerklich zu, bevor er zu Claire hinübergeht und ihr etwas ins Ohr flüstert.

Claire dreht sich zu mir um und ich lächele ihr aufmunternd zu. Zögerlich steht sie auf, nimmt ihre Noten und legt sie auf den leeren Ständer vor meinem Platz. Ihre Wangen sind fast so feuerrot wie ihre Haare. Ich rühre mich nicht, sitze aufrecht da und blicke stur geradeaus, während die anderen abwechselnd zu ihr und zu mir schauen und begreifen, was gerade passiert ist.

Sie beginnen mit Beethovens Ouvertüre zu *Coriolan*, ein Stück, dass ich bestimmt tausend Mal gespielt habe. Die fast tauben Finger meiner linken Hand erinnern sich an jede einzelne Note und zucken hilflos beim Versuch, die Fingersätze nachzuahmen. Vielleicht werden sie das Stück nie wieder spielen. Während die Musik des Orchesters den kleinen Saal erfüllt, spüre ich plötzlich den mittlerweile schon so vertrauten Sog einer Erinnerung.

Starke Arme ergreifen mich, als meine Beine unter mir nachgeben. Die Tränen laufen in Strömen über mein Gesicht, ich kann das Bild von Alessandras zerschmettertem Körper nicht aus meinem Kopf bekommen. Signor Barone spricht in der fremden Sprache dieses Lan-

des mit den Polizeidienern, die überall auf dem Dach herumlaufen, und zeigt mit dem Finger immer wieder in meine Richtung. Dann zerrt man mich plötzlich in Richtung der Treppe. Ich blicke in Gesichter, die feindselig sind und voller Verachtung, und mit einem Mal begreife ich, was vor sich geht.

»Ich habe nichts getan!«, rufe ich, von Panik ergriffen, aber die Männer, die mich fortschleppen, scheinen nicht zu verstehen, was ich sage. »Ich habe ihr nichts getan, Sie müssen mir glauben! So war es nicht. Warum hört mir denn niemand zu?«

»Oh nein, bitte lass es nicht wahr sein!« Paolo kommt durch die Tür aufs Dach gestürmt und läuft an mir vorbei, als wäre ich unsichtbar. »Man hat mir gesagt, sie sei hinuntergestürzt. Wo ist sie? Wo ist Alessandra?«, ruft er und eilt mit schmerzverzerrtem Gesicht an den Rand des Daches, wo die anderen stehen und auf den blutüberströmten, zerschlagenen Körper hinuntersehen. Paolo wirft einen Blick über die Brüstung, sinkt auf die Knie und vergräbt sein Gesicht in den Händen. Ein heiseres Stöhnen kommt aus seiner Kehle. »Sie darf nicht tot sein … Bitte lass sie nicht tot sein …«, wimmert er, und sein Körper wiegt sich im Rhythmus seiner monotonen Klage. Signor Barone kommt herüber und legt beruhigend eine Hand auf seine Schulter.

»Hilft mir denn niemand?«, rufe ich verzweifelt, aber keinen kümmert es, dass die unnachgiebigen Arme mich zur Tür zerren. Als wir die Treppe erreicht haben, hebt Paolo kurz den Kopf und sieht mich an: Blanker Hass liegt in seinen Augen.

Die letzten Töne der Ouvertüre sind verklungen. Ich schaue mich verstört um, immer noch erfüllt von der Panik dort oben auf dem Dach. Alessandra ist in den Tod gestürzt, und ich wurde beschuldigt, sie hinuntergestoßen zu haben. Meine Erinnerung reicht nicht weiter als bis zu den Männern, die mich wegzerren, trotzdem weiß ich genau, dass ich in jenem Leben nach dieser Nacht nie wieder Cello gespielt habe.

* * *

»Es klingt einfach unglaublich«, sagt Rayne, beißt in den Apfel, den wir uns in der Küche geschnappt haben, und holt ihre Bücher aus dem Rucksack.

»Was genau? Dass ich vor über hundert Jahren schon mal in San Francisco war? Dass Alessandra vom Dach stürzte? Oder dass ich sie gestoßen haben soll und abgeführt wurde?«

Ich musste es ihr einfach erzählen. Ich weiß, dass Griffon gesagt hat, ich soll vorsichtig sein, aber Rayne ist schließlich nicht irgendwer. Ich habe ja nichts über die Akhet oder den Sekhem ausgeplaudert, sondern nur von Alessandra gesprochen. Das Bild, wie sie leblos dort unten liegt, geht mir nicht aus dem Kopf. Seit die Erinnerung daran zurückgekehrt ist, lässt es mich nicht mehr los.

»Du bist keine Mörderin, ganz bestimmt nicht. Ich weiß es. Man kann nicht in einem Leben böse sein und in einem anderen so nett.«

»Aha, bist du jetzt plötzlich die Fachfrau?«

»Ja, bin ich. Zumindest, was so was angeht.« Sie schlägt ihr Mathebuch auf, aber ihr Blick ist nicht auf die Seiten, sondern weit in die Ferne gerichtet. »Ich frage mich, wer ich wohl in meinen früheren Leben war. Vielleicht Kleopatra. Oder Amelia Earhart. Das wär doch cool.«

»Ich glaube, die meisten von uns sind einfach immer ganz normale Leute, die ganz normale Sachen tun.«

»Aber irgendwer muss ja berühmt gewesen sein, warum also nicht ich?«

Ich lächele. »Du hast recht. Wenn irgendjemand bestimmt schon mal berühmt war, dann du.«

»Vielen Dank«, sagt sie mit einer leichten Verbeugung. Dann runzelt sie die Stirn. »Hm. Wenn das bei einem Fest der Reichen und Schönen passiert ist, dann muss es doch viel Aufsehen erregt haben. Eine italienische Musikerin, die vom Dach einer bekannten Villa stürzt ... So was steht bestimmt in der Zeitung. Hast du irgendeine Ahnung, wann genau sich das alles abgespielt hat?«

»Alles, was ich vorher gesehen habe, waren der Fähranleger und ein paar Pferdekutschen«, überlege ich laut und bin plötzlich sehr aufgeregt. »Spätes neunzehntes Jahrhundert vielleicht? Auf jeden Fall vor dem großen Beben. Und bestimmt gab es damals schon eine Menge Zeitungen.« Ich schaue sie an. »Und in einer davon könnte etwas über mich stehen.«

»Lass uns doch mal im Netz suchen«, schlägt Rayne vor.

»Nicht alles wird online gestellt«, wende ich ein. »Keiner würde Millionen alter Zeitungsartikel einscannen. Aber in der großen Stadtbibliothek gibt es bestimmt alte Exemplare. Überleg doch mal: Immer, wenn im Film jemand so was sucht, hockt er in einem schummrigen Kellerraum und wühlt sich durch Haufen vergilbter Zeitungen.« Ich schaue sie erwartungsvoll an und hoffe, dass sie mich genau dorthin begleiten wird. »Hast du viele Hausaufgaben?«

»Nicht genug, dass ich mir so einen verlockenden Ausflug entgehen lassen würde.«

Normalerweise benutzen wir die kleinere Bibliothek in der Nähe. In der im Zentrum waren wir das letzte Mal, als wir mit der neunten Klasse zur großen Eröffnungsfeier dorthin gepilgert sind. Als wir die riesige Eingangshalle betreten, wandert mein Blick die vielen Stockwerke hinauf bis in schwindelerregende Höhen.

»Wow«, sagt Rayne. »Hatte schon vergessen, wie riesig das Ding ist.«

Ich starre beunruhigt auf die zierlichen Treppengeländer. »Ich hoffe, die Filme haben nicht gelogen und Zeitungen werden tatsächlich im Untergeschoss aufbewahrt.«

»Was kann ich für euch tun?«, fragt uns die Lady an der Information. Sie hat kurzes, schwarz gefärbtes Haar und einen Nasenring. Klar, dass wir die einzige Emo-Bibliothekarin der Stadt erwischen.

»Wir wollen uns alte Zeitungen ansehen«, sagt Rayne.

»Wie alt?«

Rayne sieht mich an, und mir wird klar, dass ich keine Ahnung habe. »Äh, ungefähr zwischen 1870 und 1906.«

Die Emo-Lady zieht eine gepiercte Augenbraue hoch. »Das wären aber eine ganze Menge.«

»Heißt das, die haben sie hier nicht?«, fragt Rayne.

»Doch, schon. Ein paar sind in der Geschichtsabteilung im Sechsten, und dann gibt's noch welche auf Mikrofilm, die sind in der Zeitschriftenabteilung im Fünften. Sind nur wirklich eine Menge.« Sie legt nachdenklich den Kopf zur Seite. »Warum sucht ihr nicht online?«

»Man kann alte Zeitungen online lesen?« Ich sehe Rayne nicht an, denn ihren Kommentar kann ich mir schon lebhaft vorstellen.

»Klar«, sagt Emo-Lady. »Auf dieser Website hier.« Sie kritzelt den Link auf einen Zettel. »Ist echt cool. Man gibt irgendeinen Begriff ein, und dann wird die ganze Datenbank durchsucht, Seite für Seite. Würde viel Zeit sparen.« Sie zeigt auf eine lange Reihe von Computern an einer der Wände. »Wenn ihr einen Bibliotheksausweis habt, könnt ihr die dort benutzen.«

»Vielen Dank«, sage ich, nehme den Zettel entgegen und setze mich in Richtung der Computer in Bewegung.

»Keiner würde Millionen alter Zeitungsartikel einscannen ...«, äfft Rayne mich nach.

»Ich weiß, ich weiß. Du hattest recht.«

Ich fische den Bibliotheksausweis aus meiner Brieftasche und tippe die Nummer in einen der freien Computer. Als die Homepage des *San Francisco Herald* auf dem Bildschirm erscheint, starre ich unschlüssig auf das leere Suchfeld. Was soll ich eingeben?

»Versuch's doch mal mit Pacific Coast Club«, schlägt Rayne vor.

Ich rutsche beiseite. »Besser, du tippst«, sage ich und lege die rechte Hand unwillkürlich auf die Schiene an meinem linken Arm. Auch eines der Dinge, die zurzeit nicht besonders funktionieren.

Raynes Augen wandern über die angezeigten Links. »Die sind alle nach 1910. Hast du nicht erzählt, dass es früher irgendwie anders hieß? Der Typ oben an der Tür hat dir den Namen gesagt ... die So-und-so-Villa.«

»Stimmt.« Ich durchforste meine Erinnerung, aber er will mir nicht einfallen, also versuche ich es mit dem Alphabet, sage im Kopf die Buchstaben auf und hoffe, dass einer davon meinem Gedächtnis auf die Sprünge hilft. Als ich bei *S* angelangt bin, weiß ich es. »Sutter-Villa.«

»Los geht's.« Rayne klickt verschiedene Links an und der Bildschirm füllt sich mit alten Zeitungsartikeln.

»Hammer!«, sagt sie. »Guck dir bloß an, was früher in San Francisco so abging. Hier zum Beispiel: ›5.000 $ Belohnung für Retter des entführten Bankierssohns‹.« Ihre Augen überfliegen den Artikel. »Witzig, die schreiben Indizium statt Indiz. Oder hier: Ein Offizier wurde öffentlich aufgehängt … In Stockton wurde ein Viehdieb erschossen … Ein Betrüger aus Chinatown wurde ermordet.«

»Rayne, konzentrier dich aufs Wesentliche.« Ich greife mit meiner rechten Hand nach der Maus und ziehe den Cursor auf einen farbig unterlegten Artikel. »Da ist es …«, flüstere ich. »20. Juli 1895. Urteilsspruch zur Tragödie in der Sutter-Villa: Im Prozess wegen versuchten Mordes an Clarissa Catalani und Totschlags an Alessandra Barone am vergangenen Silvesterabend befand die Jury den Angeklagten Lucio Barone heute in beiden Fällen für schuldig.«

»Oh mein Gott!«, flüstert Rayne zurück. »Clarissa? Das warst du, oder? Und wer ist Lucio Barone?«

Wie benommen starre ich auf den Bildschirm. »Ihr Vater. Alessandras Vater.« Ich denke zurück an die Szene auf dem Dach, an Signor Barone, der mit dem Finger auf mich zeigt, und die Polizeidiener, die mich fortbringen. »Ich habe sie nicht getötet. Er war es. Aber er hat behauptet, ich hätte es getan.« Mein

Herz hämmert, doch gleichzeitig verspüre ich eine ungeheure Erleichterung. »Wenn Griffon recht hat, dann muss Veronique denken, ich hätte sie getötet. Aber ich war es nicht. Und jetzt kann ich es beweisen.«

Rayne liest sich alles noch einmal durch. »Versuchter Mord? Das heißt, ihr Vater wollte dich auch umbringen!«

Ich bin geschockt. »Daran erinnere ich mich nicht. Alles, was ich weiß, ist, dass ich auf dem Dach stand und Alessandra dort unten liegen sah.«

»Wenn es einen Prozess gab, dann muss darüber noch mehr zu finden sein. Irgendwann zwischen Januar und Juli 1895.« Rayne beugt sich herüber und gibt einen neuen Suchbegriff ein.

Sie überfliegt die Ergebnisse und sieht mich dann fragend an: »Wer war Paolo Sartori?«

»Er und Alessandra waren ein Liebespaar. Ich glaube, seinen Nachnamen kannte ich gar nicht.«

»Offensichtlich hat er ihren Tod nicht verkraftet.« Sie dreht den Monitor in meine Richtung, damit ich den Artikel lesen kann.

7. Januar 1895

Kein Ende der Sutter-Tragödie: Sartori nimmt sich aus Verzweiflung das Leben

Paolo Sartori, Mitglied des Young Masters Orchestra und Betroffener der Tragödie in der Sutter-Villa, beging gestern Abend gegen 23:20 Uhr Selbstmord. Sartori schoss sich mit einer Kleinkaliberpistole in den Kopf und starb kurze Zeit später. Als Motiv für seine Tat wird Verzweiflung angenommen. Als Sartori zum Hotel

Black Swan zurückkehrte, ging er nicht wie gewohnt auf sein Zimmer, sondern setzte sich auf die Eingangstreppe, knöpfte Mantel und Weste auf, legte die Pistole an seine rechte Schläfe und drückte ab. Der 18-jährige Italiener hielt sich in der Stadt auf, um das Gerichtsverfahren zum Tod einer jungen Frau zu verfolgen, die wenige Tage zuvor in der Sutter-Villa ums Leben gekommen war.

»Kanntest du ihn auch?«, fragt Rayne, als ich zu Ende gelesen habe.

»Ja«, antworte ich leise. Ich erinnere mich an den gut aussehenden italienischen Jungen mit den schwarzen Haaren und den freundlichen Augen. Es fühlt sich an, als hätte ich die beiden gerade noch einmal verloren. »Er war so verliebt in sie. Er konnte ohne sie nicht leben.«

18

Mom schaut um die Ecke ins Wohnzimmer. »Ich gehe noch rasch duschen. Veronique und Giacomo werden in etwa einer Stunde hier sein.« Wenn »sei deinen Feinden nahe« bedeutet, sie am Samstagabend zum Essen einzuladen, dann sind wir alle in Sicherheit. Mom will sich mit einer gigantischen Lasagne bei Veronique bedanken, weil sie mir das Leben gerettet hat.

Ich schaue kurz von dem Buch auf, in das ich zum Schein vertieft bin. »Okay.« Veronique habe ich seit dem Unfall nicht mehr gesehen. Solange mein Arm nicht geheilt ist, findet kein Unterricht statt. In meiner Schreibtischschublade liegen die Ausdrucke der Zeitungsartikel, damit ich ihr beweisen kann, dass ich nichts Unrechtes getan habe. Ich habe es schwarz auf weiß.

Griffon schaut kurz von seinem Buch auf und grinst mich an. Ein bisschen habe ich ein schlechtes Gewissen, weil ich ihn nicht in meine Nachforschungen eingeweiht habe, aber zuerst will ich mit Veronique sprechen – und ihm beweisen, dass ich auf mich selbst aufpassen kann und klug genug bin, ganz allein Dinge herauszufinden. Er hat sich's im Sessel am Kamin gemütlich gemacht. Zu gerne würde ich mich neben ihn kuscheln, aber Moms Augen sind wachsam. Den ganzen Nachmittag haben wir uns an der Kaffeetafel brav gegenübergesessen.

»Die Lasagne ist noch im Ofen. Könntest du in etwa zehn Minuten mal danach sehen?«

»Kein Problem.«

»Wenn sie fertig ist, soll Griffon dir helfen, sie herauszunehmen. Mit einer Hand schaffst du das nicht«, sagt sie und blickt demonstrativ auf die elastische Schiene an meinem linken Arm.

»Alles klar, Mom«, sage ich und hoffe, dass sie endlich aus dem Zimmer verschwindet.

Kaum hat sich die Tür hinter ihr geschlossen, springe ich von der Couch auf, gehe zu Griffon und nehme ihm das Buch aus der Hand.

»Hey, das wollte ich eigentlich lesen«, protestiert er, aber das Grinsen auf seinem Gesicht sagt etwas anderes.

Ich schaue auf den Titel. »*Das Alte stürzt*«, lese ich. »Oh, wie tragisch.«

»Mach dich nicht lustig. Ein großartiger nigerianischer Schriftsteller.«

»Erstens würde ich mich niemals über große Literatur lustig machen«, sage ich, setze mich auf die Sessellehne und beuge mich zu ihm herunter, »und zweitens liest du ja gar nicht wirklich, sondern blätterst bloß alle paar Sekunden eine Seite um.«

»So lese ich eben«, sagt er und zieht ein bisschen irritiert die Brauen zusammen.

»Ist nicht dein Ernst.« Ich beuge mich hinüber und werfe einen Blick in das Buch. Es ist ziemlich klein gedruckt. »So schnell kann niemand lesen.«

Griffon sagt nichts, sondern zuckt nur mit den Schultern und verschränkt vorsichtig seine Finger mit meinen. Ich ziehe meine Hand zurück und verziehe das Gesicht, weil die rasche Bewegung schmerzt. »Okay, Mister Neunmalklug ... Dann wollen wir mal sehen.« Ich gehe hinüber zu Moms vollgestopftem Bücherregal und lasse meine Augen über die Buchrücken wandern. Ich ziehe *Der Tod in Venedig* heraus und halte es hoch. »Hast du das hier gelesen?«

Griffon nickt. »Japp.«

Ich stelle das Buch zurück und schaue nach einem anderen. »Was ist mit *Der große Gatsby?*«

Er lacht. »Kennst du vielleicht jemanden, der das *nicht* gelesen hat?«

Ich ziehe einen Flunsch und wende mich wieder den Büchern zu. »*In der Strafkolonie* von Kafka?«

»Ja, auch das. In den meisten meiner vorherigen Leben gab es außer Lesen einfach nicht viel, das man tun konnte, um sich die Zeit zu vertreiben, verstehst du?«

»Keine Sorge, ich finde schon was.« Ich nehme einen dicken Wälzer mit schwarzem Einband aus dem Regal. »Wie steht's mit Poe?«

»Kommt drauf an«, sagt Griffon. »Welche Geschichte?«

Ich schlage das Buch wahllos in der Mitte auf. »*Die Brille.*«

»Bingo! Die kenne ich tatsächlich nicht.«

Ich beäuge ihn skeptisch, sehe aber, dass er die Wahrheit sagt. »Sehr gut.« Ich blättere eine Seite weiter. »Du hast zehn Sekunden, dir das anzusehen, und dann musst du mir sagen, was da steht.« Ich weiß selbst nicht, warum ich nicht lockerlasse – vielleicht, weil ich immer noch einen Beweis dafür will, dass er mir die Wahrheit erzählt. Ich will, dass Akhet-Sein etwas ist, das man sehen und anfassen und überprüfen kann.

Er nimmt meine Hand. »Cole, hältst du das für eine gute Idee?«

»Du willst doch jetzt nicht kneifen, oder?«

Er legt den Kopf auf die Seite und schaut mich an. »Also gut. Zehn Sekunden.«

Ich drehe das Buch in seine Richtung, damit er die Seite sehen kann, und sage in meinem Kopf zehn Mal Mississippi, bevor ich es wieder zu mir herumdrehe. »Also los. Was steht da?«

Griffon stöhnt. »Komm schon, Cole. Ich hasse das. Ich bin doch keine Zirkusattraktion. Stell es wieder weg.«

Ich lächele siegessicher. »Wusste ich's doch. Du kannst es nicht.« Zugegeben, das mit dem Schachspiel war wirklich beeindruckend, aber mit dem Schnelllesen habe ich ihn eiskalt erwischt.

Er seufzt und legt los: »Seite 863, vierter Absatz: ›Der Zauber einer schönen Frauengestalt, der weiblichen Anmut, war eine Macht, der zu widerstehen mir immer unmöglich gewesen war; hier aber sah ich personifizierte, verkörperte Anmut, das Idol meiner kühnsten und verstiegensten Visionen.‹« Griffon sieht mich an. »Reicht dir das? Wenn du willst, sage ich auch die ganze Seite auf, könnte aber ziemlich langweilig werden.«

Ich starre auf die Buchseite, auf die Worte, die genau so dastehen, wie er sie gesagt hat, schwarz auf weiß. Da habe ich meinen Beweis. Aber anstelle von Genugtuung verspüre ich nur ein unheimliches Prickeln im Nacken, so stark, dass ich heftig den Kopf schütteln muss, um es loszuwerden. »Öh … nein. Ich glaube, das reicht.«

»Okay. Ich würde sagen, dann musst du mir all das andere jetzt auch glauben.« Er streckt die Arme nach mir aus und zieht mich auf seine Knie hinunter. Wir lachen und küssen uns gleichzeitig, sodass unsere Zähne aneinanderklappern. Er ist wunderbar. Und er ist hier, bei mir. Er streicht mir die Haare aus dem Gesicht, küsst mich diesmal heftiger und zieht mich eng an sich – mir wird ganz kribbelig davon.

»Du«, sagt er, »machst mich noch verrückt.«

Ich werfe den Kopf zurück und sehe ihn an. »Gut zu wissen«, sage ich und küsse ihn wieder.

Griffon rückt ein bisschen von mir ab und sieht zur Tür hinüber. »Vielleicht keine gute Idee«, sagt er. »Deine Mom ist gleich nebenan.«

»Entspann dich«, sage ich und ziehe ihn wieder an mich. »Sie kann uns nicht hören.«

»Haha! Dann bist du verloren …« Er gibt einen knurrenden Laut von sich, vergräbt sein Gesicht in meinem Nacken und pustet und beißt, bis ich anfange zu quieken.

»Ich ergebe mich! Ich ergebe mich!«, schreie ich und winde mich hin und her. »Ich bin schrecklich kitzelig.«

»Aha! Sehr gut. Ich werde es mir merken … für später.« Er packt mich um die Hüften und hebt mich zurück auf die Sessellehne. »Aber leider muss das noch ein bisschen warten.«

Sein Blick fällt auf die beiden Cellokoffer, die unübersehbar in der Ecke an der Wand lehnen. Ein bisschen Staub hat sich darauf gesammelt, weil ich sie jetzt seit über einer Woche nicht angefasst habe. »Hast du schon versucht zu spielen?«

Ich schüttele den Kopf. »Nein.« Jedes Mal, wenn ich an diesem Zimmer vorbeikomme, geht mein Blick automatisch zu den Celli. Aber ich will nicht daran denken. Ich habe Angst. Früher war es so unglaublich leicht, meine Finger wussten immer von allein, wo sie die Töne finden. Aber jetzt? Die Angst, nicht mehr spielen zu können, ist inzwischen sogar stärker als das schlechte Gewissen wegen meiner erschwindelten Begabung, so stark, dass ich den Gedanken lieber die meiste Zeit verdränge.

Griffon geht hinüber zu den Instrumenten, nimmt eines und hält es in meine Richtung. »Würdest du's mir zeigen?«

Ich runzele die Stirn. »Wie man spielt?«

»Klar. Du wolltest mir doch Unterricht geben.«

Ich gehe unsicher hinüber, habe fast Panik, das Cello auch nur zu berühren. Griffon holt es aus dem Koffer und lehnt es gegen seine Schulter. »Ist es so richtig?«

»Ja, sehr gut.« Ich nehme den Bogen. »Den hältst du in der rechten Hand. Stell dir vor, er wäre der Atem des Cellos. Er erzeugt die Musik.« Ich lege den Bogen in seine Hand und zeige ihm die richtige Haltung. »Lass die Saiten erst mal außer Acht. Versuch einfach, ein Gespür für den Bogen zu bekommen.«

Griffon führt ihn mit leichter, aber fester Hand, und nur wenn er zu nah an den Steg kommt, quietscht es ein bisschen. »Zeig mir einen Ton.«

Ich nehme seine linke Hand, zeige ihm die richtige Haltung und lege seinen Finger auf die G-Saite. »Halt die Saite hier oben gedrückt und streich unten mit dem Bogen darüber.« Der Bogen wackelt ein bisschen, aber der Finger liegt gut auf der Saite. »Verstehst du, wie's geht? Das ist ein A.«

»Ein A, sehr gut. Dann fehlen mir ja nur noch 25 Buchstaben«, sagt er und grinst mich an.

»Sehr witzig.«

»Willst du auch mal probieren?«

Ich stehe da und starre mein Cello an. Will ich wirklich eine Antwort auf die Frage, die ständig in meinem Hinterkopf lauert? Das Cello hat mich so lange fast überallhin begleitet und ich habe so viele Stunden damit verbracht, dass ich mich in letzter Zeit fühle, als hätte man mich von meinem siamesischen Zwilling getrennt. Und ich bin mir nicht sicher, ob einer von uns ohne den anderen überleben kann.

»Es ist niemand da, nur wir beide«, sagt Griffon. »Nicht mal deine Mom würde es hören.« Er dreht das Instrument in meine Richtung und ich lasse es vorsichtig gegen meine Schulter sinken. Das Gewicht des Cellos an meinem Körper fühlt sich so wunderbar vertraut an. Bis zu diesem Augenblick war mir gar nicht klar, wie sehr ich es vermisst habe. Ich betrachte seine elegant geschwungenen Formen und die feinen bronzenen Akzente im Lack. All das erscheint mir heute noch tausendmal schöner, und ich habe ein schlechtes Gewissen, weil es so lange unbeachtet in der Ecke stand.

Ich nehme den Bogen in meine rechte Hand, und es ist, als würde er mit meinen Fingern verschmelzen, ja sogar mit meinen Gedanken. Aber mein linker Arm beginnt, heftig zu pochen, und das Kribbeln in meinen Fingern wird immer unangenehmer. Unter der Schiene verbergen sich die schwarz glänzenden Stiche, die meine Hand vorerst unbrauchbar machen, wenn ich mir auch noch sosehr wünsche, es wäre anders. »Es ist zu früh«, sage ich, gebe Griffon den Bogen zurück und schüttele heftig den Kopf, auch, um die Tränen zu unterdrücken, die hinter meinen Lidern brennen. »Ich kann nicht.«

Griffon nimmt mir das Cello aus der Hand, beugt sich zu mir und küsst mich sanft. »Es tut mir leid. Ich hätte dich nicht drängen sollen. Du weißt selbst am besten, wann du bereit bist.«

Eine einsame Träne rollt meine Wange herab und ich wische sie ärgerlich weg.

Als Griffon das Cello wieder in den Koffer packt, sehe ich, wie sein Blick kurz zur Tür hinübergeht. Ich drehe mich um und sehe Mom. Sie tut so, als käme sie gerade erst ins Zimmer, aber das Glänzen in ihren Augen verrät mir, dass sie vermutlich lange genug dort gestanden hat. »Ich, hm, wollte nur sagen, dass die Lasagne gleich aus dem Ofen muss.« Sie zögert und schaut überallhin, nur nicht auf den Instrumentenkoffer. Dann strafft sie ihre Schultern und gewinnt ihre Fassung zurück. »Ich kümmere mich schon darum. Lernt ihr nur weiter.«

* * *

Während das Besteck auf den Tellern klappert, blicke ich immer wieder heimlich zu Griffon und kann das breite Grinsen auf meinem Gesicht kaum unterdrücken. Es war gar nicht schwer, Mom zu überreden, dass sie ihn auch einlädt, und ich habe sie gebeten, ihn neben Veronique zu setzen. Ich beobachte, wie er seine Hand nah neben ihre auf den Tisch legt oder ihren Arm streift, wenn er nach der Butter greift. Ob es irgendwelche Schwingungen zwischen ihnen gibt, kann ich nicht sagen, ihre Gesichter verraten jedenfalls nichts.

Die Eingangstür fällt krachend ins Schloss und mit einem Schwall von Entschuldigungen kommt Kat ins Zimmer gerauscht. »Ich weiß, ich weiß, ich bin zu spät. Tut mir leid. Ich war noch in der Boutique«, sagt sie ein bisschen außer Atem und setzt sich auf ihren Platz.

Mom lächelt verkrampft, während Dad seinen Ich-bin-mit-meiner-Weisheit-am-Ende-Blick aufsetzt. Sie könnten glatt als eingespieltes Paar durchgehen, und man würde nicht vermuten, dass Dad nur als Special Guest bei besonderen Gelegenheiten auftritt. Die Frage, ob sie wohl in einem früheren Leben schon mal zusammen waren, geht mir durch den Kopf – vielleicht ist damals was schiefgelaufen, und darum hat es auch diesmal nicht geklappt. Sind sie womöglich dazu bestimmt, immer wieder zusammenzukommen, bis sie es entweder hinkriegen oder endgültig aufgeben?

»Zum Glück haben wir mit dem Essen nicht auf dich gewartet«, sagt Mom verkniffen. »Veronique, Giacomo, haben Sie meine älteste Tochter Katherine schon kennengelernt?«

»Nein, ich glaube, wir sind uns noch nicht begegnet«, erwidert Veronique und lächelt zu Kat herüber.

»Ich bin die ohne Begabungen«, sagt Kat. Mom zuckt leicht zusammen, und ihre Hände krallen sich in das Stuhlkissen, während sie eine Bemerkung herunterschluckt.

»Kat!« Dad bemüht sich, seiner Stimme einen warnenden Unterton zu geben, aber da er aus Erfahrung weiß, dass seine Autorität begrenzt ist, lässt er es dabei bewenden. Dad ist am besten in der Rolle des guten Bullen und Mom spielt den bösen wie ein Naturtalent.

»War ja nur 'n Scherz«, sagt Kat unbeeindruckt und fuchtelt mit ihrer Gabel in Griffons Richtung. »Hey, wen haben wir denn da?«

Sie stößt mich mit dem Ellbogen in die Seite. »Hättest nicht gedacht, dass wir ihn wiedersehen, was?« Als sie sich in meine Richtung dreht, rieche ich, dass sie eine kleine Fahne hat, und frage mich, ob Mom und Dad es wohl auch merken. »Owen kommt vielleicht im Sommer her. Habt ihr immer noch Kontakt?«

Dad runzelt verwirrt die Stirn. »Ihr kennt euch?«

»Hat Cole das nicht erzählt? Griffon ist der Typ, der sich um sie gekümmert hat, als sie im Tower von London ohnmächtig geworden ist.« Na toll. Jetzt muss ich wahrscheinlich nicht nur lang und breit erzählen, woher wir uns kennen, sondern auch noch, warum ich nicht schon früher damit rausgerückt bin.

»Du bist ohnmächtig geworden?«, fragt Mom und richtet sich in ihrem Stuhl zu voller Größe auf. »Davon hast du mir gar nichts gesagt. Sam, wusstest du das?«

Dad zuckt mit den Schultern. »Es ging ihr wieder gut. Sie meinte, es lag nur am Jetlag. Ist ja auch nicht wieder vorgekommen, oder, Cole?«

»Mom, bitte«, sage ich und rolle meine Augen demonstrativ in Veroniques und Giacomos Richtung. »Es war nichts weiter.« Wir sind auf dem besten Weg, Reklame für ein kinderloses Singledasein zu machen, ein abschreckendes Beispiel für alle, die sich mit dem Gedanken tragen, eine Familie zu gründen.

Veronique dreht sich zu Griffon herum. »Also, du und Cole, ihr habt euch in London getroffen?« Dad blickt erst zu ihr und dann hinüber zu Mom. Alle warten gebannt auf eine Erklärung.

»Ja, dort haben wir uns kennengelernt«, sagt Griffon. »Ich wohne zeitweise dort.« Er wirft mir einen Blick zu, und ich sehe, dass er nicht weiß, wie viel er erzählen soll.

»Eigentlich bloß ein verrückter Zufall«, übernehme ich und schicke ein kurzes Lachen hinterher, das allerdings in meinen Ohren ziemlich gekünstelt klingt. »Griffons Dad ist nämlich Torwächter im Tower. Als wir dort waren, wurde mir ein bisschen schwindlig, und Griffon war zufällig in der Nähe. Dann fand Kat durch seinen Freund heraus, dass er gleich hier um die Ecke wohnt, und wir haben uns wiedergesehen. Das war schon alles.«

Kat spießt ein paar ziemlich große Salatblätter auf ihre Gabel. »Irrer Zufall, oder?«, fragt sie und stopft sich den Salat in den Mund.

Veronique neigt den Kopf zur Seite und schaut mir direkt in die Augen. »Absolut«, sagt sie. »Wirklich erstaunlich.« Irgendetwas an der Art, wie sie das sagt, beunruhigt mich, und ich schaue verstohlen zu Griffon, der neben ihr sitzt und sich nicht rührt.

»Ein Torwächter? Das muss faszinierend sein«, sagt Dad.

Ich frage mich, ob irgendjemandem außer mir auffällt, dass es Griffon ein bisschen Überwindung kostet, sich ihm zuzuwenden. »Ja, das ist es. Er hat eine Wohnung direkt im Tower, und wenn ich ihn besuche, bin ich auch dort.«

Kat macht sich über die Lasagne her, und ich sehe, dass Mom wieder entspannter auf ihrem Stuhl sitzt, als das Gespräch sich weniger verfänglichen Themen zuwendet. »Ich war vor vielen Jahren einmal dort, bevor die Mädchen zur Welt kamen«, erzählt sie. »Wie ist es denn nachts dort?«

»Gespenstisch«, antwortet Kat, die trotz ihrer intensiven Beschäftigung mit der Lasagne anscheinend die Unterhaltung verfolgt hat. »Geister ohne Köpfe und Gefangene in Ketten spuken überall herum.«

Bilder aus meiner Vision im Tower tauchen wieder vor mir auf und ich verspüre ein flaues Gefühl in der Magengrube. Mit aller Macht schiebe ich sie beiseite, denn ich will nicht, dass ungebetene Erinnerungen den Abend überschatten. »Ach Kat, vergiss es. Es gibt keine Geister.«

Ich ernte ein Lächeln von Giacomo. »Ah, eine Skeptiker. Du glaubst nicht an übernatürlich?«

Ich spüre, wie das Lächeln auf meinem Gesicht ein wenig einfriert, und gebe mir Mühe, es neu zu beleben. »Nein, nicht wirklich.« Ich meine, sich über Jahrhunderte zurück an frühere Leben zu erinnern, umgeworfene Schachfiguren korrekt wieder aufzustellen und sich in zehn Sekunden den Text einer ganzen Buchseite einzuprägen, das zählt doch wohl nicht als übernatürlich, oder?

Mom kommt mir zu Hilfe: »Nicole war immer schon die Praktischere von beiden. Sie mochte nicht mal Märchen, als sie noch klein war.«

Ich merke, wie ich rot werde, und bin dankbar, dass Griffon versucht, die Unterhaltung in eine andere Richtung zu lenken. »Geister gibt es im Tower vielleicht nicht, aber dafür kommen jede Menge berühmte Leute dorthin.«

Das ist was für Kat. »Oh, wer denn zum Beispiel?«

Griffon beginnt, die Stars aufzuzählen, die er dort schon gesehen hat, und erzählt die lustige Geschichte einer reichen Erbin, die sich nicht davon abbringen lassen wollte, ein Stück aus der Kronjuwelensammlung zu kaufen, was beinahe einen internationalen Eklat auslöste. Giacomo beteiligt sich mit seinem gebrochenen Englisch an der lebhaften Unterhaltung, aber Veronique ist ungewöhnlich still. Zwar folgt sie dem Gespräch mit den Blicken, aber ich spüre, dass sie in Gedanken ganz woanders ist.

Für den Nachtisch scheucht Mom uns alle ins Wohnzimmer. Ich sitze neben Veronique auf der großen Couch, Griffon hat wieder seinen Platz im Kaminsessel eingenommen. Er wirkt ganz entspannt, aber ich weiß genau, dass er uns aufmerksam beobachtet. Sein Gesichtsausdruck verrät nicht, ob er noch mehr von Veronique erspürt hat, aber auf jeden Fall scheint er entschlossen, mich nicht mit ihr allein zu lassen.

Giacomo beugt sich zu mir herüber und fragt: »Hat Veronique für dich gespielt die Piano?«

Ich schaue überrascht zu Veronique. »Ich wusste gar nicht, dass du Klavier spielst.«

Sie zuckt mit den Schultern. »Ach, nichts Besonderes«, sagt sie und wirft Giacomo einen tötenden Blick zu, aber entweder hat er es nicht bemerkt, oder er ignoriert sie einfach, denn er lacht und sagt: »Oh, mehr als nur … wie sagt man … bisschen.« Er schaut sie aufmunternd an. »Spiel etwas!«

»Oh ja bitte, spielen Sie für uns«, sagt Mom, die gerade ihren Kopf zur Tür hereinsteckt, um zu fragen, wer Kaffee möchte. »Das arme Klavier ist schon so lange verwaist.«

»Also gut«, sagt Veronique ungewohnt schüchtern, geht hinüber und setzt sich auf die Klavierbank. Sie reibt sich kurz mit den Händen über die Oberschenkel und atmet tief aus. Dann legt sie die Finger auf die Klaviatur und schließt die Augen. Sofort erkenne ich die Eröffnungssequenz von *Meditation*. Leicht und fließend gleiten ihre Finger über die Tasten, bewegen sich so mühelos und beseelt durch das Stück, wie ich es selten gehört habe. Sie spielt nicht nur fehlerfrei, sondern auch so gefühlvoll und inspiriert, wie ich es selbst von Julie nicht kenne. Das Adagio ist kaum mehr als ein zartes Flattern der Töne. Als sie am Ende angelangt ist, legt sie die Hände auf die Knie und senkt verlegen den Blick, während wir applaudieren.

»Das nennst du ›ein bisschen‹?«, frage ich ziemlich perplex, aber auch verärgert, weil sie mir nie gesagt hat, dass sie ein Klavier-Genie ist. »Dann kann man auch sagen, dass ich ›ein bisschen‹ Cello spiele.« Da mime ich die Lehrerin und denke, ich müsste ihr musikalische Grundlagen beibringen, dabei gehört sie eigentlich auf die Bühne des Konservatoriums. »Wie stehe ich denn jetzt da? Wie peinlich.«

»Peinlich? So ein Unsinn.« Sie kommt herüber und setzt sich neben mich. »Okay, ich kann Klavier spielen. Mit dem Cello dagegen bin ich hoffnungslos. Zumindest war ich das vor dem Unterricht bei dir.« Sie schaut auf meinen Arm. »Wie geht's eigentlich deinem Arm? Haben sie schon gesagt, ob du bald wieder spielen kannst?«

»Er macht sich ganz gut«, sage ich vage. Unwillkürlich massiere ich mit dem Daumen meine kribbelnden Fingerspitzen und denke an vorhin. »Es kann eine ganze Weile dauern, bis das Gefühl in die Finger zurückkehrt.« Falls es überhaupt zurückkehrt, denke ich, aber das kann ich nicht laut aussprechen. Ein paar der schwarz glänzenden Fäden schauen unter der Schiene hervor, und ich sehe, wie ihr Blick immer wieder dorthin gleitet, während ich spreche. Sind das Schuldgefühle?

Dad stellt sich hinter mich und legt eine Hand auf meine Schulter. »Die Hauptsache ist, dass nicht noch Schlimmeres passiert ist und es Cole so weit gut geht«, sagt er und sieht Veronique an. »Und das verdanken wir Ihnen. Wer weiß, was geschehen wäre, wenn Sie ihr nicht geholfen hätten.«

Ich sehe, dass Griffons Miene sich verfinstert, aber ich richte meine Aufmerksamkeit auf Veronique. »Er hat recht.«

»Na hör mal, ich würde dich doch nicht verbluten lassen. Schließlich habe ich für einen Monat im Voraus gezahlt, da will ich auch was haben für mein Geld.« Sie legt ihren Arm um meine Schultern und drückt mich kurz. Ich konzentriere mich auf die Stelle, wo sich unsere Körper berühren, und spüre leichte Akhet-Schwingungen. Um zu sehen, ob ich irgendetwas von Alessandras Seele in Veronique erkenne, schaue ich ihr kurz in die Augen. Aber ich empfange nichts. Plötzlich verspüre ich den Wunsch, ihr alles zu erzählen. Alles, was ich von Alessandra weiß und darüber, was in jener Nacht auf dem Dach geschah. Dass nicht ich sie hinuntergestoßen habe, weil ich so etwas niemals tun würde. Dass wir Freundinnen waren und ich niemals versucht hätte, ihr Paolo wegzunehmen. Ich wünschte, wir könnten an unsere frühere Freundschaft anknüpfen, die damals ein so schreckliches Ende fand. Die Erinnerungen an Alessandra nehmen mich immer mehr gefangen, während meine Umgebung in weite Ferne rückt.

Die geschlossene Kutsche wartet bereits am Fuße der ausladenden Steintreppe. Unter den Blicken der vornehmen Gäste, die stumm zusehen, wie ich vergeblich versuche, mich aus dem unerbittlichen Griff der Polizeidiener zu winden, zerrt man mich zur Eingangstür hinaus. Die Pferde wiehern und stampfen ungeduldig mit den Hufen.

»So warten Sie doch! Lassen Sie mich erklären!« Ich fühle mich wie in einem Albtraum, aus dem es kein Erwachen gibt.

Als sie mich die Stufen hinunterschleppen, höre ich plötzlich, wie hinter uns jemand auf Italienisch ruft: »Halt!« Jemand hat mich gehört. Jemand wird mir glauben. Die Erleichterung raubt mir beinahe die Sinne.

Ich drehe mich um und sehe Paolo, der so eilig die Treppe heruntergelaufen kommt, dass seine eleganten Schuhe die Stufen kaum berühren.

Er bleibt ganz nah vor mir stehen und ich sehe Tränen in seinen Augen. »Warum?«, fährt er mich an. »War deine Eifersucht zu groß? Weil sie so vollkommen war?«

Mir stockt das Herz. Auch er glaubt mir nicht. Niemand glaubt mir. Ich bin allein und von allen verlassen. »Ich habe ihr nichts getan! Ich würde ihr nie etwas tun!«

Tränen rollen über seine Wangen und er schüttelt ungläubig den Kopf. »Sie hat dich geliebt wie eine Schwester. Alessandra war das wunderbarste Wesen auf der ganzen Welt. Und du hast sie getötet!«

Die Polizeidiener sagen etwas, das ich nicht verstehe, und zerren mich zur hinteren Tür der Kutsche. Meine Beine tragen mich nicht mehr, also packen sie mich und hieven mich unsanft auf eine der hölzernen Bänke im Inneren.

Gerade haben sie die Tür geschlossen, da erscheint Paolos Gesicht vor dem kleinen Fenster. Seine Hände umklammern die Holzstreben und er schaut mich mit hasserfüllten Augen an. »Warum hast du das getan?«, fragt er heiser. »Ich muss es wissen, sag es mir!«

Ich schaue ihn erschrocken an und suche verzweifelt nach den richtigen Worten. »Ich habe ihr nichts getan. Du musst mir glauben!«

Der Wagen schaukelt, als die Polizeidiener auf den Kutschbock steigen, und es gibt einen Ruck, als die Pferde sich in Bewegung set-

zen. Durch das kleine Seitenfenster sehe ich Paolo, der am Fuße der Treppe steht und mich unverwandt anstarrt. Der Wagen rollt weiter, und Paolo wird kleiner und kleiner, bis wir schließlich um eine Straßenecke biegen und er aus meinem Gesichtsfeld verschwindet.

Giacomo beugt sich herüber zu Veronique und sagt: »Vielleicht solltest du ihnen verraten, dass du früher Medizin studiert hast.«

Seine Worte reißen mich fort von Alessandra und Clarissa und bringen mich zurück zu Veronique und Cole im Hier und Jetzt. Ich habe keine Ahnung, wovon er redet.

»Wie bitte, was hast du gesagt?«

Giacomo schaut mich perplex an, aber auf Veroniques Gesicht erscheint ein kleines Lächeln.

»Ich sagte, dass Veronique früher mal Ärztin werden wollte. Darum wusste sie, was zu tun war, als sie all das Blut sah.«

»Ach, ich wusste gar nicht, dass du Ärztin bist«, sage ich ein wenig unsicher und versuche, irgendwie wieder in das Gespräch hineinzufinden, während ich immer noch Paolos schmerzverzerrtes Gesicht vor mir sehe.

»Ich habe mein Studium nicht beendet«, sagt Veronique zögerlich. »Zumindest nicht den praktischen Teil. Jetzt arbeite ich in der Forschung.«

»Trotzdem«, sage ich und gebe mir alle Mühe, die Erinnerung abzuschütteln. »Die meisten wären bei dem Anblick von so viel Blut schreiend aus dem Zimmer gelaufen. Du hast keine Sekunde gezögert und sofort gehandelt.« Ich beuge mich zu ihr hinüber und sage leise: »Hör mal, da gibt es etwas, über das ich gern mit dir reden würde. Können wir uns morgen treffen?«

»Nicole?«, fragt Dad und sieht mich entgeistert an. »Seit wann sprichst du Italienisch?«

Ich starre verständnislos zurück. Was meint er bloß? »Wovon redest du?«

»Davon, dass du dich in fließendem Italienisch mit Veronique und Giacomo unterhältst.«

Plötzlich wird es still im Zimmer und alle warten gebannt auf meine Antwort. Ich bin mir immer noch nicht sicher, was eigentlich passiert ist, und suche hastig nach einer plausiblen Erklärung. »Öh, die Schule. Da gibt es jetzt eine Italienisch-AG.«

Kat sieht mich argwöhnisch an. »Ich dachte, du kommst nicht mal in Spanisch mit.«

»Öh ja, darum dachte ich, ich versuch's mal mit Italienisch. Mit irgendeiner Sprache muss es ja mal klappen. Haha.« Mein Lachen klingt so furchtbar gekünstelt, dass sich mir innerlich alles zusammenzieht.

»Wir lernen zusammen«, kommt Griffon mir zu Hilfe. »Ich überlege nämlich, ob ich vielleicht ein Auslandsjahr in Italien mache.«

»Deine Aussprache ist fabelhaft«, sagt Veronique und mustert mich aufmerksam. »Fast, als wäre es deine Muttersprache.«

Mom kommt mit einem voll beladenen Tablett herein und lenkt die anderen vorerst davon ab, dass ich anscheinend über Nacht zum Fremdsprachengenie geworden bin. Während die anderen ihr helfen, Platz auf dem Kaffeetisch zu schaffen, werfe ich Griffon schnell ein dankbares Lächeln zu.

Mom sieht zu Kat hinüber, die sich in einen Sessel am Fenster gefläzt hat. »Schatz, möchtest du nicht auch etwas für uns spielen?« Sie wendet sich an Veronique. »Kat hat viele Jahre Unterricht gehabt, müssen Sie wissen. Sicher kann sie nicht mit Ihnen mithalten, aber im Rahmen ihrer Möglichkeiten spielt sie eigentlich ganz hübsch.«

Ich zucke innerlich zusammen und bin mal wieder erstaunt, dass Mom überhaupt nicht merkt, was sie manchmal von sich gibt. Kat rührt sich nicht, sondern dreht nur den Kopf in ihre Richtung und sagt kühl: »Nein, ich denke nicht.«

Mom richtet sich im Stuhl auf. »Katherine, Liebes, lass dich doch nicht so bitten. Vielleicht etwas von Chopin? Das mochtest du doch immer gern. Ich erinnere mich an die wunderbaren Duette, die du zusammen mit Nicole gespielt hast.«

Kat steht aus dem Sessel auf, streicht ihr Kleid glatt und sagt mit bemerkenswerter Ruhe: »Wir sind nicht deine Zirkusäffchen. Bloß weil du mit Cole nicht mehr vor deinen Gästen angeben kannst, muss ich mich noch lange nicht zum Narren machen.« Sie nickt Giacomo und Veronique zu, durchquert mit entschlossenen Schritten das Wohnzimmer und verschwindet im Flur.

Mom rückt ihre Frisur zurecht, setzt ihr bestes Lächeln auf, so als wäre nichts geschehen, und flötet: »Also, wer möchte Kaffee?«

19

Als die Tür sich hinter Veronique geschlossen hat, sehe ich, wie die Anspannung von Griffon abfällt.

»Wirklich ein gelungener Abend!«, sagt Mom und beginnt, das Geschirr einzusammeln.

»Vielen Dank für die Einladung, Mrs. Ryan«, sagt Griffon und schenkt ihr sein charmantestes Lächeln.

Sie erwidert es. »Du bist uns immer herzlich willkommen«, sagt sie und wirft mir einen vielsagenden Blick zu, den ich lieber ignoriere.

Ich höre Dad in der Küche hantieren, überlege kurz und komme zu dem Schluss, dass meine Chancen wohl besser stehen, wenn ich nur einen von beiden frage. »Wir würden uns gern noch mit Rayne treffen, ist das okay?«

»Ich weiß nicht, Schatz. Du wurdest doch gerade erst aus dem Krankenhaus entlassen.«

»Mom, das ist schon über eine Woche her.« Ich sehe ihr Zögern und weiß, dass sie nach weiteren Einwänden sucht, darum sage ich schnell: »Ich war so gut wie gar nicht weg, seit ich wieder zu Hause bin. Wir wollen nur ein Eis essen oder so. Und vielleicht danach noch ins Café. Bitte Mom, es ist doch schließlich Freitagabend.«

Sie wirft einen Blick auf die Uhr. »Okay«, sagt sie endlich, »aber vor Mitternacht bist du wieder zu Hause. Und nimm dein Handy mit.«

»Wird gemacht«, sage ich, flitze zur Garderobe, um unsere Jacken zu holen, und beeile mich, das Haus zu verlassen, bevor sie es sich noch anders überlegt.

Kaum sind wir die Treppe runter und außer Sichtweite, bleibt Griffon stehen, zieht mich so ungestüm zu sich, dass ich buchstäblich vom Boden abhebe, und küsst mich. »Danach habe ich mich schon den ganzen Abend gesehnt«, sagt er und lässt mich wieder runter.

Ich stelle mich auf die Zehenspitzen, lege meine Hände um seinen Hals und ziehe ihn zu mir heran. »Nicht so sehr wie ich«, sage ich und küsse ihn noch inniger. Ich lege meine Hand in seine, und er hält sie so fest, als wollte er sie nie wieder loslassen.

»Danke für die Hilfe bei der Italienisch-Nummer«, sage ich. »Wie abgefahren, ich meine, habe ich wirklich Italienisch gesprochen?«

»Oh ja, und zwar perfekt. Wenn man sich erst bewusst ist, dass man früher schon mal existiert hat, dann finden auf einmal viel mehr Fähigkeiten ihren Weg ins jetzige Leben.« Griffon spricht Italienisch, und ich verstehe jedes Wort, das er sagt. »Was hast du gesehen?«, fragt er, wieder auf Englisch.

Ich zögere. »Nichts Besonderes. Aber jetzt bin ich sicher, dass wir beide Musiker waren.« Veronique war einverstanden, dass wir uns morgen treffen. Dann kann ich ihr endlich beweisen, was wirklich geschehen ist. Sobald ich die Sache mit ihr geklärt habe, werde ich Griffon alles erzählen.

Er fährt mit den Fingern durch mein Haar und ein wohliger Schauer läuft mir den Rücken hinab. »Wir wissen zwar immer noch nichts Konkretes, aber ich bin nach wie vor überzeugt, dass wir sehr vorsichtig sein müssen.«

»Es wird schon alles in Ordnung kommen, du machst dir zu viele Sorgen. Am Ende willst du mich noch jeden Tag von der Schule abholen.«

Griffon grinst. »Daran habe ich ernsthaft gedacht.«

Ich schaue mich um, kann aber sein Motorrad nirgends sehen. »Bist du nicht mit dem Bike gekommen?«

»Doch, aber ich hab's um die Ecke geparkt. Deine Eltern fänden es bestimmt nicht so toll, wenn ich mit dem Motorrad vorfahre«, sagt er und grinst. »Treffen wir uns wirklich mit Rayne?«

»Ja, aber nicht hier. Sie hat was von einem Lagerfeuer am Strand erzählt. Hast du Lust?«

»Aha, dann hast du deine Mom also angeschwindelt. Was ist bloß aus dem braven Mädchen geworden, das nichts anderes im Sinn hatte, als Cello zu spielen?«

»Sie hat beschlossen, dass sie zu lange immer nur zu Hause gehockt hat. Außerdem war es nicht wirklich gelogen. Erstens treffen wir uns mit Rayne, zweitens habe ich mein Handy dabei, und drittens kann man nie wissen, ob wir vielleicht doch noch irgendwo ein Eis essen, oder?«

Hinten auf dem Motorrad zu sitzen – mit *meinem* Helm auf dem Kopf –, und die Schaufenster vorbeiflitzen zu sehen, ist so völlig anders, als die Welt aus dem Bus heraus zu betrachten. Als wir an der Ampel neben dem Peet's halten, würde ich am liebsten den Leuten drinnen an den Tischen zuwinken, damit alle sehen, dass ich nicht mehr das Mädchen bin, das brav jeden Tag mit dem Bus nach Hause fährt. In so kurzer Zeit hat sich so viel für mich verändert.

Als wir uns dem Strand nähern, spüre ich die Feuchtigkeit in der Luft und schmecke das Salz auf meinen Lippen. Am Ende der Straße biegt Griffon links ab, und dann liegt das Meer vor uns, erstreckt sich, so weit das Auge reicht, bis zum Horizont. Parallel zum Wasser fahren wir den Hügel hinunter und sehen von oben schon den orangefarbenen Schein der zahlreichen Lagerfeuer, mit denen die Leute unten am Strand das Wochenende einläuten.

Als wir am Fuß des Hügels gerade um eine weitere Kurve gebogen sind, dreht Griffon plötzlich voll das Gas auf. Das Bike schnellt mit einem Satz vorwärts und ich klammere mich instinktiv fester an ihn. Das erste Mal, seit ich mit ihm fahre, bekomme ich Angst. Immer höher dreht der Motor, immer schneller rasen wir vorwärts, bis die Straßenmarkierung zu einer einzigen weißen Linie verschwimmt.

Griffon wirft einen raschen Blick zurück über die Schulter. Ich neige mich vorsichtig ein bisschen zur Seite, um im Rückspiegel zu sehen, wonach er geschaut hat: Scheinwerfer. Scheinwerfer, die so schnell näher kommen, dass mir vor Schreck der Atem stockt. Wer immer da auf uns zuprescht, hat uns offensichtlich ins Visier genommen. Jetzt wünschte ich, Griffon könnte noch schneller fahren.

Während er sich tiefer in den Windschatten legt, nimmt er für einen kurzen Augenblick seine linke Hand vom Lenker und zieht meine Arme enger um sich, um mir zu sagen, dass ich mich gut festhalten soll. Ich kralle meine Hände in seine Jacke und presse meinen Kopf gegen seinen Rücken. Mein Herz rast und das Plastikvisier des Helms beschlägt von meinem raschen Atem. Das hochgepeitschte Jaulen des Motors dröhnt in meinen Ohren, doch gleichzeitig höre ich ganz deutlich das tiefe, bedrohliche Brummen des schweren Wagens, der unaufhaltsam näher kommt. Ich wage nicht, mich umzudrehen, aber das brauche ich auch gar nicht, denn die Scheinwerfer sind bereits so nah, dass sie uns in helles Licht tauchen.

Gleich wird es uns erwischen.

Als ich schon glaube, die Stoßstange an unserem Hinterrad zu spüren, geht Griffon plötzlich leicht vom Gas und biegt dann so unvermittelt scharf links ab, dass der schwarze Asphalt nur noch Zentimeter von uns entfernt ist. Das Auto rast weiter geradeaus – wir haben sie abgehängt. Griffon gibt noch einmal Gas, bis wir das westliche Ende des Golden Gate Parks erreicht haben. Dann bremst er langsam ab und steuert die Maschine auf das Gras am Straßenrand.

Er zieht den Zündschlüssel ab und klappt den Seitenständer aus. Ich bleibe wie erstarrt auf dem Sitz hocken. Die plötzliche Stille dröhnt in meinen Ohren, und ohne Scheinwerfer ist es mit einem Mal stockfinster, nur der Mond ist hinter den Ästen der Bäume zu sehen.

Griffon legt seinen Arm um mich und hilft mir, abzusteigen. »Bist du okay?«, fragt er besorgt. Ich merke, wie der Boden unter mir schwankt. Vorsichtig löst er den Riemen und zieht mir den Helm vom Kopf. Ich nicke kurz, und dann fange ich an, am ganzen Körper zu zittern.

»Du verfluchte Schlampe!«, schreit Griffon in die Dunkelheit hinaus, wirft wütend seinen Helm auf den Boden und stiefelt hektisch vor dem Motorrad auf und ab. Selbst in der Dunkelheit kann ich sehen, wie der Zorn in ihm kocht, und hoffe, dass er niemals derart wütend auf mich sein wird. »Verdammt noch mal! Ich glaube einfach nicht, dass sie so was abzieht. Sie muss völlig wahnsinnig sein!«

Ich kann mich immer noch nicht rühren, versuche, tief durchzuatmen, damit mein Pulsschlag sich beruhigt, und wische die ein oder andere Träne von meiner Wange. *Wir leben noch. Uns ist nichts passiert,* sage ich mir immer wieder, um die Panik und den Schreck in den Griff zu bekommen. »Was war das?«, bringe ich schließlich raus.

Griffons Atem geht schnell und stoßweise und immer wieder tritt er wütend nach irgendwelchen Grasbüscheln. »Auf jeden Fall kein Versehen. Es war ihr Auto. Und sie hat versucht, uns von der Straße zu drängen.«

Ich schaue in sein Gesicht, das ich im Mondlicht nur unscharf erkennen kann. »Du denkst, es war Veronique?«

»Ich bin mir sicher. Sie hat irgendwo in der Nähe vom Haus gewartet und dann ist sie uns gefolgt. Ein Kinderspiel, es wie einen Unfall aussehen zu lassen. Sie hätte uns nur einmal leicht rammen müssen, wenn wir bei der Geschwindigkeit gestürzt wären …« Er schüttelt heftig den Kopf. »Ich Vollidiot!«, schreit er in den Abendhimmel.

Dann marschiert er schweigend weiter auf und ab, und nur die geballten Fäuste verraten noch, wie aufgewühlt er ist. Er bleibt vor mir stehen, nimmt meine Hand und führt sie an seine Lippen. »Es tut mir so leid«, sagt er, »ich war einfach nicht wachsam genug.«

Ich schließe die Augen, lehne mich an ihn und spüre seine enorme Energie. »Es war nicht deine Schuld«, sage ich leise. »Schließlich hast du uns gerettet.«

»Aber es hätte niemals so weit kommen dürfen. Ich habe die Scheinwerfer schon beim Losfahren bemerkt, aber dann fand ich es so unglaublich schön mit dir, dass ich einfach nicht genug aufgepasst habe.«

»Mach dir keine Vorwürfe«, versuche ich, ihn zu beruhigen, und lasse meine Finger sanft durch seine Locken gleiten. »Wir haben's überlebt.«

»Ja, diesmal«, sagt er, und wieder funkeln seine Augen zornig. »Und ich schwöre dir, so etwas wird nie wieder passieren.«

Auch wenn es tröstlich ist, zu wissen, dass er alles tun würde, um mich zu beschützen, macht er mir ein bisschen Angst. Ich ziehe ihn an mich und schlinge meine Arme ganz fest um ihn, damit er sich endlich beruhigt.

Er hält es nur ein paar Sekunden lang aus. »Warte mal ...«, sagt er dann und rückt ein Stück von mir ab. »Als du vorhin Italienisch geredet hast ... Habt ihr euch da berührt?«

»Ja, ich glaube schon. Sie hatte kurz den Arm um meine Schulter gelegt.« Ich denke zurück an Veroniques Gesichtsausdruck, als ich anfing, Italienisch zu sprechen. Giacomo ist fast die Kinnlade runtergefallen, aber sie schien kein bisschen überrascht.

»Oh mein Gott«, sagt Griffon und blickt zurück in Richtung der Hauptstraße. »Als ihr euch berührt habt, muss sie es gespürt haben. Du kannst dich noch nicht dagegen verschließen, dass andere Akhet dich erkennen. Sie weiß jetzt, dass du beginnst, dich zu erinnern.«

Ich versuche, in der Dunkelheit seine Augen zu sehen. »Aber was bedeutet das?«

Seine Stirn wird finster und er schluckt. »Es bedeutet, dass es keinen Grund mehr für sie gibt, noch länger Versteck zu spielen.«

20

»Ich kann mir schon vorstellen, was euch zwei so lange aufgehalten hat«, begrüßt uns Rayne mit einem verschmitzten Grinsen, als wir langsam über den kalten Sand herangestapft kommen.

»Wenn du meinst«, murmele ich und schaue zu Griffon, der immer noch fest meine gesunde Hand hält. Er wollte eigentlich, dass wir sofort umkehren und zurück nach Hause fahren, aber schließlich konnte ich ihn doch überzeugen, mit zum Strand zu kommen. Das Auto haben wir abgehängt, und wer auch immer am Steuer saß, hatte keine Ahnung, wohin wir wollten. Der Strand ist für uns im Moment bestimmt einer der sichersten Orte der Stadt.

Alles, was ich jetzt will, ist, mit Griffon zusammen sein, weit weg von Rächern und Verfolgungsjagden. Ich werde ihm erzählen, was ich über Veronique weiß. Aber erst morgen.

»Oh ja, das meine ich«, sagt Rayne. »Ist aber kein Grund, gleich rot zu werden«, fügt sie hinzu und umarmt mich. »Auf jeden Fall freue ich mich, dass ihr's noch geschafft habt. Gabi ist auch da. Sitzt dort drüben und unterhält sich mit einem Typen vom Roosevelt.« Sie verzieht das Gesicht. Rayne hält alle Jungs vom Roosevelt für Snobs.

Etwa zwanzig Leute sind da, einige sitzen auf Decken ein wenig abseits im Dunkeln, andere stehen in kleinen Grüppchen nahe am Feuer, ihre Gesichter hell erleuchtet vom flackernden Schein der Flammen.

»Getränke gibt's dort drüben in den Kühlboxen. Das Bier ist schon ziemlich knapp, aber ich glaube, irgendwer wollte losziehen und noch welches besorgen.«

Griffon schaut auf unsere immer noch verschränkten Hände und dann hinüber zu den Kühlboxen.

»Geh ruhig«, sage ich. »Ich komme klar.«

»Okay, bin gleich wieder da.« Er lächelt ein bisschen verkrampft, drückt noch mal meine Hand und geht in Richtung des Feuers.

»Echt super, dass ihr gekommen seid!«, quiekt Rayne und hopst vor Freude auf und ab. »Erzähl schon, wie war das Abendessen?«

Ich hatte erwähnt, dass Griffon zu uns nach Hause kommt, aber ohne ihr den Grund zu verraten.

»Eigentlich wie immer. Kat kam leicht angeschickert nach Hause und hat sich mit Mom angelegt. Aber das war eher Moms Schuld, sie konnte es mal wieder nicht lassen.«

»Und Griffon? Mögen sie ihn?«

»Na klar. Er ist höflich zu Dad und hat Mom beim Abräumen geholfen. Wer würde ihn nicht mögen?« Ich schaue hinüber zu Griffon, der sich alle paar Sekunden nach mir umdreht, während er sich eine Dose aus der Kühlbox nimmt und sich dann zu einer Gruppe von Leuten am Feuer stellt. Er beginnt, sich mit ihnen zu unterhalten, und kurze Zeit später höre ich vertrautes Gelächter wie unter Freunden. Er scheint sie zu kennen, und ich überlege kurz, ob es wohl Leute von seiner Schule sind. Ein

Mädchen mit kurzen, pinken Haaren legt ihren Arm um seinen Hals und umarmt ihn auf eine Art, die mir ein bisschen zu vertraut aussieht.

Rayne ist meinem Blick gefolgt. »Sieh an«, sagt sie. »Ich hatte schon gehört, dass ein paar von der Marina da sind. An deiner Stelle würde ich nichts drauf geben. Schließlich ist er mit dir hergekommen.« Sie schaut noch einmal genauer zu der Gruppe hinüber. »Siehst du den süßen Typen dort mit der schwarzen Jacke? Ich habe schon den ganzen Abend ein Auge auf ihn geworfen. Oh bitte, bitte, mach, dass die beiden Freunde sind.«

»Hmm, ja«, murmele ich abwesend und versuche mit aller Macht, meine Augen von Griffon und dem anderen Mädchen loszureißen. Der Anblick verursacht ein beißendes Gefühl in meinem Magen, wie Sodbrennen. Griffon hat ein eigenes Leben, in dem du nicht vorkommst, ermahne ich mich selbst. Er geht auf eine andere Schule, hat andere Freunde. Auch wenn du das noch so gerne hättest, sein Leben fing nicht erst an, als du auf der Bildfläche erschienen bist.

»War nur noch ein Bier da«, sagt Griffon, als er wieder an meiner Seite steht. »Hier, nimm. Wir teilen es uns einfach.«

Meine Gefühle liegen so blank, dass ich kein Wort sage, als er das Bier in den blauen Plastikbecher schüttet. Normalerweise hasse ich Bier, aber nach dem, was heute Abend passiert ist, krieg ich bestimmt problemlos ein paar davon runter.

Rayne, der so schnell nichts peinlich ist, nutzt sofort ihre Gelegenheit. »Sind das da drüben Freunde von dir?«

Griffon sieht noch einmal zu der kleinen Gruppe hinüber. »Nur ein paar Leute aus der Schule.« Dann entspannt er sich ein bisschen und grinst sie an. »Bist du an jemand Bestimmtem interessiert?«

»Äh nein«, sagt sie hastig. Dann schaut sie noch einmal hinüber. »Na ja, also *falls* mich einer von denen interessieren würde, dann wäre es wohl der große Blonde mit der schwarzen Jacke.«

»Das ist Peter«, sagt Griffon. »Gute Wahl. Mal sehen: Macht Geländelauf, ist in meiner Matheklasse, keine feste Freundin im Moment. Soll ich euch vorstellen?«

»Oh ja, das wär cool«, sagt Rayne hibbelig. »Am besten gleich.«

Sie gehen los in Richtung Feuer, aber ich bleibe stehen. Mir gefällt der Gedanke nicht, Griffon mit Leuten zu teilen, die ihn schon vor mir kannten, ich will mir mein eigenes Bild von ihm machen. Ihn mit seinen Freunden zu sehen, führt mir nur deutlicher vor Augen, wie viel es gibt, das ich über ihn nicht weiß.

»Ach, Cole!« Rayne kommt zurück und hakt sich bei mir unter. »Jetzt mach doch nicht gleich ein Drama draus.«

Sie schleppt mich mit zum Feuer, wo sie sich mit ihrem offenen Lächeln und ihrer unbeschwerten Art gleich unter die anderen mischt, während ich einen Schritt hinter Griffon stehen bleibe, der ebenfalls gleich wieder mit allen redet und lacht.

Ohne das Gespräch zu unterbrechen, lehnt er sich ein Stück zurück, legt einen Arm um meine Schulter und zieht mich mit in den Kreis. Seine Geste ist unmissverständlich, und es tritt ein kleines Schweigen ein, während seine Freunde mich erwartungsvoll ansehen.

»Das ist Cole«, sagt er in die Runde. »Und das da drüben ist Rayne.«

Sie sagen nett Hallo und scheinen mich vorerst als neue Tatsache in Griffons Leben zu akzeptieren. Das Mädchen mit den pinken Haaren stellt Griffon mir als Alana vor. Sie lächelt, aber ihre braunen Augen beäugen mich skeptisch. Sie ist auf eine etwas schrille Art hübsch, mit viel Make-up und einem kleinen Nasenring, der im Schein des Feuers funkelt. Der Kontrast zwischen den pinken Haaren und ihrer dunklen Haut verleiht ihr was Mysteriöses, und gleich komme ich mir im Gegensatz dazu grau und langweilig vor: ein Mäuschen ohne Make-up oder Piercings, die brave, aufstrebende Cellistin, die keine Ahnung vom wirklichen Leben hat.

Alana hält ihren Becher nah vor dem Körper und streckt einen Finger, an dem jede Menge Ringe stecken, in meine Richtung. »Du gehst doch auf die Pacific, oder?«

Ich nicke.

»Und wie hast du dann Griffon kennengelernt?« Die unterschwellige Anspielung auf mangelnde Gemeinsamkeit entgeht mir nicht.

»Sie ist mir in London über den Weg gelaufen«, antwortet Griffon an meiner Stelle.

»In London? Krass.«

»Ja, in London.« Ich lächele, nehme einen Schluck aus unserem *gemeinsamen* Becher und gebe ihn Griffon zurück, sodass sie die Geste auf jeden Fall sehen muss.

Danach vermeide ich jeden direkten Augenkontakt mit Alana, sehe aber aus dem Augenwinkel, dass sie mich ununterbrochen beobachtet.

Rayne hat anscheinend erste Gemeinsamkeiten mit Peter entdeckt, denn die beiden ziehen sich vom Feuer zurück und setzen sich weiter hinten auf die Begrenzungsmauer zur Promenade.

»Hast du Lust auf einen Spaziergang?«, fragt Griffon und blickt in Richtung des schimmernden Ozeans. Er ist schon losgegangen und hält die Hand hinter seinem Rücken ausgestreckt, sodass ich ein paar Schritte laufen muss, um ihn einzuholen. Weiter abseits des Feuers ist die Luft kälter und das Rauschen der Wellen ist viel deutlicher zu hören.

Wir gehen nah am Wasser entlang. Gedämpfte Stimmen und Gelächter wehen zu uns herüber. Griffon bückt sich und hebt etwas auf, das die Wellen gerade angespült haben, wischt den Sand ab und gibt es mir.

Es ist ein vollkommen unversehrter Sanddollar. Mit dem Finger fahre ich den weichen Rand entlang und stecke ihn dann vorsichtig in meine Tasche. Zerbrochene gibt es jede Menge hier am Strand, aber einen intakten zu finden, ist etwas Besonderes.

»Danke«, sage ich und schmiege mich an ihn, während wir langsam weitergehen.

Ein paar Meter weiter liegt ein Stück von einem Baumstamm. Griffon setzt sich und zieht mich zu sich hinunter, sodass ich ihm den Rücken zuwende. Ich lehne mich zurück und genieße die Wärme seines Körpers, während wir beide den Wellen zuschauen, die an den Strand schlagen. Ich merke, wie Griffon sich herumdreht und zurück zum Feuer blickt.

»Rayne scheint es gut zu gehen«, sagt er.

Ich folge seinem Blick und erkenne auf der Strandmauer schattenhaft die Umrisse der beiden. »Danke, dass du sie einander vorgestellt hast.«

»Peter ist ein guter Typ.«

Wir schweigen eine Weile, bevor ich es nicht mehr aushalte und frage: »Kennst du Alana aus der Schule?«

»Mmm«, brummt er. In meinem Rücken fühle ich, wie sein Herz schneller schlägt. Sein Brustkorb hebt sich, als er tief Luft holt. »Eigentlich … äh … war ich mal mit ihrer Schwester befreundet.«

»Befreundet … oder mehr?« Ich habe ein flaues Gefühl in der Magengegend und frage mich, ob sie wohl genauso hübsch ist wie Alana.

»Wir waren nicht fest zusammen«, sagt er schnell.

»Du meinst, du hast nur mit ihr geschlafen?« Ich drehe mich zu ihm um, damit ich seine Augen sehen kann, wenn er auf meine Frage antwortet.

Er weicht meinem Blick aus und antwortet nicht sofort. »Sie geht in Santa Barbara aufs College und war letzten Sommer in den Ferien hier.« Wieder habe ich das Gefühl, dass er irgendwie älter ist, erfahrener, als ein normaler Siebzehnjähriger sein sollte. »Ich habe dich nicht angelogen. Ich gehe nicht mit Mädchen in meinem Alter aus.« Er senkt den Blick und beißt sich auf die Unterlippe. »Das heißt, bis jetzt nicht.«

Obwohl mein Herz bei seinem letzten Satz vor Freude hüpft, erwidere ich nichts. Er kommt näher und will mich küssen, aber im letzten Augenblicke weiche ich zurück.

»Manchmal glaube ich, du willst eigentlich nur der Prinz auf dem weißen Pferd sein.« Ich senke den Blick und betrachte die raue Rinde des Baumstamms. Ich habe vorher nicht darüber nachgedacht, aber trotzdem beschreibt das genau meine Gefühle.

»Hm … Ist das ein Kompliment?«, fragt er unsicher.

»Nein, eigentlich nicht. Es kommt mir vor, als wäre ich für dich bloß das edle Fräulein in Not, und du willst der Held sein, der kommt und mich rettet.«

Griffon legt seine Hand auf meine. »Du hast recht. Ich will dein Held sein. Aber nicht, weil ich denke, dass du alleine nichts geregelt bekommst. Ich habe ganz andere, viel egoistischere Absichten.« Er beugt sich herüber und küsst mich, und ich merke, wie sehr sein Körper sich nach der Berührung sehnt. Gleichzeitig fühle ich die Schwingungen zwischen uns. Ein leises Summen, das ich mittlerweile ständig spüren kann, eine Verbindung von einem zum anderen.

Ich lasse mich in das Gefühl seines Körpers sinken. Meine Hände wandern seine Oberschenkel hinauf bis zu den Hüften, und ich schmiege mich noch stärker an ihn, sodass er scharf die Luft einzieht. Ich lege meine Beine um seine Taille, öffne den Reißverschluss seiner Jacke und schiebe meine kalten Hände unter sein Hemd. Ich spüre kurz das Ankh an seiner Brust, dann wandern meine Hände weiter und ich streichle die warme Haut über den Muskeln seines Oberkörpers. Es kommt mir vor, als säßen wir stundenlang so dort. Wir spüren uns, schmecken uns, und ich bin froh, dass wir an einem kalten, nassen Strand sind und nicht auf dem breiten Bett in seinem Zimmer, denn ich weiß nicht, ob ich dann die Kraft hätte, nicht weiter zu gehen, als ich sollte.

Im Hintergrund hören wir das Rauschen der Wellen, und mich durchströmt eine tiefe Zufriedenheit, als hätte ich etwas gefunden, nach dem ich schon seit vielen Jahren suche. Die Schule ist unwichtig. Das Cello ist unwichtig. Sogar, dass ich im Moment nicht spielen kann, scheint unwichtig.

»Es ist anders, wenn man weiß, dass man nicht nur diese eine Chance hat, oder?«, frage ich ihn.

»Ja, irgendwie schon«, antwortet Griffon zurückhaltend.

»Ich meine, selbst wenn etwas Schlimmes passieren sollte. Es würde uns zwar für den Rest dieses Lebens traurig machen, aber wir könnten uns einfach im nächsten wiederbegegnen und noch mal von vorn anfangen. Es gibt doch bestimmt so eine Art Zeichen, durch das man den anderen wiederfinden kann.«

»Nein, leider funktioniert das nicht ganz so«, sagt Griffon ein bisschen traurig. »Es ist nicht mal gesagt, dass wir zur selben Zeit oder im selben Jahrhundert wiederkehren, geschweige denn auf demselben Kontinent.«

»Aber was ist mit all den Geschichten über Menschen, die füreinander bestimmt sind? Die zueinanderfinden, weil das ihr Schicksal ist?«

»Ich wünschte, es wäre so«, sagt Griffon und küsst mich sanft auf den Hals. »Aber auch wenn die Technologie es heute leichter macht, andere Akhet zu finden, gibt es keine Garantie dafür, dass man die wiedertrifft, mit denen man früher zusammen war.«

Bei dem Gedanken, ein Leben ohne ihn zu verbringen, zieht sich mein Herz schmerzlich zusammen.

»Gibt es ein Ende? Kommt irgendwann mal der Zeitpunkt, an dem man nicht mehr wiederkehrt?«

»Vielleicht«, sagt Griffon. »Einige Buddhisten glauben, dass man sich für immer auf eine höhere Stufe begibt, wenn man alles gelernt hat, was es auf der Erde zu lernen gibt.«

»Eine Art Himmel?«

»Ja, so ähnlich. Ich persönlich kann mir aber nicht vorstellen, irgendwann ausgelernt zu haben.« Er fährt mit den Fingern immer wieder durch meine Haare und ein Schauer nach dem anderen läuft durch meinen Körper. Ich schließe die Augen, gebe mich ganz dem Gefühl und dem Rauschen der Wellen in der Dunkelheit hin.

Der Übergang in die Vision ist nicht so unvermittelt wie sonst. Das Erste, was ich spüre, ist das leichte Kratzen des groben Stoffes an meinem Hals und das vertraute Gefühl, als jemand sanft mit einem Kamm durch meine Haare fährt.

Ich sitze am Frisiertisch und starre mit leerem Blick aus dem kleinen Fenster hinunter auf den Innenhof. Neben dem trüben Grau des Kopfsteinpflasters, das die Gebäude untereinander verbindet, leuchtet das ungewöhnlich kräftige Grün des Rasens noch intensiver. Die Handwerksleute kann ich von hier aus nicht sehen, aber seit dem frühen Morgen höre ich ihr Hämmern und Klopfen: Sie schlagen die Nägel ins Holz, um die Stätte zu errichten.

Während der letzten Verrichtungen der Morgentoilette gibt Anna sich Mühe, ihre Gefühle zu unterdrücken, und doch höre ich, während sie mit dem silbernen Kamm durch mein Haar fährt, hinter mir gelegentlich ein leises Schluchzen.

»Anna, bitte.« Ich drehe mich zu ihr um und nehme ihre schmale Hand in meine. »Vergieß keine unnötigen Tränen. Du sollst sehen, es wird noch alles gut.«

»Sehr wohl, Lady Allison.« Sie blickt hinunter auf den kunstvoll gearbeiteten Kamm in ihrer Hand und ich sehe zwei Tränen ihre rosigen Wangen hinunterrollen. »Ich weiß, Ihr habt Euch nichts zu-

schulden kommen lassen, und der gerechte Gott wird es nicht zulassen. Es ist nur …« Ein heftiges Schluchzen erstickt ihre Worte und sie wendet ihr Gesicht ab.

»Du darfst den Glauben nicht verlieren«, sage ich mit fester Stimme, nicht nur, um ihr, sondern auch mir selbst neuen Mut zuzusprechen. »Das Gute wird siegen. So steht es im Buch der Gebete.« Meine Augen wandern zu dem Gebetbuch auf der Truhe am Fuße des Bettes. Die ganze Nacht über haben wir gewacht, dem Treiben unten im Hof gelauscht und Trost gesucht in den Gebeten des einzigen Buches, das mir in den endlosen vergangenen Monaten Gesellschaft leisten durfte. Ich richte den Blick nach oben, doch weiß ich nicht, was ich erwarte, dort zu sehen, außer den schweren Deckenbalken und den vereinzelten Spinnweben in den Zimmerecken. Bisher ist Gott nicht erschienen, um rettend einzugreifen. Dennoch glaube ich fest daran, dass er mich nicht verlassen wird.

Gerade als Anna das Band in meinen Zopf flicht, hören wir Schritte vor der schweren Tür, gefolgt von einem barschen Klopfen und dem metallischen Geräusch, als der Riegel zurückgeschoben wird. Anna schlägt die Hand vor den Mund, und alle Farbe weicht aus ihren rosigen Wangen, denn sie weiß ebenso wie ich, was das bedeutet. »Es ist so weit!«, flüstert sie mit erstickter Stimme.

Ich erhebe mich, streiche das grobe, schwarze Gewand glatt, das beinahe bis zum Boden reicht, richte mich kerzengerade auf und stehe erhobenen Hauptes, so, wie Mama es von mir erwartet hätte. Ich greife nach dem Anhänger um meinem Hals, während Anna den Verschluss in meinem Nacken löst. Das Metall ist noch warm, als ich den Anhänger in das kleine, seidene Säckchen gleiten lasse, und das erste Mal, seit dieser Albtraum begann, treten Tränen in meine Au-

gen. Bevor die Tür sich öffnet, ergreife ich rasch noch einmal Annas Hand und spreche ihr Trost zu: »Sei tapfer, Anna. Unser Schicksal liegt in Gottes Hand.«

»Hey!« Griffons Stimme holt mich zurück in die Gegenwart. »Alles okay?«

Ich nicke ein wenig abwesend, während die Bilder in meinem Kopf beginnen zu verblassen. »Alles in Ordnung.«

»Wo warst du?«, fragt er sanft. »Hast du Veronique gesehen?«

»Nein, es war etwas anderes. Ich war wieder im Tower ...« Ich versuche, die Bilder der Vision mit dem abzugleichen, was ich bei meinem Besuch dort gesehen habe. »Ich war in einem der Gebäude und sah hinaus in den Hof. Ich ... Ich glaube, es war unmittelbar vor meiner Hinrichtung.« Mein Herz hämmert wild, als sich Teile des Puzzles in meinen Kopf zu einem klareren Bild zusammenfügen. »Sie hat mich Lady Allison genannt.«

»Wer?«, fragt Griffon.

»Das Mädchen, das bei mir war. Sie hat mein Haar gekämmt und nannte mich Lady Allison. Als ich im Krankenhaus war, hatte ich diese Erinnerung. Ich war noch ein Kind und die Frau in dem Cottage nannte mich auch Allison.«

Griffon nimmt seine Hand aus meinem Haar und legt seine Arme um mich. »Das kann alles Mögliche bedeuten«, sagt er. »Vielleicht gehören die Erinnerungen gar nicht zusammen.«

»Doch«, sage ich bestimmt und ein bisschen verwundert, dass er meine Entdeckung anscheinend nicht genauso spannend findet wie ich. »Es ist dasselbe Leben, ich fühle es. Das Mädchen im Cottage auf den Klippen und die Frau, die im Tower enthauptet wurde, sind ein und dieselbe.«

»Das glaube ich nicht«, sagt Griffon. »Ich habe die Führung von meinem Dad hundert Mal mitgemacht. Es gab nur eine Handvoll Menschen, die innerhalb der Tower-Mauern hingerichtet wurden, und jemand namens Allison war nicht dabei.«

Aber je genauer ich die Bilder betrachte, desto sicherer werde ich, dass ich recht habe. Das grobe, schwarze Gewand, das kleine Haus auf den Klippen – sie sind Teil ein und desselben Lebens, ich weiß es. Mein Name war Allison und ich wurde im Tower von London hingerichtet.

»Dann irren sich die Geschichtsbücher eben.« Ich stehe vor den Details meiner verschiedenen Leben und fühle mich wie ein löchriges Puzzle. Wie viele Leben liegen schon hinter mir? Wie viele kommen noch?

Griffon zieht mich näher an sich und rubbelt mich ein wenig warm. »Ja, vielleicht.« Er schaut hinaus über das Wasser. »Ich wünschte, wir könnten ewig hier so sitzen. Weit weg von Veronique. Von der Schule. Vom Sekhem. Vielleicht solltest du bei mir wohnen. Janine hätte bestimmt nichts dagegen. Dort würde Veronique dich niemals finden.«

»Klar«, sage ich. Als ob das so einfach wäre. »Ich kann mir genau vorstellen, wie ich es meinen Eltern beibringe: ›Also, hört mal, da gibt es eine Person, die sich an mir rächen will, weil sie denkt, ich hätte ihr in einem früheren Leben etwas Schlimmes angetan, darum ist es besser, wenn ich ausziehe und ab jetzt bei meinem –« Fast hätte ich »Freund« gesagt, kann mich aber gerade noch rechtzeitig bremsen.

Doch Griffon hakt nach. »Deinem was?« Er zwickt mich in die Seite und lacht. »Sag schon, deinem was?«

Ich überlege fieberhaft. Ich weiß nicht, was das richtige Wort für unsere Beziehung zu diesem Zeitpunkt ist, und habe Angst, etwas Falsches zu sagen. »Öh, mit einem nicht rein platonischen Freund, der keine Dates mit Mädchen von der Highschool hat«, sage ich schließlich.

»Das ist es für dich?«, Griffon grinst herausfordernd.

Ich rücke von ihm ab und sage ernst: »Ich weiß es nicht.«

»Ich denke doch.« Er lächelt leise, beugt sich zu mir herüber und küsst mich sanft. »Warum hast du Angst, es zu sagen?«

»Ich habe keine Angst«, sage ich und hoffe inständig, dass er mir das abkauft. Schließlich will ich nicht wie ein unreifer Teenager rüberkommen. Allerdings kann ich vor Aufregung nicht mal richtig atmen, was er hoffentlich nicht bemerkt.

Griffon küsst mich hinters Ohr. »Zwei Wahrheiten«, flüstert er, sodass ich seinen warmen Atem auf meiner Haut spüre, »und eine Lüge. Ich zuerst.«

Ich beginne, dahinzuschmelzen, und mein Gehirn mit mir. »Okay«, kriege ich gerade noch raus.

»Von mir hing schon mal ein Gemälde im Louvre. Mein Kater heißt Stanley«, schnurrt er, und seine Lippen wandern hinüber zu meiner Schulter. »Und meine Freundin hat die wunderschönsten Augen auf der ganzen Welt.«

Ich schlucke und gebe alles, um mich zu konzentrieren. »Ich habe gesehen, wie gut du zeichnen kannst, also nehme ich an, das mit dem Gemälde ist eine Wahrheit.«

»Treffer«, sagt Griffon.

»Und du hast erzählt, dass du keine Haustiere hast. Das wäre also dann die Lüge.«

»Aha, du hast aufgepasst, sehr gut.« Er lehnt sich zurück, fährt mit dem Daumen über meine Wange. »Folglich wäre das mit meiner Freundin …?«

Ich lächele. »Die Wahrheit?«

Er sieht mich an und grinst, sogar im blassen Mondlicht kann ich seine Grübchen sehen. »Und wenn du meine Freundin bist, dann bin ich logischerweise …?«

»Mein Freund«, flüstere ich. Ich blicke forschend in sein Gesicht, warte darauf, dass er vielleicht doch noch in Gelächter ausbricht und sagt, dass alles nur ein Scherz war, doch stattdessen sieht er mich sehr ernst an.

»Das ist das erste Mal, dass ich zu jemandem ›meine Freundin‹ gesagt habe.«

In diesem Leben, füge ich in meinem Kopf hinzu.

Ohne den Blick zu senken, nimmt Griffon meine linke Hand und küsst sanft die Innenfläche. Seine Lippen berühren jeden einzelnen meiner Finger und streifen dann vorsichtig die Haut unterhalb des Verbandes, der die tiefe Wunde verdeckt. Er schließt die Augen, und ich sehe, dass seine Wimpern feucht schimmern. Ich schiebe eine Hand unter sein Hemd und fühle seine warme Haut. Er fröstelt. »Die ist eiskalt«, sagt er.

»Bestimmt könnten deine Hände auch ein bisschen Wärme gebrauchen …«, erwidere ich lächelnd, nehme seine Hand und lege sie vorsichtig unter mein Shirt. Er sieht mich ein bisschen fragend an, während seine Finger sanft meine Haut berühren und mir fast der Atem stockt. Ich schmiege mich näher an ihn und fühle die immer stärker werdenden Schwingungen zwischen unseren Körpern. Das leise Summen steigert sich zu einem heftigen Pulsieren, im Einklang mit dem wilden Klopfen meines Herzens.

Griffons Atem wird schwerer, intensiver. Ich streichle seinen Brustkorb und spüre, wie sein Körper sich bei der kleinsten Berührung meiner Finger erwartungsvoll anspannt. Es macht mich glücklich, solch eine Wirkung auf ihn zu haben. Lächelnd hebe ich den Kopf und schaue in sein Gesicht. Seine Augen sind geschlossen, und er beißt sich auf die Unterlippe, so als würde er gegen die heftigen Gefühle ankämpfen. Er spürt wohl, dass ich ihn betrachte, denn ganz langsam öffnen sich seine Lider, sodass ich seine Augen sehe. Diese bernsteinfarbenen Augen mit dem goldenen Schimmer darin, in denen etwas so Vertrautes und zugleich Unergründliches liegt.

Als unsere Blicke sich treffen, schießt plötzlich eiskalte Furcht durch meinen Körper, so stark, dass ich beginne, zu zittern.

Ich kenne diese Augen.

Sie haben sich in meine Erinnerung eingebrannt, waren das Letzte, was ich sah, ehe das blitzende Metall auf mich herabfuhr und mich in tiefste Dunkelheit stürzte. Diese Augen, die keine Gnade kannten, das Einzige, was ich hinter der Maske von ihm sah, an jenem kalten, nebelgrauen Morgen auf dem Schafott. Wieder und wieder haben sie mich in meiner Erinnerung heimgesucht, doch als sie vor mir standen, habe ich sie nicht erkannt.

Wie konnte ich so blind sein?

Auch wenn Griffon äußerlich ein anderer Mensch ist, der Wesenskern hinter diesen Augen ist derselbe geblieben.

Ich kann Euch nicht retten, Mylady. Wie aus dem Off höre ich die Worte, als hätte sie tatsächlich jemand laut gesprochen. Verzweifelt betrachte ich Griffon, hoffe so sehr, dass ich mich täusche, doch als unsere Blicke sich noch einmal treffen, kann ich es nicht länger leugnen.

Es sind die Augen meines Henkers.

21

»Oh mein Gott!« Hastig befreie ich mich aus seiner Umarmung, verliere das Gleichgewicht und falle in den Sand. Ich rappele mich wieder auf, mache einen Schritt zurück und starre ihn an. Doch es ist, als würde ich ihn gar nicht mehr erkennen – ich sehe nur die Erinnerung.

»Cole!«, ruft Griffon und springt auf. Er klingt verwirrt, wahrscheinlich glaubt er, ich wäre immer noch völlig ahnungslos. »Was ist denn los?«

Ich behalte ihn genau im Blick, während ich mich fester in meine Jacke mummele. Warum bloß habe ich es nicht früher erkannt? Da steht er und blickt mich mit den gleichen Augen an, die ich an jenem kalten, grauen Morgen vor so langer Zeit sah.

»Du hast mich die ganze Zeit angelogen!« Mein Herz rast wie wild. Aus dem Augenwinkel schiele ich hinüber zum Feuer, überlege fieberhaft, wie ich am schnellsten zu Rayne komme.

Langsam scheint Griffon zu begreifen. Er kommt einen Schritt auf mich zu. »Es ist nicht so, wie du denkst. Du musst mir glauben.« Er greift nach meinem Arm, aber ich stoße ihn zurück.

»Fass mich nicht an«, sage ich möglichst ruhig, hebe aber gleichzeitig abwehrend die Hände, für den Fall, dass er es wieder versuchen sollte. Schlagartig wird mir bewusst, wie viel größer und kräftiger er ist als ich. Wenn er es darauf anlegt, mich zu packen, habe ich keine Chance.

Aber er geht ein Stück zurück. »Es ist nicht so, wie du denkst. Bitte, lass es mich erklären«, sagt er beschwichtigend.

»Du warst der Mann auf dem Schafott, du hast …« Ich kann es nicht laut aussprechen. Ein dicker Kloß sitzt in meiner Kehle. Seine Worte. Seine Berührungen. Seine Fürsorge. Alles Lüge.

Griffon scheint in sich zusammenzusacken. »Ja, ich war es«, sagt er und sieht mir in die Augen. »Als ich dich im Tower das erste Mal berührte, wusste ich, wer du bist. Und wer ich damals war. Aber ich wusste, du würdest es nicht verstehen …«

»Verstehen?«, schreie ich aufgebracht. »Du hast mich getötet! Du hast mir mit einer Axt den Kopf abgeschlagen! Was gibt es da zu verstehen?« Jetzt ist es ausgesprochen. Und plötzlich habe ich nur noch das Bedürfnis, so schnell wie möglich von hier wegzukommen, von ihm wegzukommen.

»So war es nicht«, sagt er mit erstickter Stimme.

Aber in meinem Kopf ist nur Platz für das Bild seiner Augen hinter der dunklen Maske. Ich habe lange genug auf ihn gehört. Ich wünschte, ich könnte die Jahre, die Jahrhunderte, die zwischen uns liegen, zurückdrehen, aber ich bin im Hier und Jetzt – allein mit ihm auf dem weiten Strand.

Ich renne los in Richtung des Feuers. Der Sand ist feucht und schwer, sodass ich bei jedem Schritt tief einsinke. Ich höre Griffons Schritte hinter mir, und kurz bevor ich eines der etwas abseits stehenden Grüppchen erreiche, hat er mich eingeholt. Er packt meine Schulter und dreht mich zu sich herum.

»Du musst mich anhören«, sagt er heftig.

»Ich muss gar nichts«, sage ich und versuche, seine Hand abzuschütteln. »Lass mich los!«

»Erst wenn du gehört hast, was ich zu sagen habe!«, brüllt er verzweifelt, und plötzlich wird es still um uns herum. Alle starren uns an.

»Was ist hier los?« Sein Freund Peter stellt sich zwischen uns und Griffon lässt mich los.

Ich schaue mich hektisch um. »Wo ist Rayne?«, frage ich keuchend, noch ganz außer Atem von meinem Sprint.

»Sie ist gerade mit ihrer Schwester und ein paar anderen losgezogen, um Drinks zu besorgen«, sagt Peter. Dann sieht er Griffon an. »Was ist passiert?«

»Alles unter Kontrolle«, sagt Griffon, »nur ein Missverständnis.« Er sieht mich an, und ich verstehe, dass er unser »Missverständnis« nicht vor all diesen Leuten austragen will. »Komm, ich bringe dich nach Hause.«

»Mit dir fahre ich nirgendwohin. Lieber gehe ich zu Fuß.«

Peter sieht mich an. »Das ist nicht nötig. Ich werde dich fahren.«

»Bitte, Cole, tu das nicht«, beschwört Griffon mich. »Du machst einen Fehler.«

»Können wir dann los?«, frage ich Peter. Alle Augen sind auf uns drei gerichtet. Ich kehre Griffon den Rücken zu und setze mich in Bewegung.

Peter zögert einen kurzen Augenblick, dann kommt er hinter mir hergetrabt. »Ich habe gleich dort drüben geparkt«, sagt er und zeigt irgendwo nach links.

Auf dem Weg zum Auto sagt keiner von uns beiden ein Wort, das einzige Geräusch ist das Klimpern seines Autoschlüssels, als er ihn aus der Tasche zieht.

»Kannst du denn noch fahren?«, frage ich.

»Ich hab nichts getrunken«, antwortet er, öffnet mir die Beifahrertür und geht um das Auto herum zur Fahrerseite. »Und du? Alles okay bei dir?«, fragt er beim Einsteigen.

Ich nicke nur, meine Kehle ist wie zugeschnürt bei dem Gedanken daran, was gerade passiert ist. Seit Wochen hat Griffon mir den perfekten Typ vorgespielt. Den, der auf alles die richtige Antwort hat. Sieht aus, als hätte ich die falschen Fragen gestellt.

Genau in dem Augenblick, als Peter den Schlüssel ins Zündschloss steckt, heult hinter uns ein Motorrad auf. Gerade habe ich den Kopf zum Fenster gedreht, da rauscht Griffon an uns vorbei, und mein Blick fällt auf den Helm, der immer noch am Rahmen festgemacht ist. Er beschleunigt so stark, dass das Hinterrad gefährlich hin und her schlingert, während er in Richtung der großen Schnellstraße davonrast.

»Der Blödmann wird sich noch umbringen«, sagt Peter leise. Er manövriert das Auto aus der Parklücke und fährt in dieselbe Richtung wie Griffon, dessen Rücklicht bereits in der Ferne verschwindet. Ich schaue in den Seitenspiegel und sehe die Feuer am Strand kleiner und kleiner werden, während wir den Hügel hinauf Richtung Cliff House fahren. Mein Herz klopft wie wild, und ich habe immer noch das Gefühl, keine Luft zu bekommen. Ich hocke in dem dunklen Auto und sehe die ganze Zeit Griffons Gesicht vor mir. Die verführerischen Locken. Der feine Schwung seiner Lippen und die süßen Grübchen, wenn er lächelt. Die Augen, die mich von Anfang an getäuscht haben. Von dem Augenblick an, als wir uns begegnet sind, muss er sich heimlich über mich totgelacht haben. Die Tränen laufen mir in heißen Strömen übers Gesicht, und ich habe nicht die Kraft, sie wegzuwischen.

Peter greift in die Ablage und reicht mir wortlos einen Stapel Papierservietten. Ich bedanke mich nicht mal, weil ich genau weiß, dass ich sowieso kein Wort rausbringe. Wir fahren einige Minuten schweigend, und ich starre angestrengt aus dem Fenster, versuche, mich irgendwie in den Griff zu bekommen. Gehen lassen kann ich mich immer noch, wenn ich zu Hause bin.

»Cole?«, fragt Peter nach einer Weile. Ich schließe die Augen, versuche, gegen das beklemmende Gefühl in meinem Brustkorb anzuatmen. Ich kann jetzt nicht reden oder irgendwelche Fragen beantworten. Was sollte ich auch sagen? Griffon hat mich vor fünfhundert Jahren betrogen? Er war in einem anderen Leben mein Henker? Die Geheimnisse, die das Akhet-Sein mit sich bringt, beginnen, sich mit meinem wirklichen Leben zu vermischen, und ich habe Angst, ich könnte irgendwas Verrücktes sagen.

»Cole?«, fragt Peter noch mal. »Ich habe keine Ahnung, wo du wohnst.«

Ich atme erleichtert auf. »Haight.«

»Und wo genau?«

Ich lehne den Kopf an das Seitenfenster, fühle mich plötzlich total erschöpft.

»Lass mich irgendwo raus. Am Masonic ist okay.«

»Ich bringe dich lieber bis nach Hause«, sagt er und wirft mir einen besorgten Blick zu.

Ich schüttele den Kopf. »Vom Masonic ist es nicht mehr weit.« Ich möchte noch ein paar Blocks laufen und versuchen, meinen Kopf freizubekommen, bevor ich zu Hause aufkreuze.

Und plötzlich sind wir schon da. Peter hält am Straßenrand vor dem Ben & Jerry's. Wie immer am Freitagabend ist im Haight die Hölle los. Scharen von Leuten bevölkern die Gehwege, drängen sich in die vielen Bars, Clubs und Cafés. Die perfekte Kulisse, um unbehelligt eine Weile unterzutauchen, und in Gefahr bin ich hier bestimmt nicht.

Peter sieht durch die Windschutzscheibe nach draußen. »Bist du sicher, dass es okay ist?«, fragt er.

»Bestens«, antworte ich und greife nach dem Türgriff. »Danke.«

Ich tauche ein in den Strom von Menschen, lasse mich über den Gehweg davontragen, denke an gar nichts, setze nur einen Fuß vor den anderen. Alles, was ich will, ist nach Hause gehen, mich in meinem Bett vergraben und vergessen, was in den letzten Wochen passiert ist. An der Ecke, wo die Obdachlosen immer rumhängen, liegt der Geruch von Pot in der Luft und irgendwer trommelt auf Bongos. Vertraut und irgendwie tröstlich. Nach dem Gewusel im Haight umfängt mich die Ruhe in meiner Wohngegend wie ein warmes, entspannendes Bad. Hier und da zieht es ein paar Leute zu den Lichtern der vereinzelten Clubs, aber größtenteils habe ich die letzten Blocks für mich allein.

Als unser Haus schon in Sichtweite ist, sehe ich plötzlich, wie die Eingangstüre aufgeht, und im Licht, das von drinnen herausfällt, erkenne ich deutlich Griffons Silhouette. Er trägt keinen Helm, aber seine Haare sind zerzaust, so als hätte er ihn gerade erst vom Kopf gezogen. Schnell drücke ich mich an der Wand des

Nachbarhauses in den Schatten und beobachte, wie er mit Mom spricht. Was er sagt, kann ich nicht hören, aber er muss sehr überzeugend sein, denn nach wenigen Augenblicken tritt sie einen Schritt zurück, um ihn hereinzulassen, und schließt die Tür hinter ihm.

»Verdammt«, flüstere ich. Keine Ahnung, was er ihr erzählt hat, aber mit der Wahrheit hat es bestimmt nichts zu tun. Und zum ersten Mal mischt sich ein Gefühl von Angst in meine heiße Wut. Was er über Veronique gesagt hat, trifft auch auf ihn zu: Jetzt hat er keinen Grund mehr, noch länger Versteck zu spielen. Er hat mich schon einmal getötet, warum sollte er es nicht ein zweites Mal versuchen?

Ich drehe mich um und gehe mit schnellen Schritten in Richtung Haight zurück. Solange Griffon dort ist, kann ich nicht nach Hause, ich muss irgendwo anders hin. Irgendwohin, wo er mich nicht findet. Gerade als ich mein Handy aus der Tasche ziehe, fängt es an zu klingeln. Ich schaue auf das Display: Mom. Ich schlucke kräftig, drücke »ablehnen« und wähle Raynes Nummer.

»Wo bist du denn?«, schreit Rayne ins Telefon. »Als wir zum Strand zurückgekommen sind, waren alle total aufgeregt wegen dem Streit zwischen dir und Griffon.«

»Ich bin bei unserem Haus. Aber er ist da drin … und ich will ihn jetzt nicht sehen. Kann ich mit zu dir nach Hause kommen?«

»Klar. Sienna ist mit dem Auto da. Sollen wir dich abholen?«

»Ja, das wär cool. Könnt ihr zum Café kommen?« Dann muss ich nicht frieren und es werden genügend Leute um mich herum sein. Außerdem brauchen sie nur zehn Minuten bis dorthin.

»Wir fahren gleich los«, sagt Rayne.

Gerade habe ich mich Richtung Café in Bewegung gesetzt, als mein Handy wieder klingelt. Diesmal brauche ich nicht nachzusehen, um zu wissen, dass es Mom ist. Ich drücke noch einmal auf »ablehnen« und dann auf »neue Nachricht«. Der Cursor auf dem leeren Feld blinkt mich an, und ich habe keine Ahnung, was ich schreiben soll. Aber irgendwas muss ich ihr sagen, sonst flippt sie aus. Nur eine kurze Nachricht, dass ich bei Rayne bin und es mir gut geht. Muss fürs Erste reichen. Ich bin so vertieft, dass ich den Typen, der mir entgegenkommt, erst bemerke, als ich ihn schon umgerannt habe.

»Cole!« Der italienische Akzent ist unverkennbar.

Erschrocken blicke ich auf. Genau vor mir stehen Giacomo, Veronique und ein schick gekleidetes Pärchen. »Oh! Ich, öh ...«, stammele ich und merke, wie ich rot werde.

Veronique lächelt mich an und ihre Augen funkeln erfreut. »Hey, das nenne ich perfektes Timing! Gerade habe ich unseren Freunden von deinem tollen Konzert erzählt.« Ihr Blick fällt auf die Schiene an meinem Arm und ihr Lächeln verschwindet.

In meinem Kopf sehe ich wieder die Scheinwerfer, die mit rasender Geschwindigkeit immer näher auf das Motorrad zukommen. Was tut sie hier? Das ergibt keinen Sinn. Sie sollte eigentlich woanders sein, weit weg. »Wo kommt ihr denn auf einmal her?«, stottere ich.

Veronique schaut mich verwirrt an. »Aus der Martini-Bar dort drüben«, sagt sie und deutet mit der Hand ein Stück die Straße rauf. »Wir haben uns nach dem Abendessen dort mit Siobhan und Hamish getroffen.«

Jetzt bin ich verwirrt. »Dann seid ihr gar nicht weggefahren?«

Meine Gedanken überschlagen sich. Forschend blicke ich in ihr Gesicht, suche nach Anzeichen dafür, dass sie lügt. »Ihr wart nicht auf der großen Schnellstraße vorhin?«

»Nein«, sagt sie, ohne meinem Blick auszuweichen. »Wir waren den ganzen Abend hier im Haight.«

Wenn das stimmt, hat Griffon auch in Bezug auf das Auto gelogen, das uns verfolgt hat. Anscheinend war alles, was er gesagt hat, eine Lüge. Aber warum? Was hat er davon? Was will er von mir? Noch nie im Leben habe ich mich so mutterseelenallein gefühlt. Ehe ich es verhindern kann, breche ich in Tränen aus. »Entschuldigt«, schluchze ich und zwänge mich an ihnen vorbei. »Ich muss gehen.«

Halb blind vor Tränen renne ich zum Café. Ich höre das Klappern von Absätzen hinter mir und dann hat Veronique mich eingeholt. »Cole! Bleib doch stehen!« Sie legt ihre Hand auf meine, gerade als ich die Tür öffnen will. »Du bist ja ganz durcheinander. Was ist denn los?«

Plötzlich fühle ich mich nirgends mehr sicher. »Ich kann nicht … Ich muss gehen«, sage ich noch einmal und greife wieder nach der Türklinke, aber Veronique legt ihren Arm um meine Schulter und zieht mich in den Hauseingang eines benachbarten Gebäudes.

»Warte wenigstens, bis du dich ein bisschen beruhigt hast.« Sie holt ein blütenweißes Taschentuch aus ihrer Handtasche. »Hier, nimm das.«

Es dauert ein paar Minuten, aber schließlich kann ich wieder durchatmen. Bestimmt sieht mein Gesicht mittlerweile total verheult und aufgedunsen aus. »Tut mir leid«, sage ich und versuche, nicht an Griffon zu denken, sonst fange ich gleich wieder an zu heulen. »Einfach zu albern.« Ich wende mich von ihr ab, brauche Zeit, meine Gedanken zu sortieren, zu überlegen, ob es überhaupt sicher ist, mit ihr zu sprechen. »Besser, du gehst.«

»Du solltest mit jemandem reden«, sagt Veronique und sieht mich besorgt an. »Ich sehe doch, dass irgendwas nicht stimmt.« Sie macht eine kleine Pause. »Hat es mit Griffon zu tun?«

Hat es mit Griffon zu tun? Eigentlich eine einfache Frage, aber die Antwort darauf ist entsetzlich kompliziert. Schon seinen Namen zu hören, fühlt sich an wie ein Messerstich. Ich sehe ihr in die Augen, versuche, darin die Gefahr zu sehen, vor der Griffon mich immer gewarnt hat. Doch ich sehe nur Besorgnis und komme mir lächerlich vor, weil ich ihm geglaubt habe. Er wollte mir einreden, dass sie mich töten will, aber bisher hat sie immer nur versucht, mir zu helfen. Und Hilfe kann ich jetzt wirklich gebrauchen.

Ich möchte mich ihr so gerne anvertrauen. Ihr erzählen, was los ist. Von ihr hören, was ich tun soll. »Ja, hat es … irgendwie. Wir … haben uns gestritten.«

»Oje! Beim Abendessen war doch noch alles okay. Was ist denn passiert?«

Ich zögere. Jede von uns versteckt vor der anderen ein Stück ihrer Vergangenheit, das sie nicht preisgeben will. Oder will ich doch? Außer Janine ist Veronique die einzige andere Akhet auf der Welt, die ich kenne. Vielleicht ist sie jetzt die Einzige, die mir helfen kann, die meine Fragen beantworten kann, die mir zeigen kann, wie man als Akhet lebt. Während ich antworte, beobachte ich ganz genau ihr Gesicht. Ein kleines Zucken, ein unsicherer

Blick zur Seite, und ich mache mich sofort aus dem Staub. »Griffon hat mich belogen. Die ganze Zeit hat er mir was vorgemacht.« Ich sehe hinüber zu Giacomo und seinen Freunden, die in eine lebhafte Unterhaltung vertieft sind und uns keinerlei Beachtung schenken.

»So aufgewühlt, wie du bist, muss es eine schlimme Lüge sein.« Irgendetwas an ihrer Körperhaltung verändert sich. Sie hat eine Entscheidung getroffen. Sie kommt näher an mich heran und spricht leiser. »Gibt es noch etwas anderes, das dich beschäftigt?« Sie hält mich mit ihrem Blick gefangen. »Ich war vorhin sehr beeindruckt. Ich hatte ja keine Ahnung, dass du perfekt Italienisch sprichst. Als hättest du es von klein auf gelernt.«

Veronique hat die Tür aufgestoßen, ich muss nur noch hindurchgehen. »Ich denke, ich *habe* es von klein auf gelernt ...« Ich zögere, denn ich weiß, wenn ich es einmal ausgesprochen habe, gibt es kein Zurück mehr.

»Aber das ist lange her?«, beendet sie fragend den Satz für mich und sieht mich erwartungsvoll an.

Ich nicke vorsichtig. »Ja, sehr lange.«

Erleichterung hellt Veroniques Gesicht auf, so als hätte sich durch meine Worte ein dunkler Schleier zwischen uns gelüftet. »Ich wusste es!«, flüstert sie. »Du beginnst, dich zu erinnern, stimmt's?«

»Ja, ein bisschen.« Ich schaue mich noch einmal um, um sicherzugehen, dass uns niemand zuhört. Alles, was ich in den letzten Wochen vor ihr zurückgehalten habe, will aus mir heraussprudeln. »Und ich weiß von den Akhet. Griffon hat mich eingeweiht. Er hat mir viele Dinge erzählt, aber ich bin mir nicht sicher, wie viel ich davon glauben kann.«

Veronique schaut mich mit großen Augen an. »Wow, dann hast du im Moment echt einiges zu verarbeiten. Wie lange weißt du es schon?«

»Noch nicht so lange, seit ein paar Wochen.« Plötzlich bin ich ganz beschwingt, habe das Gefühl, dass wir kurz davorstehen, wiedergutzumachen, was in der Vergangenheit zwischen uns vorgefallen ist.

Der Ausdruck auf ihrem Gesicht verändert sich, und sie fragt: »Hat er je etwas über mich gesagt?«

»Ja, als ihr euch beim Konzert begegnet seid.« Das alles kommt mir auf einmal so lächerlich vor, fast zu lächerlich, um es ihr zu sagen. »Er meinte, du wärst eine Rächerin und schuld an all den Dingen, die mir in letzter Zeit passiert sind. Daran, dass ich im Konservatorium die Treppe heruntergestürzt bin. An einem Unfall, dem wir heute Abend nur knapp entgangen sind.« Ich schaue auf meinen Arm. »Sogar daran, dass die Scheibe zerbrochen ist.«

Veronique sieht gekränkt aus, und sofort bekomme ich Schuldgefühle wegen all der schlechten Sachen, die wir über sie gesagt haben. »Ich hoffe doch, du glaubst ihm nicht, oder?«, fragt sie.

»Nein«, antworte ich und schüttele den Kopf. »Nicht mehr. Er hat mich von Anfang an belogen.« Mein Herz zieht sich zusammen. Ich schaue auf die Straße und denke plötzlich, dass er jeden Augenblick mit seinem Motorrad auftauchen könnte. Dann sehe ich Veronique direkt in die Augen, damit sie versteht, wie wichtig die nächsten Worte sind. »Er hat mich in einer Sache belogen, die er anscheinend seit Jahrhunderten weiß.«

Sie sieht überrascht aus. »Dann ist er ein alter Akhet? Ein Iawi?«

Es ist seltsam, diese Worte auch aus dem Mund von jemand anderem zu hören. Ich nicke. »Ein sehr alter. Wir sind uns irgendwann im sechzehnten Jahrhundert begegnet.« Ich halte inne und sehe wieder das Bild der herabsausenden Axt vor mir. »Er … hat mich getötet, damals.«

Veronique sieht nachdenklich aus. »Iawi-Akhet besitzen die Fähigkeit, Dinge zu verbergen und zu manipulieren. Wenn er dich angelogen hat, steckt sicher eine Absicht dahinter.«

»Ich kann mir gar nicht mehr vorstellen, warum ich ihm das alles geglaubt habe.«

»Du musst vorsichtig sein«, sagt sie. Ich sehe, dass ihre Augen hektisch in beide Richtungen die Straße absuchen, und habe das Gefühl, dass sie auch nach ihm Ausschau hält. »Weil du seinen wahren Wesenskern gesehen hast, braucht er sich nicht mehr verstellen. Wenn er dich schon einmal getötet hat, könntest du auch jetzt in Gefahr sein.«

»Daran habe ich auch schon gedacht.«

»Gibt es einen Ort, an dem du sicher bist?«

»Heute werde ich bei einer Freundin übernachten. Was ich danach mache, weiß ich noch nicht.«

»Wenn du Hilfe brauchst, bin ich jederzeit für dich da.«

Die Art, wie sie das sagt, erinnert mich an Alessandra, daran, wie freundlich sie immer zu mir war. Ich wünschte, dass es wieder so wäre, ich möchte diese Freundschaft zurückhaben. »Es gibt noch andere Dinge, die mir wieder eingefallen sind.« Ich wage nicht, sie anzuschauen, während ich spreche, denn ich bin unsicher, wie sie darauf reagieren wird. »Von uns beiden. In der Sutter-Villa.«

Veronique sagt nichts, schweigt so lange, dass ich schließlich nicht anders kann und sie doch ansehe.

»Woran genau erinnerst du dich?«, fragt sie. Vielleicht bilde ich mir das bloß ein, aber ihre Stimme kommt mir kühler und distanzierter vor als noch vor wenigen Minuten.

»Bisher nur einzelne Szenen«, sage ich hastig. »Ich erinnere mich an das Fest. Daran, dass du immer so nett zu mir warst. Du hast mich dein Cello spielen lassen, als meins kaputtgegangen war.« Dann fällt mir das letzte Mal ein, als ich Alessandra sah. »Und ich erinnere mich an den Abend auf dem Dach.« Ihre Augen sind wieder freundlicher, und plötzlich möchte ich, dass sie mir verzeiht. »Ich weiß nicht genau, was geschehen ist, aber ich weiß, dass ich dir niemals etwas angetan hätte. Wir waren doch Freundinnen.«

Veronique legt ihre Hand auf meinen Arm. Seltsamerweise spüre ich diesmal gar nichts, keine Schwingungen, keine plötzlichen Erinnerungen. »Natürlich«, sagt sie. »Du warst die kleine Schwester, die ich nie hatte. Es war einfach ein schlimmer Unfall.«

»Es war kein Unfall! Ich kann es beweisen …« Ganz in der Nähe hupt ein Auto. Rayne lehnt sich aus dem Seitenfenster und winkt. »Ich werde abgeholt«, sage ich zu Veronique.

Es gibt noch so viel, das ich ihr erzählen möchte. Über die Zeitungsartikel. Über Paolo. Aber Rayne drückt noch einmal auf die Hupe und mir bleibt keine Zeit mehr.

Veronique scheint meine Gedanken zu lesen. »Ruf mich doch morgen an, okay? Dann können wir weiterreden.«

»Ja, das mach ich gerne. Morgen also. Und danke.« Ich atme

noch einmal tief durch, um die letzten Tränen hinunterzuschlucken.

Veronique drückt meine rechte Hand. Jetzt kann ich die Akhet-Schwingungen wieder spüren. Aber ich fühle noch etwas anderes. Etwas Ungutes, Getriebenes, Verzweifeltes. »Bis morgen dann«, sagt sie beinahe fröhlich.

Ich sehe sie noch einmal winken, als ich auf die Rückbank von Siennas Auto krabbele, und plötzlich frage ich mich, ob ich das Richtige getan habe. Kann ich ihr wirklich vertrauen? Kann ich überhaupt irgendjemandem trauen? Schnell verdränge ich diesen beunruhigenden Gedanken wieder. Ich möchte ihr glauben. Ich wünsche mir so sehr, dass es irgendwo jemanden gibt, der mich nicht anlügt.

22

»Kann ich heute Nacht hierbleiben?«, frage ich Rayne, als sich die Eingangstür hinter uns geschlossen hat.

»Na klar.« Eins der Dinge, die ich an Rayne so mag, ist, dass sie nicht zu viele Fragen stellt – zumindest nicht sofort. Vorhin im Auto zum Beispiel, als Sienna uns hierhergefahren hat, hat sie geschwiegen und sich nur immer wieder auf dem Beifahrersitz zu mir umgedreht, um zu sehen, ob alles in Ordnung ist.

Ihre Bücher liegen wild verstreut auf dem Bett. Ich schiebe ein paar davon beiseite, lasse mich fallen und rolle mich so eng ich kann zusammen. Vielleicht wird der Schmerz ein wenig nachlassen, wenn ich mich ganz klein mache. Eine Weile sitzt Rayne nur still daneben und sieht zu, wie ich mir in Weltuntergangsstimmung das Hirn zermartere, warum alles so kommen musste.

Aber schließlich hält sie es nicht länger aus. »Rede mit mir, Cole. Was zum Teufel ist denn passiert? Ich nehme mal an, Griffon hat irgendwas falsch gemacht?«

Als sie seinen Namen sagt, habe ich sofort wieder Tränen in den Augen, darum zucke ich nur mit den Schultern.

»Kann er nicht küssen?«

Ich schüttele den Kopf. *Doch, kann er.*

»Gibt es eine andere?«

»Nein.« *Wenn es nur das wäre.*

Rayne seufzt. »Also, ein bisschen musst du schon mitarbeiten. Ich kann dir nicht helfen, wenn ich keinen Schimmer hab, worum es eigentlich geht.«

Ich setze mich ein bisschen auf und lehne mich mit dem Rücken an die Wand. Bei dem ganzen Wahnsinn der letzten Wochen weiß ich gar nicht mehr genau, wie viel ich ihr schon erzählt habe. »Ich habe mich an etwas erinnert. Es hat mit Griffon zu tun.«

»Moment mal, ich dachte, in deinen Erinnerungen geht es um Veronique und darum, was damals in San Francisco passiert ist.«

»Ein anderes Leben. In England. Zuerst dachte ich, die Bilder würden völlig willkürlich auftauchen. Aber jetzt weiß ich, dass ich Griffon schon früher begegnet bin.« Ich atme tief durch, schnappe mir ein Kissen und drücke es ganz fest an mich. »Kurz gesagt, er ist nicht der, für den ich ihn gehalten habe.«

Rayne sieht mich mit großen Augen an. »Du meinst, ihr wart in einem früheren Leben schon mal zusammen? Oh mein Gott, das ist das Romantischste, was ich jemals gehört habe!« Rayne ist der einzige Mensch, den ich kenne, der nicht mal mit der Wimper zuckt, wenn man ihm etwas so Abgedrehtes erzählt, und es obendrein auch noch romantisch findet. »Ich will sofort alle Einzelheiten hören.«

Also versuche ich's. »Wir waren nicht wirklich zusammen damals, zumindest waren wir kein Paar. Ich erinnere mich nicht an besonders viel. Ich weiß nur, dass ich vor langer Zeit in England gelebt habe.« Plötzlich fällt mir die Botschaft an der Wand des Beauchamp Tower wieder ein. Dort stand ein Datum. »Ich glaube, so um 1538.«

»So um 1538? Und das nennst du ›nicht besonders viel‹?«

»Na ja, da stand so eine Botschaft an der Wand … Ach, egal.« Ich versuche, mich zu konzentrieren. »Ich war irgendeine Lady im Tower von London.«

»Du warst eine Königin?«, fragt Rayne aufgeregt.

»Ich weiß nicht … Nein, ich glaube nicht, dass ich eine Königin war. Auf jeden Fall habe ich immer wieder Visionen von einem bestimmten Tag. Es war … mein letzter Tag. Ich wurde auf eine hölzerne Plattform hinaufgeführt und es standen eine Menge Leute herum und schauten zu. Und dann war da dieser Mann mit Kapuze und Maske … Alles, was ich sehen konnte, waren seine Augen …« Meine Stimme beginnt zu zittern, und ich kann nicht gleich weitersprechen. Dieser kalte, resignierte Blick … »Er hatte eine Axt.« Ich schließe die Augen. »Es war Griffon.«

Rayne schlägt erschrocken die Hand vor den Mund. »Hammer! Du glaubst allen Ernstes, dass Griffon dich in einem anderen Leben hingerichtet hat?«

Ich nicke und beiße mir in die Wange, damit ich nicht wieder weinen muss. »Und er hat es die ganze Zeit gewusst.«

»Warte mal …«, sagt Rayne. »Seid ihr euch nicht im Tower von London begegnet?«

Wieder nicke ich. »Genau an der Stelle, wo die Hinrichtung stattgefunden hat. Er hat mich die ganze Zeit angelogen, aber vorhin am Strand hat er's zugegeben.«

Rayne überlegt ein paar Sekunden. »Ich kann mir einfach nicht vorstellen, dass er so was tun würde. Ich meine, ihm scheint wirklich was an dir zu liegen.«

»Leute wie er sind gut darin, ihre Absichten zu verbergen. Er beherrscht eine ganze Menge Dinge, die andere nicht können.« Ein Gedanke, den ich lieber verdränge. Es ist schlimm genug, dass Griffon mich belogen hat. Zu denken, dass er mir vielleicht wirklich etwas Böses will, dass er meine Nähe nur gesucht hat, um das, was er damals getan hat, noch einmal zu tun, ist einfach zu schrecklich. »Überleg doch mal. Als die Scheibe zu Bruch ging, da war er gerade zufällig draußen vorm Fenster.«

»So ein Blödsinn. Er war doch gar nicht in deiner Nähe, als der Unfall passiert ist.«

»Vielleicht muss er ja gar nicht so nah sein.« Wie er gesagt hat, Wochentage Daten zuzuordnen oder ganze Bücher auf einen Blick auswendig zu lernen, das sind nur einfache Tricks. Aber was kann er sonst noch? Welche Fähigkeiten besitzt er, von denen ich gar nichts weiß? »Jedes Mal, wenn etwas passiert ist, war Griffon in der Nähe. Bei der Sache mit meinem Arm war er draußen vorm Fenster. Er hat das Cello fallen lassen, sodass ich beinahe über das Geländer gestürzt wäre. Heute Abend auf dem Weg zum Strand hatten wir fast einen Motorradunfall. Er sagte, uns hätte jemand verfolgt, aber alles, was ich gesehen hab, war das Auto hinter uns – den Rest hat er mir eingeredet. Wahrscheinlich hat er das erfunden, um mir Angst einzujagen. Veronique hat recht. Er hat aufgehört, Versteck zu spielen.«

»Veronique? Du hast es ihr erzählt?«

»Sie ist mir zufällig über den Weg gelaufen, als ich auf dich gewartet habe. Und ja, ich hab's ihr erzählt.« Rayne schaut mich kritisch an. »Ich musste einfach«, verteidige ich mich. »Sie ist der einzige Mensch auf der Welt, der das verstehen könnte.«

»Na vielen Dank.«

»Ach, komm schon. Du weißt, was ich meine. Der einzige Mensch, den ich kenne, der auch solche Erinnerungen hat.«

»Trotzdem. Ihr alles brühwarm zu erzählen, war vielleicht keine so gute Idee«, sagt Rayne skeptisch. »Hat Griffon denn versucht, dir irgendwie wehzutun?«

»Nein, aber das hätte er vielleicht, wenn Peter nicht dazwischengegangen wäre. Du hättest seinen Blick sehen sollen, als ich es ihm auf den Kopf zugesagt habe.«

»Wie auch immer. Auf jeden Fall war es eine gute Idee, hierherzukommen.« Rayne blickt hinauf zur Decke, dann neigt sie den Kopf zur Seite und sieht mich an. »Damals, als du eine Königin in England warst, wie war da dein Name?«

Ich rutsche auf dem Bett herum und drücke das Kissen noch enger an mich. »Ich war keine Königin. Und eigentlich mag ich im Moment auch nicht weiter drüber sprechen.« Am liebsten will ich, dass sich alles einfach in Luft auflöst.

»Griffon müsste doch wissen, was genau damals passiert ist«, sagt Rayne nachdenklich. »Du hast doch gesagt, er hat es zugegeben. Und wenn er der Henker war, dann kennt er auch die Hintergründe. Willst du denn nicht die Wahrheit wissen?«

Ich nicke vorsichtig. In meinem Kopf sehe ich wieder die Bilder der kleinen Rituale auf dem Schafott vor mir. Das Geld, das ich in seine Hand lege, die Vergebung, die ich ihm erteile, bevor er seinen Auftrag ausführt und mich tötet.

»Flipp jetzt nicht gleich aus«, sagt Rayne, »aber vielleicht solltest du mit ihm reden. Nur noch ein Mal. Dann kann er dir alles erzählen, und du musst nicht weiter herumrätseln, wie es wirklich gewesen ist.«

»Auf gar keinen Fall!« Trotzdem zieht sich bei dem Gedanken, ihn vielleicht nie wieder zu sehen, mein Herz schmerzlich zusammen. »Du weißt ja nicht, wie er mich bei der Hinrichtung angesehen hat. Er hätte es verhindern können. Er hätte die Axt nicht erheben und mich töten müssen. Wie kann man ein guter Mensch sein, wenn man gegen Bezahlung unschuldigen Leuten die Köpfe abschlägt?«

»Hm, wohl wahr«, sagt Rayne. »Und ich denke auch, du solltest vorsichtig sein. Aber andererseits ... Wer weiß, vielleicht hatte er keine andere Wahl. Ich meine, du bist wütend auf ihn wegen etwas, das vor fünfhundert Jahren passiert ist ...«

»Oh nein. Ich bin wütend, weil er mich vor einer Stunde noch angelogen hat. Je länger ich darüber nachdenke, desto mehr glaube ich, dass er irgendeine Absicht verfolgt, dass seine Seele, sein Wesenskern, oder wie immer man es nennen will, böse ist.«

»Meinst du nicht, das ist ein bisschen übertrieben?« Sie setzt sich an ihren Laptop, googelt irgendwas und klickt dann auf einen Link. »Anscheinend gibt es jede Menge über Hinrichtungen im Tower von London. Hier steht zum Beispiel, dass nur hochrangige Leute innerhalb der Mauern hingerichtet wurden.«

»Das hat der Fremdenführer an dem Tag auch gesagt. Bei den Hinrichtungen draußen auf dem Tower Hill gab es immer jede Menge Schaulustige, aber auf dem Tower Green war die Öffentlichkeit ausgeschlossen.«

Rayne wirft mir über die Schulter einen Blick zu. »Weil man ihnen die Demütigung ersparen wollte, oder weil die Hinrichtungen geheim bleiben sollten?«

»Ach, ich weiß es nicht. Können wir bitte damit aufhören?«

Mir ist schon ganz flau davon, die ganze Zeit über meine eigene Hinrichtung zu sprechen.

»Komm schon, Cole. Lass uns einfach sehen, ob wir nicht ein paar Antworten finden. Vielleicht geht's dir dann besser.«

»Warum soll's mir besser gehen, wenn ich weiß, was vor fünfhundert Jahren passiert ist?«

»Man weiß nie«, sagt Rayne und klickt ein paar weitere Links an. »Lass es uns wenigstens versuchen.« Sie legt die Hände auf die Tastatur. »Also, fünfzehnhundert-was?«

»1538.«

»Okay. Dann haben wir 1538, England, den Tower von London. Weißt du, wie dein Name damals war?«

Ich muss schlucken, bevor ich antworten kann. Was, wenn sie tatsächlich etwas findet und ich schwarz auf weiß die Geschichte meiner eigenen Enthauptung lesen muss?

»Cole? Weißt du einen Namen?«, hakt Rayne nach.

»Allison. Lady Allison. Den Nachnamen weiß ich nicht.«

Mit zwei Fingern tippt sie schnell etwas ein und schaut dann konzentriert auf den Bildschirm. »Aha, hier gibt es eine Liste mit allen Hinrichtungen im Tower von London.« Sie klickt die Seite an. »Wow, ziemlich viele. Allerdings meistens Männer.« Sie sieht mich an. »Könnte es vielleicht sein, dass du ein Typ warst?«

»Nein, in dem Leben nicht.« Ich schaue über ihre Schulter auf den Bildschirm.

»Bist du sicher? Ich kann keine Allison auf der Liste finden. Hm. Vielleicht sollte ich einfach nach einer Lady Allison in der Tudor-Zeit suchen und gucken, was er ausspuckt.«

»Tudor-Zeit?«, frage ich und schaue sie verwundert an.

Sie zuckt mit den Schultern. »Ich besitze die gesamte DVD-Kollektion von *Die Tudors*.«

Plötzlich fällt mir sein Name ein. »Connor«, sage ich. »Guck mal nach, ob irgendwann zu der Zeit jemand namens Connor hingerichtet wurde.«

»Wer ist Connor?«

Ich zögere. »Lady Allisons Ehemann.«

Rayne tippt den Namen ein und schweigend lassen wir unsere Augen über die Suchergebnisse gleiten. »Hm, nicht viel«, sagt Rayne. »Doch, warte mal, das hier könnte was sein.« Sie klickt eine Seite an. »Hier gibt's eine Website mit Hunderten von Porträts aus dem Zeitalter von Elisabeth I. und den Tudors. Und einen Treffer für einen gewissen Lord Connor Wyatt. Da ist er. 1536 steht hier.«

Auf dem Bildschirm erscheint das Porträt eines jungen Mannes in einem kostbaren, schwarzen Wams. Mir stockt der Atem. Ich kenne ihn. Die grünen Augen, das blonde Haar, das unter der flachen, schwarzen Kopfbedeckung hervorschaut. Fast ist es, als könnte ich seine Stimme hören, die mir leise etwas zuflüstert. Ich starre auf das Bild dieses Mannes und bin verwundert über den heftigen Schmerz, den ich wegen seines Verlusts empfinde. »Das ist er.«

Rayne wirft mir einen Seitenblick zu. »Warte mal, seinen Namen habe ich vorhin schon mal irgendwo gelesen«, sagt sie und klickt sich durch die verschiedenen Seiten zurück, bis wir wieder bei der Liste gelandet sind. »Da ist er. Im Verzeichnis der Leute, die auf dem Tower Hill hingerichtet wurden: Lord Wyatt, verbrannt auf dem Scheiterhaufen im Jahre 1538.«

Ich schließe die Augen, um zu prüfen, ob das irgendeine bestimmte Erinnerung auslöst, aber alles, was ich sehe, sind die in den Stein geritzten Worte. *Bis in alle Ewigkeit.*

Um mich zu beruhigen, nehme ich ein paar tiefe Atemzüge und versuche, die Puzzleteile zusammenzusetzen. »Also, für seine Hinrichtung gibt es Nachweise, aber nicht für die von Allison?« Ich lasse meine Augen noch einmal über die Liste wandern.

»Versuchen wir's noch mal mit ihrem vollen Namen«, sagt Rayne und klickt zurück auf die Seite mit den Porträts. Während sie sich Seite um Seite durch die Bilder fremder Menschen in ihren kostbarsten Kleidern scrollt, wird das Flattern in meiner Magengrube immer heftiger. Es fühlt sich an wie beim Heiß-oder-kalt-Spiel, und ich habe aus irgendeinem Grund das deutliche Gefühl, dass es immer *wärmer* wird.

»Da ist sie«, sagt Rayne und klickt auf ein kleines Vorschaubild. Auf dem Monitor erscheint das Porträt einer jungen Frau mit tiefen, braunen Augen und rotblondem Haar, das zu einem Zopf geflochten über ihrer Schulter liegt. Ihr Kleid ist aus dunkelrotem Samt, hat bauschige, golddurchwirkte Ärmel, die ihr bis an die Ellbogen reichen, und denselben geraden Ausschnitt wie die Gewänder der Frauen aus der Renaissance.

»Ich kenne sie irgendwoher«, murmele ich. Diese Augen und dieses Kleid habe ich schon mal irgendwo gesehen.

»Gemälde eines unbekannten Künstlers aus dem Jahre 1536«, liest Rayne vor. »Ein Portrait von Lady Allison Wyatt, das heute in der National Gallery in London hängt.«

Allison Wyatt. Ich lasse den Namen in meinem Kopf nachklingen. Ihr Bild kommt mir zwar bekannt vor, aber ich spüre kein so deutliches Wiedererkennen wie vorhin bei Connor. Doch plötzlich weiß ich, wo ich sie schon mal gesehen habe.

»Oh mein Gott! Es ist das Mädchen aus Griffons Zimmer!«

»Aus Griffons Zimmer?« Rayne sieht mich entgeistert an.

»Er hat sie gezeichnet.« Ich nehme den Laptop auf meinen Schoß und betrachte das Gemälde in allen Einzelheiten, von dem mit Gold und Juwelen besetzten Band um ihre Taille bis hin zu ihrer leicht nach vorn gestreckten Hand. Jedes noch so kleine Detail hat der Maler in seinem Porträt von Lady Allison abgebildet: ihren kleinen Mund, die zarten goldenen Ohrringe, die Narbe auf ihrem Unterarm – eine Narbe, die sie sich als kleines Mädchen zuzog, als heißes Kerzenwachs über ihren Arm floss und ihre Mom die Wunde mit einer kühlenden Heilsalbe und sauberen Mullbinden versorgte.

Dann fällt mein Blick auf ihre rechte Hand. Zwischen den Fingern sehe ich Teile einer silbernen Kette blitzen und auf der Innenfläche ihrer Hand – kaum sichtbar, weil der Künstler ihn im Schatten gelassen hat – den dazugehörigen Anhänger. Es ist ein Kreuz mit einem Bogen und einem dunkelroten Rubin in der Mitte. Mir bleibt fast das Herz stehen, als ich ihn wiedererkenne: Er lag in meiner Hand an dem Tag, als ich die Stufen zum Schafott hinaufstieg. Mein Ankh.

23

Als ich am nächsten Morgen nach Hause gehe, will ich nur noch eins: die Vorhänge zuziehen, unter die Decke kriechen und all diesen Wahnsinn vergessen. Ich wünsche mir mein altes Leben zurück. Das Leben, in dem es keine Akhet gab oder Erinnerungen an frühere Jahrhunderte. In dem ich noch wusste, wem ich vertrauen kann. Das Leben, das ich hatte, bevor Griffon aufgetaucht ist.

Als ich ihn neben dem Blumenkübel vor unserem Haus hocken sehe, ist es zu spät, noch kehrtzumachen.

»Cole!« Er springt auf, kommt aber nicht näher.

Mein Herz rast. Ich weiß, ich sollte hier abhauen, so schnell ich kann, aber meine Füße gehorchen mir nicht und ich bleibe wie angewurzelt auf dem Gehweg stehen.

Er sieht mich flehend an. »Bitte, gib mir zwei Minuten. Nur zwei Minuten, dann verschwinde ich wieder.«

»Okay, zwei Minuten.« Während ich langsam auf ihn zugehe, betrachte ich sein Gesicht, und irgendwie tut es mir gut festzustellen, dass er übermüdet und ziemlich mitgenommen aussieht. Etwa zwei Meter von ihm entfernt bleibe ich stehen und verschränke die Arme vor der Brust. Er sieht noch attraktiver aus als sonst. Das unrasierte Kinn und die Ringe unter den Augen verleihen ihm etwas Wildes, Verwegenes. Das Motorrad kann ich nirgends entdecken, aber seine Locken sehen zerdrückt aus, so als hätte er einen Helm aufgehabt, und ich überlege, ob er in der Zwischenzeit wohl überhaupt zu Hause gewesen ist. Ich zwinge mich, ihn direkt anzuschauen, sage aber kein Wort.

Griffon sieht mich an, lächelt ein bisschen unsicher und fragt: »Zwei Wahrheiten und eine Lüge?«

Ich verziehe keine Miene. »Ich spiele keine Spielchen mehr. Also, was willst du?«

»Ich habe dich überall gesucht«, sagt er und kommt einen Schritt auf mich zu.

Während er spricht, sehe ich auf seine Lippen und muss daran denken, wie schön es war, sie zu berühren. Ich zwinge mich, einen Schritt zurückzugehen, und gebe mir alle Mühe, ruhig zu atmen. »Ich war unterwegs.« Ich bin stolz darauf, wie gut es mir gelingt, gleichgültig zu klingen, unnahbar. Ich lasse ein paar Sekunden verstreichen, schaue dann demonstrativ zum Haus hinüber und frage: »Bist du deswegen hergekommen? Um herauszufinden, wo ich war?«

Er schließt kurz die Augen und beißt sich auf die Unterlippe. Anscheinend sucht er nach den richtigen Worten. »Nein. Du warst so schnell weg gestern Abend. Und dann bist du nicht zu Hause aufgetaucht. Ich hab mir Sorgen gemacht.«

Ich straffe meine Schultern und werfe den Kopf in den Nacken. »Nicht nötig. Wie du siehst, komme ich klar.«

»Hast du Veronique gesehen?«, fragt er und schaut kurz zur Straße hinüber.

»Tut nichts zur Sache. Du glaubst es vielleicht nicht, aber ich kann sehr gut auf mich selbst aufpassen. Und wenn ich vor jemandem auf der Hut sein muss, dann ja wohl vor dir.«

»Das glaubst du?«, fragt er entgeistert, und seine Stimme überschlägt sich fast. »Du denkst, ich könnte dir etwas antun? Cole, das darfst du nicht. Ich würde dir niemals wehtun.«

»Hast du aber«, sage ich. »Also kannst du dir deine Beteuerungen sparen.« Wut übermannt mich, und ich dränge mich an ihm vorbei, um ins Haus zu gehen. Anscheinend hat er ja nichts Neues zu seiner Verteidigung zu sagen.

»Du hast ja recht«, sagt er. »Aber ich kann es erklären …« Er packt meinen linken Arm und Schmerz schießt bis hinauf in meine Schulter. Ich verziehe das Gesicht und erschrocken lässt er mich wieder los.

»Rühr mich nicht an!«

»Oh Gott, das tut mir leid. Ehrlich. Bitte, du musst mich anhören …« Er hebt die Arme. »Ich komme nicht näher, versprochen. Gib mir nur noch eine Minute.«

Ich starre auf den menschenleeren Gehweg hinüber und spüre heiße Wut durch meine Adern pulsieren. »Okay, eine einzige.«

Griffon wendet sich kurz ab. Als er mich wieder ansieht, sind seine Augen rot und glänzen feucht. »Cole, hör mir zu. Es tut mir leid, dass ich dir die Wahrheit nicht früher gesagt habe. Aber du hättest mir niemals geglaubt.« Er macht eine Pause, wartet darauf, dass ich widerspreche, aber ich schweige, und er fährt fort: »Ich wollte es dir sagen. Später, wenn du es besser verstehen würdest. Bis gestern Abend hatte ich meine Gedanken und Gefühle unter Kontrolle, aber dann, als wir am Strand waren … Es war so wunderschön … Als würden all meine Wünsche in diesem Augenblick in Erfüllung gehen. Ich musste dich einfach berühren. Aber dadurch hat meine Konzentration nachgelassen und du konntest … in meine Vergangenheit sehen.«

Wieder tauchen die Bilder von dem grauen Morgen in England vor mir auf, und ich spüre die Panik und Verwirrung, die mich bis zuletzt auf dem Schafott begleiteten. »Du hast die Axt genommen und einen unschuldigen Menschen umgebracht.«

»Aber ich hatte keine Wahl!«, ruft er außer sich. »Verstehst du nicht? Wenn ich es nicht getan hätte, hätte man uns beide getötet, und für dich wäre es ein noch viel schlimmerer Tod geworden. Glaub mir, ich wünschte auch, dass alles anders gekommen wäre.« Er schüttelt traurig den Kopf. »Später fand ich heraus, dass der König dich für sich haben wollte, nachdem er deinen Ehemann hinrichten ließ. Aber du hast ihn zurückgewiesen.« Er sieht mich an. »Das war zur damaligen Zeit ein ausreichender Grund.«

Meine Beine zittern, und ich konzentriere mich darauf, sie wieder in den Griff zu bekommen. »Das macht es nur noch schlimmer.«

»Ja, ich weiß. Ich verstehe dich. Aber als ich dir und Kat im Tower begegnete, wusste ich, dass ich eine zweite Chance bekommen würde.«

»Eine zweite Chance für was?«

»Herauszufinden, warum sich unsere Wege noch einmal gekreuzt haben. Bei dir zu sein. Dich zu beschützen. Dann tauchte Veronique auf, und ich spürte, dass sie eine Gefahr für dich ist.«

»So, wie ich das sehe, bist du die einzige Bedrohung für mich«, sage ich so kühl ich kann.

Griffon fährt sich mit den Fingern durch die Haare, sodass sie noch wilder aussehen. »Das ist nicht wahr«, sagt er beinahe verzweifelt. »Ja, ich habe dich angelogen. Aber nur, weil ich dir helfen wollte.« Er macht eine kleine Pause und holt tief Luft. »Und weil ich mich in dich verliebt habe.«

Seine Worte treffen mich mitten ins Herz und meine Entschlossenheit gerät ins Wanken. Um stark zu bleiben, rufe ich mir noch einmal die Szene auf dem Schafott in Erinnerung. »Ich glaube dir kein Wort«, sage ich, wende mich ab, setze mich in Richtung Haus in Bewegung und hoffe, dass ich die Tränen so lange zurückhalten kann, bis sich die Tür hinter mir geschlossen hat. Griffon kommt mir nach.

»Cole, warte!« Unschlüssig bleibe ich auf halber Treppe stehen. Er greift in seine Jackentasche und zieht ein kleines Säckchen aus dunkelgrüner Seide hervor. »Eigentlich bin ich deswegen gekommen«, sagt er und hält es mir entgegen. »Es gehört dir. Es hat immer dir gehört. Ich habe mir geschworen, es zurückzugeben, falls ich jemals die Gelegenheit dazu haben sollte.«

Ich gehe einen Schritt zurück. »Was meinst du damit, es gehört mir?«

»Du hast es mir vor mehr als fünfhundert Jahren gegeben. Als Bezahlung.«

Die Gedanken wirbeln wild in meinem Kopf herum, denn plötzlich weiß ich, was in dem kleinen Säckchen ist.

»Aber woher … Wie kommt es, dass du es nach all dieser Zeit noch hast?«

Griffon sieht mir in die Augen. »Es gibt Orte, an denen man Dinge aufbewahren kann. Sichere Orte, die sich über Jahrhunderte nicht verändern.« Er macht eine kleine Pause. »Ich wollte, dass du es zurückbekommst.« Er legt das seidene Säckchen in meine Hand, schaut mir noch einmal kurz in die Augen und geht dann mit raschen Schritten davon.

Ich sehe ihm nach, bis er um die Ecke verschwunden ist. Dann renne ich die Stufen hoch und ins Haus, will nur noch in mein Zimmer und mich dort verbarrikadieren. Griffon liebt mich. Aber es ist zu spät.

Das Säckchen ist ziemlich schwer für seine Größe. Durch den zarten, grünen Stoff fühle ich die Konturen der Kette. Ich lege es vorsichtig auf mein Bett und überlege kurz, ob ich es überhaupt öffnen soll, aber meine Neugier ist stärker. Es ist mit einem kleinen Band verschlossen. Langsam löse ich den Knoten und öffne es gerade weit genug, um den Inhalt in meine Hand gleiten zu lassen.

Obwohl er schon so alt ist, strahlt der Anhänger in hellem Silber, als hätte ihn jemand sorgfältig poliert. Auf der Vorderseite sind verschiedene Symbole eingraviert und in der Mitte sitzt der tiefrote Rubin. Ich fahre mit dem Finger den Bogen entlang, spüre den vertrauten leichten Schwindel, während der Anhänger und schließlich das ganze Zimmer immer mehr verschwimmen und in weite Ferne rücken.

Hinter den hohen Fenstern erstrecken sich die sanften Hügel des weiten Gartens bis an den Horizont. Das zarte Licht des ersten Frühlings scheint freundlich herein, während ein noch glimmendes Feuer im Kamin zusätzlich Wärme spendet. Connors klare, grüne Augen leuchten aufgeregt, als er mir das Kästchen überreicht.

»Noch ein Geschenk?«, frage ich lachend. »Du verwöhnst mich viel

zu sehr! Weißt du nicht, dass zu viele Geschenke den Charakter verderben?«, frage ich neckend.

»Nichts könnte deinem Charakter jemals etwas anhaben«, sagt er und küsst mich sanft auf den Hals. »Dies hier ist etwas ganz Besonderes. Ich habe es eigens für dich anfertigen lassen.«

In freudiger Erwartung löse ich die Schleife, die um das kleine Kästchen gewunden ist, hebe den silbernen Anhänger aus seinem samtenen Bett und betrachte ihn. Connor hat recht. Er ist anders als all der Schmuck, den er mir während unserer Ehe schon geschenkt hat.

»Schau hier«, sagt Connor mit einem Lächeln. »Ich habe den schönsten und kostbarsten Rubin in ganz England einfassen lassen. Dein Geburtsstein. Und weißt du, welche Bedeutung dieser Anhänger hat?«

»Bedeutung? Nein.« Ich betrachte die ungewöhnliche, kunstvoll gearbeitete Form. »Verrätst du es mir?«

»Es bedeutet ewiges Leben. Dadurch werden wir für immer miteinander verbunden sein.«

Ich lächele und küsse ihn sanft auf den Mund. »Er ist wunderschön.«

Als ich aus der Vision wieder auftauche, überkommt mich das Gefühl von Traurigkeit und Verlust, das ich in letzter Zeit so oft gespürt habe. Noch einmal betrachte ich das Ankh. Es liegt schwer in meiner Hand, und es kommt mir vor, als ginge eine besondere Energie davon aus, als wäre es eine verloren geglaubte Verbindung zu meinem früheren Ich. Auf der Rückseite ist etwas eingraviert. Noch bevor ich es nah genug heranhole, um es zu entziffern, weiß ich genau, welche Worte dort stehen. *Ad vitam aeternam.* Bis in alle Ewigkeit.

Die Tür öffnet sich so plötzlich, dass ich keine Zeit habe, zu reagieren. »Sienna hat angerufen und mir erzählt, was letzte Nacht los war«, sagt Kat im Hereinkommen. »Mom meinte, sie hätte dich gerade draußen mit Griffon gesehen.«

Hastig lasse ich die Kette aufs Bett fallen und versuche, sie mit dem Seidensäckchen zu verdecken, aber es ist zu spät. Kat hat sie entdeckt und starrt mit ungläubigen Augen darauf.

»Was in aller Welt ist das?« Sie schnappt sich die Kette und hält sie gegen das Licht. »Du meine Güte, das ist richtig hochwertiges Silber und der Anhänger hat mindestens ein Karat.« Sie schaut erst mich an und dann wieder auf den Anhänger. »Hat Griffon dir das geschenkt?«

Ich habe keine Ahnung, wie die Antwort darauf lautet, und zucke nur mit den Schultern.

»Warum trägst du ihn nicht? Der ist ein Vermögen wert!« Sie löst den Verschluss. »Dreh dich um.«

Wenn ich ihn trage, würde das bedeuten, dass ich Griffon verzeihe. Was nicht der Fall ist. »Kat, ich …«

»Na los, stell dich nicht so an. Ihn zu tragen, heißt ja nicht, dass du Griffon gleich heiraten musst. Du musst ihn nicht mal behalten. Aber er ist viel zu schön, um nicht wenigstens mal getragen zu werden.« Sie legt die Kette um meinen Hals und macht den Verschluss im Nacken zu.

Ich fühle, wie der Anhänger sich auf mein Brustbein legt. Normalerweise mag ich Halsketten überhaupt nicht, aber das Gewicht fühlt sich vertraut und tröstlich an. Ich schlucke und versuche, nicht daran zu denken, wann ich ihn das letzte Mal getragen habe.

Kat tritt einen Schritt zurück und begutachtet mich. »Er steht dir«, sagt sie.

»Danke.« Nachdenklich fahre ich noch einmal mit dem Finger über die Konturen. So viele seltsame Dinge sind in den letzten Wochen geschehen. Es scheint gar nicht mehr aufzuhören.

»Hol deine Tasche«, sagt Kat.

»Wieso?«

»Wir müssen unbedingt zu Drew und ihm den Anhänger zeigen. Er kennt sich mit Schmuck aus und kann uns bestimmt etwas darüber sagen.«

Ich weiß bereits mehr, als mir lieb ist. Und ganz sicher mehr, als er mir erzählen kann. »Ich hab keine Lust, schon wieder loszuziehen. Ich meine, ich bin gerade erst nach Hause gekommen, und die letzten vierundzwanzig Stunden waren wirklich nicht besonders toll …«

»Komm schon, raff dich auf«, sagt Kat und zieht mich vom Bett hoch. »Wir fahren ja nur kurz zur Boutique. Danach kannst du dich von mir aus den ganzen Tag in deinem Zimmer verkriechen und in Selbstmitleid baden.« Sie streckt ihre Hand aus und sieht mich herausfordernd an.

Hastig greife ich nach dem Anhänger. Jetzt, wo er endlich den Weg zu mir zurückgefunden hat, gebe ich ihn bestimmt nicht gleich wieder aus der Hand.

Kat stemmt die Fäuste in die Hüften. »Wir haben nicht ewig Zeit. Drew muss nämlich morgen für ein paar Tage verreisen.«

»Okay, ich komme mit. Aber nur, wenn wir danach gleich wieder nach Hause fahren.«

»Mom?«, ruft Kat, als wir den Flur entlanggehen. »Wir sind mal kurz weg.«

»Nicht so eilig«, sagt Mom und kommt aus der Küche. »Du warst die ganze Nacht nicht zu Hause, Nicole. Griffon war hier und hat dich gesucht.«

»Ich weiß«, sage ich und versuche, eine bedauernde Miene aufzusetzen. »Wir haben uns ein bisschen gestritten.«

Kat hakt sich bei mir unter. »Komm schon, Mom. Du weißt doch noch, wie das ist. Ich will nur kurz mit Cole zur Boutique, damit sie auf andere Gedanken kommt. Sie hat wirklich viel mitgemacht diese Woche.«

Mom seufzt. »Aber nimm dein Handy mit. Gestern Abend habe ich dir mindestens fünf Nachrichten hinterlassen ...« Plötzlich bekommt ihre Stimme einen schärferen Unterton. »Nicole?«, fragt sie. »Du weißt doch, wo dein Handy ist, oder?«

Ich stecke meine Hand in die Jackentasche, aber da ist es nicht. »Klar. Ich hab's irgendwo.« Unter ihrem bohrenden Blick durchwühle ich meinen Rucksack, aber auch da kann ich es nicht finden. »Gestern Abend hatte ich's noch. Ich habe dir doch 'ne SMS geschickt. Wahrscheinlich habe ich es bei Rayne liegen lassen.«

»Das eine sag ich dir, Nicole Ryan: Wenn du schon wieder dein Handy im Bus vergessen hast, bekommst du diesmal kein neues.«

»Ich hab's nicht im Bus vergessen. Gestern Abend war es noch da, hab ich doch gesagt.«

»Benutz Kats Handy, falls es doch später werden sollte.« Sie murmelt noch etwas Unverständliches und geht zurück in die Küche.

Ein paar Sonnenstrahlen bahnen sich ihren Weg durch den Dunst, als wir auf dem Weg zu Kats Auto sind. Die unerwartete Wärme tut gut und ich wende mein Gesicht der Sonne zu. Das erste Mal an diesem Tag, dass ich mich ein bisschen besser fühle.

»Also, was ist los mit dir und Griffon?«, fragt Kat, als wir schon fast am Auto sind. »Ist es wirklich so schlimm?«

Ich zögere. Mich Rayne anzuvertrauen, ist eine Sache, Kat etwas zu erzählen, eine ganz andere. »Ja, ist es«, antworte ich schließlich.

»Hör zu«, sagt sie, während sie das Auto aufschließt. »Ich will dir nichts vorschreiben, aber vielleicht solltest du ihm noch eine Chance geben.« Sie angelt sich den Strafzettel, der hinter den Scheibenwischern klemmt, beugt sich herüber und schiebt ihn ins Handschuhfach, wo schon mehr als zehn davon liegen.

Ich schnalle mich an und starre durch die Windschutzscheibe nach draußen. »Er hat mich von Anfang an belogen.«

»In Bezug auf was?«

»Es ist kompliziert.«

»Okay, wie du willst«, sagt Kat mit einem Seufzer. »Dann behalt's für dich. Aber es sieht so aus, als würde er dich wirklich mögen, und ich will nicht, dass du etwas Gutes einfach so sausen lässt.«

»Ich weiß.« Ich gebe mir Mühe, nicht daran zu denken, wie mitgenommen und bedrückt er vorhin gewirkt hat, und greife mit der Hand noch einmal nach der Halskette, denn sie erinnert mich daran, dass ich ihm nicht trauen kann, in diesem Leben ebenso wenig wie im vorherigen.

»Also ...«, sagt Kat und fädelt sich in den Verkehr ein, »mich würde ein so wertvolles Geschenk ziemlich versöhnlich stimmen.«

Den Rest der Fahrt schweigen wir und erreichen kurze Zeit später den kleinen Angestelltenparkplatz hinter dem Laden. Bevor ich aussteige, stecke ich den Anhänger in mein Shirt. Irgendwie fühle ich mich sicherer, wenn ihn niemand sehen kann.

Wir betreten die Boutique durch den Hintereingang, zwängen uns zwischen vollen Kleiderständern und bis zur Decke gestapelten Kisten hindurch.

Francesca ist gerade damit beschäftigt, einer Kundin die Einkäufe einzupacken. Sobald die Frau den Laden verlassen hat, kommt sie lächelnd zu uns herüber. »Katherine, wie schön, dich an deinem freien Tag hier zu sehen.« Dann schenkt sie mir ein Lächeln. »Und dein Schwesterchen hast du auch wieder mitgebracht.«

Die beiden begrüßen sich mit zwei Luftküsschen neben die Wangen. »Ist Drew da?«, fragt Kat. »Ich habe da was, das er sich mal ansehen sollte.«

»Er ist oben im Büro.« Sie schaut hinüber zur Eingangstür, wo gerade die nächste Kundin hereinkommt. »Geht ruhig rauf.«

Wir steigen die Treppe hinauf in ein kleines Loft. Kat klopft an die geschlossene Tür, hinter der gedämpft zu hören ist, dass jemand telefoniert.

»Hey!« Drew öffnet die Tür und winkt uns herein. »Ich muss Schluss machen«, sagt er ins Telefon. »Ich rufe dich später noch mal an.« Er klappt das Handy zu und lächelt uns an. Kats Reaktion ist unmissverständlich. Noch ein kleines bisschen verzückter, und sie würde wahrscheinlich an die Decke schweben.

Ich frage mich, ob wir tatsächlich wegen des Anhängers gekommen sind oder ob das nur eine Ausrede war, um Drew zu sehen.

»Hallo, ihr zwei Hübschen. Was kann ich für euch tun?«

Kat legt ihre Hand auf Drews Arm – eine ziemlich übertriebene Geste, die weder ihm noch mir entgeht. »Du musst dir unbedingt den Anhänger ansehen, den Cole bekommen hat. Von einem Verehrer«, sagt sie und stößt mich mit dem Ellbogen in die Seite.

Drew sieht mich an und zieht amüsiert die Augenbrauen hoch. »Oh, ein Verehrer?« Vermutlich ist er ein bisschen älter als Francesca – also vielleicht zwei- oder dreiundzwanzig –, und sein Tonfall lässt unmissverständlich erkennen, dass ich in seinen Augen noch ein kleines Mädchen bin.

Ich werfe Kat einen Seitenblick zu und hoffe, dass sie nicht weiter auf der Nummer herumreitet. »Nur ein Geschenk«, sage ich.

»Oh, aber ein echt cooles«, übernimmt Kat. »Ich glaube, er ist antik. Wir dachten, du könntest uns vielleicht mehr dazu sagen. Vielleicht taugt er sogar als Muster für eine neue Kollektion. Irgendwas abgefahrenes Ägyptisches oder so.« Dann wendet sie sich mir zu und erklärt: »Die Kunden reißen uns Drews Arbeiten praktisch aus den Händen. Kaum hat er ein Stück fertig, haben wir es schon verkauft.«

Drew schenkt ihr ein Lächeln als Dank für das Kompliment. »Ich würde ihn mir sehr gerne ansehen. Neue Inspirationen kann ich immer gebrauchen.«

Beide blicken mich erwartungsvoll an, also greife ich mit einem resignierten Seufzer nach der Kette, ziehe langsam den Anhänger aus meinem Shirt und wünschte, Kat hätte ihn niemals zu Gesicht bekommen. Als Drew ihn sieht, zieht er erschrocken die Luft ein, und alle Farbe weicht aus seinem Gesicht. Er streckt seine Hand danach aus, und als seine Finger leicht meine Haut streifen, spüre ich einen Strom geballter Gefühle, die unverwechselbaren Schwingungen, die ich mittlerweile gelernt habe zu erkennen.

Drew ist Akhet.

Ich schaue in sein Gesicht und suche darin nach einer Verbindung, aber er hat sich gleich wieder im Griff und verschließt seine Gefühle. Es ist, als hätte sich ein Vorhang herabgesenkt, durch den ich die Schwingungen nur noch schwach und gedämpft empfangen kann.

»Allison«, murmelt er. Langsam hebt er den Blick und sieht mich an. Schmerz und Verwunderung liegen in seinen klaren, blauen Augen, die etwas entfernt Vertrautes haben. Ein Schauer läuft mir über den Rücken. Drew kannte Allison. Ohne Zweifel gab es zwischen uns beiden vor über fünfhundert Jahren eine Verbindung.

»Sie heißt Cole«, sagt Kat und sieht verwirrt erst ihn und dann mich an.

»Was sagst du?«, fragt Drew, als hätte er gerade erst bemerkt, dass sie auch im Raum ist.

»Sie heißt Cole. Du hast sie Allison genannt.«

Drew räuspert sich. »Ja, wie dumm von mir. Cole, natürlich.« Er wendet sich wieder mir zu. »Dieser Anhänger ist … wunderschön.« Mit einem Finger berührt er vorsichtig den Rubin. »Woher hast du ihn?«, flüstert er beinahe.

Schnell habe ich meine Fassung wiedergefunden. »Ich habe ihn geschenkt bekommen«, sage ich mit fester Stimme. Ich werfe einen Seitenblick auf Kat, die mit offenem Mund dasteht.

»Ich würde ihn sehr gerne einmal genauer betrachten«, sagt Drew und legt kurz seine Hand auf meinen Arm. Ich spüre ein kurzes Aufblitzen von Verlust und Sehnsucht und bin mir sicher, dass er mir diesmal absichtlich seine Schwingungen mitteilt. Dann läuft ein leichter Schauer durch seinen Körper, er scheint sich von den Erinnerungen loszureißen und wieder in der Gegenwart anzukommen. Das Handy auf seinem Schreibtisch vibriert. Er blickt kurz hinüber, dann wieder auf mich.

»Du solltest wohl besser drangehen«, sagt Kat kühl und distanziert.

»Ja, du hast recht.«

Kat zieht mich aus dem Büro hinaus auf den kleinen Flur. »Was zum Teufel sollte das?«, fragt sie wutschnaubend.

»Was sollte was?«, frage ich so unschuldig, wie ich kann.

»Das ganze Theater da drinnen«, zischt sie leise. »Ihr habt euch angestarrt, als wärt ihr beide in Trance.«

»Ich weiß nicht, wovon du redest. Er war halt total von dem Anhänger fasziniert«, sage ich und hoffe, sie wird mir das abkaufen und nicht weiterbohren. »Was regst du dich überhaupt so auf?«

»Hör mir mal gut zu«, sagt sie, ohne meine Frage zu beantworten, und schielt hinüber auf die Bürotür. »Ich weiß, was ich gesehen habe. Drew und Francesca sind so gut wie verlobt, und solltest du auch nur mit dem Gedanken spielen, du könntest irgendwie dazwischenfunken, dann bist du total größenwahnsinnig.«

»Ich hab doch gar nichts gemacht«, sage ich und trotte hinter ihr die Treppe hinunter. »Schließlich warst du es, die mich unbedingt hierherschleppen musste.«

»Halt mich nicht für blöd«, zischt sie mich an.

»Bye, Francesca!«, zwitschert sie fröhlich und guter Dinge, als wir wieder unten im Laden sind. Francesca winkt zurück und Kat durchbohrt mich noch einmal mit einem bösen Blick. Na toll. Das wird bestimmt eine nette Heimfahrt.

Als wir gerade durch die Hintertür gehen, kommt Drew angerannt. »Ich wollte mich noch mal bedanken, dass du mir den Anhänger gezeigt hast«, sagt er zu mir, greift in seine Jackentasche und gibt mir eine Visitenkarte. »Du kannst mich jederzeit anrufen. Diese Halskette ist wirklich einzigartig, etwas ganz Besonderes. Es ist lange her, dass ich eine so wundervolle Arbeit gesehen habe.« Er hält meine Augen kurz mit dem Blick gefangen. »*Sehr* lange.«

24

Veronique wartet auf mich vor der Treppe, die hinauf zum Pacific Coast Club führt, und hakt sich bei mir unter, als wären wir alte Freundinnen.

Am Telefon hatte sie den Club als Treffpunkt vorgeschlagen und gesagt, sonntags wäre nicht viel los. Ich sehe hinauf zu den schwach erleuchteten Fenstern des Gebäudes und bin mir plötzlich nicht mehr sicher, ob das hier wirklich eine gute Idee ist.

»Warum ausgerechnet hier?«, frage ich.

»Überleg doch mal. Welcher Ort wäre besser geeignet, die Vergangenheit hinter uns zu lassen, als der, an dem wir uns damals zuletzt gesehen haben? Wir brauchen einen neuen Anfang!« Sie sieht mich an und schenkt mir ein ungewohnt breites Lächeln. Überhaupt wirkt sie irgendwie aufgekratzt. »Ja genau, ein neuer Anfang!«

Ich schaue noch einmal hinauf auf das massige Backsteingebäude. Nachdem ich jetzt weiß, was hier geschehen ist, erscheint es mir noch bedrohlicher. Ich habe ein ungutes Gefühl in der Magengegend und mummele mich fester in meine Jacke, auch um mich gegen den kühlen Frühlingswind zu schützen. Ich stecke meine rechte Hand in die Jackentasche, um mich noch einmal zu vergewissern, dass die Ausdrucke der Zeitungsartikel dort sind. Meine Finger stoßen auf etwas, das sich anfühlt wie kleine Scherben. Diese Jacke habe ich das letzte Mal am Freitagabend getragen, als ich mit Griffon am Strand war. Sofort habe ich einen dicken Kloß im Hals, denn ich weiß, was das für Scherben sind, noch bevor ich den zerbrochenen Sanddollar aus der Tasche ziehe. Er ist kaputtgegangen, genau wie alles andere, was zwischen mir und Griffon war.

Ich setze einen Fuß auf die Stufen, aber Veronique hält mich zurück.

»Nein, nicht hier entlang«, sagt sie und zieht mich rasch zur rechten Seite des Gebäudes. »Es ist nicht mehr wie früher, als das Haus noch bewohnt war. Heutzutage müssen wir Ladies den Hintereingang benutzen. Frauenfeindliche Mistkerle.«

Mir fällt der arrogante Typ mit seinem »Zutritt nur für Mitglieder« wieder ein. »Bist du denn Mitglied?«

Veronique wirft einen raschen Blick zurück über die Schulter und lacht. »Nein. Dafür müsste ich ein Mann sein. Aber ich kenne jemanden, der Mitglied ist.«

Am Hintereingang angekommen, drückt sie auf die Klingel. Ein paar Sekunden verstreichen, dann erscheint ein gelangweilt aussehender Typ in Uniform. »Willkommen«, brummt er und tritt zur Seite, damit wir hineingehen können.

»Danke sehr«, sagt Veronique und geht mit raschen Schritten an ihm vorbei in Richtung des hinteren Korridors.

Ich bleibe einen Augenblick stehen, sehe hinauf an die reich verzierte Decke und betrachte die verschnörkelten Holzarbeiten, die fast jede freie Oberfläche bedecken. Es riecht alt hier, eine entfernt vertraute Mischung aus Haarwasser und Zigarrenrauch, die die Wände über die Jahrhunderte aufgesogen haben. Diesen Teil des Gebäudes habe ich in meiner Vision nicht gesehen, dennoch spüre ich, dass irgendetwas in mir sich daran erinnert.

»Komm. Hier entlang«, sagt Veronique und nimmt einen der Seitenkorridore. Dafür, dass sie kein Mitglied ist, kennt sie sich hier bestens aus. Irgendwo in der Ferne höre ich leise Klaviermusik und das gedämpfte Gemurmel ins Gespräch vertiefter Männer.

»Wohin gehen wir? Gibt es hier irgendwo einen Versammlungsraum oder so?«

»Schon, aber das ist doch langweilig. Ich weiß was viel Besseres.« Sie öffnet eine schwere Holztür und macht mit der Hand eine überschwänglich einladende Geste. »Wir gehen aufs Dach!«

Unsicher bleibe ich am Fuß der Treppe stehen. Denke an das, was das letzte Mal geschah, als ich dort oben war. »Ich glaube, das ist keine gute Idee«, sage ich.

Veronique sieht mich an. »Und warum nicht?«

»Ich hab ein bisschen Höhenangst.«

»Na, dann erst recht. Du kannst doch nicht zulassen, dass eine einzige schlechte Erfahrung all deine Leben bestimmt.«

Ich zögere. »Warum kann ich dir die Zeitungsartikel nicht einfach hier unten zeigen?«

Veronique sieht mich an und schürzt die Lippen. Fast könnte man denken, sie schmollt. »Du hast gesagt, du willst unsere Freundschaft von damals wiederhaben. Glaub mir, das Dach ist der perfekte Ort, um von vorn zu beginnen!« Ohne meine Antwort abzuwarten, beginnt sie, die Stufen zu erklimmen, und da ich auch nicht allein hier unten bleiben will, hole ich tief Luft und folge ihr. Ich will das, was zwischen uns steht, ein für alle Mal aus der Welt schaffen.

Schweigend steigen wir die drei Stockwerke hinauf, das einzige Geräusch ist das Knarren unserer Schritte auf den alten hölzernen Stufen. Das aufkommende Gefühl von Beklemmung versuche ich zu besänftigen, indem ich mir sage, dass bei all den schlechten Dingen, die mir in letzter Zeit passiert sind, Veronique immer da war, um mir zu helfen. Daran muss ich mich festhalten, eine andere Wahl habe ich jetzt sowieso nicht mehr.

Als wir den obersten Treppenabsatz erreichen, stehen wir vor einer weiteren Tür. Sie ist schlicht und nicht so aufwendig verziert wie die im Erdgeschoss. Veronique dreht den Knauf herum und stemmt sich mit der Schulter gegen das schwere Holz, bis die Tür nachgibt und wir den grau verhangenen Himmel über uns sehen.

Unschlüssig bleibe ich im Türrahmen stehen. Auch ohne bis an den Rand zu gehen, weiß ich genau, wie hoch wir über der Straße sind. Ich schaue mich um und versuche, ruhig zu atmen. Im Gegensatz zum reich verzierten Inneren des Gebäudes ist das Dach kahl und schmucklos, eine riesige ebene Fläche mit ein paar versprengten Schornsteinen und Dachluken, die ringsumher von einer hüfthohen steinernen Balustrade begrenzt wird. In der Mitte ist ein großes, freies Rechteck, durch das Licht von unten heraufscheint.

Mit der rechten Hand klammere ich mich an den Türrahmen und bringe es nicht über mich, auch nur einen Zentimeter weiterzugehen. »Hör mal, sollen wir uns nicht doch lieber unten irgendeinen leeren Raum suchen?«

»Ach, komm schon. Das hier ist der perfekte Ort!« Mit einer überschwänglichen Geste wirft sie die Arme zur Seite, so als wollte sie die Skyline von San Francisco anpreisen. »Hier sind wir völlig ungestört. Niemand kann hören, was wir besprechen. Du hast doch keine Angst, oder?« Sie kommt einen Schritt auf mich zu. »Du vertraust mir nicht. Du denkst, ich hätte es auf dich abgesehen, so, wie Griffon es dir eingeredet hat. Er hat dich wirklich ganz schön manipuliert.« Ich will nicht, dass sie denkt, ich stünde immer noch unter Griffons Einfluss.

»Nein, es ist nur, weil ich keine besonders guten Erinnerungen an das letzte Mal habe, als ich hier oben war.«

Sie lässt die Arme sinken und sieht mich an. »Gerade darum solltest du endlich von der Tür wegkommen und es einfach mal versuchen. Du weißt doch: Nur wenn wir uns der Vergangenheit stellen, sind wir wirklich bereit für die Zukunft.« Sie grinst. »Okay, das habe ich aus einem Glückskeks geklaut, aber es stimmt trotzdem.« Sie streckt mir ihre Hand hin. Ich zögere noch ein paar Sekunden, dann ergreife ich sie und lasse mich von ihr aufs Dach hinausziehen. Obwohl sich unsere Hände berühren, spüre ich keinerlei Schwingungen. Sie wirkt offen und sogar ein bisschen euphorisch, aber ihr Wesenskern scheint verschlossen. Sie deutet mit dem Kopf auf die Brüstung am gegenüberliegenden Ende des Daches. »Hast du noch weitere Erinnerungen an den Abend hier oben?«

»Nicht wirklich. Brauche ich aber auch nicht.« Ich greife in die Tasche und ziehe die Artikel heraus. »Das hier wollte ich dir zeigen. Ich kann beweisen, dass es kein Unfall war. Und dass ich dich nicht getötet habe.«

Mit einer beschwingten Drehung wendet sich Veronique von den Blättern in meiner Hand ab. »Ach, ich hab jetzt keine Lust, zu lesen.«

Sie wiegt sich wie zu einer Musik, die nur sie allein hören kann. Sie ist ganz anders heute, irgendwie sonderbar, und wieder beschleicht mich die Angst, dass es vielleicht doch keine so gute Idee war, ihr zu vertrauen. Sie wirbelt herum und sieht mich an. »Lies es mir vor.«

»Hm, okay.« Langsam und deutlich lese ich den Artikel über den Prozess vor. Die ganze Zeit über steht sie mit dem Rücken zu mir und wiegt sich von einem Fuß auf den anderen.

Als ich zu Ende gelesen habe, dreht sie sich um und sieht mich an. »Du willst also sagen, dass nicht du Alessandra vom Dach gestoßen hast, sondern Signor Barone?«

»Ja, genau«, antworte ich und frage mich, warum sie plötzlich von Alessandra in der dritten Person spricht. »Ich war es nicht. Der Prozess hat es bewiesen.«

Sie starrt mich an. »Das ist doch verrückt.« Sie schüttelt den Kopf und eine Haarsträhne fällt ihr in die Augen. »Warum sollte Signor Barone seine Tochter töten?«

»Ich weiß es nicht«, sage ich und sehe beklommen hinunter auf die Seiten in meiner Hand. Irgendwas läuft total falsch und überhaupt nicht, wie ich es mir vorgestellt hatte. Ich dachte, wenn ich Veronique die Zeitungsartikel zeige, würde sie begreifen, dass sie sich geirrt hat, dass ich ihr niemals etwas angetan habe, und wäre mir dankbar, jetzt die Wahrheit zu kennen. Ich versuche es noch einmal. »Hier steht, dass es Totschlag war. Das heißt, er hat es nicht absichtlich getan.«

Ich blicke auf und sehe in ihr Gesicht. Für einen kurzen Augenblick scheint das, was ich sage, zu ihr durchgedrungen zu sein. Aber dann macht sie eine abschätzige Handbewegung und sagt: »Jeder kann eine alte Zeitung fälschen.«

»Aber ich habe noch einen Artikel.« Ich selbst kann den verzweifelten Tonfall in meiner Stimme hören. Die Situation scheint mir immer mehr zu entgleiten. »Darin geht es um Paolo.«

»Was ist mit Paolo?« Endlich scheint sie mir zuzuhören.

Ich halte ihr den Artikel hin. »Er hat sich umgebracht. Weil er ohne dich nicht leben konnte.«

Sie nimmt den Ausdruck und überfliegt den Artikel mit hektisch flatternden Augen. »Woher hast du das?«, fragt sie.

»Aus einer alten Zeitung. Der Artikel erschien wenige Tage nach deinem Tod.«

Tränen stehen in ihren Augen, als sie liest, dass Paolo Selbstmord begangen hat. Gerade will sie etwas sagen, da geht die Tür zum Treppenhaus auf, und Griffon wird von Giacomo auf das Dach hinausgestoßen.

»Griffon?« Ich sehe erst ihn an und dann Veronique, die kein bisschen überrascht scheint. Trotz allem, was geschehen ist, obwohl ich weiß, wie gefährlich er sein kann, trotz der Lügen, die er mir erzählt hat, beginnt mein Herz, bei seinem Anblick wild zu pochen, und ich muss mich zurück in die Realität zwingen. »Was machst du hier?«

Er befreit seinen Arm aus Giacomos Umklammerung. »Du hast mir doch eine Nachricht geschickt«, sagt er, sieht mich aber nicht an. »Ich sollte dich um fünf hier treffen.« Er starrt hinüber zu Veronique.

»Ich habe dir nichts geschickt«, sage ich und fühle mich plötzlich verraten und verloren. »Mein Handy ist seit Freitag verschwunden.«

»Nicht ganz«, sagt Veronique und schwenkt einen kleinen, blau-metallischen Gegenstand in meine Richtung. »Du solltest wirklich besser auf deine Sachen aufpassen.«

»*Du* hast die Nachricht geschickt?« Griffon sieht sie fragend an. »Von Coles Handy?«

»Ich dachte, wenn du siehst, dass die SMS von mir ist, kommst du bestimmt nicht«, antwortet sie ruhig. Sie geht zur Brüstung, lässt mein Handy in die Tiefe fallen und sieht hinterher, bis es ein paar Sekunden später auf dem Boden aufschlägt.

Griffon will zu Veronique hinüber, aber Giacomo verstellt ihm den Weg. Er ist zehn Jahre älter und etwa zwanzig Kilo schwerer, Griffon hat gegen ihn keine Chance. Er holt tief Luft, strafft die Schultern und sieht Veronique an. »Also, was soll das Theater? Ein bisschen sehr dramatisch, uns alle aufs Dach hinaufzuzerren, findest du nicht?«

Veronique blickt unbeeindruckt in den weiten Himmel hinter der Brüstung. »Mag schon sein«, sagt sie. »Aber kein anderer Ort ist besser geeignet als dieser …«

»… weil hier alles begonnen hat«, führe ich ihren Satz zu Ende, denn plötzlich verstehe ich, warum wir hier oben sind. Sie will, dass sich die Ereignisse jenes Abends am selben Ort noch einmal wiederholen. Als Vergeltung für das, was ich ihr angeblich angetan habe. Mein Körper soll zerschmettert unten auf dem Gehweg liegen – so wie damals ihrer.

»Was hat Griffon damit zu tun? Brauchst du einen Zeugen?«

»Einen Zeugen?«, fragt Veronique, und ihr Lächeln lässt mich erschauern. Ihre Augen sind kalt. Ohne jede Gefühlsregung. Voller Hass. »Oh nein. Wenn hier jemand den Zeugen spielt, dann du.«

Ich sehe sie verwirrt an. »Aber du willst dich doch an mir rächen. Weil du denkst, ich hätte dich damals getötet.«

Sie beginnt, vor mir auf und ab zu gehen, und ich kann ihre Erregung beinahe mit den Händen greifen. »Ich will nicht deinen Tod. Das wäre keine gerechte Strafe. Du verstehst es nicht, oder? Du glaubst immer noch, du hättest *mich* an jenem Abend getötet. Willst du wissen, was du getan hast? Du hast mir in einer einzigen Sekunde alles genommen, was ich hatte, und ich konnte nichts dagegen tun. Alessandra hat mir alles bedeutet.« Sie geht hinüber an die Brüstung, genau zu der Stelle, wo sie vor so langer Zeit hinunterstürzte. »Verstehst du jetzt? Vor hundert Jahren hast du mir das Kostbarste genommen, das ich hatte. Darum muss ich dir jetzt etwas ebenso Kostbares nehmen.« Sie kommt ein paar Schritte auf mich zu und betrachtet meinen geschienten Arm. »Zuerst dachte ich, es würde genügen, dir das Cellospiel zu nehmen. Aber dann habe ich begriffen, dass es etwas gibt, das dir noch viel mehr bedeutet.« Sie blickt hinüber zu Griffon. »Etwas, dessen Verlust du dein Leben lang nicht verwinden wirst, so wie ich ihren Verlust niemals verwinden werde, und wenn ich noch so viele Leben bekomme.« Veronique stellt sich dicht vor mich und starrt mich unverwandt an. Ihr Gesicht ist so nah, dass ich jede einzelne ihrer Wimpern erkennen kann. »Schau genau hin«, sagt sie. »Wen siehst du?«

Sie strahlt eine solch vernichtende Energie aus, dass ich ein Stück zurückweiche. Dann blicke ich sie an. Für einen Augenblick verschwimmen ihre Gesichtszüge und ich sehe ein breites, freundliches Lächeln und glänzendes, dunkles Haar. Mein Blick fällt auf das Muttermal über ihrem rechten Auge. Es ist genau an der Stelle, an die ein verzweifelter junger Mann vor hundert Jahren die Pistole hielt, bevor er abdrückte. Mein Herz schlägt bis zum Hals, als ich die Seele erkenne, der ich vor so langer Zeit schon einmal begegnet bin. Ich kann es immer noch nicht glauben. »Paolo?«

»Haha!« Veronique klatscht in die Hände und tritt wieder ein Stück zurück. »War doch gar nicht so schwer, oder?«

Ich mustere sie noch einmal ungläubig und versuche, in ihr den gut aussehenden jungen Mann von damals zu erkennen. So lange Zeit habe ich gedacht, sie sei Alessandra, es fällt mir schwer, zu begreifen, dass sie in Wirklichkeit jemand ganz anderes ist.

»Als ich Paolo war, hast du mir das Wertvollste genommen. Seither suche ich überall nach Alessandras Seele. Als ich bei deinem Konzert damals im Konservatorium erkannte, dass du eine Akhet bist, habe ich gehofft, du wärest vielleicht diejenige, in der sie zurückgekehrt ist.« Veronique senkt den Blick und betrachtet eine Weile den kiesbedeckten Boden. »Dann wurde mir klar, wer du wirklich bist, doch gleichzeitig fand ich etwas, das mir genauso viel Genugtuung verschaffen wird: den Wesenskern, zu dem es *dich* mehr als alles andere hinzieht.«

Ich höre ein metallisches Klicken. Veronique hat eine schwere, schwarze Pistole aus dem Mantel gezogen und richtet sie auf Griffons Kopf.

»Veronique!«, schreie ich erschrocken. »Das ist doch Wahnsinn! Ich bin es, Cole. Wir sind Freunde in diesem Leben, und was immer auch in der Vergangenheit passiert ist, spielt keine Rolle mehr. Und Griffon hat mit all dem am allerwenigsten zu tun.«

»Wie schön, dass du das so siehst«, sagt sie, ohne den Blick oder die Waffe von Griffon abzuwenden. »Du bist so wunderbar naiv. Allerdings muss ich dir sagen, dass ich deine Meinung nicht teile. Was in der Vergangenheit geschehen ist, spielt nämlich eine sehr große Rolle. Weil es das Einzige ist, was zählt.« Ich sehe nicht einmal, wie ihr Finger sich bewegt, höre nur den ohrenbetäubenden Knall. Entsetzt zucke ich zusammen und mein Herz schlägt bis zum Hals.

Kleine Steinsplitter fliegen durch die Luft, als die Kugel von der Brüstung knapp hinter Griffon abprallt. Er scheint völlig unbeeindruckt und fixiert Veronique mit einem herausfordernden Blick. »Daneben«, sagt er völlig ruhig.

Veronique kneift die Augen zusammen und verzieht den Mund zu einem bösen Lächeln. »Ich schieße nie daneben.«

Giacomo packt Griffon am Arm und stößt ihn unsanft vorwärts. »Spar dir die Mühe«, sagt Griffon und wirft Veronique einen hasserfüllten Blick zu. »Ich werde mich nicht wehren.« Ein kaum hörbares Zittern liegt in seiner Stimme. Das erste Mal, seit wir hier oben sind, dreht er den Kopf in meine Richtung und sieht mich an. In seinem Blick liegt eine bedingungslose Aufrichtigkeit, die mir den Atem verschlägt, und trotz allem, was in den letzten Tagen passiert ist, durchzuckt mich bei dem Gedanken, den Rest dieses Lebens ohne ihn zu verbringen, ein unerträglicher Schmerz.

»Ich würde alles für dich tun.« Er spricht nur zu mir, als wären wir ganz allein hier oben auf dem Dach. »Und wenn das heißt, dass ich jetzt sterbe, um dein Leben zu retten, dann ist das okay.«

Veronique lacht. Ein falsches, grausames Lachen. »Tapfer gesprochen. Mal sehen, ob du deinen Worten auch Taten folgen lässt.« Sie zeigt mit der Waffe zur Balustrade. »Ob du freiwillig springst oder ob ich ein bisschen nachhelfen muss, liegt bei dir.«

Von Giacomo gestoßen, stolpert Griffon über den Kies zu der Stelle, wo Alessandra vor so vielen Jahren hinunterstürzte. Wie in Zeitlupe registriere ich jede einzelne Bewegung. Alles in mir weigert sich, zu glauben, dass wirklich passiert, was ich sehe.

Veronique behält die beiden mit der Waffe im Visier, während sie sich immer weiter der Brüstung nähern. »Ich hoffe, du begreifst, was du verlierst«, sagt sie. »Wie wär's mit ein paar warmen letzten Worten für Griffon? Jeder hat einen guten Abschied verdient, findest du nicht? Ich gebe dir immerhin die Möglichkeit dazu, das ist weit mehr, als du Alessandra und mir damals gegönnt hast.« Sie hebt die Waffe und zielt auf Griffons Kopf.

»Du darfst ihn nicht töten!«, schreie ich verzweifelt.

»Oh, aber das muss ich«, sagt Veronique teilnahmslos. »Es ist der einzige Weg, die Dinge wieder ins Gleichgewicht zu bringen, damit wir alles endlich hinter uns lassen und wieder nach vorn schauen können. In der modernen Psychologie würde man so etwas einen ›gesunden Abschluss‹ nennen.«

Diesmal trifft es mich noch unvorbereiteter. Der Schuss hallt von den Wänden des Gebäudes wider, Griffon taumelt getroffen zurück und stürzt über die Brüstung hinunter. »Nein!« Laut klingt der Schrei in meinen eigenen Ohren nach, während ich verzweifelt losrenne, obwohl ich weiß, dass es zu spät ist.

Veronique will mich aufhalten und packt meinen linken Arm. Ich drehe und winde mich, ziehe und zerre, um loszukommen. Die Schmerzen rauben mir fast die Sinne, und ich spüre, wie die gerade wieder angewachsenen Nerven und Sehnen unter ihrem eisernen Griff zerreißen wollen. Als ich kurz davor bin, ohnmächtig zu werden, spüre ich den Strom von Energie, der uns verbindet, wo unsere Körper sich berühren. Alles scheint sich zu verlangsamen, und ich merke, wie ich in eine Erinnerung eintauche. Aber diesmal bin ich nicht allein. Ich weiß nicht wie, aber Veronique begleitet mich.

Wir stehen über die Brüstung gebeugt und Signor Barone zeigt mir die Lichter der Stadt. Plötzlich legt sich sein rechter Arm um meinen Hals, so fest, dass ich kaum noch Luft bekomme. Erschrocken werfe ich den Kopf zurück und sehe seine dunklen Augen, die mich voller Hass und Abscheu anstarren. Er zieht mich herum, sodass er mit dem Rücken zur Brüstung steht und seinen Arm noch fester um meinen Hals schließen kann. Ich ringe verzweifelt nach Luft und kralle meine Nägel in seine Haut, aber er lockert seinen Griff nicht.

»Es ist deine Schuld, dass man Alessandra hinauswerfen will«, zischt er wutschnaubend, und sein Speichel trifft mich ins Gesicht. »Du bist gekommen, um dich ihrer Karriere in den Weg zu stellen, aber das werde ich nicht zulassen.« Er schleudert mich herum. Ich bin vorwärts über die Brüstung gebeugt und blicke auf das helle Kopfsteinpflaster hinunter. Immer lauter wird das Rauschen in meinen Ohren, und alles beginnt, vor meinen Augen zu verschwimmen. In der Ferne höre ich eilige Schritte.

»Papa, was tust du da!« Es ist Alessandras Stimme. Ich spüre, wie sie an seinem Arm zerrt und versucht, ihn von meinem Hals zu lösen.

»Mach, dass du wieder hinunterkommst!«, schreit er sie an. »Das geht dich nichts an. Es geschieht nur zu deinem Besten.« Er stößt sie so heftig zurück, dass sie auf das Kiesdach fällt. Dabei lockert sich sein Griff um meinen Hals ein wenig, sodass ich keuchend ein paar Atemzüge nehmen kann. Alessandra springt auf und wirft sich erneut auf ihn.

»Das ist doch keine Lösung!«, ruft sie. Während die beiden miteinander ringen, versucht Signor Barone, sie mit dem freien Arm von sich zu schieben. Aber er unterschätzt seine eigene Kraft und stößt sie so heftig, dass sie das Gleichgewicht verliert, zurücktaumelt und mit einem entsetzten Schrei über die Brüstung hinab in die Tiefe stürzt.

»Nein!«, brüllt er wie ein verwundetes Tier. Ich blicke fassungslos hinunter und sehe sie auf den harten Steinen des Gehwegs liegen. Ihre Arme und Beine sind merkwürdig verdreht und unter ihrem Körper bildet sich eine dunkle Lache.

Signor Barone streckt seine Arme über die Brüstung, so als könnte er sie noch auffangen. Ich rufe ihren Namen, kann einfach nicht glauben, was gerade geschehen ist.

Dann bekomme ich Angst, dass er mich wieder packen könnte, und haste so schnell ich kann hinüber zur Tür. Gerade als ich sie erreiche, kommt eine große Zahl Männer eilig die Stufen hinaufgelaufen.

Als ich aus der Erinnerung auftauche, sehe ich, dass Veronique ein Stück entfernt am Boden kauert. Ihr Rücken hebt und senkt sich, während sie angestrengt nach Luft ringt. Giacomo steht mit ratloser Miene über sie gebeugt. Veronique setzt sich, und ich sehe, dass ihre rechte Hand immer noch die Pistole umklammert hält. Ich springe auf und schaue mich verzweifelt auf dem Dach um, aber Griffon ist nirgends zu sehen.

Plötzlich ist mir ganz egal, was Veronique tut. Mir ist egal, dass sie eine Waffe hat. Ich denke nur noch an Griffon. So schnell ich kann, renne ich dorthin, wo ich ihn zuletzt gesehen habe, und spüre die panische Angst, dass mich das gleiche Bild erwartet wie damals vor so vielen Jahren. Wenn Griffon tot ist, dann habe ich alles verloren.

Als ich den Rand des Daches fast erreicht habe, höre ich ein kratzendes Geräusch. Ich stürme vorwärts und schaue hinunter. Einen knappen Meter unterhalb der Brüstung hängt Griffon mit den Händen an einem Vorsprung und versucht vergeblich, mit den Füßen irgendwo Halt zu finden, um seinen Oberkörper hinaufzuziehen. Auf seiner Wange klafft eine Wunde und Blut läuft ihm über das Gesicht. Aber er lebt. Ich kann es noch gar nicht fassen.

»Griffon!«, schreie ich.

Er sieht zu mir hoch, während seine Füße immer wieder an der Steinwand abrutschen. »Ich schaffe es nicht«, sagt er.

»Warte!« Obwohl er nur einen Meter von mir entfernt ist, kann ich ihn nicht erreichen. Ich schlinge meinen linken Arm um eine der Streben und klettere vorsichtig auf die andere Seite der Balustrade. Je mehr Gewicht mein Arm aushalten muss, desto stechender wird der Schmerz, aber ich ignoriere ihn. Ich stemme meine Füße gegen die Unterkante der Brüstung, strecke meinen rechten Arm aus und beuge mich so tief ich kann hinunter. »Nimm meine Hand!«

»Nein, ich würde dich mit hinunterziehen«, keucht Griffon, »es ist zu gefährlich.«

Sein Atem geht schwer und stoßweise vor Anstrengung, und

ich sehe, dass seine an den Vorsprung gekrallten Finger schon ganz weiß sind. Lange wird er sich nicht mehr halten können. Panik will in mir aufsteigen, und ich spüre, wie auch mir das Atmen immer schwerer fällt. »Nein, das wirst du nicht«, sage ich. »Wir haben keine andere Wahl. Nimm meine Hand. Ich ziehe dich hoch.«

Griffon zögert und wirft einen Blick hinunter in die Tiefe.

»Los!«, sage ich noch einmal. »Nimm meine Hand.«

Ich beuge mich ein kleines Stückchen tiefer hinab, sodass meine Hand etwa einen halben Meter über seinem Kopf ist. Wenn er loslässt und sie verfehlt, wird er hinabstürzen. Wir haben nur einen einzigen Versuch. »Mach schon, lass los, und sieh nicht nach unten.«

Griffon blickt zu mir hoch und wirkt plötzlich ruhiger. Ich klammere meinen Arm noch fester um die Strebe, um bereit zu sein. Mit einer raschen Bewegung löst Griffon seine Hand vom Sims und packt mein rechtes Handgelenk. Sein Gewicht bringt mich einen Moment aus der Balance. Ich schließe die Augen und ziehe mit all meiner Kraft und noch mehr, denn ich weiß, dass die nächsten Sekunden über Leben und Tod entscheiden.

Dann lässt das Gewicht an meinem Arm nach. Griffon hat es geschafft und mit den Füßen den Vorsprung erreicht. Mit einem Arm umschlingt er die Brüstung, umfasst mich mit dem anderen und zieht uns beide mit einer raschen Bewegung auf das sichere Dach.

Keuchend liegen wir im Kies. Meine Hand sucht seinen Körper und er drückt mich erleichtert an sich. Ich schließe die Augen, spüre unsere Schwingungen, höre unseren Atem, und plötzlich weiß ich mit einer tiefen, unumstößlichen Gewissheit, die nichts mit Logik oder Vernunft zu tun hat, dass wir zusammengehören. Ich habe nur auf meinen Verstand geachtet, bin leeren Worten gefolgt, statt den Gefühlen tief in mir, die immer die Wahrheit kennen. Griffon ist kein Rächer. Er lügt nicht. Alles, was er will, ist bei mir sein.

Ich öffne die Augen und schaue mich um. Ein paar Meter seitlich von uns stehen Giacomo und Veronique. Sie sieht benommen aus und schaut verwirrt zu uns herüber, als hätte sie jetzt erst bemerkt, dass wir auch hier sind. Die Hand, die die Pistole hält, hängt schlaff an ihrer Seite.

Griffon springt auf und zieht mich hastig hinter sich. Ich spüre, wie sein Körper sich anspannt, und weiß, dass er gleich auf sie losgehen wird.

»Warte«, flüstere ich leise und lege eine Hand auf seinen Arm. »Warte ab.«

»Veronique?«, fragt Giacomo unsicher. Ich sehe die Ergebenheit in seinen Augen und weiß, dass er alles für sie tun würde, jeden ihrer Befehle befolgen. Er wird bei ihr bleiben, obwohl sie ihr ganzes Leben damit verbracht hat, nach ihrer verflossenen Liebe zu suchen. Und ich habe keinen Zweifel daran, dass er auch für sie töten würde.

Sie ignoriert ihn und sieht stattdessen mich an. »Was war das?«, fragt sie, und ich kann die Angst in ihrer Stimme hören. Sie kommt mir erschöpft und kraftlos vor, ihr Gesicht scheint plötzlich um Jahre gealtert. »Ich war ganz nah bei dir. Ich habe gefühlt, wie die Luft aus deinen Lungen wich. Ich sah den Zorn in Barones Augen. Ich sah … Alessandras Tod.« Sie fährt sich mit der

Zunge über die Lippen und starrt mich an. »Aber wie kann das sein? Ich war nicht da, als es passiert ist.«

Mein Blick wandert kurz zu der Waffe, die locker in ihrer Hand liegt. Wenn sie abgelenkt ist, habe ich vielleicht eine Chance, sie ihr zu wegzunehmen. »Aber ich war da«, antworte ich. Mein Atem geht schwer, in meinem linken Arm pocht ein heftiger Schmerz. Griffon drückt leicht meine Hand, eine wortlose Geste, um mir Mut zu machen. »Und was du gesehen hast, ist wirklich geschehen.«

»Dann hast du die Wahrheit gesagt? Die Zeitungen haben nicht gelogen? Es war Barone, der …« Sie bringt es nicht über sich, den Satz zu Ende zu sprechen.

»Ja. Barone hat versucht, mich umzubringen. Aber Alessandras Tod war keine Absicht.«

Veronique schüttelt den Kopf. Die Tränen laufen in Strömen über ihr Gesicht. Sie sieht mich an. Der Hass in ihren Augen ist dem Schmerz gewichen. Für sie muss es sein, als wäre es gerade erst passiert. »Ich habe nicht verdient, dieses Leben zu Ende zu leben«, sagt sie und richtet plötzlich die Pistole mit zitternder Hand gegen die eigene Brust.

»Veronique, nein!«, schreit Giacomo laut. In seiner Stimme liegt die gleiche Panik wie vorhin in meiner, als ich Griffons Namen rief.

Als ich einen Schritt auf sie zugehe, zittert ihre Hand noch stärker. Sie hat heute schon zwei Mal abgedrückt und diesmal würde sie ganz sicher nicht danebenschießen. Plötzlich verspüre ich den innigen Wunsch, dass wir alle dieses Dach lebend wieder verlassen. Ich hole tief Luft, damit meine Stimme möglichst ruhig klingt. »Veronique, das ist keine Lösung. Das war es auch beim letzten Mal nicht. Im Gegenteil, es hat alles nur noch schlimmer gemacht.«

»Aber der Schmerz hört auf«, sagt sie matt. »Zumindest für eine Weile.« Sie wendet sich von uns ab und schüttelt den Kopf. »Es ist besser so.«

Mein Kopf arbeitet fieberhaft. Ich will nicht, dass noch mehr Blut vergossen wird wegen dem, was Barone vor so vielen Jahren getan hat. »Und wenn Alessandra doch zurückgekehrt ist?«, frage ich schnell. Ich lasse Griffons Hand los und gehe langsam auf sie zu. »Was ist, wenn du recht hattest und ihre Seele ist irgendwo hier in der Stadt? Womöglich sucht sie nach dir.« Ich atme ein wenig durch, als ich sehe, dass sich die Waffe ein paar Zentimeter von ihrem Brustkorb entfernt.

Ich sehe, dass Griffon sich ihr von der anderen Seite her nähert, ohne dass Giacomo versucht, ihn aufzuhalten. Seine Schuhe knirschen leise auf dem Kies, darum spreche ich schnell weiter. »Willst du die Chance, sie zu finden, wirklich einfach aufgeben? Es könnte Jahrzehnte dauern, bis du wiederkehrst und nach ihr suchen kannst.«

Gerade als sie mir antworten will, wirft sich Giacomo auf sie und greift nach der Waffe, aber Veronique wehrt ihn ab.

»Und ich? Bedeute ich dir denn gar nichts?«, ruft er, packt die Hand, mit der sie die Pistole hält, und zieht sie von ihrem Körper weg. »Wie kannst du einfach auslöschen wollen, was ich so sehr liebe?«

Veronique schreit verzweifelt auf, als Giacomo ihre Hand verdreht und die Waffe in den Kies fällt. Er legt seine Arme fest um sie und schließlich gibt sie ihre Gegenwehr auf. Bald ist nur noch ihr leises Schluchzen zu hören.

Griffon hebt die Pistole auf und steckt sie in seine Jackentasche. Dann kommt er zu mir gelaufen.

»Bist du okay?«

Ich strecke meine Hand nach seinem Gesicht aus und wische ein wenig Blut von seiner Wange. »Und du? Das alles ist meine Schuld. Ich hätte dir vertrauen sollen. Es tut mir wahnsinnig leid.«

»Lass uns hier verschwinden«, sagt Griffon, und ohne uns noch einmal nach den beiden umzusehen, gehen wir zur Tür.

Griffon nimmt meine Hand und wir laufen zusammen die Treppe hinunter. Keiner von uns sagt ein Wort, obwohl zumindest mir tausend Dinge durch den Kopf gehen, die ich ihm gerne sagen würde.

Es ist Griffon, der als Erster spricht, als wir im Erdgeschoss angekommen sind. »Cole, du musst mir glauben. Ich würde dir niemals wehtun. Und ich kann den Gedanken nicht ertragen, den Rest dieses Lebens allein zu verbringen. Ohne dich.«

»Ich weiß«, sage ich, und ich spüre, dass Tränen in meinen Augen stehen. »Ja, ich weiß. Es tut mir so leid.«

Griffon nimmt meine Hand und drückt sie ganz fest. »Dann glaubst du mir?« Ich sehe die Verzweiflung in seinen Augen und fühle mich schrecklich schuldig, aber auch ein bisschen glücklich. »Damals war ich noch kein Akhet. Ich wusste einfach nicht, was ich tun sollte.«

Ich schüttele den Kopf. »Ich will nicht mehr darüber sprechen. Das ist vorbei. Wir sind inzwischen andere Menschen. Ich will das Hier und Jetzt. Und das Morgen. Und auch das Übermorgen.«

»Aber eins muss ich noch loswerden«, sagt Griffon, gerade als er die Tür zum Korridor aufstoßen will. »Ich habe dich schon wieder im Stich gelassen.«

»Wovon redest du?«

»Ich wollte dich retten. Stattdessen hast du mich gerettet.«

»Dann sollte es diesmal so sein«, sage ich, ziehe ihn zu mir und suche mit meinem Mund seine Lippen. »Nächstes Mal bist du dran.«

25

»Mom? Ich bin dann mal weg!«, rufe ich und schnappe mir meinen Rucksack, der auf dem Tisch am Eingang liegt. Sie beendet ihr Telefonat und erscheint im Türrahmen.

»Soll ich dich fahren?«, fragt sie.

»Oh, das wäre nett.« Ich beuge mich hinüber und gebe ihr ein Küsschen auf die Wange. »Griffons Mom hat mich gefragt, ob ich noch zum Abendessen bleibe. Wäre das okay?«

Mom presst die Lippen zusammen, bis sie ganz schmal sind. Ich weiß, was das bedeutet: Sie sucht nach einem triftigen Grund, Nein zu sagen. »Einverstanden«, erwidert sie zu meiner Überraschung. »Ruf mich an, falls ich dich auch wieder abholen soll.«

Kat kommt aus ihrem Zimmer. »Ich kann dich mitnehmen. Ich fahre sowieso in die Richtung«, sagt sie. »Außerdem kannst du dich schon mal an den Gedanken gewöhnen, dass ich euch demnächst öfter an den Hacken klebe. Owen kommt nämlich im Juni und wird ein paar Wochen bei Griffon wohnen.«

»Klasse«, sage ich und weiß nicht, ob ich von der Vorstellung, ausgerechnet mit meiner Schwester zu Doppeldates zu gehen, wirklich begeistert bin.

»Hast du eigentlich dein Handy wiedergefunden?«, fragt Mom.

»Öh, nein«, sage ich und hoffe, dass sie nicht weiterfragt. Ich weiß, dass es in tausend Stücke zersprungen ist, weil jemand es vom Dach eines dreistöckigen Gebäudes geworfen hat, aber das ist wohl nicht dasselbe wie »wiederfinden«, oder?

Die letzte Woche war ein einziger Albtraum. Die ganze Zeit musste ich zu Hause und in der Schule so tun, als wäre alles ganz normal und nichts passiert. Ständig habe ich Angst, dass ich nicht genügend aufpasse, irgendwas Falsches sage und mich verrate.

»Na, dann werden wir dir wohl ein neues besorgen müssen«, sagt sie und seufzt. »Sei vorsichtig.«

Ich muss lächeln. Hätte sie auch nur die leiseste Ahnung, was auf dem Dach passiert ist, würde sie sich wegen eines Ausflugs nach Berkeley bestimmt keine Sorgen machen. Oder erst recht.

»Es könnte allerdings sein, dass ich nachher noch unterwegs bin«, sagt sie. »Falls ich nicht hier sein sollte, ruf bitte kurz an, um zu sagen, dass du gut nach Hause gekommen bist.«

Ich werfe einen Seitenblick auf Kat, aber die zuckt nur mit den Schultern. Unterwegs? Mom ist nie »unterwegs«, vor allem nicht an einem Samstagabend. »Hast du etwa ein Date?«

Zu meiner Überraschung sehe ich, dass Mom rot anläuft. »Ich bin mit eurem Dad verabredet. Wir gehen was essen.«

»Oh, echt?« Zwar ist mir aufgefallen, dass sie seit dem Vorfall mit der Scheibe mehr Zeit miteinander verbringen, aber ich dachte, das hätte nichts zu bedeuten. Wer weiß, vielleicht sind sie wirklich dabei, etwas aus einem früheren Leben aufzuarbeiten.

»Ladies, ich kenne diese Blicke. Wir gehen nur essen. Macht euch keine Hoffnungen.«

Ich hebe abwehrend die Hände. »Mach ich nicht. Versprochen.

Freut mich einfach zu hören, dass du mal wieder rauskommst. Vielleicht solltest besser du mich anrufen und Bescheid sagen, ob du gut heimgekommen bist …«

* * *

Kaum haben wir das Haus betreten, kommt Janine und schlingt euphorisch ihre Arme um mich. »Da bist du ja! Lass dich ansehen, meine Heldin!« Sie tritt ein Stück zurück und begutachtet mich. »Wirklich, das hätte sehr böse ausgehen können, wenn du nicht gewesen wärst«, sagt sie ernst.

Ich spüre, wie ich rot werde. »Ohne mich wäre das alles erst gar nicht passiert.« Aber was eigentlich genau geschehen ist, habe ich immer noch nicht verstanden. »Es tut mir leid, dass ich Griffon in die Sache mit Veronique reingezogen habe«, füge ich hinzu. An alles andere will ich heute nicht denken.

»Wovon redet ihr zwei bloß? Ich hatte alles voll unter Kontrolle«, sagt Griffon lachend. Die blau unterlaufene Stelle unter seinem Auge, die der Streifschuss zurückgelassen hat, ist ein bisschen blasser geworden, aber über der genähten Wunde an seiner Wange klebt immer noch ein Verband.

»Oh, natürlich«, sagt Janine und haut mit dem Küchentuch nach ihm. »Dann guck mal bitte in den Spiegel.«

»Aber es stimmt«, lässt er nicht locker. »Veronique kann vielleicht gut schießen, aber meine Reflexe sind noch besser.«

Mir fällt ein, was Veronique auf dem Dach zu ihm gesagt hat. *Ich schieße nie daneben.* Vor Schreck stockt mir der Atem, denn bisher hatte ich es mir so zusammengereimt, dass sie ihm einfach nur Angst einjagen wollte.

»Du meinst, sie wollte dich wirklich töten?«

»Oh ja, ganz bestimmt. Aber Gott sei Dank konnte ich schnell genug ausweichen.« Er legt eine Hand auf seine Wange. »Na ja, fast.«

Janine verschränkt die Arme vor der Brust. »Und drei Stockwerke über dem Boden an einem Sims zu baumeln, was war das?«

Griffon grinst. »Du hast recht. Da hatte ich mich wohl ein bisschen verschätzt.«

Janine nimmt meine Hand. »Das alles hätte auch anders ausgehen können, wenn Cole nicht gewesen wäre. Auf jeden Fall wirst du eine hübsche Narbe auf der Wange zurückbehalten.«

»Oh, ich hab noch was für dich«, sage ich zu Griffon. Ich will nicht mehr darüber nachdenken, was *hätte* passieren können. Ich hole ein Döschen aus meinem Rucksack und gebe es ihm. »Ist von Rayne.«

Er öffnet es. »Hm, riecht gut.«

»Eine Honig-Lavendel-irgendwas-Creme. Soll gut gegen Narben sein. Rayne sagt, du musst sie zweimal pro Tag auftragen. Sie kommt ständig mit so was an. Wahrscheinlich war sie in einem früheren Leben mal Heilerin.«

»Dann wird es bestimmt helfen. Sag ihr vielen Dank.«

Dass ich hier nicht jedes Wort, das ich sage, auf die Goldwaage legen muss, ist wirklich erleichternd. Die letzten Tage waren ganz schön hart. Es ist so viel passiert, und Mom und Dad konnte ich natürlich nichts davon erzählen.

»Wie geht's deinem Arm?«, fragt Janine. »Hat er viel abbekommen?«

Ich blicke auf die Schiene. »Glaub nicht. Tut auf jeden Fall schon fast nicht mehr weh. Nächste Woche gehe ich noch mal zum Doc, dann weiß ich mehr. Ich hoffe, es fällt ihm nicht auf, sonst muss ich mir irgendeine plausible Geschichte einfallen lassen.«

Janine legt ihren Arm um mich. »Griffon sagt, dass meine empathischen Fähigkeiten nichts im Vergleich zu deinen sind. Konntest du tatsächlich deine Erinnerungen und Gefühle auf Veronique übertragen?«

»Ja, irgendwie schon. Als sie mich packte, habe ich eine ganz besondere Energie zwischen uns gespürt, und aus irgendeinem Grund konnte sie meine Erinnerungen teilen. Ich bin echt froh darüber, denn anscheinend war es das Einzige, das sie wirklich überzeugen konnte.«

Janine schüttelt verwundert den Kopf. »Seit vielen Generationen sprechen die Akhet über Telempathie, aber soweit ich weiß, hat noch keiner erlebt, dass es tatsächlich funktioniert. Der Sekhem arbeitet schon lange an der Entwicklung von emotionaler Intelligenz. So ein Naturtalent wie du wird ihnen äußerst willkommen sein.«

»Der Sekhem?«, frage ich ungläubig. »Ich dachte, davon wäre ich noch viele Leben entfernt?«

»Wir haben nichts gegen talentierte Neulinge«, sagt Janine lächelnd. »Aber erst mal solltest du dich darauf konzentrieren, Vertrauen in deine Fähigkeiten zu gewinnen und sie wachsen zu lassen. Sie sind deine Gabe. Für alles andere ist später noch Zeit.«

»Was wird aus Veronique?«

»Jetzt, wo der Sekhem auf sie aufmerksam geworden ist, behält man sie genauer im Auge«, sagt Griffon. »Sie ist so darauf fixiert,

Alessandras Wesenskern zu finden, dass jedes ihrer Leben von der Suche danach bestimmt ist. Etwas anderes existiert für sie nicht.«

Ich muss daran denken, was ich gefühlt habe, als ich dachte, Griffon könnte sterben, und sie tut mir leid. »Irgendwie kann ich sie verstehen«, sage ich, und bevor ich etwas dagegen tun kann, habe ich Tränen in den Augen.

»Der Vorteil als Akhet ist, dass man sich an alles erinnert. Der Nachteil ist, dass man nichts vergisst«, sagt Janine. »Hey, alles okay bei dir?«, fragt sie dann und drückt mich kurz.

»Mir geht's gut«, sage ich, obwohl meine Gefühle drohen, mich zu überwältigen. »Es ist nur ... Es war eine echt lange Woche.«

Janine bricht in schallendes Gelächter aus. »Das ist vermutlich die Untertreibung des Jahres.«

»Äh, brauchst du noch Hilfe bei irgendwas?«, fragt Griffon sie. Seine Augen leuchten und er sieht sie erwartungsvoll an.

»Du kannst wohl nicht erwarten, es ihr zu zeigen, was? Nein, geht ruhig. Ich habe hier alles im Griff.«

»Mir was zeigen?«, frage ich neugierig.

»Ist 'ne Überraschung«, sagt Griffon. Er nimmt meine Hand und führt mich aus der Küche und die Treppen hinauf. Aber wir gehen nicht in sein Zimmer, sondern weiter geradeaus, bis wir vor einer geschlossenen Tür stehen. Griffon nimmt mein Gesicht in seine Hände. »Es ist so schön, dich zu sehen«, sagt er, beugt sich herunter und küsst mich. »Es kam mir vor wie eine Ewigkeit.«

»Waren doch nur ein paar Tage«, sage ich lachend.

»Wahrscheinlich versuche ich nur, verlorene Zeit aufzuholen«, sagt er und fährt mit dem Finger kurz über das Ankh, das um meinen Hals hängt. »Und davon haben wir ja jede Menge.«

Ich lege meine Hand auf das Ankh. Das Silber ist ganz warm von meiner Haut. Und plötzlich höre ich Drews Stimme in meinem Kopf: *Allison!* Ein Schauer läuft mir über den Rücken. Schnell schüttele ich mich, verdränge das Gefühl von drohendem Unheil und richte meine Aufmerksamkeit wieder ganz auf Griffon, auf uns. »Ich habe mich noch gar nicht bedankt. Dafür, dass du es zurückgebracht hast«, sage ich.

»Das brauchst du auch nicht«, antwortet er. »Ich bin einfach froh, dass es endlich wieder da ist, wo es hingehört.«

Er öffnet die Tür und ich blicke in ein kleines, helles Arbeitszimmer. »Sei nicht böse, aber ich habe etwas für dich besorgt.« Am Schreibtisch lehnt ein großer, schwarzer Cellokoffer.

»Ein Cello?«, frage ich und schaue ihn verwirrt an. »Ich habe doch schon ein Cello. Sogar zwei ... Und zurzeit kann ich nicht mal eins davon spielen.«

»Das ist nicht irgendein Cello«, sagt Griffon, geht hinüber, öffnet die seitlichen Schnallen und hebt das Instrument heraus. »Es ist ein Linkshänder-Cello.«

»Ein Linkshänder-Cello? Was soll das denn sein?«

»Es wurde umgearbeitet, sodass man die Saiten mit der rechten Hand greift und den Bogen mit links führt. Im Moment kannst du die linke Hand ja nicht so gut benutzen, und da dachte ich, du könntest es vielleicht hiermit versuchen. Dann kannst du wenigstens spielen.«

»Davon hab ich noch nie gehört.« Ich setze mich in den Schreibtischstuhl und sehe es mir genauer an. Die Saiten sind andersherum aufgezogen, von rechts nach links, und der Steg hat eine leicht veränderte Position. Es ist ein wunderschönes Instrument. So schön, dass ich mich fast nicht traue, es zu berühren.

»Ich hab mich ein bisschen schlau gemacht«, sagt Griffon. »Charlie Chaplin hat auch auf so einem gespielt. Versuch's doch einfach mal.«

Ich lehne das Cello gegen meine rechte Schulter und lege die rechte Hand auf die Saiten. »Das fühlt sich irgendwie komisch an …« Ich schaue ihn an. »Ich meine, es ist wirklich wunderschön, aber … ich weiß nicht, ob ich das kann. Ich habe doch immer nur andersrum gespielt.«

Griffon setzt sich mir gegenüber, nimmt meine linke Hand und küsst die Finger, die nicht mehr so funktionieren, wie sie sollten. »Veronique wollte dir alles nehmen, was dir wichtig ist. Wir dürfen sie nicht gewinnen lassen. Deine Fähigkeit, Cello zu spielen, ist nicht hier drin«, sagt er und tippt auf meine Finger. »Sie ist in deinem Kopf. Und in deinem Herzen. Alles, was du tun musst, ist, deinem Körper eine andere Art beizubringen, wie er diese Fähigkeit nutzen kann. Der Ton entsteht dadurch, dass du mit dem Finger eine Saite drückst. Welcher Finger das ist, spielt doch gar keine Rolle.« Er reicht mir den Bogen und ein Stück Bogenharz.

Ich spanne den Bogen und reibe ihn mit dem Harz ein. Meine Hände zittern ein bisschen. Griffon hat sich so viele Gedanken gemacht wegen mir, und er sieht mich ganz erwartungsvoll an – ich will ihn nicht enttäuschen. Der Bogen liegt etwas ungewohnt in meiner linken Hand, aber sie scheint kräftig genug, um ihn zu führen.

»Erwarte bloß nicht zu viel«, sage ich, hole tief Luft und schließe die Augen. Ich lasse die Finger meiner rechten Hand vorsichtig die Töne eines Stückes ertasten, das ich selbst komponiert habe. Es ist alles andere als perfekt, aber sie bewegen sich gut. Dann höre ich auf, darüber nachzudenken, ob ich die richtigen Töne treffe, und versuche stattdessen, mich dem Gefühl tief in mir hinzugeben, das die Töne erst wirklich zum Klingen bringt. Ich lasse alles in die Musik fließen, was ich in den letzten Wochen gespürt habe – Angst, Vertrauen, aber vor allem Sehnsucht und Verlangen. Die Musik schwingt noch im Raum, als ich schließlich die Augen wieder öffne und den Bogen herunternehme. Griffon sitzt da und grinst mich total verzückt an.

»Das war wunderschön«, sagt er.

»Oh nein, war es nicht«, widerspreche ich. Vorsichtig lege ich das Cello zurück in den Koffer und spüre plötzlich einen dicken Kloß in meinem Hals. Das hier ist ein Geschenk, das aus viel mehr besteht als nur aus Holz und Saiten. »Aber für den Anfang war es nicht schlecht.« Ich beuge mich zu ihm und küsse ihn innig. »Das ist das schönste Geschenk, das ich jemals bekommen habe … Aber ich kann es nicht annehmen. Ich meine … Es muss ein Vermögen gekostet haben.«

Griffon schüttelt den Kopf. »Mach dir darüber keine Sorgen. Geld ist kein Problem. Bitte. Du musst es annehmen. Ich kann es nicht zurückgeben.«

»Aber …«

Ehe ich meinen Einwand vorbringen kann, küsst er mich. Er fährt mit den Fingern durch mein Haar und zieht mich sanft mit sich auf den Boden hinunter. »Du musst. Ich schulde es dir.«

»Du schuldest mir doch nichts.«

»Oh doch, tue ich. Seit dem Augenblick, als ich dich im Tower berührte, wusste ich, was eine meiner Aufgaben in diesem Leben ist: dafür zu sorgen, dass dir nichts geschieht. Und ich habe versagt.«

»Aber du hast mich doch gewarnt. Es ist nicht deine Schuld, dass ich dir nicht vertraut habe.« Ich schmiege mich an ihn und küsse ihn, fühle seine vollen, weichen Lippen auf meinen und atme tief seinen warmen, erdigen Duft ein.

Er vergräbt seinen Kopf an meinem Hals. »Was ich neulich abends gesagt habe, ist die Wahrheit«, flüstert er. Ich spüre seinen Atem auf meiner Haut und ein wohliger Schauer läuft durch meinen Körper. »In all meinen Leben habe ich noch nie etwas so ernst gemeint. Ich liebe dich.«

Ich betrachte sein Gesicht. Diesmal sehe ich darin nicht die Augen meines Henkers. Ich sehe die Augen des Jungen, ohne den ich nicht mehr sein will. Diesmal frage ich mich nicht, was in ihm vorgeht oder ob er es ernst mit mir meint, weil ich einfach spüre, dass er die Wahrheit sagt, dass seine Worte ehrlich sind, dass sein Herz ehrlich ist.

»Zwei Wahrheiten und eine Lüge«, sage ich. »Diesmal bin ich dran.«

»Okay«, sagt er und grinst.

»Ich war noch nie so glücklich wie in diesem Augenblick. Ich esse unheimlich gern Tomaten.« Ich mache eine kleine Pause. »Ich liebe dich.«

Griffon runzelt die Stirn und sieht mich an. »Hm, ich hoffe doch, dass du Tomaten immer noch verabscheust.«

»Ah, ich sehe, du hast Fortschritte gemacht.«

Griffon lacht, zieht mich an sich und küsst mich. Ich spüre sein Verlangen, als ich mich ganz eng an ihn schmiege, und ich weiß, dass ich diesen Augenblick und dieses Gefühl niemals vergessen werde, was auch immer in diesem Leben oder im nächsten geschehen mag. Von jetzt an wird nichts mehr verloren gehen, gut oder schlecht. Alles wird bleiben. Für immer.

Zitat auf S. 268 aus:

EDGAR ALLAN POE: *Edgar Allan Poes Werke. Gesamtausgabe der Dichtungen und Erzählungen,* Band 6: Scherz- und Spottgeschichten. Herausgegeben von Theodor Etzel, Berlin: Propyläen-Verlag, [1922], S. 225-259, hier S. 228.